HEYNE <

MICHELLE ADAMS

Die Sammlerin der Erinnerungen

Aus dem Englischen von
Beate Brammertz

WILHELM HEYNE VERLAG
MÜNCHEN

Die Originalausgabe *Hidden Treasures* erschien erstmals 2021
bei William Morrow, HarperCollins New York

MIX
Papier | Fördert gute Waldnutzung
FSC® C104608

Penguin Random House Verlagsgruppe FSC® N001967

Deutsche Erstausgabe 11/2023

in der Penguin Random House Verlagsgruppe GmbH,
Neumarkter Str. 28, 81673 München
Redaktion: Michelle Stöger
Umschlaggestaltung: t.mutzenbach Design, München,
unter Verwendung von Motiven von © Trevillion Images
(Victoria Davies) und Shutterstock.com
(Andrey Yurlov, RUNGSAN NANTAPHUM)
Satz: Uhl + Massopust, Aalen
Druck und Bindung: Norhaven A/S, Viborg
Printed in Denmark
ISBN 978-3-453-42468-5

www.heyne.de

Für Lelia

Prolog

Die Cotswolds, Winter 1982

Das Auto war wieder da. Rote Lichter brannten in der Dunkelheit, und aus dem Auspuff qualmte dicker Rauch. Frances hatte es auch am Vorabend dort bemerkt und einmal in der Woche davor. In ihrem Gässchen in dem ruhigen Dorf in den Cotswolds war der Anblick eines fremden Autos ungewöhnlich. Beim ersten Mal hatte sie angenommen, die Leute im Wagen wären womöglich Touristen, Wanderer, die sich in eine Sackgasse verirrt hatten und nun nicht wussten, wo ihre Route begann. Sie wäre stehen geblieben, um den zwei Männern den Weg zu beschreiben, wäre es nur nicht so kalt gewesen, aber nach dem stürmischen Nachmittagsspaziergang musste sie Harry unbedingt zurück nach Hause bringen. Später am selben Abend, als sie aus dem Fenster blickte, war das Auto verschwunden, und sie hatte keinen weiteren Gedanken mehr daran verschwendet. Doch jetzt waren sie zurück, und dieser Umstand veränderte alles. Selbst aus der Ferne wusste Frances, dass es sich um dieselben Männer handelte, diejenigen, die Zigarettenstummel auf dem gefrorenen Boden zurückgelassen hatten. Sie waren ihretwegen hier, wegen dem, was sie besaß.

Sie waren wegen der Klinkosch-Schatulle gekommen.

Als sie das Wimmern ihres Sohns vernahm, drehte sie sich vom Fenster weg und eilte durchs Zimmer. Immer noch schlafend, aber unruhig in seiner Wiege, hatte Harry den Mund geöffnet und seine Lippen saugten an eisiger Winterluft. Frances zog ihm die Decke bis ans Kinn und fischte den verloren gegangenen Schnuller unter einem Teddybären hervor, ehe sie ihn behutsam zurück in Harrys zahnloses Mündchen steckte. Abgelenkt von ihrem Sohn hatte Frances das Auto draußen fast vergessen, doch schon bald drängte sich ihr der Gedanke wieder auf und ermahnte sie, dass sie nicht sicher waren. Wäre es nicht fünf Uhr morgens gewesen, hätte sie vielleicht Mrs. Gillman von nebenan angerufen und zu sich eingeladen. Es würde leichter, wenn sie jetzt nicht allein wäre. Sie hätten eine Tasse Tee trinken und ein Stück Kuchen essen können, und für eine Weile hätte sie sich vormachen können, alles wäre in Ordnung. Doch was könnte Mrs. Gillman schon gegen zwei Männer ausrichten, wenn diese sich entschieden, Ärger zu machen? Der einzige Mensch, der sie wirklich hätte beschützen können und den sie sich in diesem Moment herbeiwünschte, hatte es vorgezogen, nicht bei ihr zu bleiben.

Nachdem Harry sich endlich beruhigt hatte, schlich sie zurück zum Fenster und schob den Vorhang für einen weiteren Blick nach draußen zur Seite. Das Auto war immer noch da, genau wie sie angenommen hatte. Frances wusste, sie würde alles in ihrer Macht Stehende tun, um Harry in Sicherheit zu bringen. Es war leicht gewesen, vor einem Jahr ein Versprechen zu geben und anzubieten, die Schatulle an sich zu nehmen, sie zu verstecken und dafür zu sorgen, dass sie nie wieder gefunden wurde. Doch die Dinge hatten sich verändert, und jetzt war alles anders. Damals hätte sie sich nicht vorstellen können, dass irgendetwas wichtiger als Benoit oder die wertvolle Antiquität sein könnte, die ihr anvertraut worden war. Jetzt allerdings war Harry da, und er war wichtiger als alles andere auf der Welt. Wichtiger als Benoit. Wichtiger als eine gestohlene Schmuckschatulle. Es gab nichts, was sie nicht gegeben hätte, um Harry zu beschützen.

Ganz langsam, um ihren schlafenden Jungen nicht zu wecken, zog sie eine kleine Trittleiter an den Kleiderschrank und kletterte dann hinauf. Sie wusste, was zu tun war. In ihrem Versteck hinter den Hutschachteln fanden Frances' Finger das kühle Metall der Klinkosch-Schatulle und zogen sie langsam hervor. Das Kleinod, das sie jetzt vom Regalbrett hob, war schwerer als in ihrer Erinnerung, aber immer noch genauso schön. Die Details waren herrlich, die filigranen Silberarbeiten entlang der Kanten, die Putten an den Seiten. Während sie die Leiter wieder nach unten stieg, hielt sie die Schatulle fest an die Brust gepresst und dachte an den Moment, als sie die Schmuckkassette zum ersten Mal gesehen hatte, und an Benoits Gesicht, als er sie ihr überreichte.

»Ich habe sie an mich genommen, weil ich dich geliebt habe«, flüsterte sie leise zu sich selbst und rief sich in Erinnerung, was Benoit damals immer zu ihr gesagt hatte. »Aber ich muss sie loswerden, weil ich Harry jetzt so viel mehr liebe.«

Die Entscheidung war gefallen. Sie würde ihnen die

Schmuckkassette überlassen, ihnen das geben, was sie wollten. Doch als sie einen letzten Blick auf Harry warf, der sicher in seiner Wiege lag, kam ihr eine spontane Idee. Und wenn die Rückgabe der Schatulle nicht ausreichte? Wenn es ihnen um Rache für den Diebstahl ging? Vielleicht genügte es längst nicht mehr, sie ihnen zu geben, damit Harry und sie in Sicherheit waren. Was, wenn die Männer ihr wehtaten und Harry allein zurückblieb? Oder noch schlimmer, wenn sie Harry verletzten? Es war ein unlösbares Dilemma. Nicht gewillt, sein Leben aufs Spiel zu setzen, stellte sie die Schatulle beiseite, ging zur Wiege und holte Harry heraus. Als er zu wimmern anfing, setzte sie sich in die Zimmerecke und drückte sich ihren Sohn fest an die Brust. Bei dem Gedanken, sie könnte keinen Weg aus diesem Chaos finden, lief ihr eine Träne die Wange hinab.

»Alles ist gut, keine Sorge, mein Liebling.« Während sie ihren Sohn hin und her wiegte, durchdachte sie die Situation, in der sie feststeckte. Die Schatulle zu behalten brächte sie in Gefahr, ebenso, wie sie den fremden Männern zu übergeben. »Mami wird einen Weg finden, dich zu beschützen«, flüsterte sie, auch wenn sie nicht den blassesten Schimmer hatte, wie sie das anstellen sollte. »Ich werde niemals zulassen, dass sie dir wehtun.« Und dann, als sie ihrem Sohn sanft einen Kuss auf den Kopf drückte, gab sie ihm ein Versprechen, von dem sie nicht wusste, wie sie es halten sollte. »Ich schwöre dir, alles Nötige zu tun, Harry. Vielleicht werden sie die Schatulle finden, aber dich auf gar keinen Fall.«

Erstes Kapitel

Nook Cottage, Die Cotswolds, Sommer 2022

In genau demselben kleinen Cottage am Ende der Schotterstraße saß Harry Langley auf der Kante eines abgewetzten Sessels, in dem seine Mutter den Großteil der vergangenen zehn Jahre verbracht hatte. Jeder Muskel in seinem Körper schmerzte, die vornübergebeugte Position, die er eingenommen hatte, war ungewohnt für seine hochgewachsene Statur, seine Beine viel zu lang. Zu diesem Zeitpunkt hockte er bereits zwei Stunden so da, immer noch in dem schwarzen Anzug, der eine Nummer zu klein war und in dem er sich wie ein kleiner Junge in der Schuluniform vom Vorjahr fühlte. Die Augen zu Schlitzen verengt, versuchte er, das Chaos um ihn herum auszublenden. Dann stand er auf, lockerte die Krawatte, schüttelte das Sakko ab und wünschte sich, seine Mutter wäre bei ihm, um ihm bei der vor ihm liegenden Herkulesaufgabe zu helfen. Doch sie war nicht hier und er war allein, denn heute um fünfzehn Uhr war ihre Asche beigesetzt worden.

Mit den letzten Sonnenstrahlen des Tages, die sich glitzernd in dem Spiegel über dem Kamin brachen, ließ Harry den Blick über den Rest des Durcheinanders schweifen. Nichts, was er hier sah, war neu für ihn, immerhin hatte er die letzten zehn Jahre inmitten all dieser Dinge gelebt.

Doch das Chaos traf ihn dennoch unerwartet. Die Sammlung seiner Mutter bedeckte jeden Zentimeter des Zimmers, die Tür zum Gang war irgendwo halb geöffnet eingekeilt und ließ nur einen kleinen Spalt frei, durch den man zur Haustür gelangte. Genau wie Bakterien in einer Petrischale wuchsen, vervielfältigte sich das Volumen an Habseligkeiten in der Küche und die Treppe in den ersten Stock hinauf, ein ganzes Leben des Hortens, das jede freie Oberfläche in Beschlag nahm. Es hatte weder vor Wänden, dem Teppich und an einigen Stellen sogar der Decke Halt gemacht. Und nun, nach dem Tod seiner Mutter, war es seine Aufgabe, das Chaos zu beseitigen, damit das Haus verkauft werden konnte. Doch er wusste nicht, wo oder wie er anfangen sollte.

»Komm schon«, sagte er zu sich selbst, leise Gedanken, laut ausgesprochen, so wie er es sich mittlerweile angewöhnt hatte. Ohne seine eigene Stimme wäre die Stille unerträglich. »Irgendwann müssen wir das angehen. Warum dann nicht jetzt gleich?« Er kniete sich hin und hob den Deckel einer Kiste mit der Aufschrift *Ersatzteile* an. Ein metallischer Geruch wehte ihm entgegen, mit einem Hauch Eisen, scharf wie der Geschmack von Blut. Nachdem er in dem Wust herumgewühlt hatte, zog er etwas heraus, das er für eine Zündkerze hielt, und danach etwas Undefinierbares, vielleicht eine Art Pumpe. Schwarzes Schmierfett verfärbte seine Fingerspitzen und er wischte sie sich an dem Anzug ab, von dem er wusste, dass er ihn nie wieder tragen würde. Durch die Unkenntlichkeit der Dinge wurde ihm nur noch deutlicher bewusst, dass dieses Haus bis zum Dach wie eine

Dose Sardinen mit unnützen Habseligkeiten vollgestopft war. »Herrgott, Mum. Du hast auch wirklich einfach alles behalten.«

Nun, fast alles, dachte er.

Von seinem Platz am Boden blickte er durch das Zimmer zu der Stelle, wo seine Mutter immer gesessen hatte, mit dem eingedellten Kissen in der Mitte, als erwarte es ihre Rückkehr. In ihm stiegen jäh Erinnerungen an Abende auf, an denen eine sanfte Sonne den Raum in ein rosafarbenes Licht getaucht, Leben in die Wangen seiner Mutter und Wärme in das zugige Haus gebracht hatte. Sobald sie im Sessel eingenickt war, hatte er sie häufig betrachtet und sich Gedanken über sie gemacht. Über das Warum. Über das Wann. Doch meistens hatte er sich dann nur noch verwundert gefragt, wie sie es über sich gebracht hatte. War es ihr schwergefallen, ihn wegzugeben? Hatte sie sich jemals gewünscht, zu dem Moment zurückzukehren, als sie einfach fortgegangen war und ihn auf der Bank im Einkaufszentrum ausgesetzt hatte, und alles rückgängig zu machen?

Hatte sie sich jemals gewünscht, ihn behalten zu haben?

Wie alt war er damals gewesen? Alt genug, um sich an das Eis zu erinnern, das der Wachmann ihm gekauft hatte, während die Polizei gerufen wurde, und an den Zettel, den sie ihm in die pummelige heiße Hand gedrückt hatte. Fast zehn Jahre waren vergangen, seit sie wieder Kontakt hatten, seit er sie gefunden hatte, und während dieser Zeit hatte er alles in seiner Macht Stehende getan, um ihr ein guter Sohn zu sein, war sogar bei ihr eingezogen in der Hoffnung, die Antworten auf all seine Fragen zu erhalten. Jetzt war sie tot und er war wieder allein, zurück in ihrem Haus, und konnte sich immer noch nicht erklären, warum sie ihn weggegeben hatte.

Allmählich brach an diesem Sommertag der Abend an und die grauen Schleierwolken, die sich am Himmel ballten, brachten das Versprechen von Regen mit sich. Die Luft surrte in Erwartung eines Gewitters. Wenn es regnete, stieg der Wasserpegel des Flusses in *River View*, dem Pflegeheim, in dem Harry die vergangenen zehn Jahre als Pflegehelfer gearbeitet hatte, bis er den Teil des Gartens flutete, in dem die Blumen blühten. Bei dem Gedanken an Margaret in Zimmer drei fragte er sich besorgt, ob jemand in seiner Abwesenheit Blumen zu ihr brachte, wie er es jeden zweiten Tag tat. Auch Joseph, der zwar nicht mehr lesen konnte, aber jeden Tag einen unstillbaren Hunger auf Zeitungsnachrichten hatte, würde ihn vermissen. Harry nahm sich stets etwas Zeit, um ihm vorzulesen, aber würde einer der anderen Pfleger dasselbe tun? Der Mehrwert, den er ihrem Leben verlieh, wirkte unbedeutend im Vergleich zu dem, was sie seinem schenkten: Sie gaben ihm das Gefühl, auf eine Art wertvoll und nützlich zu sein, die er sonst nicht empfand. Wie sehr er sich danach sehnte, wieder zurück zur Arbeit zu kommen. Die vergangenen zwei Wochen hatte er fast ausschließlich in diesem Haus verbracht, was allmählich unerträglich wurde.

Am Nachmittag, während Harry der Schweiß in Strömen den Rücken hinabgelaufen war, hatte er die Gesichter von allen Menschen auf der Beerdigung betrachtet. Abgesehen von Victor, seinem Chef im Pflegeheim, und Mrs. Gillman, der alten Dame von nebenan, waren es nur er und die vier Sargträger gewesen, die beim Gottesdienst geblieben waren, um für zahlenmäßige Verstärkung zu sorgen. Höchstwahrscheinlich auf Mrs. Gillmans Geheiß, wie er vermutete. Doch zwanzig Liedblätter lagen unberührt in den Kirchenbänken, als hätte Frances Langley sich von der Welt verabschiedet und nur ein winziges Kräuseln auf der Oberfläche des Lebens hinterlassen. Kurz vor ihrem sechsundfünfzigsten Geburtstag war sie gestorben, viel zu früh, um an einer tiefen Venenthrombose zu leiden, die auf dem Weg durch ihre Lunge stecken geblieben war. Harry hatte gehofft, die Beerdigung würde einen Wendepunkt für ihn bedeuten, aber die Reise, die vor ihm lag, war zweifelsohne schwierig, und er wusste nicht, wie er sie allein bewältigen sollte.

Als er das unverkennbare Quietschen des Gartentors hörte, gefolgt von Schritten auf dem Kopfsteinpflaster, war er überzeugt, eingenickt und jetzt irgendwo in einem Traum gefangen zu sein. Doch wenige Augenblicke später erklang ein Klopfen auf der abblätternden Farbe der Haustür. Er erwartete niemanden, und für Besuch war es etwas spät.

Wie viel Uhr war es? Auf seine Armbanduhr zu blicken war ihm zur Gewohnheit geworden, auch wenn sie lang vor dem Tag, seitdem er sie trug, stehen geblieben war. Sie gehörte zu den wenigen Dingen, die seine Mutter ihm mitgegeben hatte, und bevor sie ihn auf jener Bank zurückließ, hatte sie ihm die Uhr um sein Handgelenk gelegt. Obwohl er es nicht mit Sicherheit wissen konnte, war er immer überzeugt gewesen, dass sie früher einmal seinem unbekannten Vater gehört hatte. In seiner Kindheit hatte ihm dieser Gedanken gefallen, doch als er bei seiner Mutter nachgefragt hatte, hatte sie ihm nur gesagt, sie wäre von jemandem, der ihn liebte. Unvorbereitet auf Gäste, setzte er sich aufrecht hin, als das Klopfen erneut erklang. Beim Aufstehen erhaschte er aus den Augenwinkeln einen Blick auf sein Spiegelbild. Sein Haar war fast schwarz, seine Haut wie blasser Honig, doch sein Gesicht war auf eine Weise gefurcht wie nie zuvor und seine Augen schimmerten dunkler und trüber. Rasch drehte er sich weg und zwängte sich in Richtung Korridor. In Wahrheit wollte er überhaupt nicht sehen, wie sehr er sich verändert hatte.

»Einen Moment«, rief er und schob sich an dem Gerümpel vorbei. Vielleicht war es Mr. Lewisham, der Anwalt, der mit dem Hausverkauf beauftragt worden war und der ihm unmissverständlich zu verstehen gegeben hatte, dass er nicht lang herumtrödeln und endlich die notwendigen Papiere unterschreiben sollte. Zwanghaftes Horten war anscheinend fast ein Synonym für unbezahlte Rechnungen, und das Cottage musste, ob es Harry nun gefiel oder nicht, verkauft werden. Aber was wollte er zu dieser späten Stunde hier? Harry hatte noch drei Wochen, bevor die Auktion stattfand. Mit einer gewissen Dringlichkeit setzte das Klopfen wieder ein.

»Schon gut, schon gut«, sagte Harry und schob die Kette aus der Schiene. Wenn er es sich recht überlegte, war es wahrscheinlich Mrs. Gillman. Sie hatte versprochen, ihm ein Abendessen zuzubereiten, auch wenn sie selbst allmählich auf die neunzig zuging und körperlich nicht in der Verfassung war, sich um einen Mann zu kümmern, der mit großen Schritten auf sein fünftes Lebensjahrzehnt zuging. Doch sie war die Art Mensch, die helfen wollte, wann immer es ging, und jegliche Probleme mit dem Mut einer Löwin löste, was Harry bewundernswert fand. Zweifellos wäre sie die perfekte Wahl gewesen, um ihm beim Ausräumen des Hauses seiner Mutter zu helfen, wäre es nicht beinahe ein Ding der Unmöglichkeit, sich mit einer Gehhilfe in dem Chaos zu bewegen.

»Ich habe fast den ganzen Tag gebraucht, um diesen Ort wiederzufinden«, sagte Tabitha, als Harry die Tür öffnete. Ihr Gesicht war eine sanfte Silhouette, dennoch war es ganz unverkennbar sie. Goldenes Haar mit feurigen Strähnen ergoss sich über ihre Schultern. Schatten zeichneten ein schmales Gesicht, geformt vom Meißel des Alters, der Harry an alte Fotografien erinnerte, an Jugend und wie sie verloren ging. Die leicht spitze Nase, nicht ganz so gerade wie in seiner Erinnerung. Ihr Körper war noch derselbe, schlank, mit blasser Haut, als wäre kein einziger Tag vergangen, seit er sie das letzte Mal gesehen hatte. Ihm stockte der Atem, das Sprechen fiel ihm schwer.

»Was tust du hier?«, fragte er mit heiserer, angespannter Stimme. Gedanken über sein Äußeres trafen ihn wie Peitschenhiebe und trieben seinen Puls in die Höhe. Was würde sie in ihm sehen, und wie sehr hatte er sich in den zehn Jahren seit ihrer Trennung verändert?

»Ganz ehrlich?«, fragte sie mit geschürzten Lippen. »Ich habe nicht die leiseste Ahnung.« Scharf wie eine Rasierklinge hatte ihre Stimme einen schneidenden Unterton, als wären sie direkt in einem Streitgespräch gelandet, weit entfernt von jedem Kompromiss. Sie wiederzusehen, denselben Menschen, verändert durch die Zeit, den Menschen, dessen Berührung er früher so gut gekannt und dessen moschusartigen Duft er allein durch Gedankenkraft hatte heraufbeschwören können, verschlug ihm die Sprache. Vor ihm stand die Frau, die er verloren und die er nie zu lieben aufgehört hatte. Schließlich trat sie einen weiteren Schritt vor, doch er rührte sich immer noch nicht vom Fleck. »Willst du mich denn nicht reinlassen?«

Während er über ihre Nähe nachdachte, wie sie so dicht bei ihm stand, dass er die Hand ausstrecken und sie berühren könnte – und oh, wie sehr er das wollte! –, kam es ihm vor, als wäre die Zeit zurückgedreht worden. Vor zehn Jahren hatte er zugesehen, wie sie von diesem Haus weggegangen war, doch jetzt spielte sich die Szene in umgekehrter Reihenfolge ab. Sie war wieder da und für einen Moment war es, als hätte sich nichts verändert, als kehrte sie nach nur ein paar kurzen, wütenden Stunden der Trennung zurück und als gehörten sie immer noch zusammen. Doch dann erinnerte er sich, wie sehr sich sein Spiegelbild verändert hatte, wie die Zeit vorangeschritten und wie das Leben verstrichen war. Wie Tabitha sich zweifellos weiterentwickelt hatte. Den Blick auf den Boden gerichtet, wich er einen Schritt zurück.

»Tut mir leid, ja, natürlich.« Er hielt sich bei ihrem Eintreten krampfhaft aufrecht. Vögel sangen draußen in den Bäumen. Wasser blubberte, das Umland war von Regen getränkt und weich. Als sie direkt neben ihm war, fing er ihren Geruch ein, und Gänsehaut überzog seine zitternden Arme. Zuckende Finger wollten sie schon berühren, nur um herauszufinden, ob sie real war. In allerletzter Sekunde zog er die Hand jedoch zurück, zu groß war seine Angst, das Trugbild zu zerstören oder irgendetwas zu tun, was dazu geführt hätte, dass sie wieder verschwand. »Ich kann nicht glauben, dass du hier bist«, brachte er hervor, während er die Tür schloss.

Einen Moment lang sagte sie nichts, während ihr Blick über das heillose Durcheinander glitt. »Ich auch nicht. Und es ist sogar noch schlimmer als damals«, sagte sie und klopfte mit einem braunen Briefumschlag gegen ihr Bein. Schamgefühle hüllten ihn wie ein zugezogener Vorhang ein, da sie nun wusste, wie sehr sein Leben aus dem Ruder gelaufen war.

»Ich weiß«, erwiderte er leise. »Ich schätze, es ist viel passiert«, fügte er nach einer Weile hinzu. »Ich versuche, das Haus auszuräumen. Aber wie du siehst, ist es jede Menge Arbeit.«

»Das kann man wohl laut sagen. Sieh dir nur all das hier an!«, sagte sie kopfschüttelnd. »Anscheinend hast du mich nicht erwartet.«

»Nein.« Er zögerte, da er nicht wusste, wo er anfangen sollte. »Versteh mich bitte nicht falsch, ich bin froh, dass du hier bist, aber warum sollte ich dich nach all den Jahren erwarten?«

»Zehn«, sagte sie. »Zehn Jahre.« Sie bewegte sich auf die Wohnzimmertür zu. »Es gibt etwas, das wir besprechen müssen.« Als er sich nicht rührte, sagte sie: »Können wir da reingehen und uns hinsetzen?«

»Es tut mir leid«, stammelte er, »es ist nur …«

»Nur was?«

»Nun, ich hatte nicht erwartet, dich zu sehen.«

»Das hast du bereits gesagt.«

»Ich weiß, aber jetzt stehst du in meinem Flur und du siehst, ich meine, du hast schon immer, aber damals waren wir jung, und jetzt, na ja, bist du eine Frau, und, na ja …«

»Oh, spuck's einfach aus, wenn du etwas zu sagen hast!«

»Nun, das habe ich«, sagte er und war sich der Hitze in seinen Ohren und der Röte seiner Wangen schmerzlich bewusst. »Ich wollte sagen, dass du toll aussiehst. Wunderschön. Das wollte ich sagen.« Er holte tief Luft. »Es tut mir leid. Ich fasele unzusammenhängendes Zeug«, fuhr er dann fort. Auf die Wohnzimmertür zeigend, winkte er sie weiter. »Bitte, hier lang!«

Er schlängelte sich zwischen Kartons und Tüten voller Secondhandkleidung hindurch, führte sie durch die Tür zum Wohnzimmer, die einen Spalt offen stand, und bot ihr dann den Sessel seiner Mutter an. Als sie an ihm vorbeiging, kribbelte seine Haut bei der Erinnerung an ihren Körper, der Art, wie sie ihn damals gehalten und sie früher perfekt zusammengepasst hatten. Wie es sich angefühlt hatte, sie zu berühren. Es mochten zehn Jahre vergangen sein, aber er wollte sie immer noch, als wäre es gestern gewesen. Das Verlangen hatte nie aufgehört. Während er sich in die Nähe des Fensters stellte, nahm sie Platz.

»Und, wo ist sie?«, fragte sie dann.

»Wer?« Einen Moment lang hatte er vergessen, dass sonst noch jemand auf der Welt existierte.

Missbilligend schnalzte sie mit der Zunge und ließ den Blick zu seinem Gesicht gleiten. »Natürlich deine Mutter.«

Er hatte angenommen, Tabithas Ankunft hinge mit dem Tod seiner Mutter zusammen, weshalb ihn ihre Frage etwas aus der Bahn warf. Zögerlich stolperte er durch eine Antwort. »Nun, sie ist nicht hier.«

»Wann kommt sie zurück?«

»Äh, gar nicht«, sagte er leicht stotternd. »Sie, äh, sie ist gestorben.«

Tabitha hörte auf, mit den Fingern auf den Briefumschlag zu klopfen, ihr nervöses Gezappel beschwichtigt durch diese neue Information. »Gestorben?«, fragte sie, und ihre Augen fanden seine, das erste Mal, dass ihre Stimme ihre eigentlich sanftmütige Natur verriet. Das Grau-Blau ihrer Iris zog ihn an, wie ein See, in dem er einer besseren Zukunft entgegenschwimmen konnte. »Wann?«, fragte sie leicht argwöhnisch.

»Vor zwei Wochen.«

»Das verstehe ich nicht«, sagte sie. »Das ist unmöglich.«

Er zuckte mit den Schultern. »Leider doch. Wir haben heute ihre Asche beigesetzt.«

Tabitha blickte zum Briefumschlag und zeigte auf den Poststempel. »Aber sie hat mir vor zwei Tagen geschrieben.« Sie streckte sich weit, um ihm den Briefumschlag zu reichen. »Sie hat mich gebeten hierherzukommen, weil du meine Hilfe bräuchtest.«

Einen Augenblick schien alles zu erstarren, ohne jede

Möglichkeit für Harry, Luft zu holen, ohne jegliches Gefühl für seine Umgebung. Es war, als wären zwei Welten aufeinandergeprallt, und er befand sich in dem Moment direkt nach dem Aufprall, kurz bevor die Explosion alles zerstörte, was er einst gekannt hatte. Er hätte sich keine Situation vorstellen können, in der seine Mutter und Tabitha jemals zusammengekommen wären, doch jetzt war Tabitha hier und behauptete, seine Mutter habe es in die Wege geleitet und Tabitha zu ihm zurückgebracht. Es war zu viel für ihn, und als er endlich wieder zu Atem kam, ließ er sich auf seinen Sessel plumpsen.

»Du musst dich täuschen. Das kann sie nicht getan haben.«

»Hat sie aber.« Auf ihr Drängen hin nahm er den Brief entgegen. Auf den Umschlag war Tabithas Name und eine Adresse gekritzelt, die er nicht kannte. Der Falz war bereits aufgerissen. Die schrägen Buchstaben besaßen alle Merkmale der Handschrift seiner Mutter, die geschwungenen Konsonanten, die runden Vokale. Er griff hinein, und seine Finger fanden einen zweiten Umschlag. Als er ihn herauszog, bemerkte er seinen eigenen Namen auf der Vorderseite.

Nach einer Antwort suchend sah er zu Tabitha. »Ich verstehe das nicht.«

»Glaubst du, etwa ich?«, fragte sie, lehnte sich in ihrem Sessel zurück und überschlug die Beine. »Lies den Brief durch, den sie mir geschrieben hat. Es dauert nicht lang.« Nachdem er den gefalteten Zettel herausgeholt hatte, überflog er die kurze Nachricht.

Liebe Tabitha,

vor zehn Jahren, als Harry zurück nach Hause kam, habe ich nicht verstanden, was er verloren hat, indem er dich zurückließ. Obwohl ich ihn nicht darum bat, wusste ich, es war meine Schuld, dass er eure Beziehung beendet hat. Er wusste nicht, wie er mein Sohn sein sollte, und glaubte, es gäbe bei dem Versuch, es zu sein, keinen Platz für jemand anderen. Und ich war nicht stark genug, ihm zu zeigen, wie es ihm gelingen könnte. Bitte geh jetzt zu ihm, bring ihm diesen Brief und hilf ihm, das Unrecht der Vergangenheit wiedergutzumachen. Hilf ihm, sein Zuhause zu retten. Ich fürchte, du bist der einzige Mensch, der dazu in der Lage ist.

Frances

»Na schön«, sagte sie, als ihr klar wurde, dass er mit Lesen fertig war. »Was ist das für ein Unrecht, bei dem ich dir helfen soll, es wiedergutzumachen?«

Das war wohl der Dreh- und Angelpunkt. Als er den Briefumschlag wendete, sah er, dass er tatsächlich erst vor zwei Tagen abgestempelt worden war.

»Ich habe nicht den blassesten Schimmer«, sagte er nach einer Weile.

»Und der Teil über mich, dass ich in der Lage wäre, das Haus zu retten. Worum geht es da?«

»Das weiß ich auch nicht.«

»Wirst du es verlieren, oder was?«

»Ja, in drei Wochen. Meine Mutter hat eine Menge Schulden angehäuft, und ich muss sie tilgen. Mir bleibt keine andere Wahl. Es wird verkauft werden, und ich weiß nicht, wohin ich dann soll.«

»Dann solltest du lieber deinen Brief öffnen. Und nachschauen, ob er mehr Sinn ergibt als meiner.«

Harry nickte und riss den Umschlag auf, indem er mit dem Finger unter die Lasche glitt. Als er in der Erwartung, einen Brief vorzufinden, hineingriff, war er überrascht, auf eine dicke Ecke eines Polaroids zu stoßen. Auf dem Foto war eine Schmuckschatulle zu sehen, reichlich verziert, aus Silber. Vielleicht Zinn, mutmaßte er, falls sie alt war, und nicht sonderlich wertvoll. Sie war sehr schön, egal, woraus sie bestand, mit Putten an den Seiten und Griffen in Form von Olivenzweigen. Auf die Rückseite des Polaroidfotos hatte seine Mutter etwas geschrieben.

Harry,

vor vielen Jahren habe ich etwas versteckt, das mir lieb und teuer ist. Es war das Wertvollste, was ich überhaupt besessen habe. Such nach dieser Schatulle. Sie ist hier, irgendwo im Haus. Während du die Dinge durchgehst, die ich behalten habe, und sobald du findest, was in dieser Schatulle ist, wirst du die Antworten bekommen, die ich dir nie geben konnte.

Jetzt, wo ich tot bin, muss ich dir die Chance geben, damit du verstehst, wer du bist, egal, welche Auswirkungen es haben mag. Tabitha ist der einzige Mensch, von dem ich glaube, er könnte dir dabei helfen.

Ich weiß, du hattest Zweifel, ob ich dich jemals hier haben wollte, aber ich wollte nichts weiter, als dich in Sicherheit zu wissen.

Verzeih mir bitte.
Mum

Harry legte das Foto auf seine Knie. »Ich verstehe das nicht«, sagte er. Das Chaos erhob sich überall um ihn herum, als er aufblickte und dann zu Tabitha sah, deren Anwesenheit er immer noch nicht recht glauben konnte. Sie streckte die Hand in seine Richtung, weshalb er ihr das Bild reichte, ihre Finger nun wenige Zentimeter voneinander entfernt. »Zwischen all dem hier?«, fragte er. »Ich soll sie in dieser Unordnung finden? Ich weiß einfach nicht …«, begann er, doch sie fiel ihm ins Wort.

»Oh mein Gott«, flüsterte sie und beugte sich vor. Sekunden später war sie aufgesprungen und starrte das Chaos an.

»Was ist los?«

»Sie will, dass du diese Schatulle findest. Will sie das damit sagen, dass sie irgendwo in diesem Haus versteckt ist?«

»Ich schätze schon.«

Unerwartetes Gelächter löste sich von ihren Lippen. »Aber das kann nicht sein«, sagte sie zu sich selbst. »Wie könnte sie hier gelandet sein?«

»Wie könnte was hier gelandet sein?«, fragte Harry, immer noch verunsichert. Tabithas Reaktion machte ihn nervös. Er spürte, wie sich sein Herzschlag beschleunigte, angesteckt durch ihre Aufregung.

»Erkennst du diese Schatulle denn nicht?« Kopfschüttelnd und mit wachsender Verwirrung sah er, wie sich ein Lächeln in Tabithas Gesicht grub. »Herrgott, Harry! Hast du in der Schule gar nicht aufgepasst? Du hast wirklich nicht den leisesten Schimmer, was das ist?«

»Nein, Tabitha. Ich habe sie nie zuvor in meinem Leben gesehen.«

»Nun, zumindest verstehe ich, warum sie dachte, ich könnte dir eine Hilfe sein. Denn das hier ist ein Stück Geschichte, Harry. Als ich ihren Brief erhielt, hätte ich mir das nicht einmal in meinen kühnsten Träumen vorstellen können. Das ist die ›Klinkosch-Schatulle‹, eine Antiquität, die seit fast achtzig Jahren als verschollen gilt. Eines der berühmtesten Schmuckstücke, das von den Nazis während des Zweiten Weltkriegs geraubt worden ist. Niemand weiß, wo sie ist. Unzählige Menschen suchen wahrscheinlich auf die eine oder andere Art nach ihr, und deine Mutter will uns weismachen, dass sie hier ist, in diesem Haus.« Bebende Finger legten sich auf ihren Mund, um ihre Aufregung zu verbergen. »Harry, hast du auch nur den blassesten Schimmer, welche Bedeutung das hat? Wie viel sie wert ist?«

Hoffnung stieg wie der Luftballon eines Kindes in ihm hoch. Eine Zukunft, in der er die Schulden seiner Mutter abbezahlen und in dem Cottage bleiben konnte, das zu seinem Zuhause geworden war. »Wäre es genug, um dieses Haus zu retten?«

Einen Moment lang legte sich ein weicher Zug auf ihr Gesicht, und er erkannte in ihr die Frau wieder, in die er sich damals verliebt hatte. Die er immer noch liebte. Zehn Jahre der Trennung hatten seine Gefühle für sie nicht geschmälert. Und das Wiedersehen hatte es nur bestätigt. Als er sich wegdrehte, blickte er im Spiegel zu seinem Spiegelbild, den müden Augen, die zu ihm zurückstarrten, den Falten in seinen Wangen, die sich im Lauf der Jahre, die sie getrennt voneinander gewesen waren, gebildet hatten. Könnte sie ihn so sehen, wie er früher gewesen war, oder sah sie nur, was jetzt von ihm übrig war? Damals hatte er keine andere Wahl gehabt, als sie zu verlassen, aber nun, wo sie wieder hier war, erkannte er, wie sehr er sich wünschte, es wäre anders gewesen.

»Nein«, sagte sie kopfschüttelnd. »Mit dieser Schatulle könnte man dein Haus zehnmal retten.«

Zweites Kapitel

Eine versteckte Schatulle, wertvoll genug, um sein Haus zu retten? Etwas Bedeutendes, das seine Mutter ihm hinterlassen hatte, ein Vorgeschmack dessen, dass er ihr die ganze Zeit über wichtig gewesen war? Es war absurd, konnte unmöglich wahr sein. Wie sollte etwas so Kostbares in den Besitz seiner Mutter gelangt und zwischen all dem Plunder verloren gegangen sein? Fest davon überzeugt, dass seine Mutter sich irrte, war er durchaus bereit, die Sache als Unsinn abzutun, doch zu seiner Überraschung schien Tabitha weniger sicher zu sein, dass alles nur den Wahnvorstellungen einer Frau geschuldet war, der es seit langer Zeit nicht besonders gut ging.

»Das ist der Grund, weshalb sie mir geschrieben hat«, erklärte Tabitha. »Sie wusste, mir wäre klar, worum es sich hier handelt.« Immer wieder bemerkte er, wie ihr Blick über das Chaos schweifte, vielleicht in verwundertem Erstaunen, dass ein solcher Schatz womöglich darin vergraben war. Harrys Aufmerksamkeit hingegen wurde nicht von der Aussicht auf eine wertvolle Schmuckkassette erregt, sondern von Tabitha selbst. Nach zehn Jahren der Trennung war sie auf einmal hier, in seinem Haus. Jedes Mal, wenn sie zu reden aufhörte, wartete er gierig auf ihre nächsten Worte. Der anfängliche Funken Wut in ihrer Stimme hatte sich verflüchtigt und war durch die weiche Satzmelodie ersetzt worden, die ihn daran erinnerte, wie unglaublich sicher er sich in ihrer Gegenwart immer gefühlt hatte. Wie brennend sie sich für Dinge und Menschen interessiert hatte, die sie liebte. Wie sie immer eine Ausrede fand, um ihn zu berühren, und wie sie scheinbar immer wusste, wenn er sich gedankenversunken in seiner nie ausgesprochenen Vergangenheit verloren hatte. Doch diese Erinnerungen brachten gleichzeitig die Erkenntnis mit sich, dass er sie damals, als er fortging, schmählich im Stich gelassen, wie er ihre Beziehung in der Hoffnung auf eine Wiederannäherung mit seiner Mutter zerstört hatte. Es war hart, sich seine eigenen Fehler einzugestehen. Aber welches Recht hatte er auf diese Gefühle, wenn es seine eigene Entscheidung gewesen war, Tabitha zu verlassen?

»Ich kann nicht glauben, dass du nie von der Schatulle gehört hast«, staunte sie. »Als Nächstes wirst du mir noch sagen, dass du auch noch nie vom Bernsteinzimmer gehört hast? Oder *Der Frau in Gold*? Gustav Klimt?« Er schüttelte den Kopf, und sie erhob sich, nahm ihm das Foto aus der Hand und zeigte darauf. »Okay, na gut, es sind alles Kunstwerke, die während des Zweiten Weltkriegs gestohlen worden sind. Von den Nazis erbeutet. Das«, sagte sie und deutete auf das Bild, »ist die Klinkosch-Schatulle. In Frankreich geraubt, als Paris fiel.« Während sie vor Harry auf- und abschritt, schien sie zwischen Schock und Gelächter zu schwanken. »Ich kann nicht glauben, dass sie gefunden wurde.«

»Nun, sie ist nicht wirklich gefunden worden, nicht

wahr?«, sagte er in dem Versuch, den Fokus nicht zu verlieren. »Wie zum Teufel soll ein Kunstwerk, das im Krieg verschollen ist, in einem Cottage in den Cotswolds wieder auftauchen?«

»Keine Ahnung«, erwiderte sie. »Aber was, wenn es *doch* hier ist? Das wäre unglaublich!«

Ihre Aufregung wegen der Schatulle war ansteckend. Fäden desselben Enthusiasmus verwebten sich zwischen ihnen. Obwohl der größere Teil in ihm überzeugt war, dass diese Schmuckkassette unter gar keinen Umständen hier sein konnte, konnte ein anderer Teil in ihm die verführerische Vorstellung des *Was, wenn?* nicht abschütteln.

»Okay«, sagte er. »Mal angenommen, sie wäre wirklich gefunden worden. Und befindet sich hier in diesem Haus. Warum um alles in der Welt sollte meine Mutter dir davon erzählen, wo wir seit zehn Jahren keinen Kontakt mehr haben?«

Für einen kurzen Moment war alles still. »Okay«, sagte sie, als wappnete sie sich innerlich, die Finger fest aufeinandergepresst. »Deine Mutter wusste, dass ich als Kunsthistorikerin gearbeitet habe, nicht wahr?«

Harry verlagerte das Gewicht in seinem Sessel. »Natürlich.« Er sprach leise. »Ich habe ihr alles von dir erzählt.«

»Dann hätte sie gewusst, dass ich die Schatulle als eines der berühmtesten, jemals von den Nazis gestohlenen Kunstwerke wiedererkennen würde. Es hieß, sie sei für immer verloren, eingeschmolzen und zu etwas anderem gemacht. Vielleicht verschollen während eines Bombenangriffs. Seitdem hat es immer wieder Gerüchte gegeben, aber dieses Foto ist der erste eindeutige Beweis, dass sie den Krieg überlebt hat. Es ist ein wahres Wunder.«

»Wie kannst du dir da so sicher sein?«, fragte Harry.

Sie beugte sich vor und zeigte auf die Fotografie. »Du warst noch nie ein begnadeter Detektiv, nicht wahr? Sieh dir den Hintergrund an!« Nach einem zweiten Blick bemerkte Harry, dass neben der Klinkosch-Schatulle eine alte großformatige Zeitung lag, und das Kästchen etwa ein Drittel davon einnahm. »Sieh dir das Datum an«, sagte sie. »Diese Zeitung ist von 1981, was bedeutet, dass die Schatulle zweifelsohne knapp vierzig Jahre, nachdem sie das letzte Mal gesichtet wurde, existiert hat. Das ist eine Riesenentdeckung.«

»Das ist das Jahr vor meiner Geburt.« Er konnte es kaum glauben, aber es gleichzeitig nicht mit derselben Überzeugung wie noch Augenblicke zuvor abstreiten. »Aber wie ist es möglich, dass meine Mutter in ihren Besitz kam? Die Zeitung sieht aus, als wäre sie auf Deutsch. Und warum sollte sie bis nach ihrem Tod warten, um mir davon zu erzählen?«

Tabitha ließ sich, scheinbar tief in Gedanken versunken, in ihren Sessel zurückfallen. »Nun, ich kann dir keine dieser Fragen beantworten. Ich kann dir nur sagen, was ich weiß.«

Harry erschien das alles surreal. Vor zehn Minuten war er allein in einem Haus voller Müll gewesen. Jetzt saß er bei der Frau, von der er einmal geglaubt hatte, den Rest des Lebens mit ihr zu verbringen, und unterhielt sich über Raubkunst von erheblichem finanziellem und historischem Wert. All die Tage, an denen seine Mutter an diesem Fenster gesessen und, wie er glaubte, ins Nichts gestarrt hatte. Die Art, wie sie ihn auf einer Bank in einem Einkaufszentrum ausgesetzt hatte und aus seinem Leben verschwunden war. Jetzt kam er nicht umhin, sich zu fragen, ob es womöglich einen größeren Zusammenhang gab, den er bisher nie gesehen hatte. Mit der rechten Hand fuhr er zu seiner Armbanduhr.

»Okay«, sagte er. »Erzähl mir alles, was du weißt.«

Eine knappe Stunde später, nachdem Tabitha schließlich fort war, fühlte sich das Haus leerer als jemals zuvor an. Eine Weile schlenderte er ziellos durch die Zimmer, verwirrt und verloren, und wühlte in dem halbherzigen Versuch, nach der Schatulle zu suchen, in dem Durcheinander. Als läge das verschollene Schmuckstück einfach unter der Zeitung vom Vortag. Doch er konnte sich nicht konzentrieren, konnte sich nicht einmal genug entspannen, um sich ruhig hinzusetzen. Tabitha war immer noch bei ihm, wie ein Geist oder ein Schatten, der ihm auf Schritt und Tritt folgte.

Sie hatte ihm alles erzählt, was sie über die Geschichte der Schatulle wusste, ihre Fertigung im siebzehnten Jahrhundert und ihre anschließende Reise durch Österreich, bis sie letztendlich während des Zweiten Weltkriegs gestohlen worden war. Dann war Tabitha mir nichts, dir nichts, so unerwartet, wie sie gekommen war, wieder verschwunden. Und an ihrer Stelle hatte sie nicht nur eine physische Leere hinterlassen, sondern das Rätsel, wer seine Mutter wirklich gewesen war und welche Geheimnisse aus ihrer Vergangenheit sie mit ins Grab genommen hatte. Die Klinkosch-Schatulle zu finden, kam Harry allmählich, könnte ihm helfen, sie auf eine Weise zu verstehen, wie es ihm nie zuvor möglich gewesen war. Vielleicht könnte sie sogar die Fragen zum Verstummen bringen, die immer unbeantwortet geblieben waren, etwa die Identität seines Vaters und warum sie ihn ausgesetzt hatte. Doch nach einer Weile, von körperlicher Erschöpfung gebeutelt wegen dem hinter ihm liegenden Tag, sank er schließlich auf seinem Sessel in den Schlaf und träumte von seiner Mutter, Tabitha und natürlich dem, was hätte sein können.

Am Ende einer langen Nacht schwappte Sonnenlicht wie eine ans Ufer rollende Welle durch die Fenster und brachte die Morgendämmerung mit sich. Zu diesem Zeitpunkt war Harry bereits seit vielen Stunden wach, zu aufgedreht, um Ruhe zu finden oder Tabitha oder ihren Besuch aus dem Kopf zu verbannen. Jedes Mal, wenn er die Augen schloss, sah er ihr Gesicht, die Liebesbriefchen, die sie ihm immer hinterlassen, und ihr Lächeln, wenn er ihre Hand gehalten hatte. Aber auch die Schatulle war nichts, was er einfach vergessen konnte. Wenn sie sich hier befand und tatsächlich so viel wert war, wie Tabitha behauptete, wäre er vielleicht in der Lage, sein Zuhause zu retten. Mit seinem Handy – einen Internetanschluss hatte seine Mutter im Haus nie gestattet – durchforstete er das Netz nach Informationen. So schwach, wie das Signal war, schaffte er es, ungefähr das bestätigt zu bekommen, was Tabitha ihm bereits erzählt hatte. Nachdem er auf das Kalendersymbol getippt hatte, zählte er die Tage – ihm blieben noch knapp drei Wochen, bevor das Haus versteigert wurde. Würde er die Klinkosch-Schatulle rechtzeitig finden, um sein Zuhause zu retten?

Als es an der Tür klingelte, war er bis zum Hals in Staub und Papieren begraben. Es kam ihm vor, als würde er eine Stecknadel im Heuhaufen suchen. Doch als er die Tür öffnete und Tabitha auf der anderen Seite stehen sah, entzündete sich ein Funke Hoffnung in ihm, dass er vielleicht nicht allein suchen müsste.

»Oh«, sagte er, sein Erstaunen unüberhörbar im Zittern seiner Stimme. »Du bist zurück.« Schönheit starrte ihn an, das Gesicht, das er so schmerzlich vermisst hatte. Während Tabitha ein paar behutsame Schritte in den Gang machte und sich vorsichtig an den Papierhaufen und Kisten vorbeischlängelte, glitt ihr Blick von einem Gegenstand zum anderen. Über Zeitungsberge, Puppenköpfe und schließlich zu ihm.

»Ich weiß. Und glaub mir, ich hatte nicht erwartet, überhaupt hierherzukommen, ganz zu schweigen von zweimal an zwei Tagen.« Ein Teil ihrer anfänglichen Wut war zurück. Es musste schwer für sie sein, seine Gegenwart auszuhalten nach dem, wie er sie damals im Stich gelassen hatte. Seine Entscheidung, bei seiner Mutter einzuziehen, hatte automatisch den Entschluss nach sich gezogen, die Beziehung zu beenden, die er mit Tabitha geführt hatte. Bereits vor zehn Jahren war es offensichtlich gewesen, dass seine Mutter fast rund um die Uhr betreut werden musste, und das zwanghafte Horten und die Depressionen ins Reich des Nichtbeherrschbaren geglitten waren. Tabitha hatte ein gemeinsames Leben gewollt, eine Familie, ein Zuhause voller Liebe. Er hatte nicht gleichzeitig für seine Mutter da sein und Tabitha das Leben schenken können, das sie sich ersehnt hatte. Dennoch war es ihm nie gelungen, die nagenden Schuldgefühle und die Reue hinter sich zu lassen.

»Nun, es ist wundervoll, dich schon so bald wiederzusehen.«

»Ich musste kommen. Die Klinkosch-Schatulle aufzuspüren ist von historischer Bedeutung. Ich hatte befürchtet, du würdest dir womöglich nicht einmal die Mühe machen, nach ihr zu suchen«, sagte sie, während ihre Augen weiterhin die Umgebung scannten.

»Nein«, sagte er und bedeutete ihr weiterzugehen, erstaunt über sein Glück, Zeit mit ihr verbringen zu dürfen. »Sieh dich ruhig um. Ich habe bereits angefangen, aber ich muss gestehen, dass die Fortschritte nur minimal sind.« Im Schatten der riesigen Papierstapel seufzte er, als sähe er das Chaos zum ersten Mal. »Wie du dir gewiss vorstellen kannst.«

Als sie am Türrahmen zum Wohnzimmer ankamen, stand Tabitha der Mund weit offen. »Ich hatte keine Ahnung, dass es so …«, begann sie, nach dem richtigen Wort suchend, »kompliziert ist. Gestern Abend ist mir nicht mal die Hälfte davon aufgefallen. Es ist, als würde jedes Teil ein anderes stützen. Wie bei dem Spiel, das wir früher oft gespielt haben.«

»Du meinst Jenga.«

»Genau das.« Gegen eine der Kisten sinkend, um sich zu setzen, hob sie den Kopf in Richtung Decke und ließ die schiere Masse von allem auf sich wirken. »Da hast du aber alle Hände voll zu tun, so viel steht fest.«

War es etwa möglich, dass sie ihre Entscheidung, hierher

zurückgekommen zu sein, schon wieder bereute? »Es ist in Ordnung, wenn du es dir anders überlegt hast, nun da du es am helllichten Tag siehst.«

»Ich habe es mir nicht anders überlegt«, erwiderte sie, die linke Hand an ihrer Kehle, als holte sie einen tiefen staubigen Atemzug. »Nichts, was im Lauf der Geschichte verloren gegangen ist, wurde jemals leicht wiedergefunden. Es ist immer mit Anstrengung verbunden. Und ich bin hier, weil ich Kunsthistorikerin bin. Wir müssen diese Schatulle aufspüren. Es könnte das Bedeutendste sein, was ich jemals beruflich tun werde.« Das war die offizielle Version, viel einfacher, als zuzugeben, sie wäre seinetwegen gekommen. »Nun, wir werden uns jeden Tag hier treffen und die Ärmel hochkrempeln, um alles Unnötige wegzuwerfen.« Sie seufzte wieder. »Es wird kein Kinderspiel werden, aber wir werden uns Zimmer für Zimmer vornehmen und sollte die Klinkosch-Schatulle hier sein, werden wir sie finden.«

»Bietest du mir etwa deine Hilfe an?«

»Ja. Wenn du möchtest.«

»Nun, ich kann jede Hilfe gebrauchen, die ich bekommen kann.« Genau in diesem Moment klingelte es an der Haustür. »Hast du für Verstärkung gesorgt?«, fragte er.

Mit einer gewissen Erleichterung über die Unterbrechung sagte sie: »Das hat nichts mit mir zu tun.«

Harry ging in den Flur zurück und öffnete die Tür. »Oh, guten Morgen, Elsie. Ist heute Freitag?«

Elsie Gillman, einst hochgewachsen, aber jetzt vornübergebeugt mit einem kleinen Buckel und grauen Haaren, bewegte sich langsam, die Augen fest auf den Boden geheftet, während sie die Stufe in Angriff nahm. Eine Gehhilfe wies ihr den Weg. Jeden Freitagvormittag schaute sie auf eine Tasse Tee vorbei. Sie war schon lange vor Harrys Einzug vorbeigekommen, hatte seine Mutter regelmäßig besucht und war, wie Harry vermutete, einer der Hauptgründe, dass seine Mutter überhaupt so lang stabil geblieben war. Harry freute sich immer auf ihre Besuche. Ihr Witz war bissig, ihr Verstand messerscharf. Zudem war sie die einzige Person, die seine Mutter ins Haus gelassen hatte, weshalb sie einer der wenigen Menschen war, mit dem Harry während der vergangenen zehn Jahre regelmäßige Gespräche geführt hatte.

»Ist es nicht, aber ich habe gesehen, dass du Gesellschaft hast, und wusste, dass nichts im Kühlschrank ist, was du ihr anbieten könntest.« Elsie trippelte nah an Tabitha heran, die ebenfalls an die Tür gekommen war, und holte einen benutzten Eisbehälter aus einer Tüte an ihrer Gehhilfe. »Käse-Scones«, sagte sie. »Ich nehme an, du hast Butter im Haus.«

»Natürlich«, sagte Harry, »aber das wäre doch nicht nötig gewesen.«

»Oh, hör auf! Ich habe sie nicht nur für dich gebacken. Sie liegen seit meinem letzten Besuch im Brotkasten.« Sie legte Tabitha eine Hand auf den Arm. »Hallo, meine Liebe.«

»Hallo«, sagte Tabitha mit einem Lächeln.

»Oder«, grinste Harry, »du hast dir eine Ausrede ausgedacht, um vorbeizukommen und herauszufinden, wer hier ist.«

»Nun ja, das auch«, erwiderte Elsie, die es kein bisschen

zu stören schien, auf frischer Tat ertappt worden zu sein. »Tja«, sagte sie mit einem Blick auf Tabitha. »Erlösen Sie mich von meinem Elend, ja? Wer sind Sie?«

»Tabitha«, sagte Tabitha. »Ich bin eine alte Freundin von Harry.«

»Tabitha, hm? Aber nicht *die* Tabitha?«, fragte sie und sah zu Harry zurück.

»Ich schätze, das reicht jetzt«, sagte Harry, packte Elsie an den Schultern und lenkte sie behutsam den Flur zurück. »Danke für die Scones, aber wir haben heute Vormittag viel zu tun. Ich bringe nachher den Behälter zurück.« Sobald sie an der Tür waren, beugte er sich herab, um ihr ins Ohr flüstern zu können. »Tut mir leid, aber es ist ein bisschen seltsam.«

»Natürlich ist es das. Du kannst mich ja gar nicht schnell genug loswerden.«

»Es tut mir leid. Ich erzähle dir später alles. Versprochen.«

Neugierig warf sie ein letztes Mal einen Blick über die Schulter und sagte: »Sie ist aber zauberhaft. Ich verstehe, warum du sie immer gemocht hast.«

»Ich weiß, dass sie das ist. Aber du bist nicht gerade besonders diskret. Dein Flüstern ist eine Katastrophe.«

»Man hat keine Zeit für Diskretion, wenn der neunzigste Geburtstag im nächsten Monat ansteht, Harry. Manchmal muss man bei Leuten direkt sein.« Und wenige Sekunden später schlurfte sie den Weg hinab und zog mit einem Lächeln im Gesicht das Gartentor hinter sich zu.

»Okay«, sagte Tabitha, sobald die Haustür ins Schloss gefallen war. »Du hast ihr von mir erzählt.«

Harry starrte auf seine Füße und wünschte inständig, seine Socke hätte kein Loch. »Könnte sein, dass ich dich ein- oder zweimal erwähnt habe.« Am liebsten hätte er ihr gesagt, dass er Elsie alles über sie erzählt hatte, darüber, wie er den wundervollsten Menschen in seinem Leben, der ihm gezeigt hatte, die Welt auf eine Art zu genießen, die ihm zuvor fremd gewesen war, verloren hatte. Doch er brachte nichts davon über die Lippen. »Warum fangen wir nicht erst mal an, und machen dann eine Pause für die Scones?«

»Hört sich nach einem guten Schlachtplan an. Wohin geht es hier?«, fragte sie und zeigte zu einem niedrigen Gang, der parallel zur Treppe verlief. Darüber türmte sich ein Papierberg, der einen Tunnel geformt hatte, nachdem er vor zwei Jahren zur Seite gekippt war und nun allein durch Spannkraft zusammengehalten wurde, ohne jegliche tragende Stützkonstruktion. Doch das Bauwerk hatte seit dem Tag gehalten, an dem es sich gebildet hatte.

»Die Küche«, erklärte er ihr.

»Und das ist der einzige Zugang? Man muss auf Händen und Knien krabbeln, um sie zu erreichen?«

»Es ist gar nicht mal so schlimm. So ist es schon seit Jahren. Es ist recht sicher.«

In der Hocke taxierte sie das Chaos. »Nun, ich bin keine Ingenieurin, aber ich schätze, uns bleibt wohl keine andere Wahl. Ich kann mir nicht vorstellen, dass die Schatulle zwischen dem ganzen Papierkram versteckt ist, aber hier sollten wir anfangen. Ich will nicht sterben, weil ich unter einem Haufen Zeitungen aus den Siebzigern begraben werde. Und wir brauchen sowieso die Butter für die Scones.« Zum ersten Mal, seit sie wieder hier war, bemerkte er den Anflug des Lächelns, in das er sich vor über zehn Jahren verliebt hatte. »Na los, ich lasse dir den Vortritt.«

Es kostete sie den Großteil des Vormittags, aber allmählich, jeweils ein Teil nach dem anderen aussortierend, schlugen sie langsam eine Schneise durch den Berg. Zeitung um Zeitung zogen sie aus den Ausläufern des Tunnels heraus, zusammen mit genügend Reklamesendungen, um eine eigene kleine Recyclinganlage eröffnen zu können.

Bei der Arbeit dachte er an die Schatulle und die Antworten, die sie enthalten könnte. Die Vergangenheit seiner Mutter war immer ein Geheimnis gewesen, doch nun keimte das Gefühl in ihm auf, dass eine Erklärung in greifbarer Nähe wäre. Nachdem sie acht schwarze Plastiksäcke gefüllt hatten, brachten die beiden sie hinaus in den Garten, wo Harry sie an einem der seltenen, nicht zugemüllten Orte entlang der Hauswand stapelte. Bei seinem letzten Gang blieb er stehen, um nach seinen Tauben zu sehen, da hörte er, wie Tabitha ihm folgte.

»Harry, ich bräuchte deine Hilfe bei … oh«, sagte sie und verstummte beim Anblick der Tauben. »Was ist das?«

»Tauben«, erwiderte er, steckte den Finger durch das Drahtgeflecht und lächelte still in sich hinein, als einer seiner Vögel an seiner Fingerspitze pickte. »Ich habe sechs.«

»Warum?«

Niemand hatte ihn bisher gefragt, warum er Vögel hielt. Niemand außer seiner Mutter hatte sie jemals gesehen. Das Leben in den Cotswolds im Cottage seiner Mutter war eine einsame Angelegenheit. Er hatte sich überlegt, sich eine Katze oder einen Hund anzuschaffen, wusste jedoch, dass es für ein Haustier keine sichere Umgebung war. Dann, durch Zufall oder Glück, fand er eines Tages eine Taube im Garten, flugunfähig durch einen, wie er annahm, gebrochenen Flügel. Die Aufgabe, sie wieder gesund zu pflegen, sie mit kleinen Leckerbissen zu füttern und ihr mit einer Pipette, von denen seine Mutter unerklärlicherweise einen Haufen besaß, Wasser in den Schnabel zu tröpfeln, hatte sich wie eine wunderbare Fügung angefühlt. Einen zweiten Vogel als Gesellschaft für den ersten zu fangen war ihm als durchaus gerechtfertigt erschienen. Sich jeden Tag um sie zu kümmern, war für Harry zum Lebensinhalt geworden, und er erklärte sein Verhalten damit, dass die Vögel zu etwas wurden, das nur ihm allein gehörte. In einem Leben, in dem seine Identität zu wenig mehr als einem hoffnungsvollen Sohn zusammengeschrumpft war, gaben die Vögel ihm einen Teil seiner selbst zurück. Außerdem war eine tägliche Unterhaltung mit einer Schar eingesperrter Vögel besser als überhaupt keine, wenn seine Mutter einen schlechten Tag hatte. Innerhalb kürzester Zeit hatte er einen Stall aus alten Paletten gebaut und über zwanzig Vögel eingefangen. Im Moment besaß er sechs Tiere nach ein paar Todesfällen und einer Handvoll Ausbrüchen. Er spürte Tabithas Blick auf sich, die immer noch auf eine Antwort wartete.

»Ich schätze mal, ich mag sie einfach. Es gefällt mir, mich um sie zu kümmern.«

Die anschließende kurze Stille fühlte sich angespannt an, vibrierte zwischen ihnen mit Dingen, die ungesagt blieben.

»Nun, im Haus wartet noch viel Arbeit auf uns«, sagte sie. »Und diese Scones essen sich auch nicht von allein. Komm, lass uns eine Pause machen.« Als Tabitha zurück ins Cottage eilte, drehte Harry sich um und folgte ihr.

Sie standen schweigend nebeneinander, während sie die Scones im Ofen erwärmten. Harry spürte eine Veränderung in der Stimmung, obwohl er es nicht verstand oder die Ursache kannte. Er hatte das Gefühl, es hinge mit den Vögeln zusammen, und sein Blick wurde immerzu von einem Tattoo auf ihrer Schulter angezogen, ein Neuzuwachs auf ihrem Körper, den er früher in- und auswendig gekannt hatte und der ihm jetzt fremd war. Es war ein Vogel, das Bild wie ein Spritzer von unterschiedlichen Wasserfarben, Violett an Orange an Gelb.

»Wir haben gute Fortschritte gemacht«, sagte Tabitha und brach das Schweigen, während sie von ihrem ersten Scone abbiss.

»Ich kann nicht glauben, wie viel wir bereits aussortiert haben. Aber ich wette, du wünschst dir, du hättest diesen Brief ignoriert, nicht wahr?«

»Nicht wirklich«, erwiderte sie und biss erneut ab. Nachdem sie sich über die Lippen geleckt hatte, sagte sie: »Allein dafür hat es sich gelohnt. Die Scones sind unglaublich lecker.«

»Backen ist ihre Superkraft«, sagte Harry. »Mit ihren warmen Rosinenbrötchen könnte sie einen Krieg beenden.«

»Ha«, lachte Tabitha. »Aber sie ist niemand, der lang um den heißen Brei herumredet, nicht?«

»Äh, nein. Tut mir leid, wenn sie dich in eine unangenehme Situation gebracht hat.«

»Hat sie nicht. Es war irgendwie schön, dass sie wusste, wer ich bin. Das bedeutet, dass du mich nicht ganz vergessen hast.«

»Dich vergessen? Soll das ein Scherz sein?« Sollte er es tun? Sollte er ihr sagen, dass er immer noch Gefühle für sie hatte? Nach zehn Jahren mochten sich ihre für ihn vielleicht geändert haben. Doch wenn er es nicht sofort sagte, sich zumindest dafür entschuldigte, wie ihre Beziehung geendet hatte, bekäme er womöglich keine zweite Chance. »Tabitha, ich wollte …«

»Pst«, unterbrach ihn Tabitha. »Hast du das gehört?«

»Was gehört? Ich höre gar nicht.« Das war's. Er würde es tun. Er würde ihr erklären, dass es ein Fehler gewesen war, sie zu verlassen. »Ich wollte dir sagen …«

»Nein, Harry, Augenblick. Ich kann …«, setzte sie an, brach dann jedoch mitten im Satz ab, als ein schweres Donnern über ihnen grollte. Ihr Blick glitt zur Treppe. Da sah Harry, wie sich Tabithas Augen weiteten. »Harry, schnell, weg da!«

In fieberhafter Hast zerrte sie ihn tiefer in die Küche und wenige Sekunden später beobachteten sie schwer keuchend von ihrem Platz in relativer Sicherheit, wie sich die Zeitungen auf den Treppenstufen bewegten und ins Wanken gerieten. Einer Lawine gleich stürzten die überquellenden Berge in Richtung Flur. In den letzten Winkel der Küche gedrängt, beobachteten sie, wie die Papiere sich zu einem staubigen Haufen ansammelten und ein paar vereinzelte Blätter wie Schneeflocken auf den Boden schwebten.

»Was zum …?«, flüsterte Tabitha und trat einen Schritt vor.

Harry wollte ihr schon folgen, erkannte jedoch kurz darauf, dass es ihm Mühe bereitete. Ein Gefühl der Enge breitete sich in seiner Brust aus, doch sein Asthmaspray befand sich auf der anderen Seite des Durcheinanders. Staub wallte wie dicker Nebel durchs Zimmer, und seine Lungen würden gleich kollabieren, sie pfiffen bereits heftig. Er beugte sich vor, wie er es gelernt hatte, die Hände auf die Knie gestützt, wo er mit aller Verzweiflung versuchte, Ruhe zu bewahren und dem Atem nicht nachzustolpern, der ihn verließ.

»Harry, wir brauchen hier wohl professionelle Hilfe. Ich glaube nicht, dass wir das allein schaffen. Harry?«, sagte sie und drehte sich verwundert um, da er ihr nicht antwortete. Doch als Tabitha zu ihm sah, war Harry bereits auf die Knie gesunken, den Kopf tief gebeugt, und röchelte schwer, während seine Brust sich auf- und absenkte. »Großer Gott, Harry!«, rief sie und stürzte zu ihm. Sie packte ihn an den Taschen, während er krampfhaft versuchte, zu Atem zu kommen, und schrie: »Der Staub hat bei dir einen Asthmaanfall ausgelöst. Wo ist dein Spray, Harry? Sag mir, wo es ist!«

Schließlich, nachdem er einen guten Atemzug in die Lunge gepresst hatte, brachte er hervor: »Wohnzimmer. Auf dem Tisch.«

Ohne auch nur eine Sekunde zu zögern, sprang sie in

den Gang, und Harry konnte nichts weiter tun, als zu lauschen, wie sie über die wegrutschenden Papierstapel hinwegstolperte. Er beobachtete, wie sie in den Dunstschleiern verschwand, und spürte die Angst zurückkehren, die Hand in Hand mit dem Kampf um Luft einherging. Doch wenige Augenblicke später war Tabitha zurück, sein Asthmaspray fest umklammernd. Nach einem kurzen Schütteln und raschen Wegziehen der Kappe reichte sie es ihm, als hätte sie es erst gestern zum letzten Mal getan.

»Luft kurz anhalten«, sagte sie, als er den Sprühstoß einatmete, dann setzte sie sich neben ihn und rieb ihm den Rücken. Sobald sich seine Atmung ein wenig beruhigt hatte, war sie erneut auf den Beinen, und bevor Harry sie aufhalten konnte, rief sie den Notarzt.

»Mir geht's schon besser«, sagte er, als sie wieder neben ihm stand und sein Zustand sich fast normalisiert hatte.

Der Ausdruck auf ihrem Gesicht verriet, dass sie sich nicht umstimmen lassen würde. »Du hattest gerade einen Asthmaanfall, Harry. Da gibt es nichts zu diskutieren.« Einen weiteren Moment lang konnte er nicht atmen, als sie sich herabbeugte, um seine Hände in ihre zu nehmen. »Der Krankenwagen ist gleich da. Bis dahin bleib einfach gerade sitzen. Und benutz noch mal das Spray. Komm schon, Harry, tu einfach, was ich dir sage. Ich weiß doch noch, was zu tun ist.«

In diesem Moment war es, als wäre er nie gegangen, als gehörte Tabitha immer noch zu ihm und als wäre er der Mann an ihrer Seite.

»Du hast mir einen ganz schönen Schrecken eingejagt«, sagte sie später an dem Tag von einem Stuhl neben dem Krankenhausbett. »Es ist eine Weile her, seit ich mit Asthmaanfällen zu tun hatte.«

»Ich ebenfalls«, erwiderte er. »Ich kann mich nicht erinnern, wann ich das letzte Mal einen hatte.«

»Dann ist es sowieso besser, wenn du über Nacht hierbleibst, wie die Ärzte geraten haben. Mit so etwas ist nicht zu spaßen, Harry. Sorg dich im Moment nicht ums Haus.«

Die Anspannung, die zwischen ihnen brodelte, die Last all dessen, was ungesagt geblieben war, schien angesichts seines Asthmaanfalls verblasst zu sein. Vielleicht nicht völlig verschwunden, aber sicherlich in den Hintergrund gerückt. »Was ist mit den Vögeln? Sie müssen gefüttert werden.«

»Die Tauben müssen freigelassen werden«, sagte sie. Gefangenschaft war etwas, das ihr gegen den Strich ging. Ihre freie Hand glitt zu ihrer Schulter, ihre Fingerspitzen strichen über die Tätowierung. Es war keine Kleinigkeit, wie sich ihre Leben verändert hatten. Mauern waren zwischen ihnen erwachsen, jede in einer anderen Form und Größe. Eine hatte zufälligerweise die Gestalt eines Taubenstalls. Erst jetzt kam ihm wieder in den Sinn, mit welch zärtlicher Liebe sie sich um Tiere gekümmert hatte, etwa den Igel, den sie durch den Winter hindurch gepflegt hatte, oder die Spinnen, die sie vorsichtig fing, bevor sie sie wieder in die Natur aussetzte. Einmal hatte er einen Besuch im Londoner Zoo vorgeschlagen, und sie hatte die folgenden zwei Stunden damit verbracht, ihn über die Unmenschlichkeit zu belehren, Tiere in Käfigen und – in ihren Worten – als Geiseln zu halten.

»Es tut mir leid. Ich hatte vergessen, wie deine Einstellung dazu ist.«

»Es sind Wildvögel.«

»Ich kümmere mich gut um sie. Versprochen.«

»In Freiheit könnten sie sich selbst um sich kümmern. Aber ich schätze, einstweilen könnte ich mich durchringen, die armen Dinger zu füttern.«

»Vielen Dank«, sagte er daraufhin. »Das weiß ich zu schätzen.« Die Vorstellung, die Tauben gehen zu lassen, bedrückte ihn, aber sobald das Haus verkauft war, müsste er es wohl oder übel sowieso tun. Dennoch würde er die Sache erst einmal auf sich zukommen lassen. »Aber ich will dir nicht nur für deine Hilfe mit den Vögeln danken. Auch für dein Kommen, als sie dir geschrieben hat. Und weil du jetzt hier bist.«

»Keine Ursache«, sagte sie, als wäre es eine unbedeutende Kleinigkeit, als wäre dieses Szenario vor ein paar Tagen nicht noch undenkbar gewesen. »Aber ich schätze, wir sind uns einig, dass das Haus mehr Arbeit ist, als wir erwartet haben. Wir sollten eine Entrümpelungsfirma anrufen.«

Seine Brust fühlte sich immer noch wie zugeschnürt an. »Nein«, sagte er entschlossen. »Ich muss es selbst tun. Es ist, was meine Mutter wollte, und vielleicht meine … meine letzte Chance …«, flüsterte er und stolperte über die Wahrheit.

»Wofür?«

Zumindest das war er ihr schuldig, oder? Nach all dieser Zeit hatte Tabitha das Recht, die Wahrheit zu erfahren. »Um zu beweisen«, sagte er mit einem Räuspern, »dass ich ein Sohn hätte sein können, der es wert ist, behalten zu werden, hätte man ihm eine Chance gegeben.«

Ihre weichen Finger verschränkten sich mit seinen. »Was meinst du?«

»Es tut mir leid, dass ich es dir vor zehn Jahren nicht erklärt habe, denn ich weiß, du hast meine Gründe nie verstanden, warum ich zu ihr gezogen bin und dich verlassen habe. Doch ich habe meine Mutter erst im Erwachsenenalter wiedergefunden. Ich bin in Pflegefamilien aufgewachsen. Meine Mutter konnte sich nicht um mich kümmern, nicht in ihrem Zustand. Sie hatte mich weggegeben, als ich klein war.«

»Oh, Harry! Warum hast du mir das nie gesagt?«

»Ich wollte nicht, dass du schlecht von mir denkst.«

Gegen Tränen kämpfend schlossen sich ihre Augen wie Schneeglöckchen bei Tagesanbruch. »Schlecht von dir denken? Warum sollte ich das?«

»Ich dachte, du würdest dann womöglich nicht bei mir bleiben. Dass etwas falsch mit mir ist.«

»Falsch?« Sie zögerte und starrte nach Antworten suchend in die Luft. »Du dachtest, du seist nicht gut genug?«

»Vielleicht. Ich habe es selbst nicht ganz verstanden, denn ich kannte den Grund nicht, weshalb sie mich weggegeben hat.«

»Oh, Harry! Ist das der Grund, weshalb du dich entschieden hattest, mit ihr in diesem grässlichen Haus zu leben? Weil du versucht hast, sie zu verstehen?«

Der Puls seines Körpers zitterte unter der Last seiner Ehrlichkeit. »Gut möglich. Und das ist der Grund, weshalb ich unbedingt diese Schatulle finden muss. Ich muss wissen, wer sie wirklich war, damit ich vielleicht verstehe, warum sie mich nicht behalten konnte. Womöglich kann mir dieses Schmuckkästchen meine Fragen beantworten oder mir sogar verraten, wer mein Vater ist.«

»Das weißt du nicht?«, erkundigte sie sich und sah kopfschüttelnd auf seine Armbanduhr hinab. Wenige Augenblicke später spürte er ihre Hand auf seiner. Sie schaffte es immer noch mit einer einzigen Berührung, ihn zu erden und ihm ein Gefühl von Sicherheit zu geben. »Natürlich, dann müssen wir es auf jeden Fall selbst tun«, sagte sie, als träfe sie eine Entscheidung. »Wenn die Sache so liegt und es derart wichtig ist, werde ich bleiben und helfen.«

»Was?«

»Bis die Sache erledigt ist, werde ich bleiben.«

»Nein, das könnte ich nicht von dir verlangen.«

»Das hast du auch nicht«, entgegnete sie lächelnd. Als er sich zu ihr drehte, fand er blasse Augen ohne die dunkle Betonung von Wimperntusche. Es war, als starrte er in die Vergangenheit, und das machte es ihm unmöglich, den Blick abzuwenden. »Ich habe es angeboten. Und wie dem auch sei, sie hat *mir* geschrieben, schon vergessen? Zudem, wenn Elsie Gillman ab und an mit ihrem Gebäck vorbeikommt, ist allein das die Mühe wert.«

»Vielen Dank«, flüsterte er. Die Worte wirkten irgendwie nicht genug, aber er wusste nicht, was er stattdessen sagen sollte.

Da griff sie in ihre Tasche und zog ein Blatt Papier und einen Stift heraus. »Nun, es gibt keinen Kühlschrank, an den ich es, so wie früher, klemmen könnte, aber vom Prinzip her ist es dasselbe«, sagte sie und schob ihm das gefaltete Papier in die Hand. Wie viele kleine Notizen hatte sie ihm damals, als sie ein Paar gewesen waren, hinterlassen? Hunderte, vielleicht mehr. Als er das Blatt auffaltete, las er, was sie geschrieben hatte. »Ich schwöre dir, es ist die Wahrheit.« Tränen zurückdrängend las er ihre Worte und drückte sich das Papier an die Brust. »Du warst immer genug, Harry. Und das meine ich ernst. So wie ich es immer ernst gemeint habe. Wenn es ihr Wunsch war, dass wir diese Schatulle gemeinsam finden, dann werden wir genau das tun.«

»Tabitha, ich weiß nicht, was ich sagen soll. Allein der Umstand, dass du hier bist und mir hilfst, ist …« Ihm blieben die Worte in der Kehle stecken.

»Du musst nichts sagen, Harry.«

Seine Gefühle waren zu intensiv und verwirrend, um sie in diesem Moment zu durchdringen, aber vielleicht könnte er sich auf die praktischen Dinge konzentrieren. »Ich weiß nicht einmal, ob es nicht Zeitverschwendung ist. Ich habe zehn Jahre in diesem Haus gewohnt und die Schatulle nie gesehen. Sie könnte vor Jahren verloren gegangen sein.«

»Nichts geht jemals wirklich verloren, Harry«, sagte sie und erhob sich zum Gehen. »Die Dinge sind nur manchmal so gut versteckt, dass man nicht mehr genau weiß, ob sie überhaupt noch da sind.«

In dieser Nacht schlief er tief und fest und erinnerte sich, was sie auf ihren Zettel geschrieben hatte. Es war die erste Nacht seit vielen Jahren in einem bequemen Bett. Seit die Treppe unpassierbar geworden war, hatte er sich angewöhnt, im Sessel zu schlafen, die Rückenlehne nach hinten gekippt. Jetzt lag er ausgestreckt da, behaglich, mit einem weichen Kissen und einer warmen Decke. Eigentlich hatte er sich gewünscht, dass Tabitha bei seinem Aufwachen hier wäre, doch als er am nächsten Morgen den Blick zum Stuhl gleiten ließ, sah er an ihrer Stelle eine weitere kleine Notiz mit dem Versprechen, sie würde ihn abholen, sobald er später am Tag entlassen wurde. Doch was er zu jenem Zeitpunkt vielleicht nicht erkannte, war der Umstand, dass es nichts dergleichen wie eine kleine Notiz gab, ausgetauscht zwischen zwei Menschen, die sich früher einmal von ganzem Herzen geliebt hatten.

Drittes Kapitel

Mirepoix, Frankreich, Sommer 1981

Frances erwachte von einer kühlen Brise und dem Blöken von Schafen, das von dem etwa einen Kilometer nördlich gelegenen Bauernhof zu ihr drang. Im Süden befand sich das Städtchen, zu dem sie jeden Tag spazierte und das sich so anders als ihr ruhiges Dorfleben in Bilbury zu Hause in England anfühlte. Am Morgen, wenn die Luft immer noch dunstig und der Südwind von den weit entfernten Gipfeln der Pyrenäen wehte, konnte sie sich kaum vorstellen, diesen Ort jemals wieder zu verlassen. Sie hatte die letzten sieben Sommer hier verbracht, und dies war die dritte Woche, die sie bei ihrer Tante in dem Künstlerretreat knapp außerhalb von Mirepoix wohnte. Die vergangenen Sommer war sie zusammen mit ihren Eltern hierhergekommen, und Frances hatte die grässliche Autofahrt mit Bach in Endlosschleife nur aus dem einen Grund ertragen, weil sie wusste, was sie am Ende erwartete. Doch dieses Jahr war sie allein mit dem Zug angereist. Sonderbarerweise war es ihr, während ihr Waggon durch die weitläufige französische Landschaft ratterte, durchaus so vorgekommen, als kehrte sie nach Hause zurück. Nachdem das Taxi in die lange Privatstraße eingebogen war und sie die Scheune, die sich nun vor ihr erhob, und die vereinzelt auf den endlosen Feldern verteilten Maler erblickte, hatte es sich – das wusste sie nun – wie eine Erleichterung angefühlt.

Eine Weile lag sie dort in dem riesigen Bett, beobachtete die hauchdünnen, in der Brise zitternden Gardinen und lächelte über ihre neueste Sammlung an Muscheln, die sie fein säuberlich auf dem Fensterbrett aufgereiht hatte. Stimmen hallten von der Terrasse unter ihr herauf, das Geklapper von Teelöffeln und leises Säuseln von entspanntem Geplauder. An manchen Tagen war sie früh auf den Beinen, erpicht darauf, den Tag zu begrüßen. Doch heute wollte sie faul liegen bleiben, um über den Abend zuvor nachzudenken, den Kuss, den sie immer noch auf den Lippen spürte. Männer in England könnten niemals so schmecken, denn es war unmöglich, die Hitze des Sommers oder den dünnen Schweißfilm auf einer Oberlippe zu kopieren. Zigaretten und schwarzer Tee, so wäre es zu Hause, stellte sie sich vor, wie der Atem ihres Vaters, wenn er sich früher in ihrer Kindheit herabgebeugt hatte, um ihr einen Kuss zu geben. Der Gedanke ließ sie schaudern. Es war eine weitere wundervolle Sache, die in Frankreich anders war. In England fühlte sie sich verloren und verunsichert. Doch hier kam sie sich wie zu Hause vor, auch wenn sie dank der Sprachbarriere gelegentlich mit den einfachsten Dingen des Lebens zu kämpfen hatte.

Mit dem köstlichen Frühstück, das sie lockte, und einem leeren Magen stemmte Frances sich aus dem Bett, zog sich ein leichtes Baumwollkleid an, das perfekt für das Wetter gemacht war, und schlüpfte in Sandalen. Als sie die Küche erreichte, gab sie ihrer Tante einen Kuss auf die Wange.

»Bonjour, Mademoiselle«, flötete ihre Tante Henrietta. Ihre Begrüßung war stets warmherzig, als wäre sie immer freudig überrascht über Frances' Auftauchen. Die besondere Fürsorge ihrer Tante erlaubte ihr, sich frei zu fühlen, ganz sie selbst zu sein, und Frances liebte sie für dieses Geschenk nur umso mehr. Ohne den Blick von der Pfanne mit brutzelnden Eiern zu lösen, reichte ihre Tante ihr einen Teller voller Croissants und Speck. »Welche wunderbaren Dinge hat das Leben heute für dich bereit?«

»Äh, nicht viel«, log Frances, suchte sich ein Croissant aus und biss herzhaft hinein. Tante Henrietta war so freundlich, berührte ständig ihre Haare oder umarmte sie fest. Hier war es so anders, und Frances wünschte, sie hätte keine Mauer der Unwahrheit zwischen ihnen errichtet. Die Lügen fühlten sich schrecklich an, doch welche Wahl blieb ihr? »Ich denke, ich gehe einfach zum Markt. Vielleicht zum Bücherladen und treffe mich dann mit Amélie.«

»Ah, Amélie«, sagte ihre Tante. »Ich habe sie kein einziges Mal zu Gesicht bekommen, seitdem du hier bist. Letztes Jahr wart ihr unzertrennlich.«

»Sie hat jetzt einen Freund«, erwiderte Frances und wusste, dass das eine glaubhafte Erklärung war. Mit einem Nicken schien ihre Tante ihr die Geschichte abzukaufen.

»Das bezweifle ich nicht. Hier gibt es ja auch sonst kaum etwas zu tun.« Nachdem sie die Eier auf einem Teller angerichtet hatte, reichte sie ihn Frances. »Nun, vergiss deine Aufgaben in der Scheune nicht, bevor du losziehst. Alles muss bis zwölf vorbereitet sein.«

»Kein Problem«, sagte Frances.

»Außer du willst heute vielleicht lieber hierbleiben. Es würde nicht schaden, es noch einmal zu probieren, oder?«

Frances lächelte, aber ihr Körper krampfte. »Oh, komm schon. Tante Henrietta, das haben wir doch schon versucht. Ich bin ein hoffnungsloser Fall.«

Ihre Tante schnaubte verächtlich, während sie ein weiteres Ei in die Pfanne schlug, diesmal für ein herrlich brutzelndes Spiegelei. »Dein Problem ist, dass du die Kunst nicht zu schätzen weißt.« Fett zischte, als sie ein zweites hineingab. »Ich habe einen Sohn, der Anwalt ist, und eine Tochter, die nichts weiter tut, als für andere Menschen Geld zu scheffeln. Du, meine Liebe, warst meine letzte Hoffnung.«

»Nun, es tut mir leid, dich enttäuschen zu müssen, aber ich schätze, der Zug ist abgefahren. Du kannst niemanden zwingen, etwas zu mögen oder gut in etwas zu sein. Frag Dad!«

»Ich weiß, ich weiß«, erwiderte sie und verdrehte die Augen. »Du willst Archivarin werden, nicht Ärztin, und anscheinend nicht einmal Malerin. Du weißt, ich ziehe dich nur auf.«

»Dad zieht mich nicht auf«, sagte Frances und stibitzte sich eine weitere Speckscheibe. Ihr Vater hatte ständig darauf herumgeritten, dass sie Ärztin werden sollte, und vor ihrer Abfahrt nach Frankreich hatten sie sich deshalb mehrfach in die Haare bekommen. Ein schlimmeres Schicksal konnte sie sich nicht vorstellen. Ihr Platz war in einem Museum, wo sie die Vergangenheit archivierte, Gemälde restaurierte, Kunstwerke aufbewahrte. Das war, was sie tun wollte. Frances zeigte auf die Eier. »Welcher Tisch?«

»Der mit dem schwedischen Pärchen«, sagte ihre Tante

und drückte ihr einen Kuss auf die Stirn. Und dann flüsterte sie: »Dein Dad wird seine Meinung schon noch ändern. Er liebt dich. Gib ihm nur etwas Zeit.«

»Ich habe ihm bereits alle Zeit der Welt gegeben. Man kann niemanden zwingen, etwas zu sein, oder? Ich wäre eine schreckliche Ärztin!«

»Nein, meine Liebe, das kann man nicht. Und es tut mir leid, das zu sagen, aber ich bin mir ganz sicher, du wärst eine wunderbare Ärztin. Aber zumindest weißt du, was du willst.«

Oh ja, das tat sie wirklich. Frances wusste genau, was sie wollte. Doch sie wollte weder über ihren Vater noch über seinen verbissenen Wunsch, dass sie Ärztin werden sollte, reden. Sie nahm den Teller und schritt zur Tür. »Ich bringe die lieber an den Tisch, bevor sie kalt werden.«

»Vergiss die Scheune nicht«, rief Tante Henrietta, als Frances aus der Tür glitt.

Frances war sich sicher, dass sie die Scheune niemals vergessen würde. Nicht, nachdem Benoit sie am Abend zuvor dort geküsst hatte.

Der Ausblick von der Terrasse war etwas, das Frances sich während der tristen Wintermonate voll stumpfsinniger Plackerei in ihrem Heimatland vor dem geistigen Auge heraufbeschworen hatte. Das Licht sickerte durch die alten Bäume, die den Garten säumten, Pollen und Staubpartikel tänzelten in den Sonnenstrahlen. Festgestampfte Erde, ausgetrocknet von der gleißenden Sonne, wies unter ihren Füßen dünne Risse auf. Doch hübsch eingebettet, wie sie hier in einem Tal lagen, erstreckte sich viel Grün zu allen Seiten wie riesige Kräuselungen in einem Teich. Näher am Gehöft verwoben sich Rosen ineinander, rosa und weiß, derart verflochten, dass es kaum zu sagen war, wo die eine aufhörte und die andere begann. Die Berge lagen dort in der Ferne, ihre sommerlichen Gipfel, grau und schartig, gerade noch erkennbar durch ein Wolkenmeer. Mitten in der Nacht, vom Mondlicht erhellt, bildeten sie die Silhouette, die dem gestrigen Kuss als Kulisse gedient hatte.

Frances hatte Benoit im vergangenen Sommer kennengelernt, nachdem er zurück nach Mirepoix gezogen war. Zu seinen provinziellen Wurzeln zurückgelockt durch den Antiquitätenmarkt, war er ein Sammler und Händler und er faszinierte sie. Natürlich hatte sie bei ihrem ersten Gespräch im Sommer zuvor, nach einem Spaziergang ins Dorf an einem milden Juliabend mit ihrer Tante, um das Buchfestival zu besuchen, noch nichts davon gewusst. Gelangweilt von den Lyriklesungen in einer Sprache, die sie nicht richtig verstand, und leicht beschwipst, da sie einen warmen Pastis getrunken hatte, schlenderte sie hinüber zu einem Tisch mit antiquarischen Büchern.

»Das ist eine interessante Wahl.« Der Klang ihrer Muttersprache ließ sie auffahren. Niemand, abgesehen von ihrer Tante oder Amélie, sprach Englisch mit ihr. Doch diese Stimme war männlich, rau. »Für Sie oder ein Geschenk?«

Als sie sich umdrehte, erblickte sie einen hochgewachsenen, schlanken Mann, der eine weite, bis zu den Knöcheln hochgerollte Chinohose trug. Sofort fiel ihr auf, wie anders als jeder, den sie von zu Hause kannte, er aussah. Seine Haare waren ordentlich zum Seitenscheitel frisiert, seine Sonnenbrille steckte trotz der abendlichen Dämmerung im aufgeknöpften Kragen seines Hemds. Eine sichelförmige Narbe zierte seine Wange, was ihm ein permanentes Grübchen verlieh. Wenn er lächelte, zogen sich seine Lippen weit auseinander, groß und breit, herzförmig. Nie zuvor hatte ihr der Anblick eines anderen Menschen derart die Sprache verschlagen. Er schien sie anzustarren, als gäbe es nichts außer ihr zu sehen.

»Das Buch«, sagte er schließlich und zeigte auf das in ihrer Hand. »Ist es für Sie?«

»Ich weiß nicht.« Seine direkte Art hatte sie überrumpelt, sein durchdringender Blick war ihr fast unangenehm. Sie wollte, dass er wegschaute, fürchtete aber gleichzeitig, sich einfach in Luft aufzulösen, täte er es tatsächlich. »Woher wissen Sie, dass ich Engländerin bin?«

»Das wusste ich nicht, aber die roten Schultern waren ein gewisser Anhaltspunkt.« Lachend nahm er ihr das Buch aus der Hand. »Kennen Sie es?«, fragte er und hielt es hoch.

»Nein.« In Wahrheit hatte sie das Buch in ihrer Hand kaum eines Blickes gewürdigt, es zufällig ausgewählt. Sie spähte hinüber zum Fremden, sah den Umschlag, las den Titel. »Ist es gut?«

Mit einer leichten Drehung lehnte er sich gegen den Tisch, wobei er die Beine durchstreckte, die Füße an den Knöcheln gekreuzt. Seufzend schlug er das Buch auf, um etwas auf der Innenseite zu lesen, bevor er es mit einem lauten Knall wieder zuklappte.

»Ich wette, niemand weiß, dass dieses Buch hier ist.« Bevor Frances es ausgewählt hatte, war es mit gut hundert anderen in einem Koffer gelegen. »Sie kennen Edouard, dem diese Buchhandlung gehört?« Er zeigte zu dem Laden hinter sich, und sie schüttelte den Kopf. »Nun, lassen Sie mich Ihnen sagen, dass er historische Kostbarkeiten oder den Wert von Büchern nicht zu schätzen weiß. Er interessiert sich nur dafür, Geld zu scheffeln, um seine Frau mit Designerklamotten zu überhäufen.« Er lachte über seine eigenen Worte, weshalb sie es ebenfalls tat, obwohl sie es so gut es ging verbarg. »Dieses Buch ist eine Erstausgabe. Gedruckt 1925 in New York. Sie kennen die Geschichte?«

»Nein.«

»Es handelt von einem Mann, der eine Frau liebt, die er nicht lieben sollte.« Seine Hände fuhren sanft über den Umschlag, tiefschwarzes Leder mit einem vergoldeten Buchrücken. »Alles geht natürlich schief. So ist es immer. Aber währenddessen amüsiert er sich prächtig.« Eine Röte überzog Frances' Wangen, und sie konnte ihn neben sich spüren, als wäre die Luft elektrisch aufgeladen und würde sie wie ein Magnetfeld zu ihm ziehen. Zikaden zirpten in den Bäumen, als er sich eine Zigarette anzündete und ihr eine anbot, die sie dankend ablehnte. »Sie sollten es mitnehmen«, sagte er nach einer Weile. »Ich habe das Gefühl, Sie wüssten es mehr zu schätzen als Edouard.«

Sie schüttelte den Kopf. »Ich habe es mir nur angesehen. Ich habe kein Geld bei mir.«

Inzwischen hämmerte ihr Herz schnell. Jedes Mal, wenn sein Blick auf sie fiel, spürte sie, wie ihre Wangen noch heißer glühten. Was hatte dieser Mann nur an sich, dass er sie zu dem hier reduzierte? Sie konzentrierte sich auf das

Buch, während er sich mit dem Buchrücken gegen die Hand klopfte.

»Lassen Sie mich Ihnen ein Geheimnis anvertrauen. Nur für Ihre Ohren bestimmt, in Ordnung?« Sie nickte und beugte sich näher, als er sie zu sich winkte. »Würden Sie das hier mit der Absicht, es zu kaufen, zur Kasse bringen, und unser armer, einfach gestrickter Edouard würde erkennen, was sich in seinem Besitz findet, hätten Sie nicht genügend Geld in den Taschen dieses wunderschönen trägerlosen Kleids, um es zu kaufen.« Seine Hände griffen nach ihren nackten Schultern. »Selbst wenn alle hier auf dem Festival ihr gesamtes Bargeld zusammenlegen, bezweifle ich, dass es ausreichen würde.« Er schüttelte den Kopf und zuckte mit den Schultern. »Niemand hier interessiert sich für Bücher. Ein Buch wie dieses dürfte niemals in einem Haufen wie dem da liegen. Nichts von solcher Schönheit«, sagte er, und seine Stimme senkte sich zu einem Flüstern, »sollte jemals zwischen solchem, solchem …« Er zögerte, sein Gesicht vor Verwirrung gefurcht. »Ich habe das Wort vergessen. Was ich meine, ist, dass etwas so Besonderes wertgeschätzt werden sollte. Sicher aufbewahrt, von einem Menschen, der es liebt.« Inzwischen hatte er sich weit zu ihr gelehnt, und sie spürte, wie sie sich ebenfalls zu ihm beugte. Ihre Gesichter waren nur Zentimeter voneinander entfernt. »Es ist ein großartiges Buch, das viel mehr als diesen abgenutzten, alten Koffer wert ist. Es verdient einen Besitzer, der es zu würdigen weiß, finden Sie nicht auch?« In diesem Moment lag die Möglichkeit, dass sie allem zugestimmt hätte, vielleicht sogar dem Vorschlag, Ärztin zu werden.

Mit einem Nicken bedeutete sie ihm ihre Zustimmung. »Nun denn«, sagte er und reichte ihr das Buch. »Edouard dort drüben ist beschäftigt und sieht sich die Lesung an.« Auf einer Bühne ganz in der Nähe trug jemand ein Gedicht vor, und eine Menschenmenge applaudierte. »Ich finde, Sie sollten damit wegspazieren.«

»Es stehlen?«, flüsterte sie.

»Warum nicht? Würden Sie denn nicht gut darauf aufpassen?«

»Natürlich, aber …«

Er unterbrach sie. »Besser als Edouard hier, wette ich. Sie würden der Geschichte einen Gefallen tun.«

Ihr Mund wurde ganz trocken. »Aber es gehört ihm.«

Da lächelte Benoit und winkte sie noch näher. Ein Duft ging von ihm aus, leicht waldig, anders als alles, was sie jemals gerochen hatte. Das Buch lag immer noch in seinen Händen. »Wenn das Schicksal schon immer wollte, dass es Ihnen gehört, wie könnte Sie dann irgendjemand des Diebstahls bezichtigen?« Er holte einen Stift aus der Gesäßtasche seiner Hose, schlug die erste Seite auf und schrieb etwas hinein, bevor er es ihr wieder reichte. »Jetzt gehört es Ihnen. Immerhin steht Ihr Name dort drin.«

»Nein«, beharrte sie und blickte sich verstohlen um, ob jemand sie sah. Ihre Tante beobachtete sie, doch das wusste sie zu jenem Zeitpunkt nicht. »Sie sagten gerade, es sei eine Erstausgabe. Man schreibt nichts in Erstausgaben.« Er lächelte. »Außerdem könnte ich es nicht annehmen.« Da begriff sie, was er gerade gesagt hatte. »Augenblick mal, woher kennen Sie meinen Namen?«

Er warf die Zigarette auf den Boden und drückte sie aus. Seine Wange war nah an ihrer, als er ihr ins Ohr flüsterte. »Ich werde Ihnen zeigen, wie es geht.«

Behutsam nahm er ihr das Buch aus den Händen und klemmte es sich unter den Arm. Mit einem raschen Lächeln und einem Zwinkern des linken Auges drehte er sich um und schlenderte rasch weg. Und mir nichts, dir nichts war er verschwunden, ließ nichts als eine Erinnerung an sein Lächeln und das narbige Grübchen in ihrem Kopf zurück.

»Wer war das, mit dem du dich gerade unterhalten hast?«, fragte Tante Henrietta, als Frances zu ihrem Platz zurückkehrte, ihre Haut feucht vor Schweiß und ihr Herz immer noch laut klopfend.

»Das weiß ich nicht«, erwiderte Frances. Doch in ihrem Kopf krallte sich ein Gedanke fest. *Aber ich will es herausfinden.* Und später an diesem Abend, als sie nach Hause kam und die Treppe zu ihrem Zimmer hochstieg, stellte sie freudestrahlend fest, dass das Buch auf ihrem Bett lag. Sie nahm es in die Hand, roch am Umschlag, blätterte es gemächlich durch. Er war hier gewesen, in ihrem Zimmer. Da war wieder dieser Waldgeruch, als stünde er immer noch genau neben ihr. Sie schloss die Tür ab, als hätte sie ein Geheimnis, das sie bewahren müsste. In diesem Moment fühlte es sich an, als könnte er zaubern. Wer auch immer er war. *»Der große Gatsby«*, las sie laut, während sie sich auf ihr Bett setzte. Als sie das Buch aufschlug, um zu lesen, was er hineingeschrieben hatte, fand sie den Beweis, dass er die ganze Zeit über real gewesen war.

Liebe Frances. Du kannst nichts stehlen, was bereits dir gehört.
B.

Der Mond schien hell durch ihr Fenster, so grell, dass sie in jener Nacht nicht schlafen konnte. Gemütlich in ihre Decke gekuschelt, hörte sie erst auf, als sie den gesamten Roman durchgelesen hatte, und selbst danach, als ihr alle Knochen vor Erschöpfung wehtaten und sie die Augen schloss, kam der Schlaf nur flüchtig. Die ganze Zeit über dachte sie an die Initiale in dem Buch und fragte sich, wie um alles in der Welt es möglich war, dass er ihren Namen kannte. Und obwohl sie keine Antwort auf das Wie besaß, wusste sie, wie überglücklich sie war, dass er es tat.

Die besonders eifrigen Maler waren bereits an ihren Staffeleien, als sie die Scheune verließ. Der Pfad, der von der Scheune wegführte, war lang und staubig unter Frances' Füßen, als sie in Richtung Straße spazierte. Sie dachte immer noch an jenen Abend, an dem sie Benoit zum ersten Mal begegnet war. Es war schwer vorstellbar, dass dieser Abend auf dem Buchfestival über zwölf Monate zurücklag. Die meiste Zeit hatten sie getrennt voneinander verbracht, doch sie hatten sich häufig geschrieben. Manchmal glaubte sie, es wären allein seine Briefe, die sie durch jene Tage zu Hause gebracht hatten, der Countdown, bis sie endlich wieder nach Frankreich zurückkehren konnte.

Keinen Kilometer vom Künstlerretreat ihrer Tante entfernt, versteckt hinter der Hecke des Nachbarhofs, wartete sie auf Benoit, genau wie geplant. Es würde sich nicht schicken, sollten sie zusammen gesehen werden. Tante Henrietta würde nicht verstehen, was sie einander bedeuteten, und ihr gewiss die Freiheiten einschränken, die ihr erlaubten, zu leben und zu lieben, wie es ihr gefiel. Wäre sie nur ein paar Jahre älter, würde der Altersunterschied keine Rolle spielen. Doch das war sie nicht, und deshalb tat er es. Sie setzte sich auf den kleinen Felsblock, auf den vor vielen Jahren von Benoits Großeltern *Ferme des Bonnets* – Bauernhof der Bonnets – eingemeißelt worden war und wartete. Dieser Zufall, dass ihre Tante das Grundstück neben dem Hof seiner Familie gekauft hatte, ließ sie glauben, dass ihr Kennenlernen geradezu vom Schicksal vorherbestimmt war.

Das Schnurren seines Citroën 2CV wurde lauter. Den Fuß aufs Gaspedal gedrückt, genau wie er wusste, dass es ihr gefiel, damit für einen kurzen Moment der Staub vom ausgetrockneten Boden den Wagen wie Nebel umhüllte, konnte sie Benoit lachen sehen. Nervosität peitschte durch sie hindurch, als sie zum Auto hüpfte, und Aufregung packte sie bei jedem Wiedersehen. Doch heute war dieses Gefühl sogar noch intensiver, verstärkt durch die Erinnerung an den Kuss vom Abend zuvor. Nachdem sie die Autotür zugeknallt hatte, beugte Benoit sich vor, die Hände auf ihrem Körper, um sie fest an sich zu ziehen. Als er sie an sich presste, beschleunigte ihr Herzschlag und alles war in Ordnung. Sie spürte seine Hand, die ihr Gesicht liebkoste, dann ihre Taille, ihr Bein. Seine Finger glitten rasch unter den Saum ihres Rocks und strichen sanft über ihre Oberschenkel. Ihre Haut zitterte, als er die Finger wieder löste.

»Ich habe dich vermisst«, flüsterte er und gab ihr einen

Kuss. »Jetzt wo du zurück in Frankreich bist, will ich nirgendwo anders sein als bei dir.« Mit seinen weichen, heißen Händen auf ihrer Haut und seinem atemlosen Flüstern zwischen Küssen und sanften Berührungen konnte sie sich ihr restliches Leben bildlich vorstellen. Es wirkte ganz genauso perfekt wie dieser Moment, in dem alles möglich erschien. Alles sah wie Benoit aus.

»Du hast mich doch erst gestern Abend gesehen«, kicherte sie.

»Und ich werde dich wiedersehen, jeden einzelnen Abend. Wie auch nicht? Aber wird das jemals genügen? Wie kann ich dich nicht vermissen, wenn wir getrennt sind?« Er küsste sie erneut, bevor er den Blick zurück aufs Lenkrad richtete. Während einer kurzen Pause seiner Berührungen spähte sie zur Rückbank und sah den Picknickkorb, aus dem sie abends zuvor gegessen hatten. Ein leichter Geruch von warmem Käse durchzog den Wagen. Er hätte unangenehm sein können, doch das war er kein bisschen.

»Musst du heute arbeiten?«, fragte sie, als er den Motor anließ.

Er nickte und zog einen Flunsch. »Leider ja. Das echte Leben fordert seinen Tribut.«

Wenn er nicht arbeitete, verbrachten sie häufig den Tag zusammen. Letzte Woche war er sogar mit ihr zum Strand gefahren, dem Gruissan-Plage, kurz vor Narbonne, wo sie schwammen und Fisch aßen und Wein tranken. Als sie zu Hause ankam, war sie beschwipst gewesen, ihr Kopf wie benebelt vom Geheimnis ihrer Beziehung, während sie die Muscheln auf dem Fensterbrett ihres Zimmers ausbreitete.

Sie waren Hand in Hand spaziert, ohne jede Angst oder sich verstecken zu müssen. Magische Momente, von denen sie wusste, dass sie jeden Einzelnen für immer in Erinnerung behalten würde. Sie besuchten ein wunderschönes altes Antiquitätengeschäft, und er erklärte ihr den Wert von alten Büchern und wie sie eine Erstausgabe entdeckte, so wie er ihr im Jahr zuvor eine geschenkt hatte.

»Dann werde ich wohl ins Dorf gehen«, sagte Frances. Zu dem Zeitpunkt hatten sie bereits die Ausläufer von Mirepoix erreicht, wo die Häuser sich zusehends drängten und die Landluft schwand. Lavendel wurde von Essensgerüchen und Abgasen ersetzt. »Ich schaue im Buchladen vorbei und hole mir neuen Lesestoff. Edouard lässt mich so viel lesen, wie ich will.«

Er grinste. »Das würde er nicht, wüsste er es besser.«

Bei seinen Worten stockte ihr der Atem, allein die Erinnerung an den Abend, an dem er das Buch gestohlen hatte, ließ sie zusammenzucken. Es stand immer noch im Bücherregal in ihrem Zimmer, und sie holte es häufig heraus, nur um einen Blick auf die Nachricht zu werfen, die er ihr hineingeschrieben hatte, und über die Buchstaben zu fahren, als wären sie ein Teil von ihm. Es war das Erste, was sie dieses Jahr nach ihrer Ankunft in Frankreich getan hatte, doch der Gedanke, wie es in ihren Besitz gelangt war, ließ sie mit einem Gefühl der Scham zurück. Am liebsten hätte sie sich deshalb versteckt und die Tür zur Welt zugeschlagen.

»Nicht. Ich kann immer noch nicht glauben, dass du es einfach mitgenommen hast.«

Er zwinkerte ihr zu, während er mit dem Wagen in ein

schmales Seitengässchen einbog, kurz bevor sich die Menschenmenge auf dem Marktplatz versammelte. »Ich habe es vielleicht genommen, aber du hast dich entschieden, es zu behalten.«

Das entsprach wohl der Wahrheit, dachte sie, aber er hatte ihr kaum eine Wahl gelassen, nachdem er ihren Namen ins Buch geschrieben hatte. Vielleicht war es ein Test, wunderte sie sich und lächelte still in sich hinein, da sie ihn bestanden hatte. »Was hätte ich denn tun sollen?«

»Genau das, was du getan hast«, erwiderte er, beugte sich zu ihr und küsste sie wieder, doch diesmal mit weniger Dringlichkeit, da das Summen der Stadt knapp über ihren Schultern lockte.

»Vielleicht können wir uns zum Mittagessen treffen?«, fragte sie, als er sich von ihr löste, die Hände immer noch in ihren Haaren.

Er verzog das Gesicht. »Es tut mir leid. Heute kann ich nicht. Aber ich hoffe, wir sehen uns am Abend.«

»Du hoffst?«, fragte sie auf eine Art, die alles andere als hoffnungsvoll klang.

Er zog einen Schmollmund. »Heute ist viel zu tun. Die Arbeit lässt sich nicht aufschieben.«

Er gab ihr einen weiteren Kuss auf die Wange, und sie wusste, dies war das Zeichen, dass ihr Treffen vorbei war. Als sie aus dem Auto stieg, öffnete er das kleine Fenster. Sie hatten so viel Zeit zusammen verbracht, dass sie fest überzeugt war, mittlerweile in seinem Gesicht lesen zu können, und sie wusste, dass es ihm von Herzen leidtat.

»Morgen wird es anders sein, nicht nur so ein rasches

Treffen zwischen Tür und Angel. Morgen«, sagte er und zeigte mit dem Finger, eine fast offizielle Geste, die sie ein bisschen an ihren Vater und die Schule erinnerte, »machen wir einen Ausflug. Was hältst du davon?« Unvermittelt wurde ihr Lächeln breiter. »Du weißt, vor welche Schwierigkeiten mich das stellt, nicht wahr? Ein ganzer Tag nur für uns.« Sie nickte. »Aber ich tue es, für dich. Weil?«, fragte er und wartete ab, dass sie den Satz vervollständigte.

Es war ihr Insiderwitz, den nur sie verstanden. Er stellte diese Frage, und sie gab die Antwort. »Weil du mich liebst.«

»Weil ich dich liebe«, sagte er mit einer solchen Selbstsicherheit. Am Anfang war sie sich dessen, was sie hatten, auch sicher gewesen, doch im Lauf der Zeit schienen die Dinge für sie komplizierter statt leichter zu werden. Warum war es so schwierig, etwas so Wichtiges geheim zu halten? Wenn sie sich liebten, gab es gewiss nichts, wofür sie sich schämen mussten. Ja, da war dieser Altersunterschied, aber sie war kein kleines Kind mehr. Die Menschen würden es verstehen. Und dennoch, sobald ihre Gedanken in diese Richtung drifteten, musste sie sich auch ihr eigenes Geheimnis eingestehen, die Sache, die sie vor Benoit verheimlicht hatte. Wenn die Menschen es verstünden, warum hatte sie ihn dann belogen? Würde er sie noch genauso lieben, wenn er die Wahrheit erfuhr? Sie ertrug den Gedanken nicht, dass es womöglich anders wäre, weshalb jedes Mal, wenn sie sich durchringen wollte, ehrlich zu sein, ihre Chance kam und wie ein nicht entzündetes Feuerwerk wieder verging.

»Ich liebe dich auch, Benoit«, sagte sie anstatt der Wahrheit, die sie ihm eigentlich gestehen wollte. »Und ich würde alles für dich tun. Das weißt du, nicht wahr? Dass ich einfach alles tun würde.«

Seine Lippen kräuselten sich zu einem sanften Lächeln. »Und ich würde alles für dich tun, Süße.«

Sie beugte sich ins Auto. »Wirklich?«

Er neigte den Kopf zur Seite und starrte sie eindringlich an, als wäre er vielleicht der erste Mensch, der sie jemals richtig gesehen hatte. Doch es war ein mitleidvoller Blick, das wusste sie, als wäre sie zu dumm, um es zu verstehen. Manchmal fühlte sie sich in seiner Gegenwart so lächerlich. Wie das Kind, von dem sie ganz sicher wusste, dass sie es nicht mehr war. Wenn sie sich so fühlte, wollte sie am liebsten weglaufen, und nicht nur vor Benoit, sondern vor allem. Doch dann erinnerte sie sich, dass die Art, wie er sie gelegentlich ansah, sie innerlich singen ließ, als würde allein der Umstand, am Leben zu sein, eine Vibration auslösen, die als Lied gehört werden konnte.

»Ich würde alles in meiner Macht Stehende tun«, sagte er. »Geh jetzt und grüß Edouard schön von mir.« Still in sich hineinlachend fuhr er davon, als hätte er gerade den lustigsten Witz der Welt gerissen.

Als der Wagen mit Benoit um die Kurve bog und er einen Arm winkend aus dem Fenster streckte, sah sie ihm nach, wie er für einen weiteren Tag verschwand. Dann war es auf einmal still, abgesehen von ein paar Vögeln, die in den Weidenbäumen über ihr trillerten. Was sollte sie jetzt tun? Ins Dorf spazieren, sich in den Schatten der Eiche am Marktplatz setzen, ein Buch lesen und eine *chocolat chaud* schlürfen? Nach Hause gehen und Trübsal blasen, wie ihr Vater sich immer über sie monierte? Alles fühlte sich sinnlos an, als sie dort auf der Straße stand, mit Benoit nirgends in Sicht. Ihre Erinnerungen glitten zu all den Briefen, die er ihr in Vorbereitung auf ihre Rückkehr geschrieben hatte. Ihre Eltern hatten ihr monatelang vorgeworfen, sie würde in Selbstmitleid zerfließen, und konnten ihre Stimmungsschwankungen nicht verstehen, die mit dem Strom seiner geheimen Kommunikation anschwollen und wieder abflauten. Ein knappes Jahr hatte sie sich nichts weiter ersehnt, als hier in Frankreich mit Benoit in den Schatten dieser wunderschönen Berge zu sein, auf Feldern, die einen Duft ausströmten, der nach Küssen und Haut und leise geflüsterten Versprechen auf eine Zukunft roch, die unmöglich schien, wenn sie zu lang darüber nachdachte. Mirepoix – mit Benoit – war der einzige Ort, an dem sie sich wirklich zu Hause fühlte. Und jetzt war sie hier und tat, wovon sie so lang geträumt hatte. Oder zumindest, wie sie sich einredete, was dem nahe kam. Doch es fühlte sich nicht so an, wie sie es sich vorgestellt hatte. Jedenfalls nicht in Momenten wie diesem, allein am Straßenrand, die Füße staubig, nur in Gesellschaft ihrer selbst.

Das Städtchen lag vor ihr, Edouard und seine Buchhandlung, in der sie sich immer wie eine Diebin vorkam. Wenn sie dort etwas kaufte, betonte sie stets, er könne das Wechselgeld behalten, obwohl sie niemals in der Lage wäre, genügend Bücher zu erstehen, um den Gegenwert der Erstausgabe von *Der große Gatsby* zu begleichen. Es fühlte sich trotzdem falsch an, es zu behalten, aber nicht so falsch, dass sie bereit war, es zurückzugeben. Dieses gestohlene Buch gehörte zu ihr, das hatte Benoit ihr gesagt. Und sie gehörte zu ihm. War man felsenfest davon überzeugt, dass etwas richtig war, musste man es hegen und pflegen, es in Sicherheit bringen.

Die Geräusche des geschäftigen Marktplatzes wehten in der Brise zu ihr, der Trubel des Handels und Lebens. Irgendwie ergab es keinen Sinn, dorthin zu gehen. Stattdessen streckte sie sich, pflückte ein paar Brombeeren von einem Busch am Straßenrand und machte auf dem Absatz kehrt in Richtung ihres Zuhauses, der Saft der Früchte süß in ihrem Mund. Manchmal, insbesondere in Momenten wie diesen, grübelte sie darüber nach, wie wenig sie Benoit oder die Dinge kannte, die er tat, und die Orte, an denen er war. Den Umgang, den er pflegte. Doch sie ermahnte sich immer, sie dürfe sich nicht sorgen, weil er sie liebte, und der heutige Tag bildete keine Ausnahme. Er würde alles für sie tun, das hatte er eben gesagt, und sie wusste, sie würde alles für ihn tun. *Zum Beispiel ihn belügen,* hörte sie die Stimme in ihrem Kopf. Frances gab ihr Bestes, sie zu ignorieren, denn sie konnte nicht zulassen, dass törichte, kindische Gedanken zerstörten, was sie beide verband. Er gehörte zu ihr, und sie zu ihm, und nichts, was bereits dein war, könnte jemals gestohlen sein. Aber bedeutete es auch, dass es niemals verschwinden konnte? Während sie mit dem süßen Brombeersaft auf den Lippen zurück zum Künstlerretreat spazierte, erkannte sie, dass dies eine Frage war, die sie nicht beantworten konnte.

Viertes Kapitel

Tabitha griff in ihre Tasche und zog ihr Handy heraus. Der Atem stockte ihr fast, als sie sah, dass sie weitere drei SMS von Daniel erhalten hatte. Ein Teil von ihr wollte unbedingt wissen, was er zu sagen hatte, doch es bestand kein Zweifel, dass die Nachrichten vor Gehässigkeit nur so triefen würden, weshalb sie auf Löschen drückte, ohne sie gelesen zu haben. Seit über achtundvierzig Stunden hatte sie ihn nun nicht mehr gesehen. Als sie sich umdrehte, sah sie Harry aus dem Garten kommen, seine Wangen gerötet von den Anstrengungen eines weiteren brütend heißen Tages.

»Ich kümmere mich jetzt um ein paar Sachen hier drinnen«, rief er, ohne aufzublicken. »Genauso gut kann ich gleich in der Küche anfangen.«

»Okay«, rief sie zurück. Es tat so gut, wieder bei ihm zu sein. Abgesehen von den grauen Schläfen und der altbackenen Wanderbekleidung war er noch derselbe Harry: Das freche Lächeln, wenn er einem nicht direkt in die Augen sehen konnte, und seine unerklärliche Zuneigung für alte Menschen. Wie sehr sie das liebte! In ihrer gemeinsamen Zeit hatte er nur selten Freundschaften geschlossen, doch wenn, dann immer mit jemandem, der mindestens dreißig oder vierzig Jahre älter als er war. Damals hatte sie angenommen, es wäre etwas, das Harry in anderen sah und mochte, nämlich ihnen auf jede erdenkliche Weise zu helfen, selbst wenn es nur eine Kleinigkeit war. Doch jetzt fragte sie sich, ob es nicht vielleicht andersherum war. Vielleicht fühlten sie sich ihm verbunden. Erst heute Vormittag hatte er den Rasen im Garten eines Nachbarn ein paar Häuser die Straße hinab gerecht und einem pensionierten Ehepaar in einem anderen Cottage eine durchgebrannte Glühbirne ersetzt, bevor er in heller Aufregung zurück in sein eigenes Cottage gestürzt war, besorgt, kostbare Zeit verloren zu haben, die er lieber auf die Suche nach der Schatulle hätte verwenden sollen. Er war immer noch derselbe Mensch, den sie geliebt und der ihr stets ein Gefühl der Ruhe vermittelt hatte. Harry schaffte es, dass sie den Rest der Welt vergaß. Nun allerdings fragte sie sich, ob es nicht vielleicht daran lag, dass er schlicht zu große Angst hatte, selbst in dieser Welt zu leben.

»Harry, komm und sieh dir das an!«, rief sie kurz darauf aus dem Wohnzimmer. Wie es schien, hatte Frances Langley eine Vorliebe für Katalogbestellungen – doch wie sehr und seit wie lange hatte sich erst nach ihrem Tod gezeigt, als eine Schicht nach der anderen abgetragen und Zeiträume eines Lebens offenbart wurden, die bis dahin ein Geheimnis gewesen waren. Tabitha hörte, wie er aufstand, dann das rhythmische Tapsen seiner sanften Schritte auf den Fliesen im Flur, ein Geräusch, das sie beruhigte, als er näher kam. Sobald er im Türrahmen erschien, waren seine Wangen gerötet, seine Haare völlig zerzaust.

»Hast du sie gefunden?«, fragte er leicht atemlos.

»Nein, tut mir leid«, erwiderte sie und erkannte seine Enttäuschung. »Aber das hier.« Als sie ihm ein kleines schwarzes Büchlein reichte, blätterte Harry darin.

»Was ist das?«

»Ich denke, es ist eine Inventarliste. Sieh nur, es gibt eine Bezeichnung, dann das Datum, wo sie was gekauft hat. Sie hat alles ordentlich eingetragen, und es gibt jede Menge von diesen Büchern.« Tabitha zeigte auf einen kleinen Stapel.

»Alle wie das hier?«, fragte Harry.

»Im Grunde schon. Bei einigen wirkt es, als hätte sie die Daten und Zeiten aufgelistet, an denen sie Leute draußen gesehen hat. Sie hat sogar Nummernschilder notiert. Vielleicht können wir versuchen, den Eintrag für die Schatulle zu finden.«

»Das wäre großartig.«

»Und sieh mal«, sagte sie und hielt einen kleinen schwarzen Koffer hoch. »Du wirst nicht glauben, was ich noch gefunden habe.« Nachdem sie den Deckel geöffnet hatte, drehte sie ihn um, damit Harry hineinspähen konnte. »Eine Trompete.« Sie lachte. »Deine Mutter wusste genau, wie man ein Potpourri an Dingen sammelt. Ich habe auf Flohmärkten und in Museumslagern schon weniger Auswahl gesehen.« Beim Anblick des glänzenden Instruments erhellte sich Harrys Gesicht, dann verhärtete es sich. »Was ist los?«, fragte sie.

»Das ist unglaublich«, sagte er und griff mit vorsichtigen Händen nach dem Instrument. »Früher habe ich selbst einmal gespielt.«

»Ich wusste gar nicht, dass du ein Instrument gespielt hast«, sagte sie. »Also ist das deine?«

Lächelnd schüttelte er den Kopf.

»Auf keinen Fall.«

»Was hat sie dann damit gewollt?«

»Wer weiß?«, erwiderte er, und in seiner Stimme lag die unterschwellige Botschaft, dass eine solche Frage unmöglich zu beantworten war. »Was hat sie mit dem ganzen anderen Zeug gewollt?« Er brachte die Trompete an seinen Mund, presste die Lippen gegen die unangenehme Kälte des Mundstücks und kostete die Vertrautheit des leicht abgestandenen Geschmacks aus. Nach einem tiefen Atemzug spielte er ein nachhallendes C, das in seinem ganzen Körper widerhallte. Tabitha lächelte, genoss den Ton.

»Spiel mir etwas vor«, sagte sie, lehnte sich zurück und überschlug die Beine. »Was kannst du noch?«

Ohne ein weiteres Wort zu verlieren, flog er die C-Dur-Tonleiter hoch und seine Finger erinnerten sich an jede Note. Selbst wenn die Melodie nicht so flüssig klang, wie es möglich gewesen wäre, da die Ventile geölt gehörten, ließ es ihn durchaus mit einem Gefühl der Freude zurück, da er zumindest noch wusste, wie man Trompete spielte. Er spürte, wie er errötete, als Tabitha ihm seiner Bemühungen wegen applaudierte, was ihm unvermittelt die Art von Zufriedenheit in Erinnerung rief, die er durch die Anwesenheit von jemandem in der Zuschauermenge, der allein seinetwegen gekommen war, empfunden hatte. Pflegeeltern, die ihm gesagt hatten, wie stolz sie auf ihn wären. Jahrelang hatte er um seine Kindheit getrauert und sie bitter bereut, als wäre sie eine Katastrophe, die er selbst verschuldet hatte. Doch der Anblick dieser Trompete rief ihm ins Gedächtnis, dass es in jener Zeit auch Menschen gegeben hatte, die ihn liebten. Da wünschte er, er könnte sich an den Namen des Ehepaars erinnern, das im Publikum gesessen und bei seiner Aufführung von »Oh Fortuna« geklatscht hatte.

»Was ist los?«, fragte Tabitha, während er die Trompete sinken ließ. Als sie die Träne bemerkte, die seine Wange hinablief, berührte sie rasch seinen Arm. In der Hoffnung, seine Gefühle verbergen zu können, drehte er sich weg.

»Kostet nur viel Atem, das ist alles, und ich bin außer Übung. Ich sollte lieber mein Spray benutzen, ansonsten bekomme ich vielleicht einen Asthmaanfall.«

»Willst du darüber reden?«, fragte sie, während er sich anschickte, nach seinem Asthmaspray zu suchen.

Kopfschüttelnd wandte er das Gesicht ab. »Nicht wirklich.«

»Womöglich ist das genau der Grund, warum du es tun solltest«, schlug sie vor. »Es könnte helfen.«

Als er spürte, wie seine Emotionen die Oberhand gewannen, begannen seine Lippen zu zittern. Diesmal konnte er nicht viel tun, um gegen den Strom an Tränen anzukämpfen, und die erste tropfte bereits heiß und schnell über seine Wange.

»Ich bin wütend auf sie, Tabitha. Und auch auf mich. Wenn ich all dieses Zeug sehe, frage ich mich einfach, wie sie so leben konnte? Wie *das* hier mein Leben sein konnte?«

»Es kann nicht leicht gewesen sein«, sagte sie und tätschelte ihm tröstend den Arm. »Aber ich schätze, sie war krank, Harry. Vielleicht hatte sie überhaupt nicht bemerkt, wie schlimm die Dinge stehen.«

»Das weiß ich, aber ich wünschte, sie hätte es getan. Mein ganzes Leben habe ich bei Fremden verbracht und mich immer gefühlt, als wäre ich nicht gut genug. Es war nicht fair, Tabitha, genauso wenig wie der Umstand, dass ich derjenige bin, der diesen Saustall jetzt aufräumen muss. Ihretwegen habe ich alles verloren.«

»Du hast nicht alles verloren, Harry«, sagte sie und zog ihn an sich. Eine Barriere zwischen ihnen war durchlässig geworden. »Ich verspreche dir, dass du immer noch mehr besitzt, als du dir vorstellen kannst.«

An jenem Abend schafften sie es, noch etwas mehr Platz zu schaffen. Das Wohnzimmer hatte sich von ein paar Quadratmetern mit zwei Sesseln zu einem schmalen Korridor verwandelt, der Zugang zu einem Fenster, dem Kamin und genug Bodenfläche bot, dass sie sich auf dem Teppich ausstrecken konnten. Nachdem sie sich gegen einundzwanzig Uhr entschieden, Feierabend zu machen, waren sie beide so hungrig, dass Tabitha Pizza bestellte. Während sie auf ihre Lieferung warteten, trugen sie ein paar Kisten hinaus in den Garten. Bei ihrer Aufräumaktion waren sie auf Stapel mit der Kleidung seiner Mutter, Puppen und Schmuck gestoßen, von denen Tabitha glaubte, ein Teil könnte wertvoll sein, sowie mehr Noten für die Trompete, als Harry jemals in seinem Leben würde spielen können. Inventarlisten von Sammlungen, gefüllt mit Fotos von Steinen, Muscheln und Blättern, aber kein einziger Eintrag zur Klinkosch-Schatulle oder wie sie es anstellen könnten, sie aufzuspüren.

»Nun, was wirst du als Erstes tun?«, fragte Tabitha, als er nach dem Essen mit einer dampfenden Tasse Tee aus der Küche zurückkehrte.

Er setzte sich in den Sessel. »Inwiefern?«

»Um dein Leben neu aufzustellen. Du wirst neue Hobbys brauchen, um deine Zeit zu füllen. Irgendwelche Ideen?«

»Du meinst, nachdem ich eine neue Bleibe gefunden habe, sollten wir diese Schatulle nicht finden. Oh, Tabitha, ich habe nicht den blassesten Schimmer. Im Moment kann ich an nichts anderes denken, als sie zu suchen.«

»Ich spreche nicht von einer Weltraummission, Harry.« Sie zeigte auf die Trompete. »Was ist damit? Möchtest du nicht wieder anfangen zu spielen?«

»Du meinst vor Publikum?«

»Ja. Was, wenn ich eine Möglichkeit finde, wo genau das möglich wäre? Würdest du es tun? Oder es zumindest ausprobieren?«

Argwöhnisch beäugte er den Trompetenkoffer. »Ich denke schon. Ich weiß nicht, ob ich gut genug wäre, aber ich würde es gern versuchen.«

»Das reicht mir völlig.« Sie warf einen Blick auf ihre Armbanduhr. »Oh Gott, wie die Zeit vergeht!«, rief sie und stand auf. »Ich muss mich beeilen.« Enttäuscht, aufbrechen zu müssen, forschte sie in Harrys Gesichtsausdruck, während sie sich die Jacke anzog. Da stieg etwas Vertrautes in ihr auf, eine Ahnung, in das Leben zurückkehren zu müssen, das sie ohne ihn lebte. Die Vorstellung legte sich dumpf auf ihre Brust, erschwerte ihr das Atmen. »Um wie viel Uhr soll ich morgen zurückkommen?«

»Wann du willst. Es ist nicht so, als müsste ich irgendwann zur Arbeit. Ich bin immer noch beurlaubt.«

»Perfekt«, sagte sie, dann war ihr der Enthusiasmus peinlich, und sie fügte rasch hinzu: »Es tut mir leid. So habe ich das nicht gemeint.«

Er sah sie mit sanften Augen an. »Ich weiß, was du gemeint hast.«

»Dann komme ich, sobald ich im Museum fertig bin. Und ich werde einen Termin vereinbaren, um den Schmuck schätzen zu lassen.« Sie hatten einen ganzen Berg an Ketten zutage gefördert, das meiste billiger Modeschmuck, aber bei einigen Teilen glaubte Tabitha, sie könnten Harry bei einer Auktion etwas Geld einbringen. »Keine Ahnung, wie viel es wirklich wert ist, aber ich schätze, alles in allem könntest du mit mindestens tausend Pfund rechnen.«

Er erhob sich aus seinem Sessel. »Was?«

»Natürlich«, sagte sie, als sie seine Überraschung bemerkte. »Ich habe dir doch erklärt, dass einige Schmuckstücke aus Silber sind, mit wertvollen Steinen.«

Hastig hob er den Beutel, in den sie den Schmuck gelegt hatten, vom Boden auf und drückte ihn ihr in die Hand. »Willst du sie jetzt gleich mitnehmen?«

»Nein, behalt sie hier«, erwiderte sie und schob seine Hand fort, doch er schüttelte bereits den Kopf.

»Nein, bitte, nimm sie mit«, sagte er bestimmt. »Und sobald du sie hast schätzen lassen, entscheiden wir, was wir behalten und was wir verkaufen werden. Es könnten einige der letzten Dinge sein, die noch von Wert sind.«

»Wir entscheiden?«, fragte sie leise und nahm den Beutel. Er fühlte sich lächerlich schwer in ihrer Hand an.

»Ja«, sagte er. »Wir.«

Seine Stimme zitterte beim Sprechen, und Tabitha fragte sich, wie viel Mut es ihn gekostet haben mochte, einfach anzunehmen, dass sie lang genug bei ihm bliebe, um in einer unbekannten Zukunft eine gemeinsame Entscheidung zu treffen.

»Dann helfe ich sehr gerne«, sagte sie. Ein Atemzug entrang sich seiner Brust, als er sich entspannte. »Ich bringe sie dir so schnell wie möglich zurück.« Sie gingen zur Tür, und er winkte ihr zum Abschied.

»Dann bis morgen«, rief sie, während sie das Tor hinter sich schloss. Und als sie sich, bevor sie um die Kurve bog, für einen allerletzten Blick zu ihm zurückdrehte, stellte sie fest, dass er immer noch auf der Türschwelle stand und ihr winkte, obwohl sie den Awkward Hill schon fast bis zur Hälfte hinauf war. So viel hatte sich verändert, seit er ihr gesagt hatte, ihre Beziehung wäre vorbei, so viele Entscheidungen waren getroffen worden, die sie niemals würde rückgängig machen können. Und dennoch reichte ein einziger Blick auf Harry, der ihr beim Wegfahren zusah, um ihr das Gefühl zu geben, sie wäre immer noch die Frau, die sich vor all den vielen Jahren in ihn verliebt hatte. An Harrys Seite war es ihr einen Moment lang so vorgekommen, als wären sämtliche Fehler der vergangenen zehn Jahre niemals geschehen. Sie hatte ihn vermisst, so viel stand fest. Vielleicht, überlegte sie, vermisste sie auch die Person, die sie damals, als sie noch ein Paar waren, gewesen war.

Fünftes Kapitel

Ihr Wagen war am Ende der schmalen Straße geparkt, die bis hoch zum kleinen Dorfanger führte. Das Pub, in dem sie die vergangenen beiden Nächte abgestiegen war, hatte Reservierungen fürs Wochenende, und sie konnte dort nicht mehr bleiben. In der Nähe gab es zwar andere Hotels, doch sie müsste sowieso Kleidung holen, weshalb sie es auch sofort hinter sich bringen konnte. Es war spät, und Daniel wäre längst bei der Arbeit. Wenn sie nach Hause wollte, um ihre Sachen zu packen, würde sich ihr in den nächsten paar Tagen kaum eine bessere Gelegenheit bieten. Als sie die Autotür zuzog, erkannte sie, dass Harry sich bereits viel zu weit weg anfühlte.

Während sie zu dem Ort fuhr, den sie ihr Zuhause nannte, dachte sie darüber nach, wie das Leben früher, als Harrys Freundin, gewesen war. Einfache Dinge, so wie er damals ihre Lieblingsfotos hatte rahmen lassen und an die Wand gehängt hatte, oder wie er eine Glasvitrine für ihre Sammlung an Fossilien bestellt hatte, die sie seit ihrer Kindheit zusammengetragen hatte. Wie er, wenn sie ihm jede einzelne Versteinerung erklärte, niemals sagte, dass es nur Steine wären, so wie es andere Menschen taten. Oder dass er, wenn sie nachts hochschreckte, schon wach war und sich sorgte, ob es ihr gut ginge, immer mit einem offenen Ohr für alles, was ihr auf der Seele lag. Dass alles, was er sagte, bedeutsam erschien, weil er ein Mann weniger Worte war. So viel hatte sie verbunden, dass selbst jetzt, zehn Jahre nachdem er sie verlassen hatte, um sich um seine Mutter zu kümmern, es ihr wie ein Rätsel vorkam, wie sie mit einem anderen Mann verheiratet sein konnte.

Nach einer kurzen Autofahrt stieg sie die Treppenstufen hoch und stand vor der Tür ihres Zuhauses. Alles wirkte ruhig, während sie nach jedweden Geräuschen im Innern lauschte. Gedanken an Harry beiseiteschiebend griff sie in ihre Tasche. Da war sie wieder, eine Enge in ihrer Brust, die sie immer verspürte, wenn sie diese Tür erreichte. Diese Stimme in ihrem Kopf, die immer noch auf ihrer Seite war, genug an sie glaubte, um nicht aufzugeben, und ihr zurief, sie solle so schnell wie möglich auf dem Absatz kehrtmachen. Zitternd klammerte sie sich an ihrem Schlüssel fest und fragte sich, wie ein Ort, der ihr derart vertraut war, ein solches Gefühl von Angst in ihr auslösen konnte. Wie hatte sie es nur so lang ausgehalten?

Aus dem Innern des Hauses konnte sie keinen Laut hören. Mondlicht traf auf dunkle Fenster. Zu dieser Tageszeit musste er fort sein, nicht wahr? Sie zerrte den Schlüssel aus der Tasche und steckte ihn ins Schloss. Doch sobald sie die Tür geöffnet hatte, hörte sie seine Schritte auf dem gemeinsam abgeschliffenen Parkett, immer schneller, während sie verzweifelt versuchte, den Schlüssel herausziehen. *Dreh dich um,* flehte die Stimme sie an, doch Logik wurde wie üblich durch Angst ersetzt, und sie erstarrte. Einen

Moment lang, als er die Tür weit aufriss, schien er so froh zu sein, sie zu sehen, dass sie es fast selbst glaubte. Doch da schaltete sich ihr gesunder Menschenverstand ein, und sie schob die linke Hand in ihre Hosentasche, um ihren Ehering wieder anzustecken, bevor Daniel sah, dass sie ihn abgenommen hatte.

»Wo zum Teufel bist du gewesen?«, fragte er und zog sie fest an sich. »Ich war krank vor Sorge.« Eng an ihn gepresst, während seine Finger leicht über ihre Schultern glitten und sich wie immer in sie bohrten, erkannte sie, dass er auf sie gewartet hatte. Es spielte keine Rolle, an welchem Tag oder zu welcher Uhrzeit sie aufgetaucht wäre. Wann immer sie gewagt hätte, hierher zurückzukommen, er wäre da gewesen, um seine Besitzansprüche geltend zu machen. In dem Wissen, keine andere Wahl zu haben, als die Sache durchzuziehen, spürte sie, wie er den Arm ausstreckte, um die Tür hinter ihr zu schließen, die Augen auf ihr Gesicht geheftet. Schicksalsergeben ließ sie ihre Tasche auf den Boden gleiten. Mit einem dumpfen Knall fiel die Tür ins Schloss, und Tabitha sackte in sich zusammen. Sie waren allein, hinter geschlossenen Türen, etwas, von dem sie sich geschworen hatte, es würde nie wieder passieren. Sie fragte sich, ob sie nach Harrys Haus roch und Daniel es an ihr erschnuppern konnte, wie Pheromone oder den Duft des Verrats.

Hinweise entflammten in ihrem Blickfeld wie Funken, die von einem prasselnden Feuer in alle Richtungen stoben. Diese Bierflasche in seiner Hand, war das seine erste? Die fünfte? Waren seine Schultern entspannt oder von Energie erfüllt, nur darauf wartend, sich zu entladen? Waren seine Kiefer locker oder vor Wut verkrampft? Wie sich dieses Wiedersehen entwickeln würde, hinge von Faktoren wie diesen ab. Die unbedeutendsten Nichtigkeiten könnten einem schönen Abend einen Strich durch die Rechnung machen, doch es gab immer Anhaltspunkte. Sie waren nun schon lang genug zusammen, dass ihr das bewusst war.

»Ich habe gearbeitet«, log sie.

Er legte den Kopf in den Nacken, nahm einen langen Schluck und leerte den letzten Rest Bier. Wie eine Alarmglocke schrillte es in ihrem Kopf, als er die Flasche einfach auf die Fliesen fallen ließ. Er seufzte schwer. Was ging ihm wohl gerade durch den Kopf, fragte sie sich. Was erwartete er von ihr? Als sie an ihm vorbeispähte, sah sie mehrere Bierflaschen auf dem Wohnzimmerboden, wild durcheinander wie Leichen nach einem Massaker. Erst jetzt fiel ihr sein leichtes Taumeln auf, weshalb sich ihr nun vor Besorgnis die Härchen auf den Armen aufstellten. Ihr Herzschlag beschleunigte bei der Erkenntnis, dass er auf dem besten Weg war, sich zu betrinken.

»Ist dir klar, wie spät es ist?«

Natürlich wusste sie das. Sie hatte penibel darauf geachtet, keinesfalls vor zehn Uhr abends zu Hause zu sein. Die Idee, das Haus leer vorzufinden, die Hoffnung, womöglich die Chance zu bekommen, ihre Sachen unbemerkt zu packen, wurde nun herb enttäuscht.

»Ja, ich weiß. Ich habe mich verspätet. Tut mir leid«, sagte sie, wütend über ihre Entschuldigung, ihre Worte kratzig, da ihr Mund ganz trocken geworden war. »Du weißt, wie es mit all den neuen Ausstellungsstücken und der neuen

Sammlung ist.« Verärgert wegen ihrer zitternden Finger ballte sie die Hände zu festen Fäusten. Wie konnte es sein, dass ihm das so mühelos gelang? Warum fühlte sie sich in seiner Gegenwart so hilflos? Warum war es ihr immer so schwergefallen, ihn zu verlassen? »Ich bin zeitlich gerade sehr beansprucht und musste auf eine Dienstreise, um ein sehr wertvolles Stück zurückzubringen.« Manchmal tat sie das in seiner Gegenwart, plapperte wild drauf los, obwohl es nicht notwendig war und sie wusste, dass all die zusätzlichen Informationen die Glaubwürdigkeit ihrer Verteidigung zunichtemachten.

Er strich ihr das Haar aus dem Gesicht, seine Berührung kalt und zugleich unnachgiebig. »Und du konntest nicht anrufen?«

»Tut mir leid«, sagte sie mit einem Achselzucken. »Es war eine Last-Minute-Entscheidung.«

»Die haben dich nicht verdient.« Nachdem er ihre Finger mit sanfter Gewalt gelockert hatte, nahm er sie an der Hand und zog sie weiter in den Korridor. Sie folgte ihm gehorsam und versuchte vergeblich, nicht über die Ironie seiner Aussage nachzudenken. »Apropos, ich habe im Museum angerufen.« Während er diese Information einen Moment zwischen ihnen in der Luft hängen ließ, verschränkte er seine Finger mit ihren und löste sie dann wieder, fast sanft, ein Trick, um sie zu verwirren. »Die Kleine am Empfang, diese Jenny, meinte, sie hätte dich seit Tagen nicht gesehen.«

Hätte sie einen klaren Gedanken fassen können, hätte sie früher daran gedacht. Doch Harry war es gelungen, dass sie alles um sich vergaß, als wären die letzten zehn Jahre nicht geschehen. Als würde der Rest der Welt nicht existieren. Vier Tage mit ihm und ihre Strategie für Daniel war wie weggeblasen. »Ich habe nicht im Büro gearbeitet«, sagte sie, unfähig, ihn anzusehen. Sie wollte ihre Finger wegziehen, da bemerkte sie, dass er sie noch unnachgiebiger packte. Allen Mut zusammennehmend hob sie den Blick und sah, dass er lächelte. »Du weißt, wie das ist.«

»Nein«, erwiderte er, und sein Griff wurde noch härter. Oder war das nur ihre Angst, die sie spürte? Vielleicht war *sie* diejenige, die innerlich verkrampfte. Sie war sich nicht mehr sicher. »Im Grunde weiß ich das nicht.«

Sie wusste nicht, wohin dieses Gespräch führen würde. Die Tür war immer noch in Sichtweite und der Gedanke an die Straße, die Autos, die anderen Häuser in der Nähe, voller Menschen, die ihr helfen könnten, bahnte sich einen Weg an die Oberfläche. *Lauf,* hörte sie die Stimme in ihrem Kopf wieder sagen. *Du hast immer noch Zeit.* »Kommst du denn nicht zu spät zur Arbeit?«, fragte sie.

»Hab Überstunden genommen«, sagte er und begann, sie ins Haus zu führen. »Wollte dich sehen, sobald du zurück bist. Ich wusste, du würdest irgendwann nach Hause kommen. Dein ganzes Zeug ist noch da.«

Mit ihrer Hand fest in seiner führte er sie durch die überall verstreuten Flaschen in Richtung Sofa. Dann, wie eine Art Einladung, klopfte er auf das Kissen neben sich. Doch als sie sich langsam auf die Couch sinken ließ, rutschte er zur Seite, sodass sie auf seinem Schoß landete. Er lachte laut, und sie lächelte krampfhaft, um ihr Unbehagen zu verbergen. Ihre Reaktion kam jetzt automatisch, sie musste sie nicht einmal erzwingen. Starke Arme, die ihr früher ein trügerisches Gefühl von Sicherheit gegeben hatten, glitten um ihre Taille, unter ihre Jacke und an ihrem Rücken empor. Ein Knutschfleck, der nicht von ihr stammte, leuchtete wie eine Pflaume an seinem Hals, während seine Fingerspitzen über jeden ihrer Wirbel fuhren.

»Es ist schon eine Weile her, hm?«, sagte er und beugte sich zu ihr. »Und in der Arbeit verausgabst du dich, du Heilige.« Einen kurzen Moment hielt er inne, seine Finger in ihren Haaren vergraben. Dann packte er ein Büschel und riss ihren Kopf herum, sodass ihr keine andere Wahl blieb, als ihm ins Gesicht zu sehen. Ihre Augen trafen sich, sein Atem abgestanden, als er warm ihre Lippen berührte. Ein paar Sekunden sagte er nichts. »Du bist ein so guter Mensch.« Wie konnte es sein, dass derart schlichte Worte in ihren Ohren wie eine Drohung klangen? Er küsste ihre Wange und streichelte ihr übers Haar. »Du machst mich zu einem besseren Menschen, nur indem du hier bei mir bist. Ich habe dich vermisst«, flüsterte er ihr ins Ohr. »Du mich auch?«

»Natürlich habe ich dich vermisst«, erwiderte sie mit brüchiger, leiser Stimme, und als das letzte Wort ihre Lippen verließ, zog er sie nach unten und rollte sich auf sie, alles in einer einzigen fließenden Bewegung. Seine Finger begannen, über ihren Körper zu gleiten, seine Lippen auf ihrem Hals. Er küsste sie, und sie küsste ihn zurück. *Es ist nicht das erste Mal,* ermahnte sie sich. *Es ist einfach wie früher.* Doch diesmal half die Wahrheit nicht. Denn nun sah sie vor ihrem geistigen Auge ein anderes Gesicht, und es kam ihr falsch vor.

»Jetzt bist du wieder hier. Dort, wo du hingehörst«, hauchte er ihr barsch ins Ohr. Doch dann schwieg Daniel. Seine Hand glitt an ihrer Seite herab bis zum Klimpern von Schmuck. Hastig griff er in ihre Hosentasche und zog die kleine Plastiktüte heraus, die Harry ihr gegeben hatte. Er setzte sich auf, spähte hinein und ein Lächeln legte sich auf sein Gesicht.

Als er die Hand wieder aus der Tüte zog, glitt ein Durcheinander aus Ketten durch seine Finger. Anhänger mit Rubinen schimmerten rot und hell. »Woher hast du die?« Da Tabitha keine Antwort gab, wühlte er weiter in der Tüte und seine Augen wurden zusammen mit seinem Lächeln immer größer. »Da war aber jemand ein böses Mädchen.«

»Ich habe sie nicht gestohlen.« Tausend Erklärungen kamen und gingen, außer Reichweite, wie Sterne am Nachthimmel. »Das sind Exponate, die bald ausgestellt werden«, sagte sie schließlich. »Ich habe sie nur mitgenommen, weil ich gebeten wurde, sie morgen schätzen zu lassen. Aus versicherungstechnischen Gründen.«

»Und sie haben erlaubt, dass du sie so verheddert mitnimmst, in einer billigen alten Plastiktüte?«, fragte er, ohne den Blick auch nur eine Sekunde vom Inhalt in seiner Hand zu lösen.

»Ja«, erwiderte sie, obwohl sie wusste, wie unglaubwürdig ihre Ausrede klang. »Wenn ich sie nicht zurück ins Museum bringe, werden sie merken, dass sie fehlen.« Nach fast zehn Jahren, in denen sie nun zusammen waren, konnte sie seine Gedanken mühelos lesen.

»Die haben es doch früher auch nicht gemerkt, oder?«

Die 1940er-Rolex an seinem Handgelenk war ein Klassiker. Jedes Mal, wenn sie daran zurückdachte, wie sie die Uhr von der Wanderausstellung eingesteckt hatte, wurde ihr ganz übel. Er war im Museum gewesen, hatte das Schmuckstück gesehen und sie dann während der gesamten Dauer der Ausstellung bearbeitet, bis er sie überredet hatte, die Sammlung minus dem Teil zurückzuschicken, das er für sich wollte. Damals hatte sie ihn beeindrucken wollen, das war alles. In allerletzter Sekunde hatte sie zugestimmt und ihre Tat seitdem jeden wachen Moment bereut.

Für einen kurzen Augenblick durchzuckte sie fälschlicherweise ein Gefühl der Erleichterung, als er aufstand und sich sein Gewicht von ihrem Körper löste. Doch die Realität holte sie rasend schnell ein, als er die Tüte in die Gesäßtasche seiner Hose stopfte. Er umschloss ihr Kinn mit unnachgiebigem Griff, gerade einmal fest genug, damit sie verstand. »Ich lasse sie für dich schätzen. Du arbeitest sowieso schon hart genug, kommst erst nachts um halb elf nach Hause.« Er trat einen Schritt zurück, schnappte sich seine Jacke. »Zur Abwechslung legst du mal schön die Beine hoch.«

»Gehst du etwa?«, fragte sie, als er sich in Richtung Tür begab.

»Direkt zur Arbeit«, sagte er lächelnd. Dann kehrte er zurück, küsste sie erneut.

»Ich dachte, du hättest dir freigenommen?« Sie steckte in einer sonderbaren Zwickmühle. Nichts war schlimmer, als in seiner Nähe zu sein, aber nun, wo sich der Schmuck in seiner Tasche befand, war der Gedanke, er könnte aus der Tür spazieren, schier unvorstellbar. »Bleib bitte hier.«

Das Feixen, das sie früher mit einem Lächeln verwechselt hatte, legte sich auf seine Lippen. »Du hast nicht den blassesten Schimmer, was du ohne mich tun solltest, nicht wahr?« Mit wenigen Schritten stand er wieder direkt vor ihr, die Hand zurück an ihrem Kinn, und hob ihr Gesicht, damit sie einander in die Augen sahen. »Diesmal haust du nicht wieder einfach ab, in Ordnung? Das nächste Mal, wenn du verschwindest«, sagte er und klopfte mit einem Finger gegen ihr Kinn, »werde ich nicht so lang warten, bis du zurückkommst. Ich werde dich suchen und finden. Egal, wo du bist.« Und innerhalb weniger Sekunden war sie allein im Haus.

Nicht dass es einen großen Unterschied gemacht hätte, doch sie stürzte zur Tür und legte die Sicherheitskette vor. Bei Daniels Abgang, dem Geräusch seiner Füße, seinen schweren, imposanten Bewegungen sehnte sie sich nach den einfachen, sanften Schritten von Harry heute, früher am Tag. Alles an Daniel vermittelte ihr das Gefühl, schwach zu sein. Klein. Doch diesmal, gegen die Tür gelehnt, schwer atmend in einem Zustand der Angst und Besorgnis über das, was hätte sein können, aber schließlich doch nicht passiert war, erkannte sie auf einmal, dass sie zum ersten Mal seit langer Zeit hoffte, er käme tatsächlich zurück.

Sie dachte an die Notiz, die sie Harry an den Kühlschrank geheftet hatte, und fragte sich nun, wie sie ihm jemals wieder unter die Augen treten könnte, wenn sie seine Ketten nicht zurückbekäme. Nein, ermahnte sie sich. Das ist keine Option. Als Erstes würde sie sich die Halsketten zurückholen, und dann würde sie Daniel für immer verlassen. Es spielte keine Rolle, wohin sie ginge, überall wäre es besser als in diesem Haus. Doch auf einmal eröffnete sich ihr eine Möglichkeit, etwas, das sich richtig und sicher anfühlte. Sie würde zu Harry gehen, denn sie wusste, er würde sich um sie kümmern. Das hatte er, als sie noch ein Paar gewesen waren, immer getan, was einer der Gründe war, weshalb die Trennung ihr so wehgetan hatte. Vor zehn Jahren hatte sie mit allen Mitteln versucht, das zu retten, was sie verbunden hatte, es dann aber trotzdem verloren. Nun da sie seine geheime Vergangenheit kannte, konnte sie sich rational fast erklären, was passiert war. Es war nicht nötig, etwas zuerst zu mögen, um es zu verstehen. Aber bestand jetzt die Chance, dass er sie diesmal retten könnte? Dann, als sie den Gedanken tatsächlich in Betracht zog, diesem Haus den Rücken zu kehren und für immer zu gehen, um bei Harry zu sein, fragte sie sich, ob es vielleicht, ganz vielleicht, die Möglichkeit gäbe, dass sie einander retten könnten.

Sechstes Kapitel

Mirepoix, Frankreich, Sommer 1981

Im vergangenen Jahr, als Frances' Eltern mit in Frankreich waren, genossen die beiden ihre Auszeit, den Frieden fernab zweier arbeitsreicher Karrieren, bei denen sie fast nie zur Ruhe kamen. Als Herzchirurg konnte ihr Vater nur selten die Füße hochlegen und verbrachte den Großteil seiner Zeit damit, durch die geöffnete Brust in das Innere eines Menschen zu starren. Manchmal, wenn Frances sich mit ihm unterhielt, schien er über ihren Wachzustand überrascht zu sein, als hätte er während seines Berufslebens vergessen, dass Menschen reden und sich bewegen und eine eigene Meinung haben konnten. Frances vermutete, dass wenn man gewohnt war, für das Leben anderer verantwortlich zu sein, es vielleicht verständlich war, wenn alle anderen Dinge, die einen Menschen zu dem machten, der er war, leicht zu nichts weiter als trivialem Hintergrundrauschen verklangen.

Häufig begründete Frances damit die ablehnende Haltung ihres Vaters und warum er nicht verstehen konnte, dass sie in einem Museum arbeiten wollte. Als sie ihren Berufswunsch zum ersten Mal angesprochen hatte, hatten ihre Eltern ihn wohlwollend aufgenommen und Frances zu unzähligen Ausstellungen mitgenommen, damit sich ihre

Fantasie von selbst legte. Doch je länger ihr Interesse anhielt und je näher die Zeit heranrückte, entsprechende Fächer in der Schule auszuwählen, begannen ihre Eltern und insbesondere ihr Vater, Bedenken zu äußern. Wie es schien, kam ihm die Idee, den ganzen Tag mit Kunstwerken zu tun zu haben und auf der Suche nach der Vergangenheit Seiten von uralten Büchern mit weichen Baumwollhandschuhen umzublättern, schrecklich langweilig vor. Es waren tote Informationen, Dinge, die längst passiert waren. In einem Museum zu arbeiten, erklärte er, wäre dasselbe, als operierte er an einer Leiche: sinnlos, lästig und ohne jegliche mögliche Meilensteine des Erfolgs. Vielleicht war das der Grund, weshalb das Wissen um jenes geheime Buch, das in einem in den Giebel unter dem Fenster eingelassenen Regal versteckt war, Frances jedes Mal erregte, wenn sie nur daran dachte. Endlich hatte sie einen anderen Menschen gefunden, der ihre Passion teilte. Jemanden, der mehr in ihr sah als einen sonderbaren Anachronismus. Dieses Buch auf dem Bett zurückzulassen, in ihre Welt zu schlüpfen und dieses Zeichen zu setzen machte die Dinge, die sie liebte, real und zu mehr als nur einer Idee, die im Keim erstickt und übergangen werden konnte.

Genau zu diesem Zeitpunkt im vergangenen Jahr, mit nichts weiter als einem Buch in ihrem Besitz, wusste sie nichts über den Menschen, der es ihr geschenkt hatte oder wo sie ihn finden könnte. Wenn sie an seine stattliche Größe dachte, seine locker sitzende Kleidung, die lässig in seinem Hemd steckende Sonnenbrille und die ungezwungene Art, mit der er auftrat, kam er ihr fast wie eine Romanfigur vor, die sie sich selbst ausgedacht hatte. Er unterschied sich derart von den Jungen, die sie kannte, in ihren Jogginganzügen und abgewetzten Turnschuhen. Sah er wirklich so gut aus, oder war das allein ihrer Einbildungskraft geschuldet? Hatte er ihr tatsächlich zugezwinkert, bevor er sich umgedreht hatte und davonspaziert war?

Einen Monat vor diesem Abend hatte sie einen Jungen geküsst, und es hatte keinen allzu großen Eindruck auf sie gemacht. Zumindest nicht auf dieselbe positive Art. Peter Jenkins war ein Junge eine Klasse über ihr, der zum damaligen Zeitpunkt im Vergleich zum Rest der Schüler kultiviert gewirkt hatte. Er hatte sich anders bewegt, den Kopf hochgehalten, die Hände im Blazer, während er lässig vorbeischlenderte, die Schultasche über eine Schulter geschlungen, anstatt sie wie seine Altersgenossen unten an den Knien baumeln zu lassen. Das hatte ihr immer gefallen. An jenem Samstag hatten sie sich zu einem Spaziergang im Park verabredet, und er hatte ihr ein Eis gekauft. Er hatte weniger zu sagen, als sie erwartet hatte, fragte unverfängliche Dinge wie etwa, welches ihr Lieblingsfach sei, und ob sie glaubte, dass das Gerücht über Mr. Bolton und das blonde Mädchen aus der Zwölften wahr sei. Als er sich erkundigte, wo sie normalerweise ihre Samstage verbrachte, und sie »in der Bibliothek« antwortete, wusste sie, dass es die falsche Antwort gewesen war. Dennoch hatte er sie heimlich hinter dem Bootsschuppen geküsst, bevor er sie nach Hause begleitete, ihre Lippen platt aufeinandergedrückt, während seine Zunge wie ein Kolben in ihren Mund hinein- und wieder hinausgeglitten war. Anschließend hatte er den Arm um ihre Schulter geschlungen und sie hatte versucht, Begeisterung aufzubringen, obwohl sie sich in Wirklichkeit etwas dumm vorkam, wie sie so in einem sonderbaren Winkel liefen, damit sein Arm nicht an ihren Haaren riss. Wie erbärmlich das alles jetzt wirkte.

An einem Nachmittag, nicht lang, nachdem Frances das Buch geschenkt bekommen hatte, spazierten sie alle die Straße zum Marktplatz hinab. Dort bestellten ihre Eltern, ihre Tante und ihr Onkel kleine, starke Kaffees, um sich die anschließenden paar Stunden mit mehreren Runden Käse, Wein und Zigaretten zu vertreiben. Kurz nach ihrer Ankunft tauchte Amélie auf. Vor vielen Jahren waren sie Freundinnen geworden, als Sprachbarrieren bedeutungslos waren und alles, was man für eine aufkeimende Freundschaft brauchte, eine aufrichtige Bereitschaft war. Amélie winkte sie zum Kinderkarussell, und sie ritten eine halbe Stunde auf den Pferden, da Amélies Vater das Fahrgeschäft gehörte, obwohl sie eigentlich schon viel zu alt dafür waren. Als ihre Familien nicht hinsahen, zog Amélie eine Zigarette aus ihrem Ärmel: schmal, weiß und verboten.

»Woher hast du die?«, flüsterte Frances und rutschte von ihrem Pferd. Inzwischen war Amélies Englisch besser als Frances' Französisch.

»Von meinem Papa. Dem fällt das nicht auf. Komm schon«, sagte Amélie und nahm Frances an der Hand. Im Laufschritt entfernten sie sich von dem knallbunten Karussell, das sich hinter ihnen wie ein Kaleidoskop weiterdrehte. Verborgen im Schatten des Klosterkreuzganges liefen sie, bis sie außer Sicht ihrer Familien waren, und versteckten sich um die Ecke in einem Treppenaufgang eines vor langer Zeit aufgegebenen Geschäfts. Amélie setzte sich, und Frances drängte sich neben sie. Sie war größer als Frances, mit mausbraunen Haaren und einem Gesicht, das auf Frances immer besonders französisch gewirkt hatte, was aber höchstwahrscheinlich eher an ihrer offen zur Schau gestellten Gleichgültigkeit als an irgendwelchen speziellen Gesichtszügen lag. Mit niemandem sonst hätte Frances eine Zigarette probiert, und auf einmal schien es das Einzige zu sein, was sie wollte.

Nach ein paar abgebrochenen Streichhölzern schafften sie es endlich, das Ding anzuzünden. Amélie hielt die Zigarette umständlich zwischen zwei Fingern, ihre Knöchel unnatürlich und steif. Frances war sich nicht ganz sicher, was daran falsch aussah, aber irgendetwas an dem Bild war nicht richtig. Amélie nahm einen tiefen Atemzug, bevor sie sich vor Husten krümmte.

»Gib sie mir«, sagte Frances lachend. »Du sollst sie nicht gleich verschlucken.« Als sie nun die Zigarette hielt, ahmte sie ihren Vater nach, die entspannten Finger, die leichte Krümmung, die bedächtige Art, wie er den Rauch einsog. Nur mit allergrößter Not gelang es ihr, ein Husten zu unterdrücken.

»Lass mich noch mal versuchen«, sagte Amélie und nahm die Zigarette wieder an sich. Diesmal, mit mehr Gelassenheit, gelang ihr ein ganzer, wenn auch flacher Zug. »Es war nur das erste Mal, das ist alles«, brachte sie als Entschuldigung hervor. »Jetzt weiß ich, wie es geht.«

Ihre Freundschaft war eine Freundschaft voller Entdeckungen, erster Erfahrungen und kleiner Lügen. Bei Amélie fühlte sich Frances, als gehörte sie auf eine Art zu ihr, wie es bei ihren Altersgenossinnen in der Schule in England nie der Fall war. Ihre Liebe für Museen und Kunstgegenstände konnte ihrem Ansehen bei Amélie nicht schaden, das allein dadurch gewährleistet war, dass sie Ausländerin und interessant und anders war. Dasselbe traf auf Amélie zu, etwa der Umstand, dass sie gerne nackt schwamm. Es muss eine Eigenheit der Franzosen sein, dachte sich Frances immer, und so kam es, dass sie es einfach taten. In England hätte man sie wohl als Lesbe bezeichnet, hätte sie jemandem vorgeschlagen, nackt zu baden, und die Mädchen wären ihr wahrscheinlich noch mehr aus dem Weg gegangen, als sie es ohnehin schon taten, aber hier schien es keine Rolle zu spielen.

»Und, hast du sonst noch was mit ihm gemacht?«, fragte Amélie und knüpfte an das Gespräch an, das Frances' Mutter am Vortag beim Mittagessen jäh unterbrochen hatte. Ihr die Geschichte über Peter Jenkins zu erzählen war etwas, dem Frances seit Wochen mit Spannung entgegenfieberte.

»Nein«, erwiderte Frances. »Nun ja, zumindest nicht viel. Ich schätze, er hat ein bisschen gefummelt.«

»Wo?«, fragte Amélie, und ihre Augen verengten sich vor voyeuristischer Erregung zu Schlitzen. »Hier oben oder da unten?« Amélie glitt mit der Hand zu ihrem Gürtel und bewegte sie auf und ab wie ein Barometer, das sich mit dem Wetter veränderte.

»Gib mir zuerst die Zigarette, dann erzähle ich es dir.« Als Frances sich vorbeugte, um sie zu nehmen, hörte sie eine Glocke hinter sich bimmeln und spürte den Luftzug der Tür, die sich öffnete. Beide Mädchen erstarrten zu Salzsäulen, und Frances brachte keinen Ton über die Lippen, als der Mann vom Buchfestival hinter ihnen in die Hocke ging. Frances verschlug es den Atem. Es war er. Da redete sie hier von Peter Jenkins, während *er* die ganze Zeit über hinter ihnen gewesen war. Mit ausgestrecktem Arm nahm er Amélie die Zigarette weg und sog den Rauch tief und lang ein.

»Benoit«, sagte Amélie und stupste ihn gegen das Bein, als würde sie ihn kennen. Ein Redeschwall folgte auf Französisch, den Frances nicht ganz verstand, doch es klang durchaus herzlich, denn sie lachten beide. Sie kannten sich. Sie waren … Freunde?

»Sie ist sauer auf mich, weil sie glaubt, ich hätte euch den Spaß verdorben«, sagte der Mann, von dem Frances nun wusste, dass er Benoit hieß, und der einen weiteren Zug von der Zigarette nahm. »Ihr sitzt hier und quatscht über Jungs und raucht Zigaretten, und ich bin nichts als ein alter Mann, der stört. Das zumindest findet Amélie. Hältst du mich für einen alten Mann?«, fragte er, den Blick auf Frances gerichtet. Sie spürte, wie ihre Wangen sich knallrot verfärbten.

»Nein, das tue ich nicht.«

»Gut. Aber die hier ist stark«, sagte er und drehte die Zigarette, als begutachtete er sie. »Woher habt ihr die?«

»Von ihrem Vater«, erwiderte Frances, die keinerlei Verantwortung übernehmen wollte.

»Nun, die solltet ihr nicht rauchen. Amélie, geh und hol bessere.« Aus seiner Tasche holte er eine Geldklammer, fischte einen Zwanzig-Franc-Schein heraus und reichte ihn ihr. »Geh zu George in der Rue Delcasse und richte ihm aus, dass sie für Monsieur Benoit sind.« Sobald Amélie sich das Geld geschnappt hatte, war sie bereits auf den Beinen und wollte losstürzen.

»Frances«, sagte sie. »Kommst du?«

»Du kannst ruhig mitgehen«, sagte Benoit mit leiserer Stimme, als spräche er allein zu Frances. »Aber ich würde dir gern den Laden zeigen. Ich denke, er würde dir gefallen. Amélie kann dich später hier treffen.«

Hinter ihr gab ein schmales Fenster einen Blick auf das preis, was sich im Innern befand. Gegen die Scheibe gestapelt sah Frances unzählige Bücher, Nippes und Krimskrams aus längst vergangenen Zeiten. Eine beeindruckende Uhr tickte an der Wand.

»Ich bleibe hier und warte auf dich«, sagte Frances zu Amélie, die mit den Augen rollte und sich anschickte, die Straße hinabzuschlendern.

»Komm rein«, sagte Benoit und drückte die Zigarette auf dem Boden aus. »Ich zeige dir alles.«

Benoit duckte sich durch den Türrahmen und führte sie in ein schmales, durch seine Lage unter dem Kreuzgang des Klosters düsteres Zimmer, das die Sonne nie erreichte. Es war eine Erleichterung nach der Hitze des Tages und der drückenden Luft. Holzdielen neigten sich leicht abschüssig, was alles leicht verzerrt aussehen ließ und ihre Schritte wackelig machte. In der Mitte des Ladens stand ein Holztisch, auf dem Schachteln mit unbekanntem Inhalt übereinandergestapelt waren, und die Wände waren mit leeren

Regalen bedeckt, überzogen von dicken Staubschichten aus vielen Jahrzehnten.

»Ich habe das Geschäft erst kürzlich übernommen, deshalb ist es noch etwas unordentlich. Und das hier ist nur das Hinterzimmer«, sagte Benoit, zeigte auf eine Türöffnung und trat beiseite, um sie durchzulassen. »Die Ladenfront geht zum Marktplatz. Was, du willst es dir nicht ansehen?«, fragte er, als sie keine Anstalten machte, ins Ladengeschäft zu gehen.

Was immer im vorderen Teil war, könnte sie ein andermal begutachten. Es gab etwas viel Dringlicheres, das sie ihn fragen musste. »Das warst du, der das Buch in mein Zimmer gelegt hat, nicht wahr?«, fragte sie.

Als er die Arme vor der Brust verschränkte, war sie überzeugt, ihn erröten zu sehen. »Ja. War es falsch, dir ein Geschenk zu machen? Es tut mir leid, wenn es dir nicht gefallen hat.«

»Ich mochte es. Ich war nur überrascht.«

»Hat dir bisher noch kein Mann ein Geschenk gemacht?«

»Kein solches«, sagte sie. »Und schon gar nicht, indem in mein Schlafzimmer eingebrochen wurde.«

Von einem Regal holte er ein Päckchen Zigaretten. Mit ausgestrecktem Arm bot er Frances die Schachtel an, doch sie schüttelte den Kopf, obwohl die Packung voll war. Wenige Sekunden später entzündete er sich eine, balancierte sie zwischen den Lippen und setzte sich auf einen Stuhl zwei Meter von Frances entfernt. Er hielt die Zigarette anders als ihr Vater, unten in dem Zwischenraum, wo ein Finger in den nächsten überging.

»Du bist genauso alt wie Amélie?«

»Nein, ich bin älter«, sagte sie, fest überzeugt, dass die paar zusätzlichen Monate eine Rolle spielten.

Mit einem Nicken nahm er einen weiteren tiefen Zug von seiner Zigarette. Der Rauch biss ihr in die Augen. Der Raum war zu eng für sie beide. »Das dachte ich mir schon. Amélie ist kindisch, du aber nicht. Nun, du studierst also, nicht wahr?«

»Ja«, erwiderte sie.

»Und was ist dein Hauptfach?«

Es gab so viele verschiedene Dinge, die sie lernen musste, dass ihr jedes belanglos vorkam. Die Schule war voller Dinge, die ihr keine Freude bereiteten, etwa Mathe, Deutsch, Geografie. Nichts davon war nützlich. Nur ein Fach fiel ihr ein, ein einziges, das sie wirklich liebte. »Geschichte.«

»Ah, eine Frau ganz nach meinem Geschmack.«

An jenem Abend, als sie nach Hause spazierte, ließ sie diese Unterhaltung immer und immer wieder vor ihrem geistigen Auge Revue passieren und es war jedes Mal dieses eine Wort, das sie mitten ins Herz traf. Eine Frau. Er sah sie nicht auf die Art wie alle anderen. Hatte sie gelogen, als sie ihm erklärte, sie sei älter? Hatte sie ihn in die Irre geführt, indem sie nur ein einziges Fach hervorhob? Sie wusste, sie hatte ihn etwas glauben gemacht, was nicht der Wahrheit entsprach, nämlich dass sie älter war, ungebunden. In diesem Moment hatte sie sich auf den anderen Holzstuhl gesetzt, sich nah zu ihm gebeugt und diese Bewegung hatte ihre Gesichter nur eine Armeslänge voneinander getrennt.

Sie hatte sich entschieden, ihre Lüge zu ignorieren, denn sie wollte von Benoit genau auf diese Weise gesehen werden. Unter seinem Hemd, wo der Stoff durch das Gewicht seiner Sonnenbrille heruntergezogen wurde, fielen ihr die Haare auf seiner Brust auf.

»Und, welche Geschichtsepoche interessiert dich am meisten?«, fragte er dann.

»Alle«, entgegnete sie, da sie nichts Falsches sagen wollte. »Ich mag nicht nur Daten, sondern Zeitzeugnisse. Ich mag Dinge. Dinge, die ich berühren und sehen kann. Etwas anfassen, das jemand als Letztes vor Hunderten von Jahren in Händen gehalten hat. Wie Keramikgefäße zum Beispiel oder Bilder. Ich habe eine Sammlung von Tellern drüben in der Scheune meiner Tante.«

»Die würde ich mir gern mal ansehen. Und Bilder, ja? Mir gefallen Bilder auch.« Er lehnte sich zurück und strich sich mit der Hand durchs dunkle Haar. Als er lächelte, kräuselte sich die kleine Narbe auf seiner Wange, was seinem Gesicht eine asymmetrische Note verlieh. Sie fragte sich, wie es wäre, diese Narbe zu berühren, ob sie sich weich oder hart wie ein Knoten anfühlte. »Ich persönlich mag den Neoklassizismus der Französischen Revolution. *Liberté, Egalité, Fraternité.* Sagt dir das etwas?«

»Nein«, gestand sie ein, war jedoch erleichtert, als es ihm nichts auszumachen schien.

»Von den dreien mag ich *Liberté* am meisten. Freiheit, Frances. Das Menschenrecht, eigene Entscheidungen zu treffen. Das zu tun, was man glaubt, tun zu müssen. Die Freiheit zu besitzen, man selbst zu sein.« Alles, was er sagte, gab ihr das Gefühl, eine einfältige Närrin zu sein, doch wenn sie sprach, beobachtete er die Bewegung ihres Mundes, als gäbe es nichts Wichtigeres auf der ganzen Welt.

»Mir gefällt das auch. Die Freiheit zu sein, wer auch immer man sein will.« Als sie an ihren Vater nur einen Steinwurf entfernt dachte, erkannte sie, dass er versuchte, sie davon abzuhalten, die Person zu sein, die sie wirklich war, und sie auf einen Weg führen wollte, der ihr nicht gefiel. Medizin, notfalls Jura, aber das war nicht, wer sie war. Warum wollten sie nicht, dass sie ihr wahres Gesicht zeigte?

»Nun«, sagte Benoit dann. »Amélie wird bald zurück sein.«

»Ja.«

Er nahm einen langen, tiefen Zug von seiner Zigarette. »Bevor sie zurückkommt, darf ich dir etwas verraten?«

»Ja.«

Nachdem er seine Zigarette in einem kleinen Porzellanteller ausgedrückt hatte, senkte er die Stimme zu einem leisen Flüstern. »Ich wollte dir sagen, dass ich zufällig dein Gespräch auf der Treppe mitangehört habe, über den Jungen. Dass er dich geküsst und angefasst hat. Nein, nein, das muss dir nicht peinlich sein«, sagte er, als sie spürte, wie sie errötete. »Aber ich wollte dir einen kleinen Ratschlag geben. Über Männer und was du über uns wissen solltest. Darf ich?« Sie nickte. »Hör mal, es wird viele Männer geben, die dich mögen werden. Dein Haar …«, begann er, und seine Finger glitten durch ihre Mähne bis hinab, wo es sich über ihren Rücken ergoss. »Ich liebe dunkle Haare wie deine, und deine Augen sind so hell. Nie zuvor habe ich ein solches Blau gesehen. Du bist die schönste Frau, die ich in meinem Leben gesehen habe. Jedem fällt das auf, da bin ich mir ganz sicher. Vielleicht jedem außer dir. Womöglich macht dich das sogar noch atemberaubender. Bevor du einem Mann erlaubst, dass er dich berühren darf, solltest du erst sicherstellen, dass er es wert ist.«

Ihre nächste Frage war bereits aus ihrem Mund, ohne dass sie darüber nachgedacht hätte. »Woher weiß ich, dass er es wert ist?«

»Woher du weißt, dass ein Mann es wert ist? Hmm«, sagte er, als würde er über den Sinn des Lebens schlechthin nachgrübeln. »Das ist schwer zu sagen. Und noch schwerer zu erklären. Vielleicht weißt du es erst, wenn er dich berührt hat.«

Dielenbretter knarzten, während er sich näher heranschob. Der Geruch von Kaffee und Zigaretten traf sie, als er sich vorbeugte. Dann begann er, mit seinen Fingerspitzen genau hinter ihrem Ohr langsam und sanft bis zu ihrem Hals hinabzugleiten, seine Berührung so weich wie Seide. Gänsehaut bildete sich zitternd auf ihren Armen, ihr Magen krampfte. Eine Anspannung baute sich zwischen ihren Beinen auf, obwohl sie es damals nicht hätte erklären können. Über ihre Schulterblätter glitt seine Berührung immer weiter nach unten, bevor seine Finger über ihre Brust tänzelten. Und noch weiter hinab, über ihre Brustwarze, bis seine Hand sich auf ihren gesamten Busen legte. Seine Berührung wurde intensiver und dann, nur einen kurzen Moment danach, pressten sich seine heißen Lippen auf ihre. Wie lang dauerte er, dieser Moment, während sie miteinander verbunden waren? Was hätten sie gesagt, hätte Amélie sie überrascht?

»Als dieser andere Junge dich berührt hat, hat es sich da so angefühlt?«, flüsterte er, und sein Atem kitzelte ihre Wange.

»Nein«, erwiderte sie. »Kein bisschen.«

Aus den Augenwinkeln erspähte sie Amélie, die das Gässchen entlanggelaufen kam, nur noch wenige Sekunden vom Laden entfernt. »Dann, Frances«, sagte er und erhob sich vom Stuhl, als die Glocke die Ankunft ihrer Freundin verkündete, »weißt du es jetzt.«

Siebtes Kapitel

Als schließlich der Morgen über einer warmen Sommerstadt anbrach, wusste sie, dass sie erst zurück zu Harry konnte, wenn sie wieder im Besitz der Halsketten war. Deshalb fuhr sie stattdessen zur Arbeit, versuchte, sich auf die Neuanschaffungen zu konzentrieren, die sie bearbeiten musste, und nahm an zwei Meetings über Finanzplanung teil, während sie mit den Gedanken ganz woanders war. Den Großteil des Vormittags war ihre Aufmerksamkeit auf die fröhlichen SMS gerichtet, die sie Daniel schickte, wobei diese gesamte Farce ihr Übelkeit bereitete. Ihm zu schreiben, dass sie ihn vermisste, brannte ein Loch in sie, eine Art Leere. Wer war sie jetzt? Was war überhaupt noch real? Wenn sie ihm Honig um den Bart schmierte, hoffte sie dann, er würde am Abend nach Hause kommen und den Schmuck mitbringen? Doch das gesamte Prozedere ließ sie mit einem Gefühl zurück, als hätte sie verdorbene Lebensmittel gegessen, einem widerlichen Geschmack im Mund und einem Knoten der Angst in ihrem Magen. In der Mittagspause, als sie sich am Waschbecken die Hände wusch, konnte sie den Anblick ihres Spiegelbilds nicht ertragen.

Daniel kam an diesem Abend nicht nach Hause und antwortete auf keine ihrer SMS. Tabitha wartete in dem Sessel, den sie im vergangenen Jahr entdeckt und für den sie gemeinsam den neuen Stoff ausgewählt hatten. Ein weiteres Heftpflaster auf einer klaffenden Wunde, die an dem Tag aufgerissen war, als er sie zum ersten Mal geschlagen hatte. Drei Tage vergingen auf diese Weise, ohne viel Arbeit und mit unzähligen Anrufen und SMS, um herauszufinden, wo er steckte. Doch trotz der Sorge um den Schmuck keimte Zuversicht zusammen mit einem Anflug der Hoffnung in ihr, und als sie eine kleine Reisetasche mit etwas Kleidung und ihrem Pass packte, die sie hinten im Wäscheschrank versteckte, fühlte sie sich stärker als seit vielen Jahren. Doch die meiste Zeit dachte sie an Harry und wie es ihr nicht gelungen war, das Versprechen zu halten, das sie ihm, bevor sie weggefahren war, auf den Zettel an den Kühlschrank gepinnt hatte. Wie sie ihn noch am selben Tag, an dem sie ihm versichert hatte, er könne ihr vertrauen, im Stich gelassen hatte.

Freundinnen riefen an, doch sie ging nicht ans Telefon. Im Fitnessstudio auf dem Laufband zu trainieren schlug etwas Zeit tot, aber sie ging wieder nach Hause, ohne ins Schwitzen geraten zu sein. Selbst Bücher schienen ihr nichts weiter zu bieten als Ameisen, die anstelle von gedruckten Wörtern über die Seiten krochen. Zu guter Letzt zappte sie durch die Fernsehkanäle, alles, nur um für Zerstreuung zu sogen. Als sie zufällig auf eine Sendung über Hochzeitskleider stieß, blieb sie daran hängen. Sie war angenehm belanglos, aber nachdem sie die vergangenen drei Tage so wenig Schlaf bekommen hatte, nickte sie bald ein. Als sie ein paar Stunden später wieder erwachte, lief eine andere Sendung, bei der Messie-Familien begleitet wurden. Der alte Mann in dem Haus war in einem solch erbärmlichen Zustand, dass er in den Armen des Sozialarbeiters weinte, der ihm zu erklären versuchte, warum es unvernünftig war, fünfzig Katzen zu halten, und warum es gefährlich war, so viel Zeug anzuhäufen – es war sogar noch schlimmer als bei Harry. Kurz nachdem Tabitha erwacht war, brach sie in Tränen aus. Aufgestaute Emotionen brachen sich Bahn, wegen allem, was sie in den vergangenen Jahren verloren hatte, und allem, das sie nun zurückhielt. Aber vor allem weinte sie wegen Harry und dem Gedanken, dass sie ihn im Stich gelassen hatte, wo sie ihm doch versprochen hatte, bei ihm zu bleiben, um ihm zu helfen. Zehn Jahre, in denen sie sich nicht gesehen hatten, hatten nichts an den Gefühlen für ihn verändert. Hastig zog sie sich Schuhe an, schnappte sich ihre Schlüssel und noch bevor sie ihre Meinung ändern konnte, befand sie sich bereits auf dem Weg zu Harry.

Als Tabitha Awkward Hill erreichte, war sie außer Atem und völlig durchgeschwitzt, obwohl sie nichts anderes getan hatte, als im Auto zu sitzen. Die Sonne war längst untergegangen, doch der Boden war warm, die Hitze im Stein gespeichert. Während sie durch das klapprige Tor stürmte und es gegen die Mauer knallte, stellte sie erleichtert fest, dass in einem der Fenster noch Licht brannte. Farbe bröckelte ab, als sie mit der Faust gegen die Tür hämmerte. Scharniere quietschten, während sie die Finger durch den Briefschlitz bohrte und seinen Namen rief.

»Harry«, brüllte sie. »Harry, mach die Tür auf!« Immer

noch nichts. Kisten, die zuvor nicht dort gewesen waren, blockierten den Gang, der Weg zur Küche war fast wieder versperrt. Er hatte das Zeug zurück ins Haus gebracht. Oh Gott, was hatte sie getan, ihn einfach so allein zu lassen? »Mist«, sagte sie zu sich selbst, während sie mit den Augen den Boden nach etwas absuchte, das Glas zerbrechen konnte. Ihre Finger fanden einen Stein, klein genug, um ihn geschickt einzusetzen, aber groß genug, um ein Fenster zu durchschlagen. Mit ausholendem Arm wollte sie ihn gerade gegen die Scheibe schleudern, als sie einen Schatten sah, der sich in der Küche bewegte. War er das?

»Einen Augenblick«, hörte sie ihn rufen, und Erleichterung stieg sogleich in ihr hoch. Als sie den Briefschlitz wieder öffnete, erkannte sie die untere Hälfte seines Körpers, die versuchte, eine Kiste zu verschieben, dann hörte sie ein Rascheln von Papieren und ein Grunzen, als er Dinge aus dem Weg stemmte. Es dauerte eine Weile, bevor die Tür geöffnet wurde, und selbst dann reichte es nur für einen Spalt.

»Harry, was zum Teufel ist los?« Er spähte ihr ins Gesicht, um zu ermitteln, was sie hier wollte, während Überraschung und Verwirrung sich in ihm einen erbitterten Kampf lieferten. Sein Blick glitt zu ihrer Hand. Durch Harrys Interesse an den Stein erinnert, ließ sie ihn fallen. »Willst du mich nicht reinlassen?«

»Nun, es ist ein bisschen kompliziert. Ich hatte keinen Besuch erwartet.« Der Gedanke, dass er in so kurzer Zeit aufgehört hatte, mit ihr zu rechnen, erfüllte sie mit Traurigkeit. Oder vielleicht war es ganz normal, überlegte sie verwundert, und nur sie hatte in verzweifelter Hoffnung an ihm festgehalten. »Der Gang ist jetzt voller Zeug. Ich habe keinen Platz mehr, Dinge zu verschieben. Das hier ist alles Müll.«

Ein Gefühl der Erleichterung und des Stolzes überkam sie. Einen Moment lang hatte sie befürchtet, dass alles, was sie erreicht hatten, zunichtegemacht worden war. »Wie wäre es hintenrum?«, schlug sie vor. »Ich könnte über den Zaun klettern.«

Er schüttelte den Kopf. »Der Garten ist voller Dornengestrüpp, schon vergessen? Es wäre eine Katastrophe.« Allmählich fragte sie sich, ob er nur nach einer Ausrede suchte, doch dann sagte er: »Du könntest es beim Fenster im Wohnzimmer versuchen. Ich gehe nach hinten und öffne es, wenn du möchtest.«

Ein überwucherter Rosenstrauch stellte das einzige verbliebene Hindernis dar, doch als Harry die Vorhänge zurückschlug und das Fenster aufdrückte, erkannte Tabitha, dass er einen Plan hatte. Verrottete Holzsplitter platzten vom Rahmen, als er eine alte Decke über den Strauch warf und den Großteil mit einer schützenden Lage Stoff bedeckte.

»Glaubst du, du kannst dich darüber hieven?«, fragte er.

Tabitha nickte. »Mach dich nur bereit, mich reinzuziehen.« Mit einem Fuß auf dem Fensterbrett streckte sie sich, packte den Rand des Rahmens und hoffte, das morsche Holz würde halten. Nach einem Eins-zwei-drei zum Schwungholen katapultierte sie sich nach vorne und verlagerte das Gewicht auf den Fuß. Zwei Hände griffen nach ihren Schultern und mit etwas Mühe und einem nicht gerade eleganten Poltern fiel sie nach vorne in Harrys Arme. Die Erleichterung, wieder im Innern des Hauses zu sein, war so überwältigend, dass Tabitha sie wie einen Schwall Wasser spürte, der sich über ihre Haut ergoss. Als wäre sie durch die Oberfläche eines Sees getaucht und könnte endlich wieder atmen. Mit einem tiefen Atemzug nahm sie den gleichen Duft von vor vielen Jahren in sich auf. Das Wesen von Harry, unverändert.

»Du hast dir nicht wehgetan, oder?«, fragte er, als sie stolpernd zum Stehen kamen.

»Nein«, sagte sie, immer noch an ihn geklammert. Auch sein Körper fühlte sich noch völlig gleich an, und sie hatte es nicht eilig, ihn loszulassen. Dann drängte sich ihr der Gedanke an den verlorenen Schmuck auf, woraufhin sie einen Schritt zurückwich und sich die Kleidung abklopfte, während Harry das Fenster schloss und den Vorhang zum Rest der Welt zuzog.

Als sie aufblickte, nahm sie die Veränderungen wahr, die im Nook Cottage stattgefunden hatten. Verschwunden waren die ordentlich auf Kante gestapelten Kisten. Die Säulen, die einmal so stark wie der Parthenon gewirkt hatten, waren so gut wie zerstört, als hätten christliche Plünderer Anstoß an dem ikonischen Bauwerk genommen und es als Affront gegen die uralte Religion niedergerissen. Von ihrem Platz aus konnte sie weder die Sessel noch den Durchgang zur Küche sehen. Es gab nur einen kleinen freien Fleck auf dem Boden, wo Harry, der zusammengerollten Steppdecke nach zu urteilen, wohl geschlafen hatte.

»Was ist passiert?«, fragte sie. Trotz der Aufrichtigkeit ihrer Frage schien die Antwort völlig offensichtlich.

»Mr. Lewisham hat angerufen«, erklärte er, ohne zu erkennen, dass sie nicht den blassesten Schimmer hatte, wer dieser Mann war. »Die Auktion wurde angesetzt, und jetzt gibt es einen endgültigen Termin. Das Haus wird verkauft, versteigert, sollte ich die Schulden nicht begleichen können. Ich muss die Papiere unterschreiben. Danach ist das Haus weg, und ich bin obdachlos.« Verzweifelt hob er die Arme in die Höhe und ließ dann die Hände gegen seine Oberschenkel klatschen. »Er meint, es würde wohl einen guten Preis erzielen und dass sich diese Art Häuser bei Auktionen leicht veräußern lassen. Ich hatte darauf gebaut, die Unordnung würde die Leute abschrecken, aber dem ist nicht der Fall.« Ungläubig schüttelte er den Kopf. »Ich muss diese Schatulle finden, Tabitha, und die Zeit läuft mir davon.«

»Nun, wenn ich ganz ehrlich bin, macht es den Anschein, als wären die Dinge noch weiter den Bach runtergegangen«, sagte sie, wobei sie vermied, eine Erklärung abzugeben, wo sie gesteckt hatte. Bei dem Gedanken an den wunderschönen Schmuck, der nun in Daniels Besitz war, fühlte sie sich schrecklich schuldig. Und was, wenn er sich tatsächlich auf die Suche nach ihr begab? Würde sie Harry allein durch ihre Gegenwart hier in Gefahr bringen? Mit Daniels Jähzorn und seinen trainierten Fäusten, die er geschickt einzusetzen vermochte. Wenn seine Eifersucht geweckt war, was würde er wohl tun, sollte er sie bei Harry finden? Sich auf die dringlichste Aufgabe zu konzentrieren, die vor ihnen lag, war eine Möglichkeit, ihre eigene Unzulänglichkeit und das Risiko auszublenden, das Daniel im Moment darstellte, weshalb sie genau das tat. »Ich gehe recht in der Annahme, dass du die Schatulle bisher noch nicht gefunden hast.«

Er schüttelte den Kopf. »Nein, aber das hier. Sieh nur!«

Als er ihr eine zerknitterte alte Zeitung reichte, erkannte sie, dass es eine Ausgabe von *Le Monde* war. »Ich kann dir nicht ganz folgen. Wonach suche ich?«

»Seite acht. Ich bin zufällig über sie gestolpert.« Geduldig gab er ihr die Chance, den Artikel zu finden. »Darin heißt es, die Klinkosch-Schatulle wäre in München gesichtet worden, dann jedoch wieder verschollen. Und später in dem Bericht wird ein Kunstdieb aus Frankreich erwähnt und dass er sie womöglich gestohlen hat. Sieh mal, es gibt ein Bild von der Kassette von vor dem Krieg.«

»Ich wusste gar nicht, dass du Französisch sprichst«, sagte sie, während sie den Artikel überflog.

»Das tue ich auch nicht.« Er griff in seine Gesäßtasche und zog sein Handy heraus. »Die Übersetzung hat mich fast eine ganze Stunde gekostet.«

»Von wann ist sie?«, fragte Tabitha und blätterte zurück zum Titelblatt.

»Neunzehnfünfundachtzig«, erklärte er. »Hilft uns wohl nicht viel weiter. Das Foto, das Mum hatte, stammt von einundachtzig.«

»Nein, aber deine Mutter hat eine Zeitung mit einem Artikel über die Klinkosch-Schatulle aufgehoben. Das muss etwas bedeuten, selbst wenn es nur heißt, dass sie die Geschichte verfolgt hat. Und wenn die Kassette seit einundachtzig in ihrem Besitz ist, dann ist dieser Bericht falsch. Vier Jahre später hätte sie niemals in München sein können.«

»Ganz genau. Nun, wer hat die Falschmeldung dann in die Welt gesetzt?«

»Deine Mutter?«

Harry zuckte mit den Schultern. »Das kann ich nicht sagen, aber allmählich verstehe ich, dass es wichtig ist. Menschen haben wirklich nach der Schatulle gesucht, nicht wahr?« Sie nickte. »Der Gedanke, dass Mum sie vielleicht besessen hat, ist erstaunlich. Und nun, wo ich das hier in ihrem Haus gesehen habe, kann ich wirklich fast glauben, dass sie hier sein könnte, unter all dem Müll versteckt, von dem ich dir versichern kann, dass es eine ganze Menge davon gibt. Wahrscheinlich habe ich eine Ausgabe von jedem *National Geographic*-Magazin gefunden, das jemals gedruckt worden ist. Und auch von *Kerrang*.« Als Beweis nahm er eine Zeitschrift und reichte sie ihr. »Warum hat sie all dieses Zeug aufgehoben? Warum hatte sie es überhaupt? Ich wünschte nur von ganzem Herzen, ich könnte sie verstehen und den Grund, warum sie so gelebt hat.«

»Ich schätze, darauf werden wir wohl nie eine Antwort bekommen«, sagte Tabitha und legte die Zeitung und das Magazin weg. »Ich kann nicht nachvollziehen, wie *du* so leben konntest.«

»Ganz ehrlich, ich habe wirklich keine Ahnung. Anfangs habe ich versucht, die Dinge auf die Reihe zu bekommen, aber ich schätze, auch ich wurde irgendwann von allem überwältigt.« Erleichterung flutete ihn, als sie verständnisvoll nickte. »Ich habe mich darauf konzentriert, ihr zu helfen, aber das war alles in allem auch nicht so einfach.«

»Das kann ich mir gut vorstellen. Nun, vielleicht ist es nicht unsere Aufgabe, Fragen zu stellen, sondern nur den einen Gegenstand zu finden.« Um ihre Bereitschaft zu bekunden, krempelte sie die Ärmel hoch. »Lass uns in diesem Zimmer anfangen und alles, was wir nicht brauchen, in den Gang schieben. Morgen früh fahre ich zum Museum und hole den Lieferwagen, damit wir das Zeug zum Wertstoffhof bringen können.«

Einen Moment lang war er still. »Da sind auch noch die Sachen im Garten.«

Es war unausweichlich. Ihr Verschwinden war der Elefant im Zimmer, und im Grunde gab es keinen Platz für etwas anderes. »Ich hatte doch gesagt, ich komme zurück, nicht wahr?« Er nickte, und sie dachte an die Dinge, die Daniel ihr gestohlen hatte. Die er Harry gestohlen hatte. Könnte sie ihm die Wahrheit sagen? Nein, entschied sie. Das Risiko erschien ihr zu hoch und allein der Gedanke, dass er sie bitten könnte, wieder zu gehen, war mehr, als sie ertragen hätte. Dass diese kleine Flamme der Freundschaft zwischen ihnen wegen ihrer schrecklichen Fehleinschätzung, zurück nach Hause zu fahren, erstickt und ausgelöscht werden könnte. In diesem Moment hasste sie Daniel mehr als jemals zuvor. Wie könnte sie Harry nur beichten, dass sie seinen Schmuck verloren hatte? »Es tut mir so leid. Ich habe dich im Stich gelassen. Ich musste ein paar Dinge erledigen, und dann habe ich auch noch auf das Gutachten für den Schmuck gewartet.« Die Lüge war draußen, bevor sie es sich anders überlegen konnte. »Es ist aber noch nicht gekommen.«

»Oh, das ist doch nicht schlimm«, erwiderte er und kramte nach einer neuen Kiste. »Solche Dinge brauchen Zeit«, fuhr er fort und zog eine weitere *National Geographic* heraus. »Ich glaube, die hier habe ich als Kind gelesen«, sagte er mit einem Blick auf das Cover. Er schleuderte das Magazin zu Boden und drehte sich zu Tabitha um. »Warum glaubst du, du hättest mich im Stich gelassen? Du kannst nicht die ganze Zeit hier sein, um mir zu helfen. Ich habe gehört, wie du am Handy mit deiner Arbeit geredet hast. Du hast einen wichtigen Job.« Einen Moment lang schien Harry peinlich berührt zu sein und öffnete ein paarmal den Mund, ohne dass ein Laut herauskam. Schließlich fand er seine Stimme wieder. »Außerdem habe ich deine Nachricht gefunden.«

»Wirklich?«

»Ja.«

»Was hast du dir gedacht, als du sie gelesen hast?«, erkundigte sie sich mit klopfendem Herzen und fragte sich, wie lang er gebraucht hatte, den Zettel zu finden. Sie hatte die Worte ernst gemeint, so beängstigend, wie es war, sich das einzugestehen. Die Erkenntnis, dass sie trotz ihrer Ehe und einem Jahrzehnt, das sie getrennt voneinander verbracht hatten, immer noch Gefühle für ihn empfand, war so verwirrend wie verzwickt.

Ohne aufzublicken, versuchte er mit aller Gewalt, ein

Lächeln zu unterdrücken. Oder vielleicht unterdrückte ihn auch dieses Lächeln und verhinderte, dass er das sagte, was ihm wirklich auf der Seele brannte. »Wir sollten lieber mit der Arbeit weitermachen, Tabitha.« Mit diesen Worten nahm er eine Kiste und hievte sie in den Flur.

An dem Abend schafften sie es, mindestens fünfzig Prozent des Chaos aus dem Wohnzimmer zu beseitigen. Am Ende brachten sie es auf fünf Tüten voller Babykleidung, zwanzig gerahmte Drucke von Marineschiffen und mehrere unterschiedliche Ausgaben von Kinderenzyklopädien. Zufällig stießen sie auf weitere Notizhefte mit Inventarlisten seiner Mutter, doch nachdem sie gut eine Stunde in den Büchern geblättert hatten, entdeckten sie immer noch keine Spur von der Schatulle. Versteckt in der Zimmerecke unter einer verschimmelten aufblasbaren Matratze fanden sie außerdem ein kleines Kistchen mit handgeschriebenen Briefen, allesamt auf Französisch.

»Die sind an deine Mutter adressiert«, sagte Tabitha und reichte ihm einen Umschlag. Er war in aller Hast aufgerissen worden, das Papier braun, die Tinte verblichen.

»Von wann ist der Poststempel?«

»Das kann ich nicht mit Sicherheit sagen. Die Tinte ist weggerubbelt.«

Harry griff in das Kistchen, um einen weiteren Brief herauszuholen. »Das hier sieht wie neunzehnachtzig aus. Sie muss dann was, fünfzehn, sechzehn gewesen sein?«

»Von wem, glaubst du, stammen sie?«

Harry hatte sich bereits den dritten geschnappt. Sie

waren allesamt auf Französisch verfasst, weshalb er nichts verstand, doch jeder Brief trug dieselbe Unterschrift. »Da ist kein Name.«

Neugierig beugte sich Tabitha über seine Schulter und spähte auf den Brief. »Er ist mit einem *B.* unterzeichnet. Ist es Familie?«, fragte sie und versuchte zu entziffern, was dort stand. Auf ihr Schulfranzösisch zurückgreifend übersetzte sie ein paar Sätze. »Ich glaube, das hier heißt: ›Ich war wieder auf dem Marktplatz, und der Laden ist …‹« Blinzelnd kam sie ins Stocken. »Oh, keine Ahnung.« An manchen Stellen war die Schreibschrift kaum lesbar, mit viel zu vielen Kringeln und Schnörkeln. »Nehmen wir uns lieber einen anderen vor.«

»Ich mache uns mal einen Tee«, sagte Harry. Als er mit zwei Bechern zurückkehrte, nahm er seinen Platz auf dem Boden wieder ein. Im Sitzen betrachtete er die freie Fläche, die sie in dem Raum geschaffen hatten, und mit einem Mal kam ihm, dass es fast wie ein normales Wohnzimmer aussah. Fast. »Für dich«, sagte er und reichte ihr einen Becher, den sie mit der freien Hand nahm, in der sie keinen verblassten Brief hielt. »Mehr Glück mit dem da?«

Harry war überrascht, welche Enttäuschung er bei ihrem Kopfschütteln verspürte. »Ich habe Schwierigkeiten, die Briefe auch nur zu entziffern. Deine Mutter muss allerdings fließend Französisch gesprochen haben.«

»Ich schätze schon. Das wusste ich nicht von ihr. Sie muss auch verstanden haben, was in diesem Zeitungsartikel stand.«

»Das sehe ich auch so. Denn obwohl es viel gibt, was mir

Rätsel aufgibt, Harry, glaube ich, dass es sich um Liebesbriefe handelt.«

Er rückte näher heran und spähte über ihre Schulter, als könnte er lesen, was dort geschrieben stand und müsste es nur aus der Nähe betrachten. »Liebesbriefe? Auf Französisch?«

»Ja. Könnte dein Vater aus Frankreich stammen?«

»Keine Ahnung. Ich wusste nicht einmal, dass sie jemals dorthin gereist ist.«

»Ausgehend davon, was hier steht, würde ich behaupten, dass dem so war. Und vergiss nicht, was wir bis jetzt in Erfahrung gebracht haben: Die Klinkosch-Schatulle kommt aus Frankreich, es gibt diesen Artikel in der französischen Zeitung und jetzt diese Briefe. Harry, das alles kann kein Zufall sein. Die Antworten liegen irgendwo hier begraben. Wir kommen ihnen aber allmählich näher, das spüre ich.«

Früher am Abend hatten sie zwei Koffer voller alter Mäntel gefunden, und da sie unbedingt eine Sitzgelegenheit brauchten, leerten sie alles aus und setzten sich auf den Haufen. Es war nicht sonderlich bequem, aber ausreichend für zwei Menschen, die anderweitig beschäftigt waren und an keinem anderen Ort lieber gewesen wären. Die echten Sessel waren mit Papierstapeln zugemüllt. Das rhythmische Ticken einer Uhr bannte Harrys Aufmerksamkeit, und als seine Augen die Zeiger fanden, konnte er nicht glauben, was er sah. »Herrjemine, ich sage es ja nur ungern, aber es ist schon zwei Uhr morgens.«

Das Einbrechen der Nacht auf der anderen Seite des

hauchdünnen Vorhangs war auch Tabitha nicht entgangen. Daniel mochte nun nach Hause gekommen sein, hatte seine Tasche an der Tür abgestellt und sich vielleicht, nachdem er sich ein Bier aus dem Kühlschrank geholt hatte, etwas gewundert, wo sie steckte. Würde er sich auf die Suche nach ihr begeben? Sie hatte so geparkt, dass der Großteil des Wagens hinter einem Busch versteckt und von der Straße aus schwer zu sehen war. Würde er ihn entdecken, wenn er zufällig hier vorbeifuhr? Was würde passieren, wenn sie jetzt nach Hause zurückkehrte? Würde sie bleiben, sich wieder in das alte Leben einfügen und auf das nächste Mal warten, dass ihm etwas, was sie getan hatte, gegen den Strich ging? Würde sie den Schmuck zurückbekommen? Jahrelang hatte sie versucht, sein Verhalten zu ergründen, und trotzdem konnte sie nicht vorhersagen, welche Bahn es einschlagen würde. Das Einzige, was ihr mit Sicherheit bevorstünde, war der Tod. Sie wusste nur nicht, wann.

»Ich schätze, die Zeit vergeht wie im Fluge, wenn man Spaß hat. Ich finde, wir haben heute ganze Arbeit geleistet«, sagte sie und schob Gedanken an Daniel und seine Drohungen beiseite, während sie zu den Bergen an Müllbeuteln hochblickte und dem Platz, den sie frei geräumt hatten. »Dieses Zimmer ist fast fertig.«

»Abgesehen von diesen Skateboards.« Es gab sechs in verschiedenen Größen, aufeinandergestapelt in der hintersten Ecke, eine wackelige Gefahrenquelle, bei der sie entschieden, sie lieber unberührt zu lassen. »Als Teenager bin ich geskatet. Ich war nicht besonders gut, aber ich war schnell.«

»So viele Dinge, die ich nicht über dich weiß, Harry.«

Etwas beschäftigte ihn, erkennbar in einem jähen Anflug von Melancholie. Ein einziger Blick genügte, ein leichtes Zittern in seiner Stimme und Tabitha erspürte den Grundtenor seiner Gefühlslage. Nach zehn Jahren Trennung hatte ihre Fähigkeit, in ihm zu lesen, an nichts eingebüßt. Es gab kein Verstecken vor einem Menschen, den man liebte, und Tabitha liebte ihn sehr. Ob sie es nun wollte oder nicht – und jetzt vielleicht sogar noch mehr als damals, als sie ein Paar gewesen waren. Zehn Jahre Trennung konnten an einem Leben kratzen, an einem Selbstbewusstsein, an Integrität oder Überzeugungen, aber nicht an Liebe. Diese war so grenzenlos wie die Unendlichkeit des Universums, eine Emotion jenseits von Raum und Zeit.

»Was ist los?«, fragte sie.

Ohne das kleinste Schnaufen holte er tief Atem, und zum ersten Mal an diesem Abend kam ihr in den Sinn, dass der Staub sein Asthma überhaupt nicht verschlimmert hatte. »Es ist nur, dass wir dieses Zimmer praktisch vollständig ausgeräumt und sie immer noch nicht gefunden haben.«

»Die Klinkosch-Schatulle?«

»Ja.« Er stellte den Tee beiseite. »Ich habe die vergangenen paar Tage kaum ein Auge zugemacht und …« Er zögerte, fummelte an einem Knopf an einem der Mäntel unter ihm herum. »Ohne dich hier, die mich motiviert, werde ich von all den Dingen, die ich finde, abgelenkt und frage mich dann, ob sie vielleicht wichtig sind. Und denke darüber nach, wer meine Mutter war und wer mein Vater sein könnte. Wie mein Leben wohl mit ihnen verlaufen wäre. Und …«

»Und was?«

»Nun, du wirst bald gehen müssen. Es ist mitten in der Nacht, und morgen werde ich wieder kopflos im Haus herumschwirren.«

»Tja«, entgegnete Tabitha und dehnte das Wort, da sie in diesem Moment selbst nicht wusste, was sie sagen wollte. »Ich muss morgen nicht zur Arbeit. Ich könnte bleiben und dir helfen.«

Er schüttelte den Kopf. »Das ist lieb, aber es gibt immer einen nächsten Tag und dann noch einen. All die Tage führen zu dem Punkt, an dem dieses Haus verkauft ist und ich nicht weiß, wo ich bleiben soll.« Er dachte an die Notiz, die immer noch am Kühlschrank klebte, und fragte sich, ob sie es wirklich so gemeint hatte. »Du kannst ja nicht einfach hier bei mir bleiben, oder?«

»Wer sagt, dass ich das nicht kann?« Ein Beben in ihrer Stimme verriet ihr angespanntes Nervenkostüm. »Wie wäre es, wenn ich bleibe, bis wir es geschafft haben? Ich habe doch schon gesagt, ich könnte hier wohnen, aber ich hatte nicht wirklich für immer gemeint. Aber ich könnte es, wenn du es willst. Ich könnte hierbleiben«, sagte sie und schluckte schwer. »Bei dir.«

»Du meinst, richtig hierbleiben? Im Sinne von, überhaupt nicht gehen?«

»Ja.« Hatte sie eine Grenze überschritten? Ein Teil von ihr fragte sich, ob sie das Angebot zurücknehmen, es als einen Scherz abtun sollte. Doch dieser Gedanke erschien ihr so falsch, dass sie entschlossen fortfuhr: »Das habe ich auch auf den Zettel geschrieben, nicht wahr?«

Aus seiner Hosentasche zog Harry ihre Notiz hervor und reichte sie ihr. Als sie ihre Schrift erkannte, las sie die Worte: *Wie es scheint, sind wir wohl doch unzertrennlich.* Es war etwas, das sie verband, etwas, das er ihr jede Nacht gesagt hatte. In den kurzen Momenten vor dem Einschlafen hatte er ihr immer ins Ohr geflüstert: »Wir sind unzertrennlich, du und ich. So fühle ich mich bei dir.«

»Du hast ihn behalten«, rief sie, und er nickte. »Ich habe dir immer geglaubt, wenn du mir das gesagt hast. Ich schätze, ein Teil von mir hat immer gewusst, dass ich dich eines Tages wiedersehen würde.«

»Genau dasselbe habe ich auch gespürt. Als gehörten wir zusammen, für immer.« Es freute ihn, als er ihr Nicken sah. War es, um ihm zu bedeuten, dass sie sich erinnerte, dasselbe fühlte oder etwas ganz anderes? Was auch immer es war, er war überzeugt, dass es etwas Gutes war. »Nun, wenn du tatsächlich bleiben willst, weiß ich nicht, wo du schlafen könntest.«

Mit dem Finger auf die gefaltete Steppdecke zeigend, die Stelle, auf der er wohl nachts zuvor gelegen hatte, sagte sie: »Ich kann dort schlafen.«

»Aber da schlafe ich.«

»Es wäre nicht das erste Mal, dass wir zusammen schlafen.« Fast wäre er an seinem Tee erstickt und spuckte ein paar Tropfen aus. »Ich meine, im selben Bett, Harry. Nebeneinander. Und wenn ich ganz ehrlich bin, muss ich gestehen, dass ich müde bin. Warum gönnen wir uns nicht eine Mütze Schlaf, bevor wir am Morgen weitermachen?«

Als er zusah, wie sie aufstand, ohne auch nur eine Antwort abzuwarten, die Decken und Mäntel neu anordnete und glatt strich, fragte er sich, ob es wirklich möglich wäre, dass sie einfach blieb. Ob sie tatsächlich unzertrennlich waren. Mit ihr hier war es möglich, genau das zu glauben.

Weshalb er, als sie ihn zu sich winkte, ihrer Einladung folgte. Nachdem sie es sich auf dem provisorischen Bett gemütlich gemacht hatte, lächelte sie ihn an, bevor sie die kleine Lampe ausschaltete, die er als Nachttischleuchte benutzte.

»Dann gute Nacht«, sagte er.

»Gute Nacht, Harry. Süße Träume.« Es war derselbe geflüsterte Wunsch, den sie ihm früher vor dem Einschlafen zugeraunt hatte, und er gab ihm das Gefühl, als gehörte Tabitha auf irgendeine Art immer noch zu ihm. Und er ertappte sich dabei, wie er verzweifelt hoffte, es wäre wirklich wahr. Denn jetzt erkannte er – war sich der Tatsache bewusst, als wäre sie ein physischer Teil von ihm, den er unter gar keinen Umständen mehr abstreiten könnte –, dass ein Leben ohne Tabitha sogar noch schrecklicher wäre als ein Leben allein.

Kurz darauf hörte sie das sanfte Pfeifen seines Atems. Es war sonderbar, wieder eine Decke mit Harry zu teilen und in ihrer Kleidung zu schlafen, aber gleichzeitig fühlte sie sich ruhiger als seit vielen Monaten. Vielleicht sogar Jahren, dort neben einem Mann, der nicht ihr Gatte war, allerdings früher einmal der Mann gewesen war, den sie hatte heiraten wollen. Die Matratze aus Mänteln war nicht so unbequem wie anfangs vermutet, doch die Erkenntnis, nicht nach Hause gehen zu müssen, war eine noch größere Erleichterung, als sie erwartet hatte. Daniel würde sie hier unter keinen Umständen finden. Auf gar keinen Fall.

Schließlich setzte sie sich auf und griff nach der Schachtel mit den Briefen, die sie aus den Untiefen des Wohnzimmers zutage gefördert hatten. Zufällig fischte sie einen Briefumschlag aus dem Stapel und klappte das einmal gefaltete Papier auf, das an den Rändern vergilbt war und einen Duft ausströmte, der nicht unangenehm war. Mit den Fingern öffnete sie den Umschlag, spähte hinein und fand einen einzigen Stängel getrockneten Lavendel, dessen Aroma selbst nach all den vielen Jahren noch leicht nachhallte. Sie schlüpfte aus ihrem Ersatzbett, machte es sich auf einem der Koffer bequem und benutzte ihr Handy als Taschenlampe. Der Großteil des Texts blieb ihr ein Rätsel, aber es gab einen kurzen Abschnitt, den sie verstand. Sie las ihn immer und immer wieder durch.

Ich habe mich in deine Liebenswürdigkeit und deine Herzensgüte verliebt, auch wenn ich kein Mensch bin, der eine solche Liebe verdient hätte. Alles, woran ich denken kann, ist die Wärme deiner Berührung und dass du, wenn du dich an mich schmiegst, so perfekt in meine Arme passt. Zwei Menschen, die sich so wunderbar ergänzen, gehören gewiss zusammen. Denkst du nicht auch?

Sie blickte zu Harry, und ihr kam der Gedanke, dass er vielleicht doch Ähnlichkeiten mit seiner Mutter hatte. Er war liebenswürdig. Er war gut. Während Tabitha dort saß und ihm beim Schlafen zusah, wusste sie, dass es durchaus möglich war, sich in diese Eigenschaften zu verlieben. Vielleicht sogar verliebt zu bleiben, selbst wenn man sich einredete, man sei es nicht mehr.

Getröstet durch seine Nähe beobachtete sie ihn, bis ihre Augen schwer wurden. Dann, ohne groß über die Konsequenzen nachzudenken, glitt sie zurück unter die Decke und schob sich näher an ihn heran, bis ihr Körper auf seinen traf. Hitze, die von seinem Körper ausging, flutete sie, während sie Millimeter um Millimeter an ihn heranrückte und dann den Arm auf seine Brust legte. Er war immer zu warm, wo ihr immer zu kalt war, und selbst im Sommer hatte sie sich an ihn gedrängt, ihre gemeinsame Temperatur ausgeglichen auf eine Art, wie es ihnen allein niemals gelänge. Sie passten zusammen, vervollständigten sich, wie seine Mutter mit diesem Mann, der mit einem *B.* unterzeichnet hatte.

»Wir passen immer noch zusammen, Harry, so wie früher«, flüsterte sie, doch ihre Worte waren mehr für sie als für ihn bestimmt. »Wir waren unzertrennlich.« Warum war sie hierher zurückgekommen? Ihretwegen, seinetwegen oder war es möglich, dass sie wegen ihnen beiden hier war? Wusste sie, dass dies schon immer ihre Bestimmung gewesen war? Als ihre Augen sich wenige Sekunden später flatternd schlossen, glitt sie in einen tiefen und erholsamen Schlaf und wusste ohne jeden Zweifel, dass Harry ihr niemals etwas zuleide täte. Diese instinktiven Gefühle, die sie im Lauf des vergangenen Jahrzehnts erlernt hatte, hatten hier keinen Platz. Zum ersten Mal seit vielen Jahren fühlte sie sich absolut und unwiderlegbar sicher.

Achtes Kapitel

Verkehr donnerte vorbei, während sie draußen vor dem hinteren Bühneneingang standen. Die ersten Töne der Blechblasinstrumente hallten bereits durch die Flügeltür. Seit geschlagenen zehn Minuten gab Tabitha ihr Bestes, um Harry zu ermutigen, das Gebäude zu betreten, doch er schüttelte nur den Kopf.

»Ich kann das nicht tun«, sagte er, nervös die Hände ringend, den Blick fest auf den Boden geheftet, wobei er den Trompetenkoffer mied, der zu seinen Füßen stand. Als Tabitha nach unten sah, bemerkte sie, dass seine Hände zitterten.

»Was meinst du, du kannst das nicht? Ich habe dich spielen gehört. Du bist gut.«

»Das ist nicht dasselbe«, widersprach er und spähte zurück zur Tür. »Zu Hause zu üben ist das eine, dort drinnen zu spielen etwas ganz anderes.« Seine Haltung verkrampfte, und er verschränkte kopfschüttelnd die Arme wie ein kleiner Junge, der eisern auf seinem Standpunkt beharrte. Es bestand kein Zweifel, dass sie ihn überredet hatte hierherzukommen, aber als Tabitha ihm den Vorschlag unterbreitet hatte, hatte es sich kinderleicht angehört. Und er wollte es auch tun, hatte sogar sein Instrument gründlich ausgespült und die Klappen geölt, bevor er drei Stunden am Stück geübt hatte. Schließlich war Elsie vorbeigekommen, um ihn zu bitten, für heute Schluss zu machen. Doch Zuversicht war ansteckend, und es war nicht schwer, sich vom Selbstvertrauen eines anderen anstecken zu lassen, als würde man einen TED-Talk auf YouTube anschauen und glauben, man könnte es am Ende von achtzehneinhalb Minuten mit der ganzen Welt aufnehmen. »Ich glaube nicht, dass ich das schaffe, Tabitha. Ich bin noch nicht bereit. Eigentlich müsste ich im Haus sein und nach der Schatulle suchen.«

Enttäuscht gab sie sich geschlagen und deutete mit einem schlichten Kopfnicken ihr Verständnis an. Das eine, was sie über Harry gelernt hatte, war, dass es keinen Sinn machte, ihn zu etwas zu drängen. Wenn er nicht bereit war, müsste es eben warten. Sie kannte das auch an sich selbst, dass man manchmal mehr als einen Versuch brauchte, um einen richtigen und nötigen Schritt zu wagen.

»Wie wäre es, einfach reinzugehen und Hallo zu sagen, ohne den Druck, tatsächlich dort vorzuspielen?«

Er zog den Flyer aus der Tasche. »Hier heißt es, sie würden sich dienstags und freitags treffen«, erklärte er. »Wir könnten am Freitag zurückkommen, wenn ich mich etwas wohler fühle.«

»Okay, das ist eine tolle Idee«, sagte sie in der Hoffnung, es klänge so ermutigend, wie sie beabsichtigt hatte. Am allerwenigsten wollte sie sarkastisch klingen, ein Tonfall, den, wie ihr seit ihrer Hochzeit immer wieder unter die Nase gerieben wurde, ihre Stimme gerne annahm. »Und in der Zwischenzeit kannst du noch etwas üben. Dann fühlst du dich auch besser vorbereitet.«

»Ja. Schon möglich.« Er nahm den Koffer, und gemeinsam spazierten sie weg.

Unterdessen war es später Nachmittag geworden, die träge Sonne zog längere Schatten über den heißen Gehweg, die Luft war immer noch schwül und drückend. Vergangene Nacht hatte es kurz geregnet, aber nicht genug, um die stickige Hitze zu vertreiben. Tabitha und Harry hatten sich hingesetzt und den Sturm betrachtet, das Aufflackern von Blitzen, die durch eine massive Wolkendecke peitschten.

»Hör mal, Harry, ich bin wirklich hungrig«, sagte Tabitha, als sie zur Bushaltestelle gingen. Da sie sich bei der Arbeit krankgemeldet hatte, bedeutete es gleichzeitig, dass sie den Transporter des Museums nicht benutzen konnte, und Harry hatte die Schlüssel zu seinem Auto irgendwo im Chaos verloren.

»Auf dem Heimweg können wir einkaufen gehen. Und in der frisch geputzten Küche kochen.« Der Garten auf der Rückseite des Hauses war mit Müll übersät, aber der Vorteil war, dass die Küche nun fast vollständig ausgeräumt war. »Worauf auch immer du Lust hast.«

»Oder wir könnten essen gehen«, schlug Tabitha vor. »Wie wäre es mit einem Pub?«

»Ein Pub?« Harry wirkte nicht überzeugt. »Ich denke, wir sollten aufhören, kostbare Zeit zu vergeuden, in der wir nicht im Haus sind.«

»Aber kochen würde genauso lang dauern«, widersprach sie und ließ den Blick auf der Suche nach etwas Passendem die Straße hinauf und hinab schweifen. »Wir können nicht jede freie Sekunde des Tages suchen und tja, ganz ehrlich, ich bin *jetzt* hungrig«, sagte sie. »Bis wir eingekauft, nach Hause gefahren und dann etwas gekocht haben, vergeht mindestens eine Stunde.« Aufgrund der Tatsache, dass sie die Wörter *nach Hause* benutzte, gab er sich schließlich geschlagen. Eine ihrer Hände ruhte auf seiner Schulter, als sie in Richtung des Pubs auf der anderen Straßenseite zeigte. »Lass uns lieber da rein gehen. Wir können rasch einen Happen essen und hätten dann immer noch den restlichen Nachmittag und Abend Zeit für die Suche. Und während wir im Pub sind, werde ich eine weitere Onlinesuche in den Archiven starten und sehen, ob ich noch etwas über die Klinkosch-Schatulle herausfinde, das uns helfen könnte.«

»Okay«, sagte er. »Wenn wir uns beeilen.«

»Das werden wir. Komm schon, das Essen geht auf mich.«

Sie wählten eine Sitznische in der hintersten Ecke, und Harry legte seine Trompete auf die Kunstlederbank, als wäre sie ein weiterer Gast am Tisch. Kurz darauf kam Tabitha mit einem Pint mit irgendetwas Braunem, einem Glas Rotwein und einem Plastikring mit der Nummer dreiundzwanzig zurück von der Theke.

»Dauert wohl eine Viertelstunde. Ich habe dir Fish and Chips bestellt.« Einen Moment lang wünschte sie, nicht so übergriffig gewesen zu sein, und fragte sich besorgt, ob sie vielleicht zu weit gegangen war. Daniel hasste es, wenn sie Entscheidungen für ihn traf. »Aber ich kann die Bestellung auch noch rückgängig machen, wenn du willst. Falls du auf etwas anderes Appetit hast. Oder …«, sagte sie mit wachsendem Unbehagen, »du kannst selbst gehen. Es war dumm von mir, einfach zu bestellen. Ich habe nicht nachgedacht. Es tut mir leid, ich habe einfach nicht nachgedacht.«

»Nein, nein«, versicherte er ihr, ohne ihre Anspannung zu bemerken, und gab ihr mit einem Winken zu verstehen, sich hinzusetzen. »Das ist völlig in Ordnung. Ich hätte das sowieso bestellt.« Ob dies nun der Wahrheit entsprach oder nicht, sie liebte seine Umgänglichkeit. Es war ein Echo aus der Vergangenheit, wenn sie helfen wollte und es nicht absichtlich missinterpretiert wurde. Wie sehr sie ihn und seine unkomplizierte Freundlichkeit vermisst hatte. Als Zeichen seiner Zustimmung leckte er sich nach einem Schluck Bier die Lippen. Früher hatte sie diese Eigenart auf die Palme gebracht. Eine derart unbedeutende Nebensächlichkeit war ihr damals so wichtig vorgekommen, aber heutzutage setzte sie für die Fehler ihrer Mitmenschen ganz andere Maßstäbe an.

»Ich schätze, wir mussten wirklich mal ein bisschen rauskommen«, bekundete er schließlich einlenkend.

»Ja«, stimmte sie zu. »Wir haben eine kleine Auszeit gebraucht.« Mit diesen Worten entsperrte sie ihr Handy und begann, im Internet nach Informationen zu suchen.

»Und es ist Jahre her, seit ich so etwas getan habe.« Dunkle Wände umgaben sie, und das Licht über der Tischnische vermittelte ihm das Gefühl, als säßen sie auf dem Präsentierteller und wären gleichzeitig ganz allein auf der Welt. Tabithas Display leuchtete zwischen ihnen. Nur das gedämpfte Geplapper der anderen Gäste erinnerte ihn daran, dass sie von Fremden umringt waren. »Ich kann mich nicht mal mehr erinnern, wann ich das letzte Mal in einem Pub war.«

»Wirklich?«, fragte sie und unterbrach ihre Internetsuche. Er nickte. »Nun, dann bin ich froh, dass wir hergekommen sind. Während der vergangenen zehn Jahre hast du so viel verpasst, Harry.«

»Ja, kann sein.« Diese Vorstellung ließ ihn an seine Mutter denken. »Oh, apropos. Gibt es schon Neuigkeiten wegen der Halsketten?«

»Noch nicht«, sagte sie, ohne aufzublicken, da sie den Gedanken an ihre Lüge so schnell wie möglich beiseiteschieben wollte. »Hoffentlich bald. Aber in der Zwischenzeit, wenn es darum geht, dein Leben neu aufzustellen, wirst du wohl irgendwie versuchen müssen, ins kalte Wasser zu springen. Neue Dinge auszuprobieren. Alte Dinge wieder zu tun.«

Seine Schultern krümmten sich. »Du meinst, zu diesem Orchester zu gehen.«

»Nun, es wäre schön gewesen.«

Als hätte sich eine schwere Last auf ihn gelegt, senkte sich sein Kopf Richtung Tisch. »Nächstes Mal. Versprochen.«

Nach einem kurzen Moment des Zögerns erkannte sie, dass es nicht leicht für ihn war. »Versprich nichts mir zuliebe, Harry. Tu es für dich«, sagte sie und berührte seine Hand über dem Tisch. Harry spürte, wie sich die Härchen auf seinem Arm aufstellten, als ihre Finger sanft über seine strichen. »Du hast zu lang in diesem Haus gewohnt. Du brauchst noch etwas anderes in deinem Leben. Etwas allein für dich. Dich verbindet etwas mit diesen Menschen. Sie mögen dasselbe wie du.«

»Ich weiß, aber du darfst nicht vergessen, dass ich die vergangenen zehn Jahre nicht viel aus war. In dieser Hinsicht bin ich etwas eingerostet. Ich fürchte, ich weiß nicht mehr, wie man mit Menschen redet. Ich weiß, du hasst es, dass ich diese Vögel immer noch in einem Stall eingesperrt habe, aber im Lauf der letzten paar Jahre habe ich mich häufiger mit ihnen unterhalten als mit sonst irgendjemandem.« Mit dem Zeigefinger fuhr er über den feuchten Ring um sein Glas und malte eine Acht auf den Tisch. »Ich bin bei vielen Dingen aus der Übung, Tabitha. Zehn Jahre lang gab es in meinem Leben nichts weiter als meinen Job im Pflegeheim und meine Mutter. Außer du zählst Elsie als Freundin mit, sonst hatte ich im Grunde niemanden, mit dem ich ein längeres Gespräch geführt habe.«

»Elsie zählt natürlich. Erinnerst du dich an den alten Mann, der in der Wohnung über uns gewohnt hat? Wie hieß er gleich noch mal?«

»Du meinst Eric?«

»Ganz genau. Du warst immer bei ihm oben und hast dich mit ihm unterhalten.«

»Ich habe unsere Gespräche sehr genossen. Wusstest du, dass er die Landung in der Normandie überlebt hat?«

»Warum hast du dich nie mit Leuten unseres Alters getroffen?«

Harry zuckte mit den Schultern, kannte jedoch die Antwort. »Ich hatte nie das Gefühl, als hätten sie viel zu sagen. Ältere Menschen verfügen über einen reichen Erfahrungsschatz, haben die besseren Antworten auf meine Fragen. In den Pflegefamilien waren sie die konstante Größe, die Menschen, die mir geholfen haben zu verstehen, was ich dort tat. Ich schätze, ich mochte ihre Gesellschaft einfach lieber. Außerdem haben sie auch nie Kritik an Mum geübt. Die Kinder in der Schule waren gemein zu mir.«

»Und, wie war sie?«

»Mum? Nun, du hast sie kennengelernt. Du weißt, wie sie war.«

Das Pub füllte sich allmählich, und die anschwellende Geräuschkulisse im Hintergrund gab ihr einen Grund, sich näher zu ihm zu beugen. Ein Schluck samtiger Wein löste ihr die Zunge. »Nicht wirklich, Harry. Ich habe sie nur ein einziges Mal getroffen und um ehrlich zu sein, brannte mir mehr auf der Seele, dass du gesagt hattest, du würdest nicht mehr nach Hause zurückkommen.« Er spähte zu seinen Händen, nahm einen Schluck von seinem Getränk und dann einen tiefen Atemzug. »Ich schätze, meine eigentliche Frage lautet, war es die Sache wert?«

Einen Moment lang fürchtete sie, ihn zu sehr bedrängt zu haben, denn mehrere Sekunden lang sagte er kein Wort, sein Blick glitt matt in die Ferne und seine Augen starrten zu einer unsichtbaren Szene aus der Vergangenheit. »Um ehrlich zu sein, weiß ich nicht, ob es die Sache wert war. Aber sie war eine gute Frau, glaube ich«, sagte Harry schließlich. »Exzentrisch, definitiv, vielleicht auch psychisch nicht ganz auf der Höhe, aber sie war ein guter Mensch.«

»Denkst du, sie hatte eine psychische Störung?«

»Abgesehen vom krankhaften Horten hat sie vor ihrem

Tod viele Monate nicht mehr das Haus verlassen. Wollte nicht mal einen Arzt aufsuchen. Ich habe ihr ständig gesagt, sie müsste gehen, insbesondere zum Ende hin, weil ihr Bein geschwollen und rot war. Sie wussten, dass sich dort ein Blutgerinnsel gebildet hatte, aber meine Mutter weigerte sich, und selbst, als ich einen Hausbesuch organisiert hatte, ließ sie den Arzt nicht herein. Eigentlich sollte sie Blutverdünner einnehmen, doch sogar dagegen hat sie sich gewehrt. Ich sollte ihr die Injektionen verabreichen. Eine Pflegerin hat mir gezeigt, wie es funktioniert, aber meine Mutter hat es kein einziges Mal zugelassen.« Seine Augen schlossen sich, und Tabitha spürte, wie schwer es ihm fiel, nicht nur die Erinnerung in Worte zu fassen, sondern zu akzeptieren, dass er ihr nicht hatte helfen können. »Sie meinte, sie würde die Behandlung nicht verdienen, und dass wenn die Zeit käme, sie ohne großes Trara oder jeden Kampf gehen würde.«

»Du hast alles in deiner Macht Stehende für sie getan, Harry. Dir waren die Hände gebunden.«

»Manchmal habe ich das Gefühl, ich hätte sie zwingen, ihr die Injektionen im Schlaf verabreichen müssen. Darüber habe ich damals lang nachgedacht.«

»Es war ihre Entscheidung. Du hast ihr zehn Jahre deines Lebens geschenkt. Das war mehr, als sie dir gegeben hat.«

»Da bin ich mir nicht so sicher.« Als er aufblickte, war Tabitha überrascht, den Anflug eines Lächelns zu sehen. »Sie hat mir dich geschenkt, nicht wahr? Sie hat dich in mein Leben zurückgebracht. Dafür bin ich ihr dankbar.«

Bei Harrys Worten dachte sie an den Brief, den sie erhalten hatte, und wie es Frances möglich gewesen war, ihn zu verschicken, wo sie das Haus nicht verlassen hatte und sie Tage vor dem Poststempel verstorben war. Doch abgesehen von dieser Unstimmigkeit musste sie sich eingestehen, wie dankbar sie war, ihn erhalten zu haben.

»Ja, Harry. Das hat sie. Aber es muss hart gewesen sein, all die Jahre mit ihr. Versuch nicht, mir weiszumachen, es wäre nicht so gewesen.«

Er zuckte mit den Schultern. »Es war, wie es war. Familie ist und bleibt Familie, und man muss mit dem vorliebnehmen, was man hat, nicht wahr?« Dem konnte sie nicht widersprechen. »Was ist mit deiner?«

»Immer noch Funkstille. Bei mir hat sich nichts verändert.« Sie lenkte den Blick zurück auf ihr Handy und scrollte bei ihrer Trefferliste weiter nach unten.

»Warum nicht?«

»Weil sie …«, setzte sie an, doch ihre Standardantwort, die, die sie immer parat hatte, wenn jemand sie auf dieses Thema ansprach, schien nach dem Gespräch, das sie gerade über seine Mutter geführt hatten, nicht mehr zu genügen. Ihm zu sagen, dass weder ihre Eltern noch sie großes Interesse aneinander hatten, wirkte abgedroschen und falsch, irgendwie kindisch. Das war, was sie ihm vor zehn Jahren aufgetischt hatte, aber seitdem hatte sich – für sie beide – viel verändert. »Ich glaube, es gibt kein Zurück von den Problemen, die wir hatten.«

»Das tut mir leid.«

»Das muss es nicht.« Schicksalsergeben hob sie die Achseln. »Ich habe Entscheidungen getroffen, die ihnen nicht gefallen haben. Sie haben sich auf eine Weise verhalten, die mich verletzt hat. Ich habe versucht, die Wogen zu glätten, nachdem …« Sie zögerte, nippte an ihrem Wein. »Du weißt, nachdem du mich verlassen hast, aber wir haben uns wieder verstritten. Ich habe jemanden getroffen, mit dem sie nicht einverstanden waren. Ich dachte, ich wäre verliebt.«

»Oh?«, murmelte er.

Verwundert fragte sie sich, ob es eine Rolle spielte, dass sie ihm nichts von Daniel erzählt hatte oder dass sie im Grunde noch verheiratet war oder ihren Ehemann noch vor wenigen Tagen gesehen hatte. So oder so müsste Harry die Wahrheit erfahren. Doch irgendetwas von Daniel in das hineinzuziehen, was sie mit Harry teilte, fühlte sich schrecklich falsch an, und sie wollte nicht über die verlorenen Halsketten reden, sondern sie nur so schnell wie möglich zurückbekommen. In dem Versuch, die Geschichte zusammenzusetzen und einen Weg zu finden, wie sie es Harry beichten könnte, kaute sie die Dinge in Gedanken durch. Doch selbst für sie ergab es keinen Sinn, wie könnte sie dann das Risiko eingehen, es Harry zu erzählen? Sie konnte sich nicht einmal vorstellen, wie es wäre, wenn er nichts mehr mit ihr zu tun haben wollte.

»Ja. Alles im Grunde wirklich verfahren«, sagte sie und ließ die Chance, ihm die Wahrheit zu sagen, ungenutzt verstreichen. »Wir sind nicht mehr zusammen, und ich habe meine Eltern seit Jahren nicht mehr gesehen.«

»Das tut mir leid.«

»Muss es nicht. Aber schau, was ich gefunden habe.« Als sie das Handy zu ihm drehte, sah er die Klinkosch-Schatulle in Großaufnahme und daneben einen kunstvoll verzierten Schlüssel, der Griff in Form eines gebogenen Olivenzweigs. »Der Schlüssel wurde anscheinend in den Neunzehnfünfzigern in Österreich in einem alten Apartment gefunden. Aus Kulanzgründen wurde er der letzten Familie zurückgegeben, die die Schatulle besessen hatte, der Familie Ellison, die laut dem Bericht hier in Paris gewohnt hat, bevor sie irgendwann Richtung Süden gezogen ist.«

»Besitzen sie ihn immer noch?«

»Das steht hier nicht. Aber es heißt, sie mussten wegziehen, weil ständig Leute bei ihnen eingebrochen sind und die Schmuckkassette stehlen wollten. Eine Person ist sogar überfallen worden.«

»Ojemine«, sagte Harry. »Schweben wir in Gefahr, sollten wir sie je finden?«

Tabitha zuckte leicht mit den Schultern, aber der Ausdruck auf ihrem Gesicht deutete an, dass sie es nicht für völlig abwegig hielt. »Vielleicht sollten wir dann nicht zu viel Wirbel darum machen. Kunstschätze wie diese sind schwer gefragt.«

»Wohin genau sind sie gezogen? Diese Ellisons.«

»Das steht hier auch nicht.«

Sie wurden unterbrochen, als die Bedienung ihr Essen servierte, zwei große Teller mit einem kleinen Stück Fisch, einer Riesenportion Pommes und einem Schälchen Tartarsoße, die am Rand eingetrocknet wirkte. Es war seine erste Mahlzeit in einem Restaurant seit zehn Jahren, und ihm ging der Gedanke nicht aus dem Kopf, dass er wohl nichts verpasst hatte. Sie tauschten einen Blick des gegenseitigen

Einvernehmens aus, bevor sie Messer und Gabel zur Hand nahmen.

Er probierte einen ersten Bissen. Das Essen schmeckte besser, als es aussah. »Hast du jemals darüber nachgedacht, deine Eltern wieder zu treffen? Vielleicht könntest du die Dinge ins Lot bringen?«

Im Lauf der Jahre hatte sie sich Hunderte von Ausreden überlegt, warum sie es nicht tun sollte. Doch jetzt fragte sie sich tatsächlich, ob es einen guten Grund gab, sie nicht zu sehen, abgesehen von dem Umstand, dass sie auf dem Papier und vielleicht noch auf die eine oder andere Art mit dem Mann verheiratet war, den sie hassten. »Keine Ahnung«, entgegnete sie. Sie konnte ihm die Wahrheit nicht sagen. Andernfalls würde es bedeuten, dass ihre Gegenwart in Harrys Haus allein der Not geschuldet war, wo sie wusste, dass es so viel mehr war.

»Ich schätze, wenn man etwas nicht mehr hat, gewöhnt man sich einfach daran, dass es nicht da ist«, sagte er.

Sie beugte sich über den Tisch und berührte seine Hand. »Ich bin mir nicht sicher, ob man sich jemals daran gewöhnt.« Dieser Moment der plötzlichen, unverhohlenen Emotionen ließ ihn mit nackter Panik zurück, und er wollte nichts weiter, als das Gesprächsthema zu wechseln. War das der Moment, in dem er ihr seine Gefühle gestehen sollte, und dass er nie aufgehört hatte, sie zu lieben? Beruhte es auf Gegenseitigkeit? Anfangs hatte er ihr sagen wollen, was er für sie empfand, doch seitdem war ihm der Gedanke nicht mehr aus dem Kopf gegangen, dass es dann kein Zurück mehr gäbe und die Möglichkeit bestünde, abgewiesen zu werden, und dieses Risiko wollte er nicht eingehen. Wenn sie nicht dieselben Gefühle für ihn empfand, würde sie gewiss abreisen, und das wäre es gewesen. Dann hätte er sie zum zweiten Mal verloren. Selbstverschuldet verloren. Nein, er musste seine Gefühle tief in sich begraben. Der Gedanke, sie erneut zu verlieren, war unerträglich.

An diesem Abend, als sie nach Hause kamen, misteten sie noch weiter aus. Sie beauftragten einen Bekannten von Tabitha, am nächsten Tag mit seinem Lieferwagen vorbeizukommen, um alles aus dem Garten hinter dem Haus mitzunehmen. Doch zuerst mussten sie noch den Flur aufräumen, damit die Umzugsleute Platz zum Arbeiten hatten. Das Chaos war fast beseitigt, als Harry innehielt und sich auf die Fersen zurücksetzte.

»Was ist los?« Tabitha warf einen Blick auf die Uhr. »Komm schon, mach jetzt nicht schlapp. Ich weiß, es ist schon fast drei Uhr morgens, aber wir haben es so gut wie geschafft.«

»Ich habe nur nachgedacht.«

»Über die Schatulle, ja, ich weiß«, sagte sie und knotete einen weiteren schwarzen Müllsack zu. »Du denkst sogar noch mehr als ich über sie nach.«

»Nein, nicht das«, widersprach er. Was er sagen wollte, ging ihm schon seit dem Nachmittag nicht mehr aus dem Sinn, und obwohl er nicht bereit war, ihr seine Gefühle einzugestehen, wollte er ihr unbedingt seinen Dank aussprechen, weil sie sich entschieden hatte, hier bei ihm zu sein. »Du musst wissen, du bist der erste … der erste Mensch, der, äh … der erste Mensch, der jemals freiwillig bei mir geblieben ist.«

»Was?«, flüsterte sie.

Da drehte er den Kopf zu Tabitha, und sie sah, dass seine Augen feucht waren. In diesem Moment verblasste die Welt um sie herum, selbst die Wände des Zimmers lösten sich auf. Es gab nur noch ihn und sie. Zwei Menschen, die sich liebten, und beide zu verängstigt, es laut auszusprechen. »Du bist der erste Mensch, der die Entscheidung getroffen hat, bei mir zu bleiben, und das zu einem Zeitpunkt, an dem die meisten anderen schreiend davongelaufen wären. Ich schätze, was ich eigentlich sagen will, ist: danke.«

»Du musst mir nicht danken.« Es gab so viele Dinge, die sie ihm sagen wollte. Eigentlich war sie diejenige, die ihm zu danken hatte, da er ihr einen Ausweg aus einem Leben bot, dem sie unbedingt entfliehen wollte. Doch das hätte alles zunichtegemacht, was er eben gesagt hatte, weshalb sie es für sich behielt.

»Und ich muss mich auch entschuldigen, weil ich dich enttäuscht habe. Meine Vögel sind immer noch draußen eingesperrt, obwohl ich weiß, wie sehr du es hasst, und ich kann Dinge nicht loslassen, von denen du denkst, ich sollte sie wegwerfen. Ich schaffe es nicht einmal, in einen Raum voller Fremder zu gehen und auf der dummen Trompete zu spielen, wo du dir so viel Mühe bei der Organisation gemacht hast und ich dir versichert habe, es zu tun. Und ich wollte es, wirklich.«

»Wenn du dich dann besser fühlen solltest, es war nur ein einziger Telefonanruf, Harry.«

»Nein«, widersprach er, jetzt mit noch mehr Entschlossenheit in der Stimme. »Versuch nicht, das kleinzureden, was du getan hast. Du hast dich gekümmert, und ich bin dir so unendlich dankbar.« Er holte tief Luft und ließ sie abgehackt durch die Lippen wieder entweichen. »Und das alles, nachdem ich dich vor zehn Jahren so schrecklich verletzt habe.«

Instinktiv wusste sie, wo seine Hand war, sodass sie sich vorbeugte und ihre Finger sie auf seiner Hüfte fanden. Einen kurzen Moment spürte sie, wie er zusammenzuckte, bevor er sich ihrer Berührung hingab.

»Nichts, was vor zehn Jahren passiert ist, spielt jetzt noch eine Rolle.«

»Für mich aber schon. Ich hätte nicht aufgeben dürfen, was wir hatten. Für nichts in der Welt.«

»Nun, ich bin jetzt hier, oder? Du hast mich nicht verloren.«

»Eine ganze Weile war es aber so.«

»Ich gehe nicht mehr weg, Harry.« All die Argumente, die Variablen, die sie anfangs zu ignorieren versucht hatte, lösten sich jetzt auf. Sie war nicht hier, weil sie nirgendwo anders hinkonnte. Sie war nicht hier, weil sie sich Zeit verschaffen wollte, bis sie den Schmuck zurückbekam oder wegen der anderen Dinge, die ihr während der vergangenen paar Tage in Endlosschleife durch den Kopf gegangen waren. In ihrem Herzen wusste sie, dass auch wenn sie anfangs womöglich aus all diesen Gründen geblieben war, sie jetzt nur noch wegen einer einzigen Sache hier war. Seinetwegen. Bei Harry fühlte sie sich wie sie selbst und entdeckte all die verborgenen Gefühle wieder, die sie nie ganz hatte verleugnen können.

Sie entschied, die Briefe an diesem Abend nicht weiterzulesen, und schloss die Augen, als sie in ihr provisorisches Bett schlüpften. Wenige Sekunden später spürte sie, dass sein Atem allmählich tief und gleichmäßig kam, während er mit ihr in seinen Armen einschlief. Da erkannte sie, wie verloren sie die ganze Zeit über gewesen war, nicht nur in Bezug auf Harry. Sie hatte sich auch selbst verloren. Jetzt war sie nur dankbar, dass sie hier, neben ihm, endlich das Gefühl hatte, sich wieder selbst gefunden zu haben.

Neuntes Kapitel

Mirepoix, Frankreich, Sommer 1981

Nach jenem Tag in seinem Laden, als Frances wegen ihres Alters geflunkert hatte, sah sie Benoit vor ihrer Rückkehr nach England nicht wieder. Doch jede verbliebene Sekunde in Frankreich dachte sie nur an ihn, kreisten ihre Gedanken darum, was er wohl gerade tat. »Warum bist du so schweigsam?«, fragte Amélie mehrmals, und Frances lachte dann bloß und sagte: »Das geht dich gar nichts an«, und damit war die Sache für sie erledigt, bis ihre Freundin erneut nachhakte. Was gab es auch schon zu erzählen? Eine kurze Berührung, nicht viel mehr. Ihre Lippen hatten sich getroffen, aber das war auch schon alles gewesen. Was sie geteilt hatten, war nicht einmal ein richtiger Kuss. Dennoch verzog sich ihr Mund allein bei dem Gedanken zu einem Lächeln, gegen das sie nichts ausrichten konnte.

Nun, ein Jahr später und zurück in Frankreich nach Monaten voller verzweifelter Briefe und Versprechen auf mehr, war sie wieder allein. Sein erster Brief war völlig unerwartet gekommen, wenige Wochen, nachdem sie zurück in England war. Monatelang hatte sie sich ihre Rückkehr nach Frankreich in den schönsten Farben ausgemalt, hatte sich lebhaft vorgestellt, wie sie jeden einzelnen Moment zusammen verbrachten, doch jetzt, wo sie hier war, fand sie sich in einem Kreislauf aus quälenden Tagen gefangen. Wo steckte er? Hatte sie etwas falsch gemacht?

Am ersten Abend nach ihrer Ankunft in Mirepoix war sie zu seinem Laden geeilt, genau wie sie es in ihren Briefen besprochen hatten, auch wenn Frances im Nachhinein einräumen musste, dass es nicht wie erwartet gewesen war. Sehnsucht hatte sich aus seinen Briefen ergossen, doch an jenem ersten Abend hatten sie es kaum geschafft, sich auch nur zu berühren. Erst am nächsten Tag, nachdem sie ihm versichert hatte, dass sie es auch wollte, hatten sie sich geküsst, dort in seinem Wagen, sie in den Sitz gepresst durch sein Gewicht, während der Sicherheitsgurt in ihren Hals schnitt. Es war nicht, wie sie es sich vorgestellt hatte, aber dennoch war sie von jenem Rausch erfüllt wie damals an jenem ersten Abend, als er sie vor über zwölf Monaten berührt hatte. Doch nun, nach drei wundervollen Wochen, in denen sie sich tagtäglich gesehen hatten, war er einfach verschwunden.

Im besten Fall war er bei einer seiner Geschäftsreisen aufgehalten worden. Es war das einzige Szenario, das sie sich gestattete. In einem seiner Briefe hatte er ihr von einer solchen Reise erzählt, nachdem er auf den Spuren eines Matisse überstürzt nach München gefahren war.

Menschen würden viel tun, um ein solches Meisterwerk in die Finger zu bekommen, meine Liebste. München war wunderschön, aber diesmal leider eine falsche Fährte. Dieses herrliche Gemälde wird eines Tages wieder nach Hause finden und zu den Menschen zurückkehren, denen es gehört.

Nachdem sie nun wieder in Frankreich war, hatte sie Benoit gebeten, ihr das Bild zu zeigen, das er hatte aufspüren wollen. »Du hast es nicht vergessen«, hatte er gesagt und fast schüchtern gewirkt, als er hastig nach einem Buch suchte. Schwerfällig ließ er sich auf die Knie sinken, legte den Folianten auf den Boden, beugte sich dann zu ihr und blätterte die Seiten mit übertriebener Sorgfalt um. »Ah«, rief er, als er fündig wurde und seine Finger über das Bild einer Frau strichen, die in einem Sessel saß, einen Fächer in der Hand. »Welch ein wunderschönes Meisterwerk. Woran denkt sie wohl gerade, seine Muse?« Frances ertappte sich dabei, dass sie mit Tränen zu kämpfen hatte, als sie in das Gesicht der Frau sah, in deren ausdruckslosem Blick so viel Melancholie lag. Es war fast, als hätte die Frau in dem Gemälde bereits in dem Moment gewusst, während sie für dieses Porträt Modell saß, dass sie eines Tages verloren gehen würde. An einem Ort landen würde, an den sie nicht gehörte. »Ich dachte, die Spur wäre heiß, aber wir konnten es nicht finden. Vielleicht beim nächsten Mal.« Dann hatte er den Schlüssel im Schloss umgedreht, Frances auf den Mund geküsst und anschließend hatten sie nie wieder über das Bild gesprochen.

Ohne seine Gesellschaft spazierte Frances ins Städtchen und besuchte Trübsal blasend den Markt, wobei sie Benoits Galerie, die sich nun zu einem hübschen Laden voller Nippes und Schmuck gemausert hatte, immer im Auge behielt. Es gab kein kleines Schild im Schaufenster, das seine Abwesenheit erklärt hätte. Um Zeit totzuschlagen, stöberte sie in den Regalen von Edouards Buchhandlung und kaufte schließlich eine Ausgabe von *Anna Karenina,* ein Buch, das Benoit ihr ans Herz gelegt hatte. Abermals erklärte sie Edouard, er könne das Wechselgeld behalten, und fragte sich die ganze Zeit über, ob er ihre Schuldgefühle wegen des Diebstahls der Erstausgabe intuitiv spürte, während sie höflich Konversation betrieben.

Frances saß auf einer der Bänke im Schatten des Gehöfts, als sie Amélie zum ersten Mal nach ihrer Ankunft in Frankreich sah. Clematis rankten sich von der Mauer über ihr herab und der Duft von Basilikum wurde von einer warmen Brise aus einem Kübel in der Nähe freigekitzelt. Es war kurz vor zwölf, und Frances war den Strahlen der Sonne schutzlos ausgeliefert, die gnadenlos ihren Zenit erreichte. Obwohl das Licht blendete, sodass die Gesichtszüge der sich nähernden Person verschwammen, war da etwas so Vertrautes an der Art, wie sie auf Frances zuhüpfte, derselbe beschwingte Gang, an den sie sich vom vergangenen Sommer erinnerte. Frances griff nach dem Glas frischer Limonade zu ihren Füßen.

»Hast du ihn gesehen?«, fragte Amélie, nachdem sie ihre Freundin erreicht hatte. Es war ihr erstes Wiedersehen in diesem Jahr, und Frances dachte unwillkürlich an die drei Wochen, die sie sich bereits in Frankreich aufhielt und wie sie ihrer Freundin erklären sollte, warum sie sich nicht bei ihr gemeldet hatte. Als Frances die Hand hob, um sich die Augen vor der Sonne zu beschatten, stellten sich Amélies Gesichtszüge scharf. Diese hatten sich verändert, waren feiner gemeißelt durch ein weiteres Jahr auf dem Weg zum Erwachsenwerden, doch das erschreckte sie weit weniger als die Frage ihrer Freundin. Wusste Amélie von Benoit? »Er wirkt, wie sagt man gleich noch mal«, sagte Amélie ungerührt und zögerte kurz, um nach dem richtigen englischen Wort zu suchen, »verträumt?« Sie setzte sich auf die Bank neben Frances und griff nach dem Glas Limonade, als hätten sie erst gestern Zeit miteinander verbracht.

»Wer?«, hakte Frances nach.

»Es heißt, er sei aus Toulouse«, fuhr Amélie seufzend fort und starrte in die Ferne, wo sich eine kleine Gruppe von Malern um ein Aktmodell scharte. »Und dass er eines Tages ein berühmtes Fotomodell in Paris sein wird. Wenn er dort hingeht, werde ich ihn bitten, mich mitzunehmen.«

Frances stieß einen Seufzer der Erleichterung aus. Amélie redete nicht von Benoit, sondern von dem nackten Mann auf dem Gras gut zehn Meter entfernt. Er lag mit ausgestreckten Armen da, als würde er ein Sonnenbad nehmen, die Beine gespreizt, sodass einfach nichts der Fantasie überlassen blieb. Etwa zwanzig geschäftige Künstlerinnen und Künstler arbeiteten eifrig und gaben ihr Bestes, das einzufangen, was sie sahen. Wenn Frances ehrlich war, hatte sie kaum Notiz von dem Jüngling genommen.

»Ja, er ist ganz nett, schätze ich.«

Amélie schnaubte verärgert. »Ganz *nett*? Siehst du denn nicht, was ich sehe?« Frances tat es wohl nicht. »Nun, raus mit der Sprache! Wie kann es sein, dass du mir schon so lang nicht geschrieben hast? Und jetzt, wo du in Frankreich bist, gibst du mir auch nicht Bescheid, dass du hier bist? Habe ich etwas falsch gemacht?«

Frances spürte, wie sich ihr Innerstes vor Schuldgefühlen

zusammenzog. »Nein, natürlich nicht.« Sechs Jahre hatten sie ihre Sommer zusammen verbracht und sich zwischen ihren Besuchen regelmäßig geschrieben. Es war Amélie gewesen, der sie als Erste von ihrer Periode, von ihrem ersten Kuss und ihrem ersten Job in der örtlichen Bücherei zu Hause erzählt hatte. »Ich war nur so schrecklich beschäftigt, meiner Tante zu helfen.«

»Du hast mich vergessen.«

»Habe ich nicht«, widersprach Frances.

»Keine Sorge, ich habe dich auch eine Weile vergessen.«

Einen Moment lang schwiegen die beiden. Frances wusste, dass Amélie verletzt war, aber sie hoffte, mit der Zeit würde Gras über die Sache wachsen. Es war unmöglich, das ungeschehen zu machen, was sie getan hatte, und sie konnte ihr schlecht von Benoit erzählen. Ihre Freundin würde es sowieso nicht verstehen, selbst wenn sie es täte. In diesem Augenblick hätte sie es ihr zwar am liebsten gebeichtet, wusste jedoch, es wäre ein Fehler. Benoit bestand darauf, dass die Liaison zwischen ihnen geheim blieb.

»Ich bin deiner Tante gerade zufällig über den Weg gelaufen«, sagte Amélie. »Sie hat mir versichert, dass er dort noch mindestens eine Stunde liegen wird. Ich könnte hier sitzen und ihn den ganzen Tag ansehen.« Frances blickte zum Model, nahm die Kurven seiner nackten Gestalt genauer in Augenschein. Erinnerungen an griechische Götter kamen ihr in den Sinn, meisterhaft in Marmor gemeißelte Körper, die Benoit ihr in einem seiner Bücher gezeigt hatte. Das Model war das, was Menschen als Erstes einfallen würde, würde man sie bitten, den perfekten Mann zu beschreiben. Doch Frances spürte immer noch nichts, keinen Funken, keine Flamme der Leidenschaft, die sie jedoch immer verspürte, wenn Benoit in ihrer Nähe war.

»Ich würde lieber etwas anderes tun«, sagte Frances schließlich. »Ich bin nicht sicher, ob er mein Typ ist.«

»Wenn er nicht dein Typ ist, will ich gar nicht darüber nachdenken, was dir gefallen könnte.« Sie zeigte auf den nackten Mann und seufzte wieder. »Das ist der perfekte Mann. Aber was soll's, wenn du hier nicht rumsitzen und ihn angaffen willst, dann unternehmen wir eben etwas. Es ist ein wunderschöner Tag und immer noch so heiß.« Sie hatte recht, der jüngste Sturm hatte der Luft keine Abkühlung gebracht. »Wir könnten schwimmen gehen, wenn du willst?«

Im vergangenen Sommer waren Amélie und Frances unzertrennlich gewesen. Selbst nach dem kurzen Techtelmechtel mit Benoit in seinem Laden war sie nicht von Amélies Seite gewichen. Ein paarmal hatte Frances vorgeschlagen, sich hinter den Marktplatz zu schleichen, um heimlich eine Zigarette zu rauchen, immer in der Hoffnung, zufällig Benoit zu begegnen, was allerdings kein einziges Mal geschehen war. Obwohl sie viel an ihn gedacht hatte, war es ihr mühelos gelungen, zurück in ihre kindlichen Verhaltensweisen zu fallen. Mittlerweile kannte Frances jeden Zentimeter von Amélies Körper, wie er aussah, roch, sich bewegte. Sie waren nebeneinander Fahrrad gefahren, waren kurzerhand nackt im Fluss L'Hers keine fünf Minuten von ihrem Haus entfernt geschwommen. Nun, nach Benoit, kam ihr die Vorstellung, nackt neben ihr zu schwimmen, ein wenig sonderbar vor.

»Ich habe meinen Badeanzug nicht an«, sagte sie, und allein der Gedanken brachte sie jetzt in Verlegenheit. Immerhin wurde ihr Körper nun für andere Dinge benutzt, die sie nur mit Benoit tat.

Amélie verdrehte die Augen, dann stupste sie Frances sanft gegen den Oberkörper, und ihre Fingerspitze bohrte sich in das weiche Fleisch ihrer linken Brust. »Du hast dich nicht sonderlich verändert und ich auch nicht. Wir haben uns doch früher auch schon nackt gesehen, *non*?«

In der arroganten Annahme, dass Frances ihr folgen würde, erhob sich Amélie und eilte zu dem Pfad, der sich den ganzen Weg hinab zum weichen, grasbedeckten Flussufer schlängelte. Genau in dem Moment, als sie hinter der ersten Baumreihe verschwand, warf Frances einen letzten Blick zum Tor, und als sie keine Spur von Benoits kleinem 2CV bemerkte, hastete sie Amélie hinterher.

»Das Wasser ist so warm«, rief Amélie, als Frances am Flussufer stand, genau an der Stelle, an der die L'Hers der Topografie erlag und eine natürliche Biegung machte. Hier spaltete sich der Flusslauf auf, teilte sich wie ein lächelnder Mund mit einer von Bäumen gesäumten, kleinen Insel in der Mitte. Ihre Seite hier war flach, an vielen Stellen steinig, was Boote fernhielt. Beim Schwimmen waren sie bisher nie gestört worden, kein einziges Mal. Als Frances das schräg abfallende Ufer hinabspähte, sah sie Amélies achtlos weggeworfenes Trägerkleid. Ihre Sandalen und Unterwäsche lagen ebenfalls auf der Wiese, halb verdeckt von langen Grashalmen. »Komm schon, worauf wartest du?«, rief

Amélie ein weiteres Mal, bevor sie unter Wasser tauchte und mit einem lauten Prusten wieder an die Oberfläche kam.

Verlegen schlüpfte Frances aus ihrer Kleidung, wobei sie sich mit ihren Riemchen Zeit ließ. Dann, sobald sie nackt war, hastete sie ins Wasser, das kühl genug war, um die Hitze des sengenden Tages zu vertreiben. Amélie lächelte beruhigt, da ihre Freundschaft unverändert schien, und begann, Frances mit einem riesigen Schwall Wasser zu bespritzen, genau wie damals vor sechs Jahren. Und sobald Frances im Wasser war, spürte sie, wie ihre Besorgnis und Anspannung in den Hintergrund rückten, zurückgelassen auf dem Gras mit ihrer Kleidung im Schatten eines hoch aufragenden Nadelbaums, der sie vor neugierigen Blicken schützte.

Frances hatte jedes Zeitgefühl verloren und wusste nicht, wie lang sie schon im Wasser plantschten, aber ihre Haut war verschrumpelt und ihr Magen knurrte, als sie sich endlich das Ufer hinaufschleppten. Inzwischen war ihr das Nacktsein nicht mehr unangenehm, und die beiden legten sich ausgestreckt ins lange Gras, wie sie es in den Sommern zuvor auch getan hatten. Frances' Haut juckte, als sich die weichen Halme in ihre Haut bohrten. Achtlos zupfte sie an den Blütenblättern eines Gänseblümchens.

Er liebt mich, er liebt mich nicht.

»Erinnerst du dich an den Jungen, der damals mit einem Werbeplakat auf den Schultern rumgelaufen ist?«, fragte Amélie, nachdem sie sich eine Weile gesonnt hatten. »Der, der trockenes Baguette verkauft hat?«

Bei der Erinnerung rümpfte Frances die Nase. »Der, der gemüffelt hat?«

»Ja.« Amélie nickte. »Sein Name ist Gaspard und, na ja, wir haben es getan.«

»Was ge…?«, fragte Frances, doch noch bevor sie die Frage zu Ende gestellt hatte, kannte sie die Antwort dank des Lächelns auf Amélies Gesicht bereits. Ihr Mund blieb weit aufgerissen, ihre Worte unvollendet. »Oh mein Gott! Du hast es getan? Mit *ihm?*«

»Er müffelt nicht mehr«, versicherte Amélie ihr.

»Trotzdem«, sagte Frances, halb erschüttert wegen Amélie und halb wegen sich selbst, weil sie es noch vor sich hatte. Benoit hatte ihr versichert, es würde ihm nichts ausmachen, noch zu warten. Bei dem Gedanken, dass Amélie es mit Gaspard tat, dem Jungen, über den sie sich letztes Jahr noch lustig gemacht hatten, kam sie sich wie eine prüde Zicke vor. »Wie war es?«

»Perfekt«, sagte Amélie, aber genau in dem Moment, als das Wort ihre Lippen verließ, berichtigte sie sich bereits. »Nun, das stimmt nicht wirklich. Ich schätze, es war ganz okay. Es ist recht schnell über die Bühne gegangen.«

»Hat es wehgetan?«

»Nein«, erwiderte sie kopfschüttelnd und atmete bei der Erinnerung schwer ein. »Nun, vielleicht ein bisschen am Anfang, aber dann überhaupt nicht mehr. Vielleicht hat er einen kleinen, wie sagt man …«

»Amélie!« Frances gab ihr einen Klaps mit der Hand und bedeckte sich mit der anderen den Mund, um ein Kichern zu unterdrücken, bevor sie sich auf den Rücken rollte. Amélie lachte ebenfalls, so heftig, dass ihr die Seiten wehtaten. Natürlich war Frances die männliche Anatomie nicht fremd – wenn man in *La Muse* wohnte, dem Künstlerretreat ihrer Tante, war es ein Ding der Unmöglichkeit, in dieser Hinsicht ungebildet zu bleiben. Doch ihre Informationen über dieses spezielle Körperteil waren rein ästhetischer Natur und obwohl sie die harte, längliche Ausbuchtung an Benoits Unterleib gespürt hatte, als er ihr vorschlug, sie durch seine Hose zu berühren, wusste sie nicht wirklich, was es mit ihr auf sich hatte oder wie sie sich anfühlte. Auf einmal begann ihr Herz im Rhythmus der Panik zu schlagen. Lag es daran? War er deshalb verschwunden?

»Du musst mir alles erzählen, Amélie«, sagte sie, und die nackte Angst stand ihr immer noch ins Gesicht geschrieben, während sich ein Stirnrunzeln zu einer vertikalen Linie zwischen ihren Augen eingrub. »Ich muss es wissen.«

Amélie seufzte mit dem Stolz eines Mädchens, das bereits mit einem Bein im Erwachsenenleben stand. »Was soll ich dir erzählen? Es war in knapp zwei Minuten vorbei.« Dann, unvermittelt schüchtern auf eine Art, wie sie es nie zuvor gewesen war: »Aber es hat mir gefallen. Wir haben es mittlerweile schon häufig getan.«

Frances blickte ins Gras, und mit einem Mal war sie sich nicht mehr sicher, ob sie dort liegen wollte. Benoit war irgendwo dort draußen, und sie musste ihn finden. Ganz plötzlich musste sie ihn sehen und es ihm erklären. Die Luft kühlte sich allmählich ab, und eine Wolke zog über ihnen hinweg, als wollte sie ihr einen Schubs in die richtige Richtung versetzen. Hastig griff Frances nach ihrem Kleid, schlüpfte hinein und sprang auf.

»Was tust du?«, fragte Amélie.

»Ich muss los.«

»Wohin?«, rief sie und setzte sich auf. »Warum hast du es auf einmal so eilig?« Frances rammte ihren Fuß in ihre Sandale. »Triffst du dich etwa mit Benoit?« Sobald Frances den Namen vernahm, hörte sie auf, ihre Sandalen zu schnüren, und starrte Amélie an. »Es ist in Ordnung, keine Sorge. Ich kann schweigen wie ein Grab.«

Frances' Mund war wie ausgetrocknet. Als sie die Zunge zum Sprechen regelrecht von ihrem Gaumen schälen musste, waren ihre Worte leicht steif und gereizt. »Was glaubst du zu wissen? Benoit ist ein Freund meiner Tante.«

Amélie zuckte mit den Schultern. »Du musst mir keine Lüge auftischen. Ich bin die Straße Richtung Dorf entlangspaziert und habe gesehen, wie du in sein Auto gestiegen bist. Ich bin stehen geblieben, habe einen Moment zugesehen, und dann hat er sich zu dir gedreht und dich geküsst. Das war vor ein paar Tagen.«

»Wem hast du davon erzählt?« Bilder von Menschen, die es wussten, wie das Klatschmaul im Café, wirbelten vor ihrem geistigen Auge. Hatte sich Edouard beim letzten Mal, als sie in seinem Buchgeschäft gewesen war, nicht sonderbar ruhig verhalten? Sie hatte es als ihre Schuldgefühle wegen der Erstausgabe abgetan, aber vielleicht wusste er ebenfalls, was sie mit Benoit trieb. Das also war der Grund, warum er von der Bildfläche verschwunden war: Er war vor die Tür gesetzt worden, oder ihre Tante hatte ihn vertrieben oder es sogar der … Nein, diese Gedanken durfte sie sich einfach nicht gestatten. Sie sammelte hastig ihre zweite Sandale auf.

»Warum bist du so?«, fragte Amélie. »Ich habe niemandem irgendetwas erzählt.«

Frances schüttelte den Kopf. »Das glaube ich dir nicht. Du hast es jemandem erzählt und das ist der Grund, warum er verschwunden ist. Warum er auf einmal weg ist.«

»Er ist nicht weg. Er ist geschäftlich verreist.«

Frances blieb wie angewurzelt stehen. »Was?«

»Er ist nach Paris gefahren und kommt heute Abend oder morgen zurück. Aber egal, warum bist du plötzlich so sauer? Es ist nicht so, als wäre es etwas Schlimmes. Es ist doch nicht wirklich real. Die Leute würde es sowieso nicht kümmern, selbst wenn sie davon wüssten. Das hier ist nicht England.«

Frances wünschte, sie hätte etwas, das sie auf Amélie werfen könnte, aber ihre zweite Sandale hatte sie bereits zugeschnürt. Mit ihrem wild schlingernden Herzen, das ihr bis zum Hals klopfte, holte sie tief Atem und versuchte, ihre Wut zu zügeln. »Es ist etwas Ernstes. Benoit liebt mich.« Die Worte laut auszusprechen fühlte sich magisch an. Es hatte keinen Zweck, es noch länger abzustreiten.

Amélie schüttelte den Kopf. »Wirklich ernst wäre das Ganze nur, wenn deine Tante es rausfindet.« Als würden sie nichts weiter als einen Fernsehfilm besprechen, rollte Amélie sich gleichzeitig auf den Rücken, während sie die Augen rollte. »Natürlich nur, falls sie es nicht schon längst weiß.«

Frances rannte, so schnell sie ihre Beine trugen, zurück in den Garten des Gehöfts. Amélies Worte hallten dumpf in ihrem Kopf wider. Die Künstler waren inzwischen fort, und sie war den Tränen nahe. Ihre Augen brannten schrecklich heiß, wie sonst immer, wenn sie mit ihrem Vater über ihre Studienwahl stritt und er darauf bestand, dass sie Ärztin wurde. Tränen würden ihr gleich das ganze Gesicht hinabrennen, das wusste sie. Der Gedanke, jemand könnte sie sehen und fragen, was los sei, erschreckte sie, da sie nicht vollkommen sicher war, ob die Wahrheit dann nicht einfach aus ihr herausplatzen würde. Aus diesem Grund hastete sie zur Künstlerscheune und stürzte hinein, laut keuchend und sich die ersten Tränen von den Wangen wischend. Bevor sie auch nur wusste, was sie tat, hatte sie sich den nächstbesten, mit Pinseln gefüllten und farbbekleckten Krug geschnappt, ihn mit einem lauten Kreischen auf den staubigen Boden geschleudert und zugesehen, wie er in tausend Teile zersprang. Dennoch fühlte sie sich kein bisschen besser, weshalb sie den zweiten Krug packte und diesen ebenfalls zertrümmern wollte, als sie ein Schlurfen hinter sich hörte. Dort, in Jeans und einem weißen T-Shirt, stand das Aktmodell von vorhin. Angezogen erkannte sie ihn zuerst kaum wieder.

»Warum stellst du den nicht hin, hm? Ihn kaputtzumachen hilft doch nicht.«

Der Krug fühlte sich schwer in ihren Händen an, bereit, zerschmettert zu werden. Manchmal tat sie das, Dinge zerstören, damit es ihr besser ging. Auch wenn es nie eine Veränderung brachte. Nie half. Vorsichtig, mit zitternden Händen, stellte Frances das Gefäß auf seinen Platz zurück und der junge Mann nickte, als stimmte er ihrem Plan zu.

»Willst du darüber reden?«, fragte er, und sie schüttelte

den Kopf. »Bist du sicher? Manchmal ist das genau das Richtige.«

Vielleicht würde es helfen, ihm ihr Herz auszuschütten, dachte sie. Vielleicht fand sie in ihm jemanden, der ihrer Meinung war, der ihr versicherte, dass die Dinge in Ordnung kämen. Dass Amélie falschlag und das, was sie und Benoit verband, so ernst war, wie es nur werden konnte. Aber wie könnte sie über Benoit oder ihre Gefühle sprechen? Wie könnte sie diesem Fremden sagen, dass sie einen Mann liebte, der fast fünfzehn Jahre älter als sie war und ihr eingeschärft hatte, sie müssten das, was sie hatten, geheim halten?

»Und manchmal auch nicht«, sagte sie und hatte eine Entscheidung getroffen.

Mit schnellen Schritten und ohne ein weiteres Wort floh sie durch das andere Tor der Scheune. Draußen im Freien rannte sie über Felder und durch die Tür ins Gehöft, bevor sie die Treppe hinaufjagte. Sobald sie sich in der Sicherheit ihres Zimmers befand, warf sie sich aufs Bett und weinte, während Amélies Worte in ihren Ohren widerhallten.

Kurz darauf rief ihre Tante sie nach unten, und an diesem Abend wartete eine Cassoulet mit einer reichhaltigen Tomatensoße und großen Stücken Kaninchenfleisch auf dem Esstisch. Ihre Tante beschwerte sich wieder über Katzen in der Scheune, die Krüge zerbrachen, und Frances fragte sich verwundert, ob das ihre eigene Schlussfolgerung war oder ob sie die Wahrheit kannte und auf ein Schuldeingeständnis ihrerseits aus war. Hatte das Model sie verraten? Allein die

Vorstellung goss Öl in ihre Befürchtungen. Wenn Amélie von Benoit wusste, bestand durchaus die Möglichkeit, dass auch andere davon Wind bekommen hatten. Das Essen war zu mächtig, lag zu schwer in ihrem Magen, klemmte wie Knochen in ihrer Kehle.

»Tantchen, mir geht es irgendwie nicht gut.«

»Was ist los?«

»Ich habe meine Tage«, log sie. »Ich bin nicht hungrig. Wäre es in Ordnung, wenn ich hochgehe und mich hinlege?«

Sekunden später war sie wieder in ihrem Zimmer, unter der Decke. Sie wollte nichts weiter, als die Welt auszusperren und zu vergessen, dass irgendetwas von dem hier gerade passierte. Es kam ihr alles so unfair vor, so verkorkst, auf diese besondere Art, auf die sich die ganze Welt nur um die eigene Achse drehte, wenn man sechzehn Jahre alt war. Doch trotz der Zwickmühle, in der sie steckte, gab es anscheinend nur eines, was sie beruhigte.

Gedanken an Benoit und die Dinge, die er ihr einmal gesagt hatte, rückten alles andere in den Hintergrund. Da war der Moment vor einer Woche, als sie am Straßenrand parkten, nachdem sie am Strand gewesen waren. Atemlos und verschwitzt hatte er ihr ins Ohr geflüstert: »Mit dir fühlt sich alles so leicht an, Frances. Das Leben ist so einfach, wenn ich daran denke, wie sehr ich dich liebe. Weißt du überhaupt, wie viele Stunden ich allein an dich denke? Wie ich mich danach verzehre, dich zu berühren, dich zu küssen, deiner süßen Stimme zu lauschen? Du bist die beste Ausflucht vor dem wahren Leben, Frances. Ich will nur dich.«

Bei der Erinnerung fühlte sie sich besser, ihr Herzschlag verlangsamte sich und die Übelkeit, die in ihrem Magen rumorte, klang ab. Denn eines ließ sich nicht leugnen: Sie war seine Fantasie. Gewiss, dachte sie nun im Stillen, allein in ihrem Zimmer, auf seine Rückkehr wartend, gibt es nichts Realeres oder Wichtigeres als das.

Zehntes Kapitel

Im Lauf der folgenden paar Tage arbeiteten sie in geradezu fieberhaftem Rausch. Die Dinge, die sie weiterhin fanden, erfüllten sie mit echtem Erstaunen: mehr Babykleidung, Zeitschriften und zerbrochene Marineschiffe in einem solchen Ausmaß, dass sie einen spezialisierten eBay-Shop hätten eröffnen können. Selbst die Anrufe von Mr. Lewisham, der Harry an die Auktion erinnerte und ihn bat, baldmöglichst in seinem Büro vorbeizuschauen und die nötigen Dokumente zu unterschreiben, konnten ihre Stimmung nicht dämpfen. Harry schob es auf den Lieferwagen, der gekommen war und alles wegbrachte, was sie als Müll deklarierten. Es hatte etwas mit dem stetigen Anwachsen von Platz zu tun, der zunehmenden Bewegungsfreiheit. Selbst Elsie konnte sich jetzt ungehindert bewegen und kam häufig auf einen Sprung mit Keksen und dampfenden Eintöpfen vorbei, damit Tabitha und Harry nicht verhungerten, wobei sie sich mit überschwänglichen Gesten über die Veränderungen ausließ. Eine körperliche Last schien von Harry abzufallen, eine erholsame Leere anstatt der Dinge, die seine Mutter angesammelt hatte. Es war fast wie eine Erlaubnis, mit dem Leben weiterzumachen und gleichzeitig einen Schritt zurückzutreten, um einen Blick auf die Frau zu werfen, die seine Mutter einmal gewesen war. Dinge zu berühren, die sie mit viel Liebe behalten hatte, und sich eine Vorstellung von Zeiten zu machen, in denen er sie nicht gekannt hatte. Fotografien lagen überall verstreut wie Fossilien in Stein und erzählten die Geschichte eines wunderschönen Mädchens, das seit seiner Kindheit Dinge sammelte, erst Blumen und Blätter, dann Dosen und Puppen, und schließlich zu einer Frau heranwuchs, die sich zumindest über eine gewisse Phase hinweg sehr gut um ein Kind gekümmert hatte. Dies waren die einzigen Fotos, auf denen sie lächelte.

Eine nicht zu unterschätzende Rolle für diese fröhliche Stimmung jener Tage spielten die kleinen Nachrichten, die Tabitha Harry am Kühlschrank hinterließ. Auf der letzten stand: *Hör auf zu schnarchen* mit vier Ausrufezeichen. Die Botschaften waren unbeschwert, einfach und intim. Sie waren alles, was sie früher gewesen waren.

Fast.

Denn es gab einen sehr offensichtlichen Teil von dem, was sie früher einmal gewesen waren, der nicht zurückgekommen war. Beim ersten Anlauf hatte ein Feuer der Leidenschaft in ihrer Beziehung gebrannt, und er konnte die Reaktion seines Körpers nicht leugnen, als er vor drei Tagen mit Tabitha in seinen Armen aufgewacht war, die Enge in seiner Hose, als er ihren Kopf, fest gegen seine Brust gepresst in der kleinen Kuhle seiner Achsel gespürt hatte, genau wie früher. Doch abgesehen von einer körperlichen Zärtlichkeit hatte es sich völlig natürlich angefühlt, als er einen Tag später aus dem Schlaf gefahren war und sie wach an seiner Seite bemerkt hatte, die Augen weit geöffnet und mit einem Lächeln auf den Lippen, während sie ihn beim Schlafen beobachtet hatte. An jenem Morgen hatte sie sogar seine Hand gehalten. Mit dieser Erkenntnis ging eine Lawine an Gefühlen einher, vor denen er nicht davonlaufen und die er nicht kontrollieren konnte, verworren wie die silbernen Halsketten, die sie gefunden hatten und die niemals zu eigenständigen, individuellen Schmuckstücken getrennt werden konnten.

Mit all diesen wild herumschwirrenden Gedanken ließ Harry die Müllberge schmelzen wie Eis, das in praller Sonne zerfloss. Er warf Puppen, Mäntel, Elektrokabel, Walkmans und CD-Player weg, einige noch völlig unberührt in ihren Verpackungen. Eine schier endlose Anzahl an Vinylplatten tauchte unter anderen Gegenständen auf, zusammen mit vier Schallplattenspielern.

»Sollen wir eine auflegen?«, fragte Tabitha, während sie die Hüllen durchging. »Da sind ein paar echte Oldies dabei.«

»Na klar«, sagte er, ohne ihr wirklich zuzuhören. Doch als die Musik einsetzte, riss sie ihn sofort in die Vergangenheit. Sinatra sang und sie lauschten »Strangers in the Night«, während sie sich durch die Trümmer des Lebens seiner Mutter arbeiteten. Das Lied versetzte ihn in das erste Haus, in dem er damals als Pflegekind untergekommen war und wo er dieses Lied in jener Nacht mindestens zehn, wenn nicht gar fünfzehn Mal gehört haben musste. Vielleicht war es auch nur ein einziges Mal gewesen, und seine Erinnerung spielte ihm einen Streich. Wer wusste das schon genau? Doch woran er sich mit Gewissheit erinnerte, war die Frage, die ihm in jener Nacht nicht mehr aus dem Kopf gegangen war. Wo steckte seine Mama? Wo war sein Leben, das er kannte, wo waren die Menschen, die er liebte? Es waren Fragen, auf die er niemals eine Antwort erhalten hatte.

Nach einer Weile machte Tabitha eine Pause. »Hey, Harry«, sagte sie und tauchte hinter einem Berg im Esszimmer auf, dessen Tür sie tags zuvor gewaltsam hatten aufbrechen müssen. »Komm und sieh dir das an! Ich glaube, ich habe etwas gefunden, das dir gehört.«

Harry hastete ins Esszimmer, seine Gedanken rasten längst in Richtung Schatulle. Doch in Tabithas Hand erspähte er ein altes Stickeralbum von der WM 1986 in Mexiko. Als er es durchblätterte, stellte er fest, dass es fast vollständig war, nur ein paar Bilder fehlten. Obwohl er seit dem Tag, an dem er es das letzte Mal in Händen gehalten hatte, nicht mehr daran gedacht hatte, war es in diesem Augenblick ein kleiner und wertvoller Schatz. Etwas, das er geliebt und das ihm viel bedeutet hatte, war immer noch in diesem Haus und nun nach all dieser Zeit wiederentdeckt. Das Album steckte voller Kindheitshoffnungen und Träume, war ein Dokument der Stunden größter Vorfreude und darauf verwendeter Mühe. Aber nicht nur das. Es war auch der Beweis einer Zeit, die er mit seiner Mutter verbracht hatte. Jeden einzelnen Tag war sie mit ihm zum Dorfladen spaziert und hatte ihm ein Päckchen mit Stickern gekauft und sobald sie wieder zu Hause waren, machten sie sich an die Arbeit, sortierten alle doppelten Bilder aus, füllten die Lücken und ordneten den Haufen mit Tauschstickern für Freunde, die er nicht besaß, da er noch nicht zur Schule ging. Doch die Erinnerung war gleichzeitig bittersüß, da er wusste, dass er damals, als das Finale der Weltmeisterschaft übertragen wurde, bereits in einem anderen Haus wohnte, in dem Frank Sinatra den Soundtrack lieferte. Irgendwann während jener Wochen des sportlichen Wettkampfs war etwas so Schreckliches passiert, dass seine Mutter ihn in die Obhut von Fremden hatte geben müssen.

»Erinnerst du dich daran, das eingeklebt zu haben?«, fragte Tabitha, als sie sich auf die unterste Treppenstufe setzten.

»Das waren wir gemeinsam«, sagte er und blätterte eine Seite nach der anderen um, erinnerte sich an die Hand seiner Mutter auf seiner, die ihm half, die Sticker ordentlich in den Ecken zu platzieren. Der Geruch ihres Lavendelparfüms, als ihr Gesicht nah an seinem war. »Ich kann nicht glauben, dass es immer noch hier ist.« Neben den Fotografien war es der erste unwiderlegbare Beweis, den sie gefunden hatten, dass er hier tatsächlich irgendwann existiert hatte. »Das will ich behalten«, sagte er, und ihm dämmerte, dass seine Worte abgehackt und seine Stimme gebrochen klang.

»Dann lass es uns sicher verwahren, damit es nicht wieder verloren geht.« Als Tabitha ihm das Album behutsam aus der Hand nahm und ihre Finger seine sanft berührten, formte sich ein Gedanke in seinem Bewusstsein. Tabitha wusste, wie es sich anfühlte, mit Versprechen aus der Vergangenheit zu leben, die sich nicht vollständig erfüllten. Und das wollte sie nicht für ihn. Unvermittelt klingelte es an der Haustür. Tabithas Kopf drehte sich zu Harry, und sie erkannte, dass er ebenso überrascht war wie sie.

»Hast du einen weiteren Lieferwagen bestellt?«, fragte er, während er aufstand und sich die Augen wischte.

»Nein«, flüsterte sie und spürte, wie ihre Hände zu zittern begannen. Nachtfalter flatterten in ihrem Magen. Hatte Daniel sie etwa gefunden? Das Treppengeländer krampfhaft umklammernd hämmerte ihr Herz, als Harry an ihr vorbeischritt. Es war dasselbe Gefühl, das sie immer beschlich, wenn Daniel nach Hause kam und sie sich fragte, ob sie an diesem Tag etwas getan hatte, das ihn verärgert haben könnte.

Kurz bevor Harry die Tür öffnete, erhaschte er einen Blick auf Tabitha. Es hatte Pflegefamilien gegeben, in denen er in ständiger Furcht gelebt hatte, da er wusste, dass beim kleinsten Fehlverhalten eine Ohrfeige folgen würde. Er erinnerte sich an dieses Gefühl der Angst und war sich sicher, dass genau das jetzt in Tabithas Gesicht aufblitzte. Doch was an der Türklingel schüchterte sie derart ein? Wen fürchtete sie dort draußen? Um der Sache nicht unnötig Gewicht zu verleihen, griff er stattdessen beherzt nach der Klinke. Er war überzeugt, Tabitha scharf einatmen zu hören, als er die Haustür öffnete.

Eingehüllt in das weiche Licht eines wolkenbedeckten Abends stand ein Mann Ende fünfzig, vielleicht Anfang sechzig, vor Harry. Ein Tweedjackett und ein Pullover mit V-Ausschnitt verliehen ihm das Aussehen eines müden Professors. Seine Haare waren am Oberkopf leicht ausgedünnt, an den Seiten etwas zerzaust und einige Strähnen wehten in der schwachen Brise hin und her. Der Mann trat einen Schritt zurück und warf einen letzten Blick auf das Namensschild am Haus.

»Das ist Nook Cottage, in Awkward Hill, oder?« Harry

nickte, und Tabitha gesellte sich zu ihm. »Sie sehen so jung aus«, sagte er kopfschüttelnd. »Einen Moment lang dachte ich, ich hätte mich im Haus geirrt.«

Harry sah nach einer Antwort suchend zu Tabitha, und ihm fiel auf, dass ihre Gemütsruhe zurückgekehrt war.

»Wer sind Sie?«, fragte sie dann.

Der Mann lächelte und stieß ein leises Kichern aus. Nachdem er ein Taschentuch aus der Tasche herausgezogen hatte, tupfte er sich die feuchte Stirn und wischte sich die Nasenspitze ab. »Nun, noch wichtiger, wer sind Sie?«, fragte der Mann mit einem Blick auf Harry. »Ich hoffe schwer, Sie sind Harry Langley, Frances' Sohn.«

»Nun, ja«, stammelte Harry. »Das bin ich.«

»Ah, großartig.« Der Mann stopfte das Taschentuch zurück in seine Tasche. »Endlich bin ich am richtigen Ort. Mittendrin dachte ich schon, ich würde Sie nie finden. Ich bin Steven«, sagte er mit einem Lächeln und streckte die Hand aus. Weder Harry noch Tabitha nahmen sie. Schließlich ließ er sie sinken. »Steven Bradbury. Ich bin der Ex-Mann Ihrer verstorbenen Mutter.«

Mehrere Sekunden verstrichen, in denen Harry nichts weiter als in die Ferne starren konnte. Fakten, die er sein ganzes Leben gekannt hatte, liefen auf Kollisionskurs mit einem Ereignis, das alles auf den Kopf stellen könnte. Seinem Wissen nach war seine Mutter niemals verheiratet gewesen. Aber wenn sie es doch irgendwann gewesen war, hatte sie dann seinen Vater geheiratet? Während er die Gesichtszüge des Fremden genauer musterte, suchte er nach einem

Gefühl des Erkennens in den Linien um seine Augen, dem Schwung seiner Lippen und der Struktur seiner Knochen. Könnte er die genetischen Spuren seiner Wurzeln in der rosa Knollennase oder den grünen Augen des Mannes finden, die tief und gleichmäßig funkelten wie das Schimmern von Jade in einer Höhlenwand?

»Es wäre wirklich besser, wenn ich reinkomme«, sagte Steven Bradbury nach einer Weile. »Ich schätze, mein plötzliches Auftauchen hier hat Sie jetzt wohl überrascht, aber ich habe wichtige Papiere für Sie. Ich bin sicher, Ihre Mutter hätte tief in ihrem Innern gewollt, dass ich sie Ihnen jetzt, wo sie nicht mehr unter uns ist, aushändige.«

Harry nickte und wich einen Schritt zurück. Tabitha tastete nach seiner Hand und umklammerte sie fest, aber diesmal spürte sie, dass seine Finger nicht auf ihre Berührung reagierten. »Treten Sie ein«, sagte Tabitha, zog Harry aus dem Weg und schloss die Tür hinter ihnen. Auf irgendeiner sonderbar persönlichen Ebene war sie froh, dass sie das Haus etwas präsentabler gemacht hatten, denn an Harrys Gesichtsausdruck mit seinem weit aufgerissenen Mund konnte sie ablesen, dass der Grund für Stevens Kommen für ihn ebenso unerwartet wie seine Anwesenheit war. Doch sie war nicht sicher, ob sie Steven trauen sollte. Immerhin wussten viele Menschen von Frances' Tod. Könnte er ein Erbschleicher sein, der einen von Kummer gezeichneten Menschen betrügen wollte? »Gehen Sie schon mal durch, Mr. Bradburn«, sagte sie und fragte sich, ob er ihren Trick durchschauen würde. Was er auch tat.

»Bradbury, meine Liebe. Steven Bradbury.«

Trotzdem würde sie ihn gleich als Erstes online überprüfen. Trickbetrüger erarbeiteten sich immer einen Weg aus den Schatten in die Häuser hilfsbedürftiger Menschen. Harry schien definitiv nicht zu wissen, wer er war, und sie würde unter gar keinen Umständen zulassen, dass Steven den Mann übers Ohr haute, den sie … Wie dem auch sei, es wäre einfach nicht richtig. Harry war verletzlich und sie der einzige Mensch, der auch nur die geringste Chance hätte, ihn zu beschützen, sollte Steven unlautere Absichten verfolgen. Doch dann erinnerte sie sich an die Schmuckstücke, die Daniel an sich gerissen hatte, und sie fragte sich, ob er nicht schon längst ausgenutzt worden war.

»Setzen Sie sich, Mr. Bradbury. Ich stelle nur rasch Wasser auf.« Harrys Augen weiteten sich bei der Vorstellung, dass sie ihn allein ließ. »Ich bin gleich zurück«, versicherte sie ihm, bevor sie in die Küche schlüpfte.

Nachdem sie den Wasserkocher eingeschaltet hatte, schnappte sie sich ihr Handy und startete eine Suche auf Facebook. Es dauerte etwas, aber nach ein paar falschen Treffern und kurzer Verärgerung wegen des schwachen Handysignals hatte sie ihn endlich gefunden: Das lächelnde Gesicht von Mr. Bradbury neben einer anderen Frau, die den Fotos von Harrys Mutter kein bisschen ähnelte. Während Tabitha dem lauschte, was wohl eher ein einseitiges Gespräch war, murmelnden Stimmen, die Smalltalk betrieben, beeilte sie sich, Teebeutel in Tassen zu stopfen und gleichzeitig so viele Informationen wie nur irgend möglich aus seinem Profil herauszupicken, etwa Geburtstage, einen Urlaub, den er gemacht hatte, und in welcher Stadt er wohnte.

»Harry hat mir gerade erzählt, dass Sie ihm geholfen haben, ein paar Dinge zu entrümpeln«, sagte Steven, als sie mit einem Tablett zurückkam. »Frances war schon immer eine echte Sammlerin.«

»Ja, ein paar Dinge«, bestätigte sie und reichte ihm seinen Tee.

»Während unserer Ehe haben wir in Poole gelebt, Dorset. Ich bin dort geboren.« Es war ein Punkt, der laut seines Onlineprofils der Wahrheit entsprach. »Im Grunde waren wir nur wenige Jahre verheiratet, zumindest haben wir nicht lang zusammengelebt, aber es hat eine Ewigkeit gedauert, bis ich mich von allem getrennt hatte, was sich in ihrer Sammelwut angehäuft hat. In den drei Jahren, die wir zusammengelebt haben, muss sie mehr gekauft haben, als ein Mensch in einem ganzen Leben braucht.« Harry dachte an die schiere Masse an Dingen, die sie weggeworfen hatten, und konnte seine Worte nachvollziehen. »Zehn Jahre und eine neue Ehefrau später, und ich finde immer noch Sachen Ihrer Mutter, die sie zurückgelassen hat. Sie hat sie sogar in den Kaminschacht gestopft.«

Harry blickte zu Tabitha, und sie verstand, dass dies ein Versteck war, an dem sie noch nach der Schatulle suchen konnten. »Wann waren Sie verheiratet?«, fragte Harry.

»Oh«, sagte Steven, lehnte sich in seinem Sessel zurück und nippte an seinem Tee. »Das muss Ende sechsundachtzig bis Anfang der Neunziger gewesen sein.« War das der Grund, weshalb er weggegeben worden war? Weil sie ein neues Leben mit diesem Mann beginnen wollte? War er wegen einer neuen Ehe verstoßen worden? »Das ging alles irgendwie Hals über Kopf, wenn ich ehrlich bin. Wir haben uns an einem Wochenende beim Lichterfest in Blackpool kennengelernt, und zwischen uns hat es gleich gefunkt. Ihre Mutter, die war eine Spaßkanone, wenn sie in Stimmung war. Besaß die Art Charakter, die einem das Gefühl gab, alles wäre möglich und nichts würde wirklich zählen. Innerhalb eines Monats waren wir verheiratet. An dem einen Tag war ich noch Single, und drei Wochenenden später hatte ich eine Ehefrau. Meine Eltern dachten, ich wäre völlig verrückt geworden.«

»Was war mit Harry?«, fragte Tabitha und blickte von ihrem Platz auf der Sessellehne zu Harry hinab. Er sah weg, wusste nicht, was er sagen sollte. Alles, woran Harry denken konnte, war, dass Steven unmöglich sein Vater sein könnte. Tabitha drehte sich zu Steven zurück. »Wussten Sie denn damals nichts von ihm?«

»Rein gar nichts«, entgegnete Steven, ein sanftes Lächeln im Gesicht, das von einer mitfühlenden Güte sprach, als wüsste er, dass die Dinge anders hätten laufen müssen, er aber verstand, es stünde nicht in seiner Macht, die Vergangenheit zu ändern. »Erst viele Jahre später, als ich diesen ganzen Papierstapel gefunden habe, erfuhr ich von Ihrer Existenz. Aber ich kann Ihnen sagen, dass ich mich damals häufig gefragt habe, ob die Dinge vielleicht anders für uns gelaufen wären, hätten wir Sie gemeinsam großgezogen, und ich wünschte von ganzem Herzen, sie hätte mir die Chance gegeben, es zumindest zu versuchen.

Sehen Sie, anfangs konnte ich mir keinen Reim darauf machen, was in unserer Ehe falschlief. An manchen Tagen war ich für sie ein König und an anderen Tagen Luft. Ihre Stimmung schlug schneller um als das englische Wetter. Damals genoss ich die ständigen Hoch und Tiefs, aber dann erkannte ich, dass sie während dieser spaßigen Zeiten genauso krank war wie in den Zeiten, wenn sie es kaum aus dem Bett schaffte. Manisch-depressiv haben wir es früher genannt, aber ich schätze, heute heißt es anders.«

Tabitha spähte zu Harry und fragte sich verwundert, was er in den zehn Jahren erlebt hatte, die sie getrennt gewesen waren, und was sie noch in Erfahrung bringen würde. Harry zuckte nur mit den Schultern.

»Dann hat sie mir eines Tages einfach vor den Latz geknallt, es sei aus. Das Jahr davor war so chaotisch gewesen, dass ich nicht sagen kann, ob ein Teil von mir nicht erleichtert war. Nachdem sie ausgezogen war, habe ich einen Teil ihrer Sachen entsorgt, und dabei bin ich auf eine Menge wichtiger Unterlagen gestoßen. Damals habe ich versucht, sie Ihrer Mutter vorbeizubringen, aber sie war nur schwer zu fassen, und ich hatte keine Möglichkeit, sie aufzuspüren. Einmal bin ich sogar hierhergekommen, aber damals hat sie nicht hier gelebt.« Tabitha blickte zu Harry, der mit den Händen im Schoß dasaß, den Kopf gesenkt. »Oder vielleicht hat sie es und hat mich einfach nicht reingelassen. Ich hatte kurz überlegt, die Dokumente durch den Briefschlitz zu schieben, aber da habe ich mich an das Chaos erinnert, das sie in meinem Haus angerichtet hatte, und konnte einfach nicht riskieren, dass die Sachen verlorengehen. Deshalb habe ich sie behalten. Als sie starb, gab es eine Versicherungspolice, die immer noch auf unseren gemeinsamen Namen lief und die wir wohl beide vergessen hatten. Deshalb hat die Anwaltskanzlei mich angerufen, um die Angelegenheit zu klären. Da habe ich mich an all das erinnert«, sagte er und klopfte auf die Unterlagen in seinem Schoß, »und wusste, ich müsste versuchen, Sie zu finden. Die Papiere mögen nicht an Sie adressiert sein, aber Sie waren immer ihr wahrer Besitzer. Es ist nur richtig, dass ich sie Ihnen jetzt gebe.«

Nur mit Mühe gelang es Steven, ihm den Packen Dokumente, dick wie *Krieg und Frieden*, zu überreichen. Harry machte keine Anstalten, sie entgegenzunehmen, weshalb Tabitha danach griff und sie mit einem dumpfen *Rumms* auf ihre Knie fallen ließ. Papier zerknitterte, als sie hastig durch die ersten paar Seiten blätterte. Vor ihr lagen Briefe, die vor über dreißig Jahren geschrieben worden waren, von Sozialarbeitern und Ärzten, und dann andere, die aussahen, als stammten sie von seiner Mutter. Kopien von Gerichtsunterlagen und ein rechtskräftiges Urteil, das vereinfacht gesagt bedeutete, dass Harry in einer Pflegefamilie besser aufgehoben wäre.

»Da steht alles drin, Harry«, fuhr Steven fort. »Jeder Brief, den sie jemals geschrieben hat. Die ganze Zeit über, die sie mit mir zusammen war, hat sie Informationen eingeholt. Obwohl sie nie gekämpft hat, um Sie nach Hause zu holen, hat sie Sie auch nicht vergessen und wollte immer das Beste für Sie. Fakt ist, sie war so häufig im Krankenhaus, dass es ihr fast unmöglich gewesen wäre, sich anständig um Sie zu kümmern, insbesondere nach unserer Trennung. Während unserer Ehe konnte sie den Anschein von Normalität wahren, aber ich bin ziemlich sicher, dass sie es im Lauf der Zeit nicht mehr geschafft hat. Aber sie hat Sie nie ganz aufgegeben, Harry. Das dürfen Sie nicht vergessen. Nie, nicht auch nur für einen Moment.«

Tabitha blickte zu Harry, der sich wie die Blütenblätter einer wunderschönen Blume bei Nacht zusammengerollt hatte. »Harry, alles in Ordnung?«

Als er nicht antwortete, sagte Steven: »Hören Sie, das ist eine komplizierte Sache, und ich möchte mich in nichts einmischen. Bei einem Gespräch wie diesem, zwischen Eheleuten, habe ich nichts zu suchen.« Seine Worte ließen sie beide aufblicken. In einer anderen Situation hätte eine solche Bemerkung lustig sein können, doch in diesem Moment prallte die Komik an ihnen ab. Eine weitere Anspielung auf etwas, das hätte sein können. »Ich habe nicht den blassesten Schimmer, wie es sein muss, ausgesetzt zu werden oder was es mit einem kleinen Kerl anstellt. Aber wenn das, was dort drinnen steht«, sagte er und zeigte auf den Packen Papiere, »und dass sie ihr Handeln immer bereut hat, Ihnen vielleicht dabei hilft, sie besser zu verstehen, dann sind diese Dokumente genau das, wonach Sie suchen. Und noch dazu geht es um den Versicherungsanspruch. Ich brauche das Geld nicht, und für den Teil Ihrer Mutter sind Sie der Erbberechtigte. Sie müssen nichts weiter tun, als Mr. Lewisham Bescheid zu geben.« Er erhob sich und machte Anstalten zu gehen, und Tabitha wollte ihm folgen. Harry rührte sich nicht vom Fleck. Alles, woran Harry denken konnte, war, dass Steven ein netter Mensch zu sein schien. Er war nicht sein Vater, aber er wünschte, er hätte vielleicht die Chance gehabt, es zu versuchen. Steven winkte abwehrend mit den Händen. »Sie bleiben schön sitzen.« Er neigte den Kopf zur Seite, um Harry einen letzten Blick zuzuwerfen. »Wie es aussieht, haben Sie zwei eine Menge zu besprechen.«

Keine zehn Minuten zuvor war Tabitha überzeugt gewesen, Steven Bradbury wäre gekommen, um Ärger zu stiften. Auf gewisse Weise hatte er genau das getan, aber nicht so, wie sie erwartet hatte. Nun, wo die Tür hinter Mr. Bradbury ins Schloss gefallen war, stand sie im Flur und versuchte, sich ins Gedächtnis zu rufen, was genau Harry ihr erzählt hatte. Die Tatsache, dass er nicht bei seiner Mutter gelebt hatte, war nicht neu, aber was war es, das Mr. Bradbury gesagt hatte? Etwas in der Art, dass er ausgesetzt worden war? Eigentlich hatte sie angenommen, die Entscheidung, Harry in eine Pflegefamilie zu geben, wäre nach reiflicher Überlegung getroffen worden, unter Einbeziehung aller zuständiger Behörden. Jetzt war sie sich da nicht mehr so sicher.

Als sie zurück ins Wohnzimmer kam, saß Harry immer noch in seinem Sessel, den Kopf immer noch gesenkt. Die Akte, die Steven mitgebracht hatte, lag immer noch in seinem Schoß, und seine Finger krallten sich um den Rand der Dokumente wie ein ungeduldiger Junge, der ein Weihnachtsgeschenk umklammerte.

»Es ist in Ordnung, wenn du gehen willst«, stammelte er.

Nach einem kurzen Möbelrücken, um den Sessel, in dem Steven gesessen hatte, so zu positionieren, dass er nun genau neben Harrys stand, nahm Tabitha dort Platz. »Warum sollte ich gehen wollen?« Seine Hand war heiß und verschwitzt, als Tabitha sie nahm, und obwohl seine Finger sich nicht wie üblich um ihre schlossen, spürte sie ein schwaches Zittern seiner Muskeln, und diese winzige Reaktion genügte ihr, um zu wissen, dass er nicht allein sein wollte. »Ich werde hier bei dir bleiben, genau, wie ich dir das bereits gesagt habe. Nichts hat sich geändert. Und wenn du erklären möchtest, was dort in der Akte steht, dann habe ich immer ein offenes Ohr für dich, und wenn nicht, dann ist das auch gut.« Ihre Augen trafen sich, und sein Mund klappte auf, als wollte er etwas sagen, doch dann fehlten ihm die Worte, um seine Gefühle auszudrücken. Es war, als könnte er nichts von dem glauben, was in den vergangenen paar Minuten geschehen war, am allerwenigsten ihre Bereitwilligkeit, bei ihm zu bleiben.

»Willst du die Wahrheit denn nicht wissen?«, fragte er. Alles stand gewiss dort in den Unterlagen. Sämtliche Details, die Geschichte, die ihn an den Absichten aller anderen Menschen zweifeln und ihn glauben ließen, niemand könne ihn aufrichtig lieben. Der Grund, weshalb er selbst jetzt, wo er wusste, dass er in Tabitha verliebt war, sich einfach nicht vorstellen konnte, dass sie ihn im Gegenzug jemals wirklich lieben könnte. »Willst du denn nicht wissen, warum ich in Obhut genommen wurde?«

Sie lächelte. »Natürlich will ich das. Aber es ist deine Geschichte und deshalb solltest du sie mir nur erzählen, wenn du dazu bereit bist.«

Da löste sich die Anspannung in seinem Gesichtsausdruck, die kleinen Fältchen um seine Augen glätteten sich. Etwas fiel von ihm ab, vielleicht Angst, während eine Leichtigkeit zwischen ihnen erwuchs, von der keiner von ihnen erwartet hätte, dass sie sich nach zehn Jahren der Trennung so tief hätte verankern können. Harry spürte es ebenfalls und wusste in diesem Moment, dass wenn er jemals einem anderen Menschen die Wahrheit sagen würde, er niemals eine bessere Chance als die bekäme, die sich ihm gerade bot. Nie würde er mit einer anderen Person zusammen sein, die es ihm leichter machte, er selbst zu sein. Und genau das war sein größter Wunsch. Tiefes Vertrauen in andere Menschen war etwas, das ihm schon immer fremd gewesen war, eine trügerische Vorstellung, anderen, glücklicheren Menschen vorbehalten. Doch er wollte wissen, wie es sich anfühlte, einem anderen mit all den kleinen Details zu vertrauen, die ihn zu dem machten, der er war. Tabitha zu verlieren war ein schrecklicher Gedanke, aber kaum schlimmer als die Erkenntnis, dass wenn sie ihn nicht wirklich kannte, sie im Grunde überhaupt nie zu ihm gehören würde.

»Es könnte ein bisschen dauern.«

»Nimm dir so viel Zeit, wie du brauchst«, sagte sie und lehnte sich in ihrem Sessel zurück. »Ich gehe nirgendwo hin, schon vergessen?« Und während er ihr im Lauf der nächsten paar Stunden seine Geschichte erzählte, ließ sie seine Hand kein einziges Mal los. Alles, was er zurückgehalten hatte, sämtliche Geheimnisse über seine Vergangenheit wurden offen auf den Tisch gelegt. Harry wartete gebannt darauf, dass sie zusammenzuckte, zurückwich, sich verwundert fragte, wie sie nur hier gelandet war, mit ihm. Doch das tat sie nicht.

Tabitha hatte immer geglaubt, es gäbe Momente, in

denen sich Gefühle schlagartig änderten, Ereignisse, die Entscheidungen und Emotionen verfestigten. Bei Daniel war es sein Angebot gewesen, dass sie bei ihm einziehen sollte, als sie ihm ihr Herz wegen ihrer Eltern ausgeschüttet hatte, und er ihr versprach, sie niemals im Stich zu lassen, nachdem sie wegen dem, was Harry getan hatte, so verletzt gewesen war. Nun, hier mit Harry, bot dieser ihr einen Einblick in die ungeschminkte Version seines wahren Ichs, die Version, die so viele von uns vor dem Rest der Welt verbergen. Ein Moment der wahren Verletzlichkeit, aus freien Stücken getroffen, nicht aus Angst. Er hatte sich entschieden, ihr den härtesten Teil seiner emotionalen Geschichte zu erzählen, und dieses Vertrauen war so unendlich viel wertvoller als alles, was ihr sonst jemand irgendwann zuvor geschenkt hatte. Die Wahrheit wurde direkt vor ihren Augen ans Licht gebracht, wie ein uraltes römisches Landhaus, das durch Ausgrabungen freigelegt wurde, enthüllt in all seiner Wirklichkeit und Schönheit und Zerbrechlichkeit, und sie war der erste Mensch, der es bezeugen durfte.

Als er mit seiner Geschichte fertig war, erhob sich Tabitha aus ihrem Sessel und nahm Harry in die Arme. In diesem Augenblick kam es ihr richtig vor, die Lippen auf seine Haut zu drücken, ihn zu küssen, ihn wissen zu lassen, dass ihre Gefühle für ihn nicht nur unverändert waren, sondern sie ihn sogar noch mehr liebte als jemals zuvor. Ihre Hände zitterten, doch das deutete sie als Zeichen, dass das, was sie tat, richtig war. Die wichtigen Dinge im Leben erfüllten sie immer mit Nervosität, egal, ob sie gut oder schlecht waren. Richtig oder falsch. Der erste Kuss war noch unschuldig, der Geschmack seiner Haut süß wie Vanille. Als er nicht zusammenzuckte, wagte sie einen zweiten, und ihre Lippen wanderten ein Stück weiter, während sie langsam zurückwich. Ihr Atem prallte warm von seiner Haut ab. Doch als sie Anlauf zu einem dritten nahm, rührte sich Harry. Sein Körper versteifte, dann stemmte er sich kurzerhand aus dem Sessel.

»Ich sollte die Tauben füttern, bevor es zu spät wird«, sagte er.

Dann zögerte er kurz. Wartete er darauf, dass sie ihn umstimmte oder ihm die Erlaubnis zum Gehen erteilte? Da wählte sie die sicherere Option. »Okay, Harry. Ich warte hier auf dich.« Während er davonmarschierte, blickte sie ihm hinterher, und ein Gefühl der Hilflosigkeit stieg in ihr hoch.

Eine halbe Stunde verstrich, bevor sie sich nach draußen wagte. Da es genug Platz auf der kleinen Mauer im Garten hinter dem Haus gab – der Abend war lau, der klare Himmel sternenbedeckt –, nahm sie an Harrys Seite Platz. Sein Asthmaspray lag neben ihm, und sie vermutete, dass er es benutzt hatte. Die braune Fläche hinter ihm mochte früher einmal eine Wiese gewesen sein, aber jetzt erhoben sich trockene Grasbüschel wie die Malediven aus einem Meer aus Erde. Der Rasen war wie der Rest des Hauses, vergessen und ungepflegt. Harry hielt eine Taube in einem, wie es schien, festen, wenn auch liebevollen Griff, und streichelte ihr über das kleine Köpfchen, während sie leise gurrte. Er hatte das Tier an seine Brust geschmiegt und flüsterte ihm zärtliche Worte zu, die Tabitha nicht ganz verstand.

»Geht es dir gut?«, fragte sie, als sie sich gesetzt hatte.

»Keine Ahnung.« Er holte tief Luft und gab der Taube einen Kuss auf den Kopf, bevor er sie zurück in den Stall brachte. Tabitha glaubte, nun vielleicht nachvollziehen zu können, warum er die Tiere hielt, ein Gedanke, den sie früher niemals für möglich gehalten hätte. »Es tut mir leid, dass ich dir nie erzählt habe, ausgesetzt worden zu sein.« Zum ersten Mal in seinem Leben hatte er jemandem das ganze Ausmaß, sämtliche noch so kleine Details offenbart: Wie seine Mutter ihn in der Hoffnung, jemand würde ihn finden, auf einer Bank zurückgelassen hatte. »Ich wollte nicht, dass du schlecht von mir denkst.«

»Das hätte ich niemals getan, Harry. Was damals in deiner Kindheit geschehen ist, ist nicht deine Schuld. Du hast überhaupt nichts falsch gemacht.«

Er nickte, als bestünde die Chance, dass er ihr tatsächlich zustimmte. »Aber das habe ich immer geglaubt. So habe ich mich gefühlt.« Sie hob den Arm und legte ihn um seine Schultern. »Wie es aussieht, war sie vielleicht schon länger krank, als ich angenommen habe.«

»Das ist gut möglich. Wenn sie so krank war, wie Mr. Bradbury behauptet, muss es sehr schwer für sie gewesen sein, sich um ihre Krankheit und gleichzeitig um ein Neugeborenes zu kümmern.«

»Wahrscheinlich«, sagte er. Obwohl er seine Mutter immer geliebt und nichts weiter gewollt hatte, als sie glücklich zu machen, war da auch immer ein Teil von ihm gewesen, der wütend auf sie war. Jeden Tag stieg es an die Oberfläche, dieses negative Gefühl, das ihn wie ein zuverlässiger, alter Freund zurück auf einen Pfad lenken wollte, den er früher einmal eingeschlagen hatte. Diese Stimme schien heute leiser zu sein, und an ihre Stelle hatte sich eine freundlichere Version seiner selbst geschoben, eine, die sich verwundert fragte, wie schwer das Leben für seine Mutter gewesen sein mochte. »Hätte ich eine größere Familie gehabt, wäre es vielleicht anders gewesen. Jemanden, der hätte helfen können oder zumindest versucht hätte, mich zu verstehen. Ihre Eltern sind in der Nacht meiner Geburt gestorben, aber gab es da sonst niemanden?«

»Meinst du etwa Cousins oder Cousinen?« Er nickte. »Wenn du willst, könnten wir nach ihnen suchen.«

»Ja, vielleicht«, sagte er, doch aufgrund der Teilnahmslosigkeit, mit der er gegen die Erde trat, bezweifelte sie, dass er es ernst meinte. »Eine Weile dachte ich, sie wäre vielleicht gestorben, verstehst du? Dass sie immer zurückkommen wollte, aber etwas Schreckliches sie abgehalten hat. Dann habe ich davon geträumt, dass sie plötzlich auftaucht und mich mitnimmt. Es war nicht leicht, ein Pflegekind zu sein.« Unvermittelt blickte er weg, hoch zum Himmel und einem unbekannten Teil seiner Vergangenheit. Er schloss die Augen, und mit einem Mal erkannte Tabitha, dass es immer Dinge gäbe, die sie nicht über Harry wüsste, egal wie lang sie bei ihm bliebe.

»Wie hast du sie gefunden?«

»Zufällig. Ich hatte gerade in dem Pflegeheim angefangen und eine der Patientinnen, die dort zur Reha war, wurde entlassen. Ihr Abholservice war nicht aufgetaucht, weshalb ich ihr anbot, sie nach Hause zu fahren. Das war Elsie. Als ich in die Straße einbog, wusste ich es einfach. Ich stand da, sah dieses Haus und wusste, dass ich dort gelebt hatte. Ich habe an der Tür geklopft, und sie hat aufgemacht und das war der Tag, an dem ich zu dir nach Hause kam und es dir erzählt habe. Ich weiß, du glaubst, ich hätte aktiv nach ihr gesucht und die Sache vor dir verheimlicht, oder dass ich es von Anfang an gewusst habe, aber das war nicht der Fall.«

»Sie muss so glücklich gewesen sein, dich wiederzusehen.«

»Keine Ahnung. Ich wollte die Dinge nur unbedingt für sie in Ordnung bringen. Ich wollte einfach nur alles in meiner Macht Stehende tun, um ihr Sohn zu sein, verstehst du? Ihr helfen, wo sie so offensichtlich jemanden gebraucht hat, aber das ist mir nie gelungen und gleichzeitig habe ich auch noch dich verloren.«

»Sag das nicht. Ich bin sicher, sie war froh, dich zurückzuhaben, selbst wenn sie es dir nicht zeigen konnte. Vergiss nicht, was Steven gesagt hat. Sie hat immer Interesse gezeigt und ständig Briefe ans Sozialamt geschrieben, um in Erfahrung zu bringen, wie es dir geht. Und mich hast du nicht verloren. Immerhin bin ich jetzt hier, oder?«

»Ich weiß«, sagte er mit dem Anflug eines Lächelns, auch wenn er Mühe hatte, seine Worte selbst zu glauben. Im grauen Licht der Dämmerung starrte er Tabitha ins Gesicht und dachte im Stillen, wie sehr es sich verändert hatte. Wie die Zeit ihnen durch die Finger geronnen war. Er hatte ihr die Wahrheit gesagt, doch anstatt sich ihr näher zu fühlen, wie er gehofft hatte, kam er sich wund und entblößt vor, als wäre er geschrubbt worden, bis seine Haut ganz rosa war. Wie könnte sie ihn lieben, so wie er es sich ersehnte, wo sie nun alles wusste? Das war unmöglich, oder?

»Ich wünschte nur, sie hätte mir all das vor ihrem Tod erzählt. Ich wünschte, ich wüsste, warum sie all dieses Zeug behalten hat, wenn sie das eine nicht behalten konnte, was ihr das Wertvollste hätte sein müssen. Warum konnte sie mir nicht einfach die Wahrheit sagen?«

»Einige der wichtigsten Dinge im Leben bekommt man am schwersten über die Lippen«, sagte sie, und dann schwiegen beide.

Nachdem Harry seufzend erklärt hatte, er sei müde, gingen sie wieder zurück ins Haus, streckten sich auf ihrem provisorischen Bett aus und schlüpften beide unter die breite Decke. Wenige Sekunden später schloss Harry die Augen, aber Tabitha kam nicht zur Ruhe. Stattdessen betrachtete sie ihn eine Weile und fragte sich verwundert, was er wohl täte, wenn sie sich zu ihm beugen und ihn erneut küssen würde. Doch egal, wie sehr sie es wollte, wusste sie, dass er nach Stevens Besuch verletzlich war. Jetzt war nicht der richtige Zeitpunkt, auch wenn sie wünschte, er wäre es.

Sein Atem verwandelte sich schon bald in ein gleichmäßiges Schnurren, weshalb sie von unter der Steppdecke hervorkroch, die Schachtel mit den französischen Briefen zu sich zog und willkürlich einen aus dem Stapel zog. Ihr Versuch, die Puzzleteile der Geschichte mit ihrem gebrochenen Französisch zusammenzusetzen, eine Geschichte, von der sie wusste, dass sie Harrys Mutter gehörte, fühlte sich wie eine riesige Verantwortung an. Aber vielleicht konnte sie zwischen diesen Briefen und dem Packen an Dokumenten, den Steven Harry mitgebracht hatte, ein Bild heraufbeschwören, wer Frances in Wirklichkeit gewesen war. Vielleicht würde es Harry die Antworten liefern, nach denen er so verzweifelt suchte. Die Geschichte seiner Mutter war noch nicht zu Ende, und Tabitha hatte nicht den blassesten Schimmer, ob die Liebe, die aus diesen Briefen sprach, jemals eine Chance bekommen hatte zu erblühen. Liebe, dachte sie in jenem Moment, sollte man immer eine Chance geben.

Sobald sie sicher war, dass sie Harry nicht wecken würde, schmiegte sie sich an seinen Rücken und legte den Arm um seinen Körper. In ihrer Löffelchenstellung dachte sie daran, wie viele Nächte er in seinem Leben verbracht haben mochte, in denen er sich gewünscht hatte, jemand würde ihn in den Schlaf wiegen. Vielleicht nicht nur als Kind, sondern auch als Erwachsener. Am liebsten wäre sie durch die Zeit gereist, hätte ihn gehalten, als er verängstigt oder einsam gewesen war, und ihm versichert, dass alles gut werden würde. Dass sie irgendwann in der Zukunft auf ihn warten und sie, wenn er ihr erlaubte, bei ihm zu bleiben, dafür sorgen würde, dass er nie mehr allein wäre. Dann, fast vollkommen überraschend und für sie so schockierend, wie es für Harry gewesen wäre, hätte er in diesem Moment die Augen aufgeschlagen, flüsterte sie ihm ins Ohr: »Ich verliebe mich gerade wieder in dich, Harry. Ich glaube nicht, dass ich jemals aufgehört habe, dich zu lieben. Wenn du das nicht willst, solltest du besser schleunigst einen Weg finden, dem Einhalt zu gebieten, denn ich weiß bereits, ich kann es nicht.«

Elftes Kapitel

Eine leichte Brise zerwühlte ihnen die Haare und fuhr ihnen kalt in die Finger, während sie draußen vor dem Theater standen und der Trompetenkoffer an Harrys Seite hin- und herschwang. Flyer und Reklamezettel flatterten an einer Anschlagtafel ganz in der Nähe, eine Blechdose klapperte auf dem Gehweg. Die Tür zum Bühneneingang wurde von einem Stuhl offen gehalten, und ein paar Leute waren hinein- und wieder herausgekommen, wobei alle sie angelächelt und ihnen ein rasches Hallo zugerufen hatten.

»Siehst du«, sagte Tabitha, als Harry nervös auf seiner Lippe kaute. »Sie wirken nett, wie ganz normale Menschen.« Er nickte, ohne wirklich überzeugt zu sein. Dann blickte er auf seinen Koffer hinab, als könnte er nicht recht glauben, was er hier tat. »Du hast es mir versprochen, schon vergessen?«

»Ich weiß, dass ich es versprochen habe.«

»Und, wirst du nun reingehen oder nicht?«

Er wollte es, wollte es wirklich. Sein Wort ein zweites Mal zu brechen war undenkbar, insbesondere nach dem, was sie seit Steven Bradburys Besuch geworden waren. Neben ihr zu erwachen, häufig mit ihrer Hand in seiner, war magisch und gab ihm Anlass zur Hoffnung auf eine Zukunft, die er sich zuvor nie hätte vorstellen können. Er hatte niemals ergründet, was seine Fehler gewesen waren, warum die Menschen ihn verließen, aber er war sich sicher, dass Dinge nicht zu tun, die ihnen wichtig waren, ein heißer Kandidat war. Der Gedanke, Tabitha könnte ihn verlassen, nachdem sie gerade erst in sein Leben zurückgekehrt war, erschien ihm unerträglich. Er musste sich hineinwagen. Obwohl er den ganzen gestrigen Abend damit verbracht hatte, Trompete zu spielen, und er zur Vorbereitung die Klappen geölt hatte, kreischten seine Nerven so laut in seiner Brust wie der Schlachtruf zu einem Krieg, für den er unter keinen Umständen gerüstet war.

Genau in dem Moment blieb eine Frau, die ebenfalls die Treppenstufen zum Theater erklommen hatte, direkt vor ihnen stehen. Gekleidet in dunkler Hose, einer cremefarbenen Bluse und einem Tuch mit Blumenmuster, das sie sich um den Hals geknotet hatte, schätzte Tabitha sie auf Mitte sechzig.

»Der Größe und Form nach zu urteilen«, sagte die ältere Frau und zeigte auf den Koffer in Harrys Hand, »würde ich vermuten, dass es eine Trompete ist.« Er nickte und rang sich ein Lächeln ab, das, wie er erleichtert feststellte, erwidert wurde. »Damit würden Sie direkt vor mir sitzen, aber ich kann mich nicht an ihr Gesicht erinnern. Vielleicht würde ich Ihren Hinterkopf wiedererkennen. Drehen Sie sich mal um!« Sie lachte, und Harry fragte sich, ob sie es ernst meinte. Der Bewegung ihres Fingers folgend, mit dem sie einen Kreis zeichnete, kam er ihrer Aufforderung nach, während Tabitha an seiner Seite mit aller Macht versuchte, ein Kichern zu unterdrücken. »Nein. Diesen struppigen Haarschopf habe ich noch nie in meinem Leben gesehen. Sie müssen neu sein. Wollen Sie sich uns anschließen?«

Harry zögerte, doch Tabitha sah ihre Chance gekommen. »Ja, will er. Hi«, sagte sie und trat einen Schritt vor. »Ich bin Tabitha, und das hier ist Harry.«

»Freut mich, Sie kennenzulernen, Tabitha«, sagte sie und schüttelte ihr die Hand. »Sie ebenfalls, Harry. Nun, ich bin immer offen, wenn es um die Verstärkung unserer Blechbläsersektion geht.« Kämpferisch reckte sie die Hand in die Luft. »Den Holzblasinstrumenten muss man mal zeigen, wo der Hammer hängt. Sie würden nicht glauben, wie viele Flötistinnen es dort drinnen gibt und wie sehr sie uns übertönen. Sind Sie gut?«

»Das ist er«, versicherte Tabitha.

»Schön. Dann sollten wir uns lieber beeilen. Der Orchesterleiter kann es nicht ausstehen, wenn man zu spät kommt.« Mit diesen Worten streckte sie Harry die Hand hin. Er ließ seine in ihre fallen, und sie schüttelten Hände. »Ich bin Polly.«

»Harry«, sagte er.

»Ich weiß. Ihre Freundin hier hat das schon erwähnt. Und jetzt los, Sie sollten lieber reinkommen, außer Sie wollen nass werden.« Als sie den Blick zum Himmel richtete, folgte Harry ihrem Beispiel und sah, dass die Wolken über ihren Köpfen schwarz waren. »Oh, Mist«, sagte die ältere Frau, als sie Stimmen hörte, die aus dem Innern des Theaters dröhnten. »Wenn wir jetzt nicht gehen, kommen wir zu spät.«

Mit einem freundlichen Schubs von Tabitha trottete er Polly hinterher. Während er nach Tabithas Schritten hinter sich lauschte, wurde er vom Rhythmus ihres Gangs beruhigt. Im Gehen erklärte Polly, dass das Orchester sich vor über zwanzig Jahren gegründet hatte und sie für Auftritte schon kreuz und quer durchs Land gefahren waren. Es ging die Treppe hoch und durch das Foyer zu einer Doppeltür, die zum schattenhaft düsteren Zuschauerraum führte. Am anderen Ende des Saals lag die Bühne, hell wie ein früher Stern in der Abenddämmerung, und etwas sagte Harry, dass alles gut werden würde.

Als er durch die Flügeltür trat, spürte er, wie ein Teil der Magie jener vergangenen Auftritte in ihm wieder aufkeimte. Die Vorstellung, auf die Bühne zu gehen und etwas vorzutragen … wie er es liebte! Doch das Theater überstieg alles, was er aus der Vergangenheit kannte, der Saal wirkte fast majestätisch mit den roten Samtsitzen und den riesigen, halb zugezogenen Vorhängen auf der Bühne. Während Harry den Gang hinabging und das dreißig-Mitglieder-starke Orchester in Sicht kam, vergaß er für einen Moment Tabitha. Es gab Geigen, Cellos, ein paar Saxophone und eine geradezu obszöne Anzahl an Flötistinnen und Flötisten, genau wie Polly gesagt hatte. Dann erblickte er die Blechbläsersektion. Er hörte, wie jemand die C-Tonleiter auf der Trompete auf und ab spielte, dann das Echo auf der Tuba direkt dahinter.

»Sie sollten sich lieber bei John vorstellen«, sagte Polly und durchbrach den Bann, der Harry mitten in der Bewegung hatte erstarren lassen. Sie zeigte auf einen Mann, der einen roten Blazer trug und das steife Auftreten eines Majors der Armee besaß. Ein kleiner Taktstock war bereits in seiner Hand. Polly verdrehte die Augen. »Er nimmt das alles etwas sehr ernst, aber er ist ein netter Kerl.« Harry wandte sich zu Tabitha um, die in der ersten Reihe Platz genommen hatte. »Ich gehe jetzt rüber und bereite mich vor. Dann mal los«, sagte Polly und versetzte Harry einen kleinen Schubs. »Er beißt schon nicht.«

Schon bald saß Harry auf einem Stuhl neben einem Jungen im späten Teenageralter, das Gesicht John, dem Orchesterleiter, zugewandt, der es anscheinend tatsächlich nicht gern sah, wenn jemand unnötig Zeit vergeudete. Tabithas Lächeln und ihr gelegentliches Winken erinnerten ihn an eine seiner Pflegemütter, an den Stolz in ihrem Gesicht und das wundervolle Lob nach einem Auftritt irgendwann vor Weihnachten. »Außergewöhnlich«, hatte sie gesagt und sich gewundert, wie er die Töne hielt und kein einziges Mal in die Noten schauen musste. »Du hast so viel Gefühl in das Stück gelegt.« Würde Tabitha heute etwas Ähnliches anmerken?

Er bückte sich, öffnete die Verschlüsse an seinem Trompetenkoffer und klappte den Deckel auf. Obwohl seine Trompete, genau wie erwartet, an ihrem Platz lag, war es nicht das glänzende Blechblasinstrument, funkelnd unter den Bühnenscheinwerfern, das seine Aufmerksamkeit erregte. Sondern die Notiz, die zwischen den Ventilen herausschaute, ein kleines, zusammengerolltes Stück Papier. Behutsam, als befreite er etwas Wertvolles aus der Erde, barg er die Botschaft und strich sie sanft glatt. Tabithas Handschrift. *Man muss nur so lange Angst haben, solange man sich einredet, man verdiene nicht mehr.* Nachdem er den Zettel auf dem Notenständer platziert hatte, las er die Worte mehrmals durch, bis es Zeit war, das Mundstück an die Lippen zu bringen. Zum allerersten Mal und obwohl er immer noch Angst hatte, legte er mit Tabithas Botschaft direkt vor seinen Augen los. Denn in diesem Moment dachte er im Stillen, dass er vielleicht wirklich mehr verdiente.

Erstaunlicherweise, dachte er, während sie ein paar Nummern durchspielten, hatte er es immer noch drauf und seine Finger fanden die richtigen Noten. Auch wenn ein paar Fehler seine passable Leistung schmälerten und sie auch John nicht zu entgehen schienen, der bei jedem schiefen Ton das Gesicht verzog. Noten vom Blatt zu lesen war schwieriger als in seiner Erinnerung, und er verpasste ein paar Kreuze, was sein Spiel zu tief klingen ließ. Doch jedes Mal, wenn er an seinem Können zweifelte oder fürchtete, für ein solches Orchester nicht geeignet zu sein, klopfte Polly ihm sanft auf die Schulter und flüsterte ihm zu, dass er sich tapfer schlug. Irgendwann, nachdem Tabitha kurz für ein Telefonat nach draußen gegangen war, kehrte sie mit feuchten Schultern und nassen Haaren zurück; etwas in ihrem Gesichtsausdruck weckte die Hoffnung in ihm, sie wäre stolz auf das, was er erreicht hatte.

Nach der Probe hämmerte der Regen immer noch auf das Hausdach, und John informierte ihn, dass er eine beeindruckende Vorstellung geliefert hätte und in der darauffolgenden Woche liebend gern wiederkommen dürfte.

Außerdem hätten sie in sechs Wochen eine Aufführung, an der Harry unbedingt teilnehmen sollte. Inzwischen fühlte Harry sich erschöpft, fast schon erschlagen, und trotz allem ertappte er sich dabei, wie er erfreut zusagte. Seine Muskeln rebellierten, und seine Zähne schmerzten vom Mundstück. Dennoch fühlte er sich lebendig und stark. Nach einem kurzen Plausch mit Polly, um ihr zu bestätigen, dass sie sich nächste Woche wiedersähen, beeilte er sich, nein, rannte regelrecht den Gang zu dem Platz hinab, wo Tabitha saß.

»Und?«, fragte er, als er sie erreichte. »Was denkst du?«

»Ich finde, du hast das toll gemacht, Harry.« Bisher hatten sie nicht über ihre wachsende Nähe oder den Umstand gesprochen, dass ihre Haut häufig seine berührte, aber als sie nun ihre Finger mit seinen verschränkte, fühlte es sich völlig natürlich an, händchenhaltend aus dem Theater zu spazieren. »Ich kenne ein kleines Restaurant ganz in der Nähe, wo wir etwas essen können. Lass uns dort feiern, dann kannst du mir alles ganz genau erzählen.«

Und genauso verließen sie auch das Theater, Harry mit der Trompete in der einen Hand und die andere fest in Tabithas. Es nieselte leicht, die Wucht des Sturms von vorhin war vorbeigezogen, doch die beiden schienen es nicht einmal zu bemerken. Sie spazierten am Fluss entlang und dann durch den Park, während Tabitha ihm lauschte, wie er sich freudig darüber ausließ, im Orchester zu spielen. Mit verstohlenen Blicken in ihre Richtung heischte er nach der Bestätigung, dass es ihr wirklich gefallen hatte und sie stolz auf ihn war. Doch seine Blicke wurden nie erwidert. Stattdessen schien ihre Aufmerksamkeit auf ihre Umgebung gerichtet zu sein, als suchte sie nach etwas, das sie verloren hatte. Langweilte er sie? Hatte er es vermasselt, indem er so viel über sich selbst redete?

»Es tut mir leid«, sagte er schließlich. »Ich plappere einfach vor mich hin.«

»Nein«, entgegnete sie und blieb auf dem Gehweg stehen. Vorsichtig löste sie ihre Hand aus seinem Griff und drehte sich mit dem Gesicht zu ihm. Einen Moment lang stieg Panik in Harry auf, als ihn der Gedanke traf, sie hätte ihre Meinung vielleicht wegen irgendetwas geändert, das sie noch nicht einmal diskutiert hatten. Waren es die Enthüllungen in seiner Akte? Doch dann lächelte sie und streichelte ihm über den Arm, was ihn ein wenig beruhigte.

»Doch, Tabitha. Ich habe ohne Punkt und Komma geredet. Ich bin außer Übung und weiß nicht, wann ich jemandem eine Pause gönnen muss.«

»Das ist es nicht, Harry. Ich liebe es, dir zuzuhören, wie du über das Orchester sprichst. Es tut mir leid, wenn es bei dir anders ankam. Es ist nur ...« Ihr fehlten die Worte, blockiert durch den Schmerz, der sich zwischen ihren Augen konzentrierte. »Nur, äh, sieh mal.« Sie zögerte. Dann verschränkte sie die Arme vor der Brust und obwohl Harry kein Experte für Körpersprache war, spürte er, dass sich etwas verändert hatte und es ihm kein bisschen gefiel. »Wegen dem hier«, sagte sie und wedelte mit der Hand zwischen ihnen. »Ich weiß nicht, was das ist, und ich weiß nicht, was ich tun soll.«

In der Sekunde, als Harry merkte, wohin das Gespräch

führte, packte ihn die Angst. Sein Blick wurde unruhig, huschte wild hin und her. Er wollte ihr unbedingt seine Gefühle offenbaren, aber das Risiko war so groß. Was, wenn er sie damit von sich wegstieß?

»Was tun?«, fragte er.

»Wegen uns, Harry. Vielleicht liege ich falsch, aber ich weiß, wie es sich für mich anfühlt, und ich habe keine Ahnung, ob du dasselbe wie ich empfindest oder ich einfach verrückt bin oder was auch immer ...« Sie hielt inne, um Atem zu schöpfen. »Jetzt plappere *ich* drauf los.«

»Das ist okay«, sagte er und sehnte sich verzweifelt danach, dass sie weiterredete, denn wenn sie aufhörte, könnte womöglich von ihm erwartet werden, dass er die Stille füllte.

»Es ist nur, ich weiß nicht, was ich sagen oder tun soll. Ich weiß nicht, was richtig ist oder ob ich einfach bescheuert bin.« Die Handballen auf die Augen gedrückt, stieß sie ein leises Seufzen aus. »Herrgott, Harry. Sag etwas, bitte!«

»Ich weiß nicht, was ich sagen soll. Ich habe Angst, das Falsche zu sagen.«

Mit den herabhängenden Armen klopfte sie sich gegen die Beine. »Sag mir einfach, was du empfindest? Bin ich die Einzige, die das Gefühl hat, dass aus dem hier etwas werden könnte? Dass wir einander wieder etwas bedeuten könnten?«

Was sagte sie da? Dass etwas aus ihnen werden könnte? Also hatte sie doch noch Gefühle für ihn? Selbst nach allem, was sie über ihn erfahren hatte, bestünde da vielleicht noch die Chance, dass sie ihn liebte? Wenn es jemals einen guten

Moment gegeben hatte, ihr seine wahren Gefühle zu gestehen, dann jetzt. Nach allem, was sie gesagt hatte, konnte er sie gewiss nicht falsch verstanden haben.

»Nein, Tabitha, du bist nicht die Einzige.«

Ein angehaltener Atem löste sich von ihren Lippen und dann, lächelnd, brach sie fast in Lachen aus. Aber irgendetwas hielt sie zurück. »Puh«, sagte sie und wischte sich gespielt über die Stirn. Oder schwitzte sie etwa wirklich? Ihm kam, dass dies vielleicht der Fall war, und gleich darauf, wie sie früher immer geschwitzt hatte, wenn sie nervös war, so wie damals, als sie die Führerscheinprüfung abgelegt und mit riesigen dunklen Flecken unter den Achseln auf ihrem Kleid zurückgekommen war. Jeder Muskel in seinem Körper zitterte, seine Zunge war so trocken, dass er fürchtete, sie könnte aufplatzen. Trotzdem lächelte er ebenfalls. Tabitha hatte Gefühle für ihn. Wirklich. Und mehr als das, er hatte ehrlich über seine eigenen gesprochen und Tabitha war immer noch hier bei ihm. »Endlich haben wir es laut ausgesprochen. Ich dachte schon, ich würde vielleicht etwas fehlinterpretieren, aber das tue ich nicht.« Seufzend hob sie die Hand an den Kopf. »So, und jetzt der nächste Punkt.«

Harrys Erleichterung war bestenfalls von kurzer Dauer. »Der nächste Punkt?«

»Ja«, sagte sie, und ihr Lächeln schwand. »Ich will das hier, ich will das wirklich. Aber das bedeutet, dass ich dir etwas sagen muss. Ich meine …« Ihre Stimme verlor sich wieder. »Sieh mal, ich muss dir etwas erklären. Etwas wirklich Wichtiges. Warum gehen wir nicht einfach in das Café dort, und ich erzähle dir alles.«

»Okay«, erwiderte er.

Ihm von Daniel zu berichten würde nicht leicht werden, aber er war ihr mit so viel Ehrlichkeit begegnet, dass sie ihm einfach die Wahrheit sagen musste. Nicht nur in Bezug auf ihre Ehe, sondern auch darüber, was sie angesichts von Daniels Schweigen allmählich fürchtete, nämlich den endgültigen Verlust des Schmucks.

Hand in Hand spazierten sie weiter, und die ganze Zeit über versuchte Tabitha, die Geschichte in ihrem Kopf in die richtige Reihenfolge zu bringen. Doch unvermittelt spürte sie einen Widerstand, als Harry jäh erstarrte. Er schüttelte ihre Hand ab und kehrte um, die Straße zurück.

»Harry, was ist los?«, fragte sie, doch er antwortete nicht. Stattdessen folgte sie ihm, bis er ein paar Geschäfte die Straße hinab wie angewurzelt stehen blieb und in ein Schaufenster starrte. Wenige Sekunden später war sie an seiner Seite, und ihr wurde schwer ums Herz, als sie erkannte, um was für einen Laden es sich handelte und was sie in der Auslage sah. Drei Halsketten, die einmal Harrys Mutter gehört hatten, lagen im Schaufenster eines schäbigen Pfandleihers, einem Ort, den sie nie zuvor in ihrem Leben gesehen hatte.

»Oh mein Gott, Harry«, sagte sie, und ihre Hand flog an ihren Mund, als müsste sie sich gleich übergeben. »Harry, lass mich es dir erklären.«

»Die Halsketten meiner Mutter«, sagte er, die Hände auf die Scheibe gepresst. »Eines der letzten Dinge, an die ich mich bei ihr erinnern kann.« Langsam drehte er das Gesicht zu Tabitha. »Wie konntest du nur, wo du wusstest, was sie mir bedeuten? Sie haben *ihr* gehört. Mir. Ich dachte, du verstehst, wie … Keine Ahnung, aber ich dachte …« Er suchte nach den richtigen Worten, aber nichts kam. Ein Gefühl der Unzulänglichkeit schwappte über ihn hinweg, und er wollte loslaufen, fliehen, verzehrt von dem verzweifelten Bedürfnis, einfach zu verschwinden. Als das Bild dessen, was geschehen war, für ihn an Klarheit gewann, packte ihn tiefe Scham, als wäre er für das verantwortlich, was er vor sich sah. Als hätte seine eigene Unzulänglichkeit es erst ermöglicht. Scham verfolgte ihn schon sein ganzes Leben lang, und vor langer Zeit hatte er verstanden, dass sobald sie einen in die Finger bekam, der kleinste Fehltritt ausreichte, um sie zu nähren. Diese Emotion rollte wie ein Sturm heran und brachte die Schlussfolgerung mit sich, dass er seine Mutter erneut im Stich gelassen hatte, indem er ihrer nicht würdig gewesen war. Er wusste nicht genau wie, nur dass es der Wahrheit entsprach.

Tabitha ging einen Schritt zurück und strich sich das feuchte Haar aus dem Gesicht, während der Regen wieder heftiger herabprasselte. Da sie nicht in der Lage war, das, was sie sagen wollte, mit ausreichender Bestimmtheit auszudrücken, begann sie zu weinen. Eine Erklärung war angesichts des Schmucks im Schaufenster sinnlos. Hätte sie genug Zeit gehabt, wäre es ihr vielleicht möglich gewesen, das Bild zurechtzurücken, aber mit dem bedrückenden Beweis direkt vor ihren Augen erreichte sie den letzten Akt einer Tragödie, bevor sie auch nur die Chance bekam, die Hauptdarsteller einzuführen. Sie hätte nur noch einen winzigen Moment länger gebraucht, aber jetzt war die Möglichkeit verstrichen, die Sache anständig über die Bühne zu bringen. Jetzt war alles zu verworren, wie verknotete Halsketten, die sich nicht voneinander lösten.

»Es tut mir leid.« Ihre Entschuldigung reichte bei Weitem nicht, aber in diesem Moment war sie alles, was Tabitha hatte. »Es tut mir so schrecklich leid, Harry. Ich kann es erklären, versprochen.«

»Ist das der Grund, weshalb du mich hergebracht hast?«, fragte er. »Ist das deine Art eines Geständnisses?«

»Nein, Harry, davon wusste ich nichts. Es ist nicht so, wie du denkst. Es war mein Ehemann, er …«

»Ehemann?« Harry taumelte rückwärts, die Hand am Kopf. Sein Gesicht begann sich zu knautschen, als bräche er gleich in Tränen aus, dann verwandelte es sich in etwas viel Unheimlicheres. Er war am Boden zerstört. »Du hast nie erwähnt, dass du verheiratet bist. Du hast gesagt, du hättest Gefühle für jemanden gehabt …« Mit Tränen in den Augen blickte er weg. Er war ein solcher Narr gewesen, das war ihm jetzt bewusst. Er hatte die ganze Zeit über recht gehabt. Ein Leben mit Tabitha war nichts weiter als ein Traum gewesen.

»Die Sache mit ihm ist vorbei, Harry. Oder zumindest will ich das. Es ist nur so fürchterlich kompliziert. Das verstehst du nicht.«

»Zu wollen, es wäre vorbei, ist dasselbe, als würde man sagen, es ist überhaupt nicht vorbei. Du bist immer noch verheiratet. Der Gedanke, du könntest nach all den vielen Jahren immer noch etwas für mich empfinden, war so dumm von mir. Du bist nur wegen der Schatulle geblieben, nicht wahr? Weil du dachtest, du könntest sie dir unter den Nagel reißen?«

»Nein«, erwiderte sie in dem Versuch, entschlossen zu klingen.

»Willst du sie ebenfalls verpfänden?«

Kopfschüttelnd zerrte sie an seinen Armen. »Nein, Harry. Nein. Du verstehst das alles ganz falsch. Es ist nicht so, wie du denkst!«

Doch er hörte ihr nicht zu, sah sie nicht einmal an. »Ich bin ein solcher Idiot. All dieses gefühlsduselige Gefasel und was aus uns werden könnte, während du die ganze Zeit über die Habseligkeiten meiner Mutter hier zu Geld gemacht hast. Warum habe ich dir vertraut? Wie konnte ich nur an etwas glauben, das niemals passieren würde?«

Mit ausgestreckten Händen griff sie nach seinen Armen. Regen prasselte Harry ins Gesicht, doch er zuckte kaum zusammen. »Du hast mir vertraut, weil du mich liebst und weil du weißt, dass ich dich auch liebe. Es ist nicht so, wie du denkst. Bitte gib mir die Chance, es dir zu erklären.« Erneut beugte sie sich zu ihm, um ihn zu berühren, fest überzeugt, die Sache aus der Welt schaffen zu können. Doch er wich bereits zurück, nicht imstande, sie auch nur anzusehen. »Harry, tu das nicht«, flehte sie, während die Entfernung zwischen ihnen wuchs. »Bitte lass es mich dir erklären!« Im nächsten Moment setzte er zum Sprint an und rannte die Straße hinunter, wollte in seiner Verzweiflung so viel Abstand wie möglich zwischen sich und die Frau bringen, die ihm fast weisgemacht hatte, es wäre möglich, die Vergangenheit zu korrigieren.

Jetzt wusste er es besser.

Menschen machten sich immer aus dem Staub. Menschen hintergingen einen immer und ließen einen im Stich. Allein war er besser dran. Vielleicht verdiente er wirklich nicht mehr, als er bereits hatte. Und an jenem Abend, als er endlich zu Hause ankam, erschöpft vom langen Weg in schwerer, feuchter Kleidung, sperrte er die Tür ab und setzte sich in die Dunkelheit. Zitternd, das Geräusch eines brodelnden Bachs in den Ohren, dachte er an seine Mutter. Er hatte so viel Liebe für andere Menschen in sich und dennoch hatte sie zu nichts geführt, ein wunderschöner Pfad in eine Sackgasse, aus der es kein Zurück mehr zu geben schien. All diese Gefühle waren vergeudet, denn sie hatten nicht den geringsten Unterschied für den Verlauf gemacht, den sein Leben genommen hatte. Seinem wahren Ich konnte man nicht entfliehen. Und so nahm er seinen Trompetenkoffer und schleuderte ihn gegen den Spiegel, der in schartigen Splittern zu Boden regnete. Als Harry sich über die Scherben stellte, sah er sich selbst, verzerrt und entstellt, wie Picasso ihn womöglich gemalt hätte, wäre er eines Porträts würdig gewesen. Es war unmöglich, seiner eigenen Identität zu entfliehen, doch als er auf sein Spiegelbild hinabstarrte, verstand er allmählich, dass nicht einmal er selbst wusste, wer er in Wirklichkeit war.

Zwölftes Kapitel

Mirepoix, Frankreich, Sommer 1981

England verblasste stets wie eine böse Erinnerung, sobald sie in Frankreich war, doch in jenen Tagen ohne Benoit schien es, als führte sie zwei Leben. In England war sie Fran, konnte ihre Muttersprache ohne jedes Nachdenken oder Stolpern sprechen. Sie passte nicht wirklich dazu, aber sie tat die Dinge, die ihre gleichaltrigen Mitschüler taten, und versuchte, so gut es ging zurechtzukommen. Nichts Außergewöhnliches, außer man sorgte sich wegen ihrer Sammelwut für Kuriositäten und eines gelegentlichen Anflugs von Trübsal. So nannte es zumindest ihr Vater, wenn sie sich nur schwer aus dem Bett quälen konnte. Doch in Frankreich war sie jemand anderer und dieser Mensch, zu dem sie wurde, wenn sie über die Türschwelle des Gehöfts ihrer Tante trat, kannte keine Grenzen. Es war die Version ihrer selbst, die sie sein wollte. Nicht nur im Urlaub, sondern immer. Fran liebte dieses Mädchen, hieß es mit offenen Armen willkommen. Ihre französische Version blieb nicht tagelang im Bett liegen, ohne den Willen aufbringen zu können aufzustehen. Zumindest war das früher nie der Fall gewesen. Aber ohne Benoit entglitt ihr dieses starke, aktive Mädchen.

»Mach die lieber nicht kaputt.« Beim Klang der fremden Stimme drehte sie sich um und sah in der Küche des Gehöfts ein Gesicht auftauchen, das sie kannte. »Die sind hübscher als diese schmutzigen alten Krüge in der Scheune.«

Als sie den schaumigen Teller zurück in die Spüle legte, spürte sie, wie ihr Gesicht bei der Erinnerung an ihr gestriges Verhalten errötete, und sie rang sich ein Lächeln ab. Es war das Aktmodell, das Zeuge gewesen war, wie sie den Krug in der Scheune auf dem Boden zerschmettert hatte. »Das wollte ich überhaupt nicht«, erwiderte sie. Das Model trat näher, nahm sich eine saubere Tasse und goss sich Kaffee ein, wobei er sich mit einer gleichgültigen Lässigkeit und einem Ausdruck an Desinteresse bewegte, die im Widerspruch zu seinen Bemühungen standen, ein Gespräch mit ihr zu führen.

»Das ist gut.« Sein Akzent war stärker als Benoits. Er gefiel ihr, eine Erinnerung, dass sie weit weg von zu Hause war und nicht das Mädchen, das sie dort war. »Denn Teller sind viel nützlicher, wenn sie ganz sind.«

»Warst du es, der meiner Tante erzählt hat, die Katzen hätten die Gläser zerbrochen?«

Ohne in ihre Richtung zu blicken, setzte er sich an den Tisch und schnappte sich ein übrig gebliebenes Croissant. Das Warten auf eine Antwort zog sich quälend in die Länge. »Sie sind doch überall«, sagte er dann. »Nichts ist vor ihnen sicher. Madame Henrietta kam zur Scheune, sah die Scherben. Sie stellte ein paar Vermutungen an, und ich habe sie in ihrem Glauben gelassen. Ich war nicht sicher, ob es eine gute Idee wäre, ihr zu erzählen, dass du es absichtlich zertrümmert hast.«

Als sie sich neben ihn setzte, trafen sich schließlich ihre

Blicke. Aus der Nähe bemerkte sie nun, dass er tatsächlich sehr attraktiv war, genau wie Amélie gesagt hatte. Sein Gesicht besaß immer noch die Weichheit der Jugend, hatte aber bereits die Schwelle zum Erwachsenwerden überschritten. Obwohl sie es jetzt nicht sehen konnte, wusste sie, dass seine Bauchmuskeln wohldefiniert und seine Schultern breit waren, seine Gestalt denen der Männer glich, die auf die Einbände der Liebesromane ihrer Mutter gedruckt waren. Da sie wusste, wie sein Körper unter seiner Kleidung aussah, war sie sich jäh ihres eigenen bewusst. Dachte er auf dieselbe Weise über sie nach wie sie über ihn? Doch ihre Gedanken konzentrierten sich auf einen Punkt, und der war nicht, wie attraktiv er aussah. Stattdessen dachte sie allein daran, wie viel faltenfreier sein Gesicht im Vergleich zu Benoits war. Wie weich es aussah. Wie jung.

»Ich bin Alex«, sagte er und streckte die Hand aus. »Schön, dich kennenzulernen.« Sie nahm seine Hand.

»Frances.«

»Ja, ich weiß. Ich habe gehört, wie deine Tante dich gestern gerufen hat. Du bist keine Französin, *non*?«

Sie schüttelte den Kopf. »Engländerin. Ich bin über den Sommer hier.«

»Deine Familie?«

»In England. Mein Vater verreist nur ungern.«

Er wirkte überrascht, als wäre es das Lächerlichste, was er jemals gehört hatte. »Und deine Mutter?« Alex schien das Arrangement zu verwirren, und er neigte den Kopf schräg, während er auf eine Antwort wartete.

»Sie arbeitet auch viel.« Über diese Wahrheit war sie heilfroh. Ihr Leben zu Hause war nicht einfach, ihr Vater besessen von Regeln und Vorschriften. Er liebte Zucht und Ordnung und schien all die Dinge nicht sonderlich zu mögen, die damit einhergingen, ein Teenager zu sein. Hausaufgaben mussten im Zimmer erledigt werden und selbst dort konnten ihn die kleinen Fussel, die beim Radieren zurückblieben, zur Weißglut bringen. Ihre Jobs waren sehr stressig, wie ihre Mutter ihr häufig erklärte, was bedeutete, dass am Ende des Tages nicht viel Zeit für Frances übrig blieb.

»Nun«, sagte Alex und leckte sich die Finger, nachdem er die letzten Brösel des Gebäcks gegessen hatte, »das heißt dann wohl, dass ich dich einladen kann, ohne mir Sorgen machen zu müssen, was deine Eltern sagen?«

Eine brennende Röte der Verlegenheit schoss ihr in die Wangen, verschlimmert durch die drückende Sommerhitze, die aus dem glühenden Boden aufstieg. Ihr Instinkt schrie ihr zu, Alex einen Korb zu geben und ihm zu erklären, es läge daran, dass sie Benoit liebte. Doch das durfte sie nicht verraten. Dann fragte sie sich, ob ihre Antwort anders ausgefallen wäre, wenn es keinen Benoit gäbe? Alex war sehr attraktiv, nur ein kleines bisschen älter als sie. Dieser Beinahemann vor ihr sollte eigentlich genau das sein, was sie wollte. Nur dass er es, wie sie erkannte, nicht war. Überhaupt nicht.

»Meinst du ein Date?« Er nickte, und sie musste sich krampfhaft zurückhalten, um nicht laut loszulachen. Amélie wäre so enttäuscht von ihr. »Ich denke, eher nicht.«

»Nur ein einziges Date. Komm schon, du könntest dich amüsieren.«

Da gewann das Gelächter die Oberhand. »Ich kenne dich nicht einmal.«

»Das ist doch Sinn und Zweck eines Dates.« Er zuckte mit den Schultern. »Um jemanden kennenzulernen. Komm schon. Warum nicht?«

»Weil sie wohl ebenso wenig an jemandem wie dir interessiert ist wie an jemandem wie mir, Alex.«

Die beiden drehten sich gleichzeitig um. Dort stand Benoit, sein Gesicht ernster, als Frances es jemals erlebt hatte. Eine tiefe Falte hatte sich vertikal in seine Stirn gegraben und kräuselte seine Nase. Er sah unbeschreiblich gut aus, dachte sie, mit dieser kleinen Narbe auf der Wange, der ins Gesicht fallenden dunklen Haarsträhne. Er trug eine Brille, und in ihren Augen wirkte er chic und intelligent, wie es ein Mann, so schön wie Alex, niemals sein könnte. In seiner weißen Hose, dem hellblauen Hemd und der grauen Twilljacke, die er lässig über die Schulter geworfen hatte, war er alles, was ihr fehlte. Seine hohe Stirn glänzte im Sonnenlicht und verlieh ihm einen gewissen Grad an Würde. Der Hauch eines Dreitagebarts an seinem Kinn wirkte noch legerer als sonst.

Alex erhob sich, um ihn zu begrüßen, trat einen Schritt vom Tisch zurück und brachte etwas Abstand zwischen sich und Frances. *»Natürlich, Monsieur Bonnet«*, sagte er und verfiel zurück ins Französische. *»Es tut mir leid, ich wusste nicht einmal, dass Sie zurück sind.«*

Es kam ihr vor, als habe er vergessen, dass Frances überhaupt anwesend war. Benoit, erkannte sie, machte ihn nervös, was heute die erste Gemeinsamkeit war, die Alex und sie verband. Sämtliche Ängste wegen Benoits Abwesenheit drängten sich zurück an die Oberfläche.

»*Das ist offensichtlich. Nun, warum fährst du nicht zurück zur Lagerhalle?*«, schlug Benoit vor. »*Die neue Fracht ist angekommen und muss sortiert werden. Außerdem erwarten wir heute am späten Nachmittag eine weitere Lieferung. Sie stammt aus Österreich und ist sehr wichtig. Ich muss mich darauf verlassen können, dass du dich sofort darum kümmerst.*« Er blickte nach unten, lächelte Frances kurz an, und für den Bruchteil einer Sekunde hatte sie das Gefühl, die gesamte Welt würde auf sie starren. »*Nun, worauf wartest du noch?*«

Ohne auch nur die kleinste Verabschiedung hastete Alex aus der Küche und in Richtung seines Fahrrads, das auf der anderen Seite des Innenhofs lehnte. Frances beobachtete, wie er in die Pedale trat und Staub hinter ihm aufwirbelte. Als er außer Sicht war, setzte Benoit sich an den Tisch und legte die Hand auf ihre. Instinktiv blickte sie sich nach ihrer Tante, ihrem Onkel, irgendjemandem um. Sie waren allein.

»*Mon amour*«, sagte er, aber es half kaum, ihre Befürchtungen zu zerstreuen.

»Wo bist du gewesen?«, wagte sie zu fragen. Zitternd verschränkte sie die Finger ineinander, zwang sie in ihren Schoß. Hätte sie es nicht getan, wäre sie vom Stuhl aufgesprungen und hätte sich ihm in die Arme geworfen.

»Es tut mir so leid. Ich wollte dich anrufen, aber ich hatte das Gefühl, es wäre ein Fehler. Zu riskant.« Er zeigte ins Innere des Hauses, und sie verstand, dass er das Risiko, sie anzurufen, nicht hatte eingehen können. Bei dem Gedanken, dass sie es sich erhofft hatte, fühlte sie sich nur jung und dumm.

»Ja, es wäre riskant gewesen«, räumte sie ein. Es war eine Erinnerung daran, was sie wirklich waren, ein Geheimnis, das andere missbilligen würden. Es war eine Mahnung, dass sie ihm eine Unwahrheit aufgetischt hatte, indem sie ihn im Glauben ließ, sie sei älter, als sie in Wahrheit war.

»Ich wollte aber. Das musst du mir glauben.«

»Das will ich doch auch.« Amélies Worte vom Vortag hallten in ihrem Kopf, die Anspielung, dass das, was sie hatten, nichts Ernstes war. »Ich habe dich nur vermisst, das ist alles.«

»Und ich habe dich vermisst, deshalb habe ich mir auch heute Vormittag freigenommen.« Ihre Lippen kräuselten sich zu einem Lächeln. All ihre Ängste schälten sich von ihr wie eine unwillkommene Haut. Nichts hatte sich verändert, das erkannte Frances jetzt. »Ich habe eine Verabredung zum Mittagessen«, räumte er ein, »die ich leider nicht absagen kann, aber bis dahin gehöre ich ganz dir. Treffen wir uns am selben Ort wie immer? Ich muss dir etwas zeigen. Im Grunde zwei Dinge?«

Seine Worte ließen sie noch breiter lächeln. »Was?«

Still in sich hineinkichernd erhob er sich, als er jemanden kommen hörte. Sein Atem kitzelt ihre Haut, während er sich zu ihr beugte und ihr ins Ohr flüsterte: »Da wirst du dich noch etwas gedulden müssen. Aber beeil dich. Ich könnte sterben, wenn ich dich nicht bald berühren darf.«

Der Schweiß rann ihr in Strömen den Rücken hinab, während sie den ganzen Weg bis zur Straße lief. Als sie das verlassene Bauernhaus, auf halber Strecke zwischen ihrem Gehöft und dem Dorf erreichte, fand sie ihn sofort in seinem Wagen auf der kleinen Lichtung, die von der Straße aus nicht einsehbar war. Wie es ihr inzwischen zur Gewohnheit geworden war, öffnete sie die Tür und kletterte ins Auto. Ein Lied spielte im Radio, das sie zuvor schon einmal gehört hatte und das nach Sommer klang und ihr aus dem Herzen sprach. *Ist es Liebe, die ich verspüre?* Als sie zu Benoit blickte, fragte sie sich verwundert, was es anderes als Liebe sein könnte.

»Du siehst so wunderschön aus«, sagte er, beugte sich vor und küsste sie auf den Mund. Das Kratzen von Bartstoppeln, das sie nicht kannte, kitzelte ihre Wange, doch die Weichheit seiner Lippen war ihr vertraut. Seine Hände waren stark auf ihren, bewegten sich an ihren Armen hinauf in ihre Haare. »Ich habe dich so sehr vermisst.«

»Ich habe dich auch vermisst«, sagte sie mit einem Lächeln und hatte das Gefühl, als wäre alles auf der Welt wieder im Lot. »Wohin willst du fahren, wenn wir nur zwei Stunden vor deinem Mittagessen haben?« Sein Versprechen eines ganzen Tages kam ihr wieder in den Sinn, aber sie schob den Gedanken beiseite.

Es war ihre übliche Routine, mit dem Wagen eine schmale Landstraße in Richtung eines Dorfs zu nehmen, in dem sie niemand kannte. Manchmal parkten sie irgendwo an einem abgelegenen Ort und taten Dinge, die ihr die Röte in die Wangen trieb, sobald sie wieder zu Hause war, und manchmal gingen sie spazieren oder setzten sich in ein Café, wo er sie über ihr Leben und die Dinge, die sie mochte, ausfragte. Dies gefiel ihr am besten, auch wenn sie häufig lügen musste – immerhin konnte sie schlecht von der Schule sprechen. An jenen Tagen verspürte sie dieselbe Schwere, die auch in England über ihr schwebte, diesen Nebel, den sie anscheinend niemals lüften konnte, doch sie versuchte stets, diesen Anflug von Schwermut so gut es ging zu verbergen. Benoit befragte sie nie dazu, ganz im Gegensatz zu ihrer Tante. Sie wusste immer, wann dieser Nebel aufzog. »Ist es schon wieder so weit?«, erkundigte sich Tante Henrietta dann. »Kann ich dir irgendwie helfen?« Woraufhin Frances immer antwortete, dass nichts los wäre und es ihr gut ginge. Manchmal glaubte sie, es entspräche der Wahrheit und dann wieder wusste sie, dass es eine Lüge war.

»Ich will nirgendwo hinfahren«, sagte er mit einem Kichern. »Heute will ich dir etwas zeigen, schon vergessen?« Er deutete zum Tor des Bauernhofs. »Es ist normalerweise geschlossen, *non?*«

»Schon möglich«, stimmte sie mit einem Achselzucken zu, da sie die Bedeutung dieser Veränderung nicht begriff und nicht den blassesten Schimmer hatte, ob das Tor normalerweise geschlossen war.

Er griff in seine Hosentasche, zog einen Schlüssel heraus und ließ ihn vor ihrem Gesicht baumeln. »Dieses Bauernhaus ist seit zwei Jahrhunderten im Besitz meiner Familie. Es wird mein neues Zuhause werden. Und ich will es mit dir teilen«, sagte er und ließ den Motor an. Frances verschlug es völlig die Sprache, und sie spürte, wie ihre Hände kribbelten, als sie das heiße Leder ihres Sitzes umklammerten. Es mit ihr teilen? Sein Zuhause? Der kleine Citroën 2CV erwachte schnurrend zum Leben. »Dann mal los.«

Sie folgten der Auffahrt den ganzen Weg bis zur Rückseite des Gebäudes und parkten dort. Als Frances aus dem Wagen stieg, sah sie, wie sich das große Gebäude vor ihr erhob. Es war schmal und musste seit gut fünfzig Jahren unbewohnt sein. Die blaue Farbe an den Fensterrahmen blätterte ab und war verrottet, ein Teil des Putzes war ebenfalls abgeschlagen, sodass an einigen Stellen das alte Flechtwerk zum Vorschein kam, das Skelett des Gebäudes. Riesige Lavendelsträucher wuchsen wild im Vorgarten, und irgendwo in der Ferne hörte sie das sanfte Rauschen von Wasser, das sie an ihr Zuhause erinnerte.

»Was hältst du davon?«, fragte er sie, als er neben sie trat.

»Ich finde es wunderschön«, sagte sie, und es war ihr voller Ernst. Doch trotz des Anblicks vor ihr kreisten ihre Gedanken um das, was er vor wenigen Augenblicken gesagt hatte. Er wollte dieses Haus mit ihr teilen. Was genau meinte er damit? Wollte er es ihr zeigen oder hinter diesen Mauern ein gemeinsames Leben mit ihr führen?

»Es gibt viel zu tun«, sagte er und nahm ihre Hand, »aber dafür haben wir jede Menge Zeit. Lass mich dir zeigen, wo wir von nun an unsere Zeit zusammen verbringen werden.« Mit seiner Hand, heiß in ihrer, und ihren Schultern, die sich berührten, rannten sie kichernd vom Auto zum Haus. Er drehte den Schlüssel im Schloss, und im nächsten Moment stürzten sie ins Innere.

Staub und Schutt überzogen fast alles, was sie sehen konnte, aber es war offensichtlich, dass jemand im Vorfeld dort gewesen sein musste und sich ein gewisses Maß an Mühe gegeben hatte, um ein bisschen aufzuräumen. Ein riesiger Eichenholztisch war das Zentrum des Zimmers.

Die Oberfläche war geputzt und eine Vase mit Lavendel stand genau in der Mitte. Hatte er das für sie getan?

»Ich habe dich so sehr vermisst«, hauchte er ihr ins Ohr, während er sie mit dem Rücken gegen die geschlossene Tür schob. Fest gegen ihren Körper gepresst, griff er hinter sie und drehte den Schlüssel im Schloss. »Vier Tage ohne dich sind einfach zu viel. Ich werde das nicht mehr tun. Das schaffe ich nicht.«

Wenige Augenblicke später waren seine Lippen auf ihren. Zuerst küsste er sie hart, gierig und gehetzt, bevor er das Tempo drosselte und seine Berührung an Zärtlichkeit zunahm, während sein Mund den ihren liebkoste. Seine Hände glitten von ihrem Gesicht zu ihren Brüsten und über den Schwung ihres Rückens. Ihre zitternden Finger blieben auf seinem Kreuz, da beim ersten Mal, als sie dies getan hatte, er gestöhnt und sie es als ein gutes Zeichen gewertet hatte. Schon bald, das wusste sie, würde er unter ihr Kleid fassen, unter das Bündchen ihrer Unterwäsche. Nur ein einziges Mal hatte sie Nein zu ihm gesagt, und er war sogleich zurückgewichen, hatte ihr Entschuldigungen ins Ohr geflüstert und sich über seine Torheit beschwert, dass sie jemals auch nur annähernd das für ihn empfinden könnte, was er für sie empfand. Den restlichen Tag war sie sich schrecklich dumm vorgekommen und hatte sich gefragt, ob sie die Sache vermasselt hatte. Es hatte drei Treffen gedauert, bis er einen neuen Versuch gestartet hatte, und da hatte sie ihn gewähren lassen, genau wie sie es jetzt tat. Nur dass sie nun an Amélie dachte und den Umstand, dass ihre Freundin bereits so viel mehr gewagt hatte.

»Wie soll ich jemals ohne das hier leben?«, wisperte er wieder, bevor er sie schwungvoll hochnahm und sie die Beine um seine Hüfte schlang.

Das Gleichgewicht verlierend taumelten sie durch das Wohnzimmer zur anderen Wand, wo ein kleines Tischchen und ein Kanapee standen. Nachdem er Frances auf die Sofakissen abgesetzt hatte, kniete er sich vor sie, drückte ihre Knie mit seinen Schultern auseinander und drängte sich an sie. Sein Gewicht erschwerte ihr das Atmen, und sie fühlte sich gefangen. Doch sie wusste, dass sie es nicht war, dass sie jeden Augenblick gehen könnte. Manchmal überraschte es sie, wie sehr sie ihn wollte, doch in anderen Momenten kam es ihr vor, als schwebte sie über ihrem eigenen Körper und sähe auf sich herab, das überwältigende Bedürfnis niederkämpfend, einfach aufzuspringen und wegzulaufen.

Benoit wich ein Stück zurück. »Frances, irgendwie habe ich das Gefühl, dass du heute sauer auf mich bist«, sagte er, als er sich auf die Fersen zurücksetzte. »Entweder das oder du bist mit den Gedanken ganz weit weg. Das ist in Ordnung«, sagte er, als sie sich anschickte, ihm zu widersprechen. »Vielleicht hast du ja auch jedes Recht dazu.«

»Wirklich?«

»Natürlich«, erwiderte er und bedeckte ihre Beine mit dem Rock ihres Kleids. »Du weißt, wie sehr ich hier bei dir sein will, aber manchmal zwingt mich die Arbeit zum Reisen. So wird es leider immer sein.« Erneut kamen ihr Amélies Worte in den Sinn, die Andeutung, dies hier wäre nichts Ernstes. »Was ist los, *mon chérie*? Heute stimmt etwas nicht mit dir. Verbirg deine Gefühle nicht vor mir. Raus mit der Sprache!«

»Es ist nichts, wirklich.«

Seine Hände lösten sich von ihren Beinen, als er sich aufrichtete, und ihr Körper glitt instinktiv zu ihm. Es erschreckte sie, wie sehr sie ihn wollte und wie sehr er ihr das Gefühl gab, die Kontrolle zu verlieren. Nach nur wenigen Sekunden vermisste ihr Körper bereits sein Gewicht, wo sie es Augenblicke zuvor gefürchtet hatte.

»Dann sag es mir. Wenn es nichts Ernstes ist, gibt es keinen Grund zur Sorge.«

»Aber genau das ist es«, sagte sie, fast verärgert über seine Wortwahl und über sich selbst, da sie so kindisch war, dass ihre Gefühle die Oberhand über sie gewannen. »Die Sache zwischen uns ist nichts Ernstes, nicht wahr? Wir sind nichts, nicht wirklich.«

Er kniete sich wieder hin. »Wie kannst du das sagen?«

»Weil es die Wahrheit ist.« Hastig drängte sie sich an ihm vorbei zum Tisch. Als sie aufblickte, kniete er immer noch, das Gesicht in die falsche Richtung gewandt. Woher sie den Mut genommen hatte, ihm ihre Gefühle zu gestehen, wusste sie nicht, aber sie müsste das Beste daraus machen, bevor ihr Mumm sie für immer verließ. »Du sagst, du willst bei mir sein, aber du weißt bereits, dass du für ein Treffen zum Mittagessen weg sein wirst. Du willst herkommen, mich küssen und wieder verschwinden.« Staub umwirbelte ihren Körper, als sie sich in einen anderen Sessel sinken ließ und mit mehr Traurigkeit in der Stimme als beabsichtigt sprach: »Zurück in dein echtes Leben.«

Er kroch hinüber zu ihr, bis zu der Stelle, wo sie saß, und tauchte zwischen ihren Beinen auf. Behutsam öffnete er ihre Oberschenkel und nachdem er sich auf die Knie gestemmt hatte, war sein Gesicht mit ihrem auf Augenhöhe.

»*Mon amour*, aber dich zu küssen ist alles, was du mir gestattest.« Er strich ihr das Haar aus dem Gesicht und küsste ihre Wange mit unsäglicher Zärtlichkeit. »Du hast mir gesagt, du wärst für die Liebe, die ich für dich empfinde, noch nicht bereit.« Seine Lippen glitten zu ihrem Hals hinab, seine Worte kaum mehr als ein gehauchtes Flüstern. »Und ich respektiere das. Ich will dich zu nichts drängen.«

»Vielleicht brauche ich einen kleinen Schubs.«

»Nein«, sagte er kopfschüttelnd. »Wenn du für den nächsten Schritt bereit bist, wirst du es merken.«

»Was, wenn ich dir sage, dass ich es bin?« Sie reckte ihre Hüften in seine Richtung und spürte, wie sein Körper sich vor Begierde versteifte. »Wenn ich dir sage, dass ich es jetzt tun will? Hier und jetzt?«

Sein Atem kam stoßweise, seine Stimme zitterte. »Dann würde ich dich fragen, ob du dir sicher bist.«

»Und ich würde dir sagen, dass ich mir bisher in meinem ganzen Leben bei noch nichts sicherer gewesen bin. Ich würde dir mit einem Ja antworten, so oft, wie du es hören willst.«

Nach diesen Worten zog er sie nah an sich und mit einer einzigen fließenden Bewegung hob er sie hoch. Während er mit ihr in den Armen zur Treppe stürzte, ergossen sich ihre Haare über seine Schultern und sie spürte das Hämmern seines Herzens an ihrer Brust. Schwere Schritte hasteten die Stufen nach oben, Holzdielen knarzten vor Dringlichkeit. Als er die erste Tür auf der rechten Seite mit dem Fuß aufstieß, sah sie ein Bett mit gestärktem weißem Laken und durchsichtige Gardinen, die vor einem offenen Fenster flatterten. Das Zimmer roch nach frisch gewaschener Wäsche, was allerdings auch der Lavendel sein konnte, der unten vom Garten heraufwehte.

»Ist es das, was du mir zeigen wolltest?«, flüsterte sie, und ihre Worte stolperten über ihre trockene Zunge.

»Nein«, sagte er und stellte ihre Füße auf den Boden. Wenige Augenblicke später stand er hinter ihr, die Arme um ihre Taille geschlungen. Er holte eine kleine Brosche hervor, deren Steine im Innern hell funkelten. Es waren zwei Vögel, die in einem Nest saßen und von denen einer die Flügel zum Fliegen angewinkelt hatte. »Die ist für dich.«

Ihre Finger zitterten, als sie das Schmuckstück berührten. »Für mich?« Er nickte. »Sie ist wunderschön.«

Er drehte Frances herum und steckte ihr die Brosche ans Kleid. »Es sind Turteltauben.« Seine Hände streichelten ihr Gesicht, während er sich herabbeugte, um ihr ins Ohr zu flüstern. »Wie wir können Turteltauben niemals getrennt werden.« Dann wanderten seine Finger zu den Trägern ihres Kleids, schoben sich darunter und eine Sekunde später fielen sie von ihren Schultern. Mit einem Augenzwinkern wartete er auf Frances' Erlaubnis. Ihr Lächeln gewährte es ihm, und diesmal versuchte sie nicht, ihn aufzuhalten. Ihr Kleid glitt zu Boden, beschwert von der Brosche.

Während des Liebesakts war er zärtlicher, als sie erwartet hatte. Seine anfänglichen Küsse waren rau und gierig gewesen, aber jetzt war es, als hätten sie alle Zeit der Welt. Er schien jeden einzelnen Zentimeter ihres Körpers zu küssen, so zumindest kam es ihr vor, selbst die unmöglichsten Orte, von denen sie nie geglaubt hätte, er könnte sie dort mit seinem Mund berühren. Zeit löste sich um sie auf, und als sie keine Stunde später aus einem unerwarteten Schlummer erwachte, saß er, nur mit Hose und einer Kette bekleidet, an ihrer Seite und streichelte ihr übers Haar.

»Ich muss jetzt gehen.« Sie nickte lächelnd in seine Hand, als diese sich um ihre Wange schmiegte. Ein Hauch von Kühle lag in der Luft, aber seine Haut war warm und weich an ihrer. »Danke, dass du mir vertraut hast. All diese Briefe und erst jetzt glaube ich, dass du verstehst, was ich für dich empfinde.«

»Das habe ich immer gewusst«, log sie, doch es war eine schöne Lüge, eine, von der sie unbedingt wollte, dass sie der Wahrheit entsprach. Auf seiner Haut glitzerte eine lange Kette. Behutsam streckte sich Frances und griff nach dem Anhänger. Es war ein Davidstern, dessen unterste Spitze seinen Bauch berührte. An dem Stern hing ein Schlüssel. »Was ist das?«

Er nahm ihr die Kette aus der Hand und besah sich das Schmuckstück, als bemerkte er es zum ersten Mal. »Etwas, das mir lieb und teuer ist. Ich lege es niemals ab.«

»Ich habe nie gesehen, dass du sie trägst.«

Er zwinkerte ihr zu. »Du hast mich auch noch nie nackt gesehen.«

Ihre Wangen erröteten, und sie zog die Decke höher. »Also bist du Jude?«, fragte sie, da sie den Stern als ein religiöses Symbol erkannte.

Ihre Augen trafen sich, als er einen langen Atemzug ausstieß. Er zuckte mit den Schultern.

»Vielleicht bin ich es zu einem Zeitpunkt meines Lebens einmal gewesen, aber nicht wirklich. Meine Eltern waren Juden, und es war ihr Glaube, der mich zu dem gemacht hat, der ich heute bin. Ihr Glaube und die Dinge, die ihnen widerfahren sind, haben meinen Pfad geformt.«

»Und haben dich deshalb zu mir geführt?«

Er lächelte und legte sich neben sie. »Schon möglich.« Dann gab er ihr einen Kuss und glitt mit den Händen über die Rundungen ihres Körpers. »Wir können hierherkommen, wann immer wir wollen. Es ist jetzt unser Zuhause.«

»Okay«, sagte sie, unfähig, sich das Lächeln aus dem Gesicht zu wischen. Der Nebel, der sie manchmal packte, hatte sich nie weiter weg angefühlt. Amélie war ein dummes Huhn, dachte Frances sich im Stillen. Die Sache zwischen ihnen war so ernst, wie es nur sein konnte. Das war unbestreitbar. »Denkst du, wir werden hier für immer leben?«, fragte sie und war so glücklich, als er lächelte, da sie jetzt wusste, dass auch er es unbedingt wollte. Oh ja, Amélie, dachte sie. Die konnte sich ihre blöden Gedanken sonst wo hinstecken. Benoit gab ihr das Gefühl, als wäre sie die Königin der Welt.

»Für immer und ewig, und wir werden wie in einem Märchen glücklich und zufrieden bis an unser Lebensende leben.« Er küsste sie noch einmal auf die Lippen, lächelnd und dann laut lachend. »Komm schon. Wir müssen uns beeilen. Ich bin schon jetzt zu spät für meine Besprechung zum Mittagessen.«

Sobald sie zurück auf dem Gehöft war, hatten sich die Maler längst wieder ihrem Aktmodell zugewandt. Am Vortag war es Frances peinlich gewesen, Alex ausgestreckt auf dem Rasen zu sehen, doch diesmal fühlte sie sich angesichts der anatomischen Körperteile, die ihn von ihr unterschieden, anders als das Mädchen, das sie tags zuvor noch gewesen war. Jetzt war ihr die Art, wie Körper zusammenpassten, nicht mehr fremd. Am heutigen Tag hatte sie Benoit einen Teil ihrer selbst geschenkt, das wusste sie, und sich dabei von ihrer Kindheit verabschiedet. Auch Benoit hatte sich ihretwegen gewiss verändert. Wenn da ein Teil von ihr war, der ihm gehörte, musste es natürlich auch einen Teil von ihm geben, der ihr gehörte.

Kurz darauf bemerkte sie, dass Alex sich der Bank näherte, auf der sie die vergangene Stunde gesessen hatte. Da sie nicht darauf vorbereitet war, Fragen zu beantworten, löste sie rasch die Turteltauben-Brosche von ihrem Kleid. Sein Körper war ein Durcheinander, seine Arme rangen um Platz, während er sich das T-Shirt über den Kopf zog.

»Tut mir leid wegen vorhin«, sagte er und kratzte sich am Hinterkopf, als er schließlich vor ihr stand. Den Blick überall, nur nicht auf sie gerichtet, erkannte Frances, dass Alex peinlich berührt, vielleicht sogar gedemütigt war, da Benoit seine Wirkung auf Frauen in Frage gestellt hatte. »Ich musste Monsieur Bonnet mit seiner Lieferung helfen.« Er setzte sich neben sie auf die Bank und scharrte mit den Füßen in der Erde. Dann griff er in seine Tasche und fischte ein Päckchen Gauloises heraus. Als er ihr eine Zigarette anbot, zog sie in Erwägung, eine zu nehmen, doch dann entschied sie sich dagegen. »Du hättest sehen müssen, was hereinkam.«

Es fühlte sich komisch an, ihn von Monsieur Bonnet reden zu hören, ihrem Benoit, der noch an diesem Vormittag nackt in einem Bett neben ihr gelegen hatte. Als sie es auf diese Weise betrachtete, als befände sie sich mitten in einer Art Geheimnis, fühlte sie sich mit einem Mal mächtig.

»Oh, wirklich? Was war es?«

Dicker Zigarettenrauch umhüllte sie, als Alex sich erhob und ihr mit einer Handbewegung zu verstehen gab, ihm zu folgen. »Nicht hier.« Nachdem er sich aus dem Innenhof und von den Menschen, die sie womöglich belauschen könnten, entfernt hatte, folgte sie ihm und ließ sich genau wie er auf dem Zaunübertritt nieder, der den Beginn des Pfads hinunter zum Fluss markierte, wo sie mit Amélie immer schwamm. Aus seiner Gesäßtasche zog er ein Polaroid heraus.

»Was ist das?«, fragte sie und nahm es ihm aus der Hand.

»Er hat sie auf seiner Reise nach Paris bekommen. Man kennt sie unter dem Namen Klinkosch-Schatulle. Sagt dir das etwas?«

»Nein«, erwiderte Frances. Die Schatulle war aus Metall, silbern und mit Putten und Filigranarbeiten verziert. Der Boden der Schatulle war so gegossen, dass er züngelnden Flammen ähnelte.

»Nun, sie ist seit dem Zweiten Weltkrieg verschollen. Dieses Foto beweist ihre Existenz. Sieh dir das Datum an!« Neben der Schatulle lag eine Zeitung, die aus dem vergangenen Monat stammte. »Monsieur Bonnet sucht seit Jahren nach diesem Schmuckstück. Jetzt ist sie gefunden worden. Auf dem freien Markt ist sie Tausende Francs wert.«

»Dann wird er sie wohl verkaufen?«, fragte Frances und wedelte mit der Fotografie.

»Nein. Es ist fast unmöglich, sie zu veräußern.«

»Warum will er sie dann haben?«

Er zuckte mit den Schultern. »Ich schätze, weil sie ihm gehört. Dieses Schmuckstück ist nach Hause gekommen. Du musst verstehen, als …«, begann er, bevor er unterbrochen wurde.

»Was tut ihr da?« Der Klang von Amélies Stimme überraschte sie beide. Verstohlen deutete Alex auf das Foto und dann auf ihre Tasche, woraufhin Frances es hastig einsteckte. *»Was versteckt ihr euch hier unten am Fluss?«*, fragte Amélie, während sie sich ihnen näherte. Sobald sie in Gesellschaft waren, verfiel Amélie immer in ihre Muttersprache. Größtenteils konnte Frances ihr folgen, aber sie sorgte sich immer, etwas zu verpassen. *»Hoffentlich nicht vor mir.«*

»Natürlich nicht vor dir«, erwiderte Alex weiterhin auf Englisch. »Warum sollten wir?«

Amélie erreichte Alex und lächelte. »Oh, keine Ahnung. *Sauf si vous avez un secret?«* Frances hatte tatsächlich ein Geheimnis. Doch sie biss sich auf die Lippe, und es gelang ihr gerade noch, nicht breit zu grinsen.

»Amélie, *nous ne sommes pas des enfants*«, sagte Alex. »Nur Kinder hüten Geheimnisse. Wir haben uns nur unterhalten.«

»Hm«, schnaubte Amélie verächtlich. »Dafür ist es zu heiß. Im Grunde ist es für alles zu heiß außer zum Schwimmen.«

»Du willst schwimmen gehen? Vielleicht bist *du* noch ein

Kind«, entgegnete Alex und verdrehte die Augen. Frances fragte sich verwundert, wann die beiden sich angefreundet hatten. Erst vor wenigen Tagen hatte Amélie Alex doch überhaupt erst kennengelernt. »Du musst verrückt sein. Der Pool ist zu weit weg, und ich habe kein Auto.«

»Ah, aber dort, wo ich schwimmen will, brauchst du kein Auto«, sagte Amélie und schlüpfte aus ihren Sandalen. »Wie du siehst, Alex, hast du unrecht. Wir haben alle Geheimnisse, selbst Frances, *non*? Und ich wette, Frances ist kein Kind mehr, stimmt's, Frances?«

»Amélie«, entrüstete sich Frances. Heiße Schamesröte flutete ihre Wangen. Wusste Amélie, was sie getan hatte? Wie konnte sie es nur in Erfahrung gebracht haben?

Wenige Augenblicke später schlüpfte Amélie in den Schutz der Bäume. Doch kurz bevor sie außer Sichtweite war, beobachteten Frances und Alex, wie das Licht der Sonne auf ihrer gebräunten Haut funkelte, während sie sich das Kleid über den Kopf zog und ihr nackter Körper zum Vorschein kam. Knochen und Muskeln bewegten sich geschmeidig beim Gehen unter ihrer Haut, eine Verlockung und Selbstsicherheit in ihrem Gang, um die Frances sie beneidete.

»Wohin will sie?«, fragte Alex, der den Blick nicht von den Bäumen abwenden konnte, gelenkt von der Vorstellung von etwas, das ihm durch die Finger und außer Reichweite glitt.

»Zum Fluss«, sagte Frances. »Ich schätze, du sollst ihr folgen.«

Alex nickte und drehte sich zu Frances zurück. »Sollen wir gemeinsam hin?«

»Nein. Mir ist nicht nach Schwimmen zumute.« Alex ihren Körper zu zeigen war das Letzte, was sie heute wollte.

»Nun«, sagte Alex dann, den Blick auf den Boden gerichtet. »Ich muss nicht zu ihr.« Er streckte den Arm aus, und seine Finger berührten sanft ihre Haut. »Wir könnten woanders hingehen, zusammen, wenn du willst?«

»Nein, nein«, sagte sie und zog die Hand weg. »Geh du ruhig.« Die Art, wie er sie ansah, erinnerte sie an Benoit. Genau so hatte er sie beim Buchfestival angesehen, ihrer allerersten Begegnung, als gäbe es Dinge, die er sagen wollte, aber zu verunsichert war, sie tatsächlich laut auszusprechen. »Ich werde ein Nickerchen machen.«

Während sie auf dem Absatz kehrtmachte, um zum Haus zurückzuspazieren, spürte sie, dass Alex immer noch dort stand, unentschlossen, wem er folgen sollte. Da hielt Frances inne und drehte sich noch einmal um.

»Alex«, rief sie. »Was meintest du damit, dass die Schatulle nach Hause gekommen ist?«

»Ich meinte zurück zu Monsieur Bonnets Familie. Sie wurde ihnen geraubt, und jetzt hat er sie sich zurückgestohlen. Aber es muss ein Geheimnis bleiben, weil es viele Menschen gibt, die deshalb sehr unglücklich sind.«

»Wenn sie jetzt aber dort ist, wo sie hingehört, warum sind die Leute dann unglücklich?«

»Weil Besitz eine Sache der Perspektive ist, Frances. Nicht für Monsieur Bonnet, aber für andere Leute.« Ganz langsam näherte er sich den Bäumen. »Die Schatulle wird in seinem neuen Zuhause bleiben«, sagte er. »Er besitzt den Bauernhof gleich hier die Straße runter.«

»Ja«, sagte Frances und lächelte, als sie an das Foto in ihrer Tasche dachte. »Das wusste ich schon.«

Während sie sich eine Weile in ihrem Bett ausruhte, dachte sie über den Vormittag nach. Es war unmöglich, bei dem Gedanken an das, was sie getan hatte, nicht zu lächeln. Doch die Erinnerung an Amélie, die behauptet hatte, sie sei kein Kind mehr, ließ Besorgnis in ihr aufsteigen. Es war, als wüsste sie, was sie getan hatten, als stünde es ihr mitten ins Gesicht geschrieben oder strömte von ihr aus, der Geruch der für immer verlorenen Kindheit. Was, wenn andere Leute es herausfanden? Was, wenn ihre Tante die Wahrheit erfuhr? Sie würde ihr Steine in den Weg legen, damit sie ihn nicht mehr treffen konnte. Sie musste Amélie unbedingt fragen, was sie wusste.

Schweiß tropfte Frances den Körper hinab, als sie durch die Bäume zum Fluss hastete. Doch als sie am Ufer ankam – ihre Haut feucht und klamm, und Zikaden, die überall herumschwirrten –, waren Amélie und Alex nirgends zu sehen. Fest überzeugt, allein zu sein, zog sie sich das Kleid über den Kopf und schlüpfte ins Wasser.

Beim Schwimmen dachte sie an das Haus, die Brosche, die Benoit ihr geschenkt, und die Schatulle von dem Foto, das Alex ihr gezeigt hatte und das immer noch in ihrer Tasche war. Der Hauch eines Zweifels drängte sich immer noch ganz hinten in ihrem Bewusstsein, aber diesmal ging es nicht um Benoits Verbleib. Diesmal ging es um ihre eigene Lüge.

Wir haben alle Geheimnisse, selbst Frances, non?

Was würde Benoit tun, wenn er sie bei ihrer Lüge ertappte? Ihr wahres Alter. Er hielt sie für neunzehn, fast zwanzig, aber sie war kürzlich erst sechzehn geworden. Es war nur eine Zahl, ermahnte sie sich. Doch wenn das der Fall war, warum hatte sie es dann geheim gehalten?

Vorhin, als ihre Körper miteinander verschmolzen gewesen waren, hatte er ihr ins Ohr geflüstert, dass er nie genug von ihr würde haben können. Schließlich hatte sie gesagt: »Ich gehöre dir, Benoit«, und sie hatte gespürt, wie er sie daraufhin fester packte. »Sag das noch mal«, hatte er sie angefleht, weshalb sie es getan hatte, immer und immer wieder, bis sie beide außer Atem waren. *Ich gehöre dir, ich gehöre dir, ich gehöre dir.*

Danach, als sein Körper immer noch auf ihrem lag, hatte er ihr leise zugeraunt, dass wenn er morgens erwachte, es ihr Gesicht sei, das er sich neben seinem wünschte. »Du bist mein Ein und Alles, Frances. Meine größte Liebe und mein schwerstes Geheimnis.«

Als sie unter Wasser tauchte, spürte sie die Kälte überall um sich herum. Versunken, ein Kaleidoskop an Licht, das durch die Oberfläche zu ihrer Haut flackerte, schwoll ihr Atem in ihrer Brust an. Nachdem sie es nicht länger aushielt, brach sie aus dem Wasser, schleppte sich, nach Luft japsend, aus dem Fluss und barg das Gesicht im Gras. Vielleicht spielte das Alter keine Rolle, denn die Dinge waren jetzt ernst, jawohl. Sie konnten nicht realer als das hier werden.

Dumme, dumme Amélie.

Dreizehntes Kapitel

An jenem Nachmittag, während der Donner am Himmel grollte und Blitze die Umrisse der Wolken aufflammen ließen, fand Harry zwei weitere Nachrichten von Mr. Lewisham auf dem Anrufbeantworter vor. Der Auftrag war klar, er sollte die Papiere so schnell wie möglich unterschreiben. Es gab auch drei weitere Nachrichten, jede von Tabitha, die er sofort löschte, als er ihre Stimme vernahm, ohne zuzuhören, was sie zu sagen hatte. Er musste es ausblenden, den Schmerz, den Verrat, die Torheit. Wie hatte er nur so dumm sein können?

Eigentlich wollte er nichts weiter als schlafen, in diese Leere zwischen Leben und Bewusstlosigkeit gleiten, wo er nicht über ihr Verhalten nachdenken musste. Doch jedes Mal, wenn er die Augen schloss, sah er ihr Gesicht, weshalb es unmöglich war, zur Ruhe zu kommen. Erst jetzt, als er in dem freigeräumten Zimmer auf und ab schritt, erkannte er die Lächerlichkeit dessen, was er zu hoffen begonnen hatte. Obwohl sie versucht hatte, ihm weiszumachen, dass sie immer noch Gefühle für ihn hegte, hatte es für ihn keinen Sinn ergeben. Zu glauben, sie könnte ihn tatsächlich lieben, war ihm selbst im besten aller Fälle schwergefallen. Hatte er wirklich geglaubt, sie wäre nach zehn Jahren aufgetaucht, um ihm zu helfen? Was sie getan hatte, war nachvollziehbar, das begriff er nun.

Kurz gesagt, es war genau das, was er verdiente, immerhin hatte er ihr die Zukunft gestohlen, von der sie damals geglaubt hatte, sie läge vor ihnen.

Knöchel, die gegen seine Tür hämmerten, weckten ihn aus seinen Grübeleien. Draußen vor einem Hintergrund von grauen Wolken sah er Elsie von nebenan, unter einem Regenschirm.

»Dürfte ich dich um einen klitzekleinen Gefallen bitten, Harry?«

Es passte ihm gerade gar nicht in den Kram. Er war nicht in der richtigen Gemütsverfassung, und sein Seufzen verriet ihn natürlich. »Na klar«, sagte er dennoch und griff hinter sich nach seinem Mantel. Dann trat er nach draußen in den feinen Nieselregen. »Überhaupt kein Problem. Was kann ich denn für dich tun?«

Eine halbe Stunde später saß er in Elsies zweitem Sessel und trank eine Tasse Tee, ein Handtuch um den Hals, da die tropfende Leitung sich als größeres Problem als zuerst angenommen herausgestellt hatte. Die Schultern seines T-Shirts waren klitschnass. Das Wasser war am Haupthahn abgestellt und ein Klempner auf dem Weg.

»Es tut mir so leid«, sagte sie und reichte ihm etwas Gebäck. Er bediente sich, nahm einen der Doppelkekse mit Vanillecremefüllung und einem leicht scharfen Nachgeschmack, da er sich die Dose mit den Ingwernüssen geteilt hatte. »Ich habe nicht geglaubt, dass das Ding einfach auseinanderbricht.« Die Leitungen waren verrostet und bröckelten allmählich auseinander. Er hätte es besser wissen müssen, als den Versuch zu unternehmen, das Verbindungsstück festzuziehen. Das war die Sache mit diesen alten Cottages, und allein aus diesem Grund sollte er froh sein, das Häuschen seiner Mutter bald loszuwerden. Es gab immer etwas, das repariert oder ersetzt werden musste.

»Das ist schon in Ordnung«, sagte er und stellte seinen Tee ab. Während er den Blick durch das kleine Zimmer schweifen ließ, kam es ihm vor, als spähe er in die Vergangenheit, der Teppich rosa und abgetreten, die Möbel aus der Mitte des Jahrhunderts und völlig aus der Zeit gefallen. Auf einer Kommode in der Nähe sah er eine Sammlung an gerahmten Fotografien. Mit wenigen Schritten war er dort und hob einen Rahmen hoch. Konnte das wirklich wahr sein?

»Was für ein lieber, properer Junge du damals gewesen bist«, flüsterte Elsie.

»Bin das ich?«, fragte er, obwohl er die Antwort bereits kannte. Elsie nickte für den Fall, dass eine weitere Bestätigung vonnöten war. Er war schon x-mal in ihrem Haus gewesen, immer wegen einer kleinen Aufgabe, die es zu erledigen galt. Kein einziges Mal war ihm das Foto aufgefallen. »Du kanntest mich damals, bevor sie mich weggegeben hat?«

»Ja, und du warst mein Sonnenschein! Als du und deine Mutter verschwunden seid, war ich am Boden zerstört und habe dich schrecklich vermisst. Mein Alf war in dem Jahr vor deiner Geburt gestorben, und deine Großeltern waren immer so gut zu mir gewesen, Gott hab sie selig. Ich habe es geliebt, deiner Mutter unter die Arme zu greifen, als du auf die Welt kamst. Sie hatte mit Stimmungsschwankungen zu kämpfen. Damals haben wir es Trübsal blasen genannt, aber gemeinsam haben wir es geschafft, diese Zeiten durchzustehen.«

»Was war mit meinem Vater?«

»Ich habe sie nie danach gefragt, und sie hat es mir nie erzählt. So war das damals, man hat die Dinge einfach unter den Teppich gekehrt. In meiner Generation hat man es so gehandhabt. Doch als sie zurückkam, habe ich mich nach dir erkundigt. Ich wollte unbedingt wissen, wo du steckst. Allerdings habe ich nie eine richtige Antwort erhalten, was mit dir geschehen ist, aber ich hatte meine Vermutung. Ich nahm an, du wärst von einer anderen Familie adoptiert worden, dass sie es allein nicht hinbekommen hat. Als du vor zehn Jahren wieder aufgetaucht bist, nun, da konnte ich es kaum glauben. Wer hätte gedacht, dass der nette Hilfspfleger aus dem *River View*-Pflegeheim der kleine Knirps war, den ich gebadet und dem ich die Windeln gewechselt habe?«

»Warum hast du nie etwas gesagt?«, fragte er und setzte sich wieder.

»Deine Mutter hat mich darum gebeten. Ich glaube, für sie war es nicht einfach, zurückzublicken und sich ihren Fehlern der Vergangenheit zu stellen. Das Einzige, worüber sie ständig sprach, war, dass sie die Sache mit deinem Mädchen zerstört hatte. Sie wollte versuchen, die Dinge wieder geradezubiegen, und meinte, sie sei überzeugt, Tabitha sei genau die Richtige, um dir zu helfen. Sie hatte schreckliche Gewissensbisse, weil du die Beziehung mit ihr beendet hattest. Nachdem sich dieses Blutgerinnsel in ihrem Bein gebildet hatte, war es fast so, als wüsste sie, wie die Sache enden würde, und, na ja, sie wollte sichergehen, dass du die Wahrheit erfährst, was auch immer sie ist. Sie wollte dich und Tabitha wieder zusammenbringen. Deshalb hat sie mir auch diesen Brief gegeben, den ich liebend gern für sie zur Post gebracht habe.«

»Das warst du, die den Brief an Tabitha aufgegeben hat?«

»Das Mindeste, was ich tun konnte, oder nicht? Nach Alfs Tod haben deine Mutter und du mir einen Grund zum Weiterleben gegeben. Ich wünschte nur, ich hätte mehr tun können, um ihr zu helfen, wirklich. Ich war ganz aus dem Häuschen, als ich Tabitha neulich hier gesehen habe.«

»Ja«, sagte er und dachte an ihren Streit vom Nachmittag. »Ich bin mir nicht sicher, ob sie zurückkommt.«

»Wohin ist sie gegangen?«

»Nach Hause zu ihrem Ehemann. Sie hatte ihn mir verschwiegen.«

»Oh, das tut mir leid, mein Lieber.«

»Es ist nicht nur das. Ich hatte ihr ein paar Dinge gegeben, die sie schätzen lassen wollte, und sie hat sie verpfändet. Sie behauptet nun, es wäre nicht ihre Schuld, aber ich weiß nicht so recht.«

»Wenn du mich fragst, hat sie auf mich wie eine zauberhafte junge Frau gewirkt. Bist du sicher, dass es kein Missverständnis sein könnte? Sie ist verheiratet, aber sie war trotzdem hier. Wie hat sie das erklärt?«

»Ich habe ihr nicht wirklich die Chance gegeben, sich zu rechtfertigen.«

»Oh, Harry. Manchmal geht einem die Wahrheit nicht so leicht über die Lippen.«

»Nun, wie dem auch sei.« Bei dem Gedanken, dass Elsie vielleicht recht haben könnte, versuchte Harry, die Sache zu beschleunigen. Eine noch wichtigere Frage lag ihm auf dem Herzen. »Hm, hat sie …«, setzte er an und nickte zur Fotografie, bevor er erkannte, dass er nicht wusste, wie er die Frage stellen sollte.

»Hat sie was?«, hakte Elsie nach.

»Hat sie dir jemals verraten, warum sie mich weggegeben hat?«

Elsie schüttelte den Kopf. »Ich habe sie gefragt. Ich habe ihr sogar meine Hilfe angeboten, dich zurückzubekommen, und ihr vorgeschlagen, ihr könntet beide bei mir einziehen, aber sie meinte, sie könnte dich nicht hierherholen, weil jemand nach ihr sucht. Es auf irgendetwas abgesehen hat.«

»Auf was denn?«

»Das weiß ich nicht genau, aber sie sagte, es sei eine Art Kassette. Damals habe ich das nicht wirklich verstanden.« Die Klinkosch-Schatulle? War seine Mutter damit auf der Flucht gewesen? »Ich weiß nicht, ob sie in Schwierigkeiten gesteckt hat. Manchmal haben ihre Worte keinen rechten Sinn ergeben. Sie hat immer nur gesagt, sie müsse dich beschützen. Aber sie war eine gute Mutter, Harry, zumindest am Anfang.«

»Und du glaubst, sie hat mich geliebt? Als ich ein Baby war, meine ich. Du glaubst, ich war ihr wichtig?«

»Harry, mein Lieber«, erwiderte sie und tätschelte ihm das Knie. »Deine Mutter hat dich mehr als alles andere auf der Welt geliebt.«

Nachdem der Installateur gekommen und die Situation wieder unter Kontrolle gebracht hatte, kehrte Harry in sein Cottage zurück. Es war sonderbar, aber je mehr Beweise er sammelte, dass er seiner Mutter am Herzen gelegen hatte, desto weniger wollte er ohne sie dort wohnen. Er nahm den Hörer und wählte Mr. Lewishams Nummer, bevor er seine Meinung noch einmal ändern konnte. Das Telefon klingelte professionell zweimal durch, bevor jemand abhob.

»Anwaltsbüro Lewisham und Beale, Pamela am Apparat.«

»Ich würde bitte gern mit Mr. Lewisham sprechen.«

»Es tut mir leid, aber er ist gerade unabkömmlich. Soll ich einen Termin bei uns im Büro vereinbaren?«

»Ja. Ich müsste vorbeikommen und ein paar Dokumente unterzeichnen.«

Während einer kurzen Redepause hörte er sie Seiten durchblättern. »Nun, sein Terminkalender ist die nächsten paar Tage sehr voll, aber ich könnte Ihnen einen Termin nächsten Dienstag anbieten.«

Er seufzte, ohne sich darum zu kümmern, dass es am anderen Ende der Leitung gewiss zu hören war. Der Termin war viel zu weit weg. Er musste dieses Cottage überschreiben und loswerden, und zwar je früher, desto besser. Zwischen jetzt und Dienstag lag ein ganzes Wochenende. Vor Dienstag hätte er noch tausendmal Zeit, die Nerven zu verlieren.

»Nein, das passt mir gar nicht. Es muss heute sein.«

Noch mehr blättern. »Nun, es tut mir leid, das ist wirklich unmöglich. Die früheste Lücke, in die ich Sie hineinquetschen könnte, ist der Dienstag, notfalls vielleicht Montagnachmittag, aber das muss ich mit Mr. Lewisham persönlich besprechen. Es tut mir leid, Sir«, sagte sie, und ihre Stimme nahm einen strengen Tonfall an, als habe sie seine Beschwerde vorhergesehen, »aber das ist alles, was ich für Sie tun kann.«

Harry nahm den provisorischen Montagtermin und bereitete sich eine Tasse Tee zu. Das war der Moment, als er eine weitere von Tabithas Notizen am Kühlschrank bemerkte. Der Anblick rammte ihm ein Messer ins Herz, raubte ihm den Atem. Der Beweis, dass sie einmal hier gewesen und jetzt fort war, ließ ihn als umso einsameren Mann zurück, und der Kampf in seinem Innersten spritzte aus ihm heraus wie Wasser aus einem geborstenen Damm. So sehr er auch den Blick abwenden und vorgeben wollte, die Nachricht wäre überhaupt nicht da, konnte er, sobald er von ihrer Existenz wusste, an nichts anderes mehr denken. Hastig riss er die Notiz von der Tür und zwang sich, die Worte zu lesen, die sie geschrieben hatte. *Du siehst immer noch süß aus, wenn du schläfst.* Das Papier zerknitterte in seiner Hand wie ein getrocknetes Blatt, und er schleuderte es zu Boden, als er ins Freie schlüpfte. Eine kühle Brise strich sanft über seine Haut, während Wolken über ihm hinwegglitten. Nachdem er seinen Becher Tee auf dem Boden abgestellt hatte, nahm er eine seiner Tauben heraus und beobachtete die anderen, die in dem Verschlag herumflatterten.

Seine Vögel waren im Lauf der vergangenen zehn Jahre

eine der wenigen Freuden in seinem Leben gewesen, und dennoch schämte er sich nun bei ihrem Anblick für ihre Gefangenschaft. Gewiss, sie wirkten recht glücklich, gurrten leise, genau, wie er es erwartete, und pickten die Körner auf, wenn er ihnen ihr Essen gab. Doch obwohl er es nur sehr ungern zugab, hatte Tabitha recht. Es war nicht fair, sie zu behalten. Sie gehörten nicht in einen Käfig. Tabitha wollte, dass er sie freiließ, hatte ihm erklärt, dass alle Vögel nach Freiheit strebten. Jetzt hatte er das Gefühl, es vielleicht nachvollziehen zu können, denn zum ersten Mal in seinem Leben erkannte er, dass auch er das wollte. Wie nie zuvor wollte er sämtliche Ketten, die ihn zurückhielten, abschütteln. Als Harry zu dem kleinen Vogel hinabstarrte, dessen Knopfaugen weit aufgerissen und wachsam waren, fragte er sich, wie der Vogel sich wohl fühlen würde, wenn er ihm die Freiheit schenkte. Würde er es als Verlust empfinden, oder hätte er stattdessen etwas hinzugewonnen? Nachdem er ihm einen Kuss auf den Kopf gedrückt hatte, setzte er den Vogel auf den feuchten Boden.

»Dann mal los«, sagte er und beobachtete, wie das Tier gemächlich herumtrottete und auf der Erde pickte. Mit sanften Fingern gab Harry der Taube behutsam einen Schubs. »Flieg weg, wenn du willst.« Der Vogel pickte einfach weiter, ohne Anstalten zu machen, das Weite zu suchen. Schließlich sammelte Harry ihn wieder ein und brachte ihn zum Käfig zurück. Vielleicht gab es für alles eine Zeit und einen Ort, und selbst Vögel müssten sich innerlich bereitmachen, um ihre Freiheit zu akzeptieren.

In zwei riesigen Schlucken trank er seinen Tee und kehrte

wie ein Kämpfer, bereit für die Konfrontation, ins Haus zurück. »Na schön«, sagte er zu sich selbst. »Genug ist genug.« Er schnappte sich zwei Rollen schwarzer Müllsäcke, die Tabitha mitgebracht hatte, und angefangen mit dem restlichen Haufen im Wohnzimmer begann er, alles, was er finden konnte, in die Säcke zu stopfen: Kleidung, alte Fotos, Schwarz-Weiß-Bilder von Menschen, die er nicht kannte und bei denen er sich verbot, auch nur eine Sekunde über sie nachzudenken. Endlose Kisten mit Kinderspielzeug. Puppen. Küchenutensilien. Schallplatten. Alles würde im Müll landen, jeder noch so kleine Schnipsel. Nur ein einziges Mal, als er zufällig auf ein Foto von sich selbst stieß, auf dem er höchstens drei Jahre alt war und im Schnee saß vor einem Witz von einem Iglu im Hintergrund, hielt er kurz inne, um es sich genauer anzusehen. Es war seine Erinnerung, nun mit einem Beweis untermauert. Oder etwa nicht? Er war allein auf dem Bild, aber irgendjemand hatte dieses Foto geschossen. Seine Mutter vielleicht? Hatten sie das Iglu zusammen gebaut? Einen Moment lang genoss er die Zuverlässigkeit seines Gedächtnisses, die Bilder, die in seinem Kopf gespeichert waren, bevor er das Foto in die Akte schob, die Mr. Bradbury ihm vorbeigebracht hatte.

Als er schließlich fertig war, hatte er zwanzig schwarze Müllsäcke im Gang gestapelt. Bei der Erinnerung an Steven Bradburys Worte wegen des Kamins griff er sogar in den Abzug, fand jedoch abgesehen von ein paar Fotografien und Papierfetzen nichts versteckt. Nachdem er auch die Hälfte der Treppe freigelegt hatte, veränderten sich die

Lichtverhältnisse im Haus und es roch irgendwie frischer, eher künstlich und nach Plastik anstatt dem Gestank von hartnäckiger Fäulnis. Es gab noch viel zu tun, das wusste er, aber er hatte einen riesigen Satz gemacht. Dank seiner distanzierten Gleichgültigkeit ging ihm die Arbeit nun schnell von der Hand, doch er wusste auch, dass das Ausräumen des Hauses nur ein kleiner Schritt wäre. Es ganz hinter sich zu lassen wäre eine ganz andere Sache.

Nachdem er seine Autoschlüssel unter einer Kiste mit alten Schallplatten wiedergefunden hatte, fuhr er fünfmal zum Wertstoffhof und hievte gut zwanzig bis dreißig Müllsäcke in die Container, ohne sich wegen ihres Inhalts wirklich Gedanken zu machen. Allerdings war er so gut wie sicher, dass sich die Klinkosch-Schatulle nicht irgendwo zwischen dem weggeworfenen Trödel befand. Doch selbst wenn, welchen Unterschied würde es schon machen? Es war dringend nötig, sich des Mühlsteins um seinen Hals, immer an Dingen festzuhalten, die nie wirklich ihm gehörten, zu entledigen, seien es nun Gegenstände oder Zuneigung und Liebe. Genau in diesem Augenblick schwor er sich, nie wieder den Versuch zu unternehmen, einen anderen Menschen an sich zu binden. Indem er seinem vollen Ärger freien Lauf ließ, erkannte er, wie aufgebracht er wegen Tabithas Taten war. Dass sie seine Halsketten gestohlen und ihn überzeugt hatte, ihnen wäre eine zweite Chance vergönnt. Wie war es möglich, dass so viel Wut und gleichzeitig so viel Schmerz in ihm steckten? Vielleicht, dachte er, waren es nur zwei Seiten derselben Medaille.

Da er später keinen Schlaf fand, zog er schließlich die Akte heraus, die Mr. Bradbury ihm gebracht hatte. Er hatte sie bereits einmal durchgeblättert, sie aber nicht richtig gelesen. In Wahrheit fühlte er sich überwältigt von den Informationen in den Dokumenten, all diesen Briefen und Berichten, die ohne sein Wissen über ihn verfasst worden waren, zu einer Zeit in seinem Leben, an die er sich kaum erinnern konnte.

Das Sonderbare an der Sache war, dachte er sich im Stillen, während er das Schnee-Foto betrachtete, das nach ganz vorne in die Akte gerutscht war, dass sämtliche Belege, die er von seinem Leben mit seiner Mutter besaß, bevor sie ihn verlassen hatte, im deutlichen Widerspruch zu dem standen, was in diesen Dokumenten geschrieben war. Wenn er den Blick in die Vergangenheit richtete, erinnerte er sich an andere Momente aus dieser Zeit, die sie gemeinsam verbracht hatten. Momente, in denen sie in der Küche lachte und ihn nachts in den Arm nahm, wenn er aus einem Traum aufgeschreckt war. Zusammen Bötchen auf dem Fluss fuhren und eine kleine Entenfamilie fütterten. Liebevolle Dinge, die sie gemeinsam unternommen hatten. Und es gab viele Fotografien, die er kürzlich in diesem Chaos gefunden hatte und die jene Zeit bezeugten, einschließlich die auf Elsies Kommode. Warum hatte sie ihn dann verlassen? In der Akte lag auch eine Nachrichtenmeldung über den kleinen Jungen, der auf einer Bank gefunden worden war. EINE NATION UNTER SCHOCK lautete die Schlagzeile eines ausgeschnittenen Zeitungsartikels. Eine Suche nach der Mutter war erfolgt, und dann hatte jemand Harry wiedererkannt und Frances war kurz darauf aufgespürt worden. Die Briefe in der Akte verrieten ihm, dass während das Jugendamt alles versucht hatte, um ihr zu helfen, und sogar den Vorschlag unterbreitet hatte, sie könnte mit etwas Unterstützung von außen das Sorgerecht für ihren Sohn zurückerhalten, sie sich von ihrem Standpunkt nicht abbringen ließ: Er durfte und sollte unter keinen Umständen bei ihr leben. Weder eine Erklärung noch ein Grund waren angegeben worden.

Dies waren nicht die Antworten, die seine Mutter in ihrem Brief versprochen hatte.

Doch die Akte beinhaltete noch mehr. Als er die Seite umblätterte, sah er einen Brief, eine Adresse in Frankreich. Beim Lesen der Worte konnte er es kaum glauben. Der Brief war von einer Tante seiner Mutter geschrieben worden, und sie hatte die britischen Behörden angefleht, sich um ihren Großneffen kümmern zu dürfen. Einen Moment lang musste er die Akte weglegen, aufstehen und zum Fenster gehen. Er hatte eine Familie? Eine Familie in Frankreich, die er sein Eigen nennen durfte, und die ihn die ganze Zeit über gewollt hatte? Nachdem er sich eine Träne aus den Augenwinkeln gewischt hatte, nahm er mit abgehacktem Atem und trockenem Mund die Akte wieder zur Hand und ging die restlichen Seiten flüchtig durch. Es gab Fotos von Menschen, die er nicht kannte, ein Gehöft, das sein Zuhause hätte sein können, und das Angebot eines Lebens, das ihm nie vergönnt gewesen war.

Während er die Informationen überflog, fand er den Namen des Hauses, das seiner Großtante gehörte. Es war ein Künstlerretreat, das *La Muse* hieß. Hastig schnappte er sich sein Handy, tippte den Namen hinein und nur wenige Sekunden später sah er dasselbe Bauernhaus, immer noch in Betrieb, und genau dort, unter *Unsere Kontaktdaten*, stand eine Telefonnummer.

Ohne groß zu überlegen, hatte er die Nummer bereits in sein Handy getippt und fragte sich gleichzeitig, ob er das Richtige tat, war jedoch nicht in der Lage, etwas anderes zu tun. Es war nicht Mut, der ihn als solches antrieb, mehr ein Überlebensinstinkt, als würde er in Richtung der Wasseroberfläche schwimmen, obwohl er in der Strömung gefangen war, weil die einzige Alternative das sichere Ertrinken war. Ein fremdartiger Ton hallte in seinen Ohren wider und dann, nach ein paar Mal klingeln, hob jemand ab. Es dauerte einen Moment, bevor die Person etwas sagte, wobei sie sich mehrfach räusperte.

»Guten Tag, hier das Künstlerretreat *La Muse*.« Nichts war geplant, und es verschlug ihm die Sprache. Was sollte er jetzt sagen? Einfach mit der Tür ins Haus fallen oder um den heißen Brei herumreden? Seine Entschlossenheit hatte ihn, wie es schien, nur bis hierher gebracht. »Hallo, ist da jemand?«

»Hallo«, sagte Harry schließlich und nahm all seinen Mut zusammen, um das zu tun, was nötig war. »Spreche ich mit Henrietta Durand?«

»Am Apparat. Und wer will das wissen?«

»Äh, mein Name ist Harry Langley, und ich rufe wegen …«, setzte er an, doch sie fiel ihm sofort ins Wort.

»Was haben Sie gesagt? Ihren Namen, meine ich. Habe

ich Sie vielleicht falsch verstanden? Sagten Sie, Ihr Name sei Harry Langley?«

Ihre Stimme hatte sich verändert, ihr Atem kam stoßweise. »Ganz genau. Ich rufe an, weil ich glaube, dass wir verwandt sein könnten. Ich bin Frances' Sohn.«

»Oh du meine Güte«, schrie sie, bevor sie in die Sprechmuschel schniefte. »Harry? Bist das wirklich du? Oh, ich kann es nicht glauben, nach all den Jahren haben wir dich endlich gefunden!«

Bei diesen Worten konnte sich auch Harry nicht mehr zurückhalten. Seine Tränen kamen wieder hoch, zusammen mit der Erkenntnis, dass obwohl er von der Existenz seiner Großtante nie etwas gewusst hatte, sie die ganze Zeit über auf ihn gewartet hatte.

Auch wenn sein Schlaf immer wieder von lebhaften Träumen unterbrochen wurde, in denen er unter Bücherbergen und staubigen Papieren begraben war, dauerte es am nächsten Morgen, bis er das Klappern des Briefschlitzes hörte und ruckartig in die Höhe fuhr. Das Zimmer war heller als in seiner Erinnerung, die Fenster boten dem Licht einen unverbauten Weg ins Innere. Die Gewitterwolken vom gestrigen Abend hatten sich aufgelöst, und er kroch unter der Decke hervor, die Akte vorsichtig beiseiteschiebend, immer noch ein Lächeln im Gesicht wegen dem, was er entdeckt, und wegen der Hoffnung und der Pläne, die er geschmiedet hatte. Als er sich aufrappelte und die freie Fläche sah, die schiere Weite des Zimmers, konnte er kaum glauben, was er tags zuvor geschafft hatte. Manchmal war die beste

Lösung, nach vorne zu schauen und einfach über nichts nachzudenken. Während er durch den fast leeren Gang schritt, sah er einen einzigen Briefumschlag, der auf einer der Taschen gelandet war. Harry bückte sich und hob den an ihn adressierten Brief auf.

Zurück im Wohnzimmer starrte er ihn eine Weile an und versuchte, Informationen aus dem unleserlichen Poststempel zu ermitteln, aber ohne Erfolg. Das letzte Mal, als er Post erhalten hatte, war eine Kette an Ereignissen ins Rollen gebracht worden, und wenn er ehrlich war, fürchtete er sich, was dieser Brief bewirken könnte. Nach einem tiefen Atemzug bohrte er schließlich den Finger in die Ecke des gut verschlossenen Umschlags und schaffte es, ihn zu öffnen. Im Innern lagen statt eines Briefs mehrere kleine Gegenstände, weshalb er ihn auf die Seite drehte und alles herausschüttelte. Acht Rechtecke mit verknitterten Eselsohren und einem leicht muffigen Geruch fielen ihm in den Schoß.

Er nahm das erste, gefolgt von allen anderen, und erkannte, dass es sich um Sticker handelte, mit den Gesichtern der Fußballer seiner Jugend, die zu ihm zurückstarrten. Zuerst ergab es keinen Sinn, doch dann erinnerte er sich an das Sammelalbum, das er zur sicheren Verwahrung weggelegt hatte. Da überkam ihn ein jähes Gefühl der Angst, und der Gedanke traf ihn, er könnte es vielleicht tags zuvor weggeworfen haben. Er krabbelte zu seinem Schlafplatz, da er sich erinnerte, es unter seine provisorische Matratze gestopft zu haben, wo er verzweifelt danach suchte und es zu seiner Erleichterung genau an der Stelle fand, an die er es gelegt hatte. Während er die Seiten durchblätterte, erkannte er, dass jeder Sticker ein leeres Rechteck in dem Album füllte. Als er die letzte Seite erreicht hatte, war das Heft vollständig. Dennoch konnte er sich keinen Reim darauf machen, weshalb er den Briefumschlag noch einmal zur Hand nahm und nach einer Antwort suchte. Und die fand er auch, eine kleine handgeschriebene Notiz, die beim ersten Öffnen nicht aus dem Umschlag gerutscht war. Nachdem er den Brief auseinandergefaltet hatte, las er die Worte. *Es ist nie zu spät, sich seine Träume zu erfüllen. Vielleicht können wir einander dabei helfen. Danke für das Dach über dem Kopf. Tabitha.*

Es ergab keinen Sinn, wenn es vor dem Hintergrund dessen gelesen wurde, was vor ein paar Tagen passiert war. Wie konnte sie ein solches Versprechen geben, solche Dankbarkeit ausdrücken, wenn sie die ganze Zeit über wusste, dass sie die Halsketten bei einem Pfandleiher zu Geld gemacht hatte? Wie konnte sie anbieten, ihre Träume gemeinsam zu erfüllen, wenn sie die ganze Zeit über wusste, dass sie allein wegen der Wertsachen hier gewesen war? Er dachte an ihre Bereitwilligkeit, bei ihm zu bleiben, an den Ehemann, von dem er nichts gewusst hatte. An die Liebenswürdigkeit, die sie ihm gegenüber an den Tag gelegt, die Umarmung, als er ihr von seiner Vergangenheit erzählt hatte. Dieser Kuss, den sie ihm auf den Hals gegeben hatte und den er so unbedingt hatte erwidern wollen; und wie verraten er sich beim Anblick des Schmucks seiner Mutter, der dort in dem Laden zum Verkauf ausgestellt gewesen war, gefühlt hatte. Diese kleinen Nachrichten am Kühlschrank und neben seiner Trompete und auf seinem Kissen, die im völligen Widerspruch zu der Wahrheit standen, die er doch aufgedeckt hatte. Ihre Botschaften hatten ihm das Gefühl vermittelt, als wäre er zurück in die Vergangenheit gereist. Sie hatte ihm so viel Raum zum Reden gelassen, und doch hatte er, als er den Schmuck im Schaufenster sah, ihr keine Sekunde für eine Erklärung gegeben. Wie konnte sie all das getan haben, wenn sie wusste, dass sie die Halsketten gestohlen und zum Pfandleiher gebracht hatte? Es gab nur eine Erklärung.

Sie hatte es nicht getan.

Während er die Nachricht immer und immer wieder las, erkannte er, dass die Worte nicht nur ein Versprechen waren, sondern ein Versprechen, für das es keinen Grund gab, außer Tabitha meinte es wirklich ernst. Der Kauf dieser alten Sticker und das Verschicken per Post bedeuteten, dass selbst wenn sie nicht bei ihm war, sie immer noch an ihn dachte, immer noch eine Zukunft plante, in der sie zusammen waren. Hoffnung gab es, wie es schien, an den unmöglichsten Orten, vielleicht sogar an solchen, die er bereits mehr als einmal abgeschrieben hatte.

Er musste es unbedingt wissen. Er musste Tabitha die Gelegenheit geben, ihm alles zu erklären. Im nächsten Moment hatte er sich bereits seine Autoschlüssel geschnappt und verließ das Haus auf der Suche nach etwas, von dem er hoffte, es nicht bereits verloren zu haben.

Vierzehntes Kapitel

Tabitha warf die Zwiebel in die Pfanne und beobachtete, wie sie sich von spitzen weißen Stücken in transparente goldene Splitter verwandelte. Der Geruch von heißem Fett brannte ihr in den Augen, während der Fernseher im Hintergrund rauschte, kaum zu vernehmen über das Zischen in der Pfanne. Durch den Lärm erhob sich Daniels Stimme, der den Moderator einer Gameshow beschimpfte, da er sich bei einer Antwort vertan hatte. Tabitha schaltete den Dunstabzug auf die höchste Stufe, um ihn gänzlich zu übertönen, und goss sich ein weiteres Glas Wein ein. Als sie unvermittelt ihr Spiegelbild auf der glänzenden Oberfläche der Haube sah, wurde ihre Aufmerksamkeit auf den blauen Fleck gelenkt, der ihren Wangenknochen dunkel färbte, sowie auf das leicht angeschwollene Auge. Obwohl es schon lang her war, dass er sie so fest geschlagen hatte – ein plötzlicher Ausbruch unkontrollierter Wut –, haftete dem Ganzen eine enttäuschende Vertrautheit an. In der Vergangenheit war es schon schlimmer gewesen, aber dieser Umstand sorgte nicht dafür, dass sie sich besser fühlte. Langsame, entschuldigende Schritte wurden lauter, und kurz darauf spürte sie seine Hände, die sich verhalten auf ihre Schultern legten.

Sanft, fast zärtlich arbeiteten seine Finger daran, Tabitha umzudrehen, bevor er ihr blaues Auge inspizierte, das er ihr am Abend zuvor verpasst hatte. Es hatte mit nichts weiter als einem kleinen Schubsen und Stoßen begonnen, von der Sorte, die sie leicht ignorieren konnte – vergessen, dass es jemals passiert war. Vielleicht ein Anrempeln mitten in einer Menschenmenge, bei dem sie sich verwundert fragte, ob es überhaupt stattgefunden hatte. Hätte sich dann nicht irgendjemand entschuldigt? Aber wann war es in echte Gewalt umgeschlagen? Schläge, die Spuren hinterließen? Es war unmöglich, den Anfangspunkt zu ermitteln, aber sie wusste, dass ihre Personalakte in der Arbeit mit Fehltagen und schlechten Ausreden gefüllt war. Dennoch war sie immer noch hier. Nachdem sie Harry verletzt hatte, wusste sie nicht, was sie tun sollte, außer zu dem zurückzukehren, was sie kannte.

Daniel klopfte leicht auf den äußeren Rand der Prellung, doch selbst die sanfte Berührung genügte, dass sie vor Schmerz das Gesicht verzog. »Tut mir leid«, sagte sie, als sie gezwungen war, vor ihm zurückzuweichen. »Es ist nur ein bisschen empfindlich, das ist alles.«

Tiefe Falten gruben sich in seine Stirn, und mit gepeinigter Miene schob er ihr das Haar aus dem Gesicht. Es war, als würde allein ihr Anblick ihm Höllenqualen bereiten, als wäre es eine *seiner* Rippen, die höchstwahrscheinlich gebrochen war.

»Ich war nur so verloren ohne dich, Tabitha«, flüsterte er. »Ich hatte mich derart in die Idee hineingesteigert, dass du nie wieder nach Hause kommst. Als ich dich dann gesehen habe, stand ich völlig neben mir.« Mit einem zustimmenden Nicken rang sie sich ein Lächeln ab. »Ich konnte mich einfach nicht mehr bremsen.«

»Ich sollte mich lieber wieder ums Essen kümmern«, sagte sie und drehte sich zurück zur Pfanne. Seine Gegenwart pulsierte hinter ihr, die Hitze seines Körpers zu nah an ihrem.

»Kann ich dir bei irgendwas helfen?«, fragte er.

»Du könntest die Paprika schneiden«, wisperte sie mit einem Lächeln. Sein Atem traf in einem warmen Schwall ihren Nacken, gefolgt von einem Kuss, der sie erstarren ließ. Doch dann löste sich sein Körper von ihrem, und endlich konnte sie wieder Luft holen. Manchmal fühlte es sich genau so an, nämlich dass sie sich ans Atmen erinnern musste, als wäre sie sich nicht mehr sicher, ob sie überhaupt noch am Leben war.

»Okay«, sagte er. »Siehst du?«, fuhr er mit dem Grinsen fort, das sie früher so attraktiv gefunden hatte. »Sieh nur, was für ein gutes Team wir abgeben.«

Wenn sie Hand in Hand arbeiteten und er ruhig und nüchtern war, konnte sie fast glauben, dass die Dinge wieder ins Lot kämen, falls sie blieb, und dieser Ort weiterhin ihr Zuhause sein konnte. Selbst nach dem, was am Abend zuvor geschehen war, befand sich doch alles, was sie besaß, hier, war dieser Ort der Beweis ihrer Existenz, ihr Revier. Was sie allmählich – bei jedem einzelnen Mal, das sie zurückkam – gelernt hatte, war, dass jeder nach einem Ort suchte, zu dem er gehörte. Wirklich allein zu sein war unerträglich, wider die menschliche Natur. Menschen sollten eigentlich Blätter eines mächtigen Baums formen, zu einer Familie gehören, einem Rudel, ein Teil von einem größeren, komplizierteren Bild sein.

Nach einer ruhelosen Nacht bereitete sie sich eine Tasse Tee zu und setzte sich ans Fenster, um den Sonnenaufgang zu beobachten, während sie geistesabwesend mit dem Daumen ihren Ehering drehte. Es war ein wunderschöner Blick auf den Park, eine gerade Linie an perfekten Bäumen, das Zwitschern von Vögeln, die den neuen Tag begrüßten. An vielen Morgen nach hässlichen Abenden hatte sie hier gesessen, um sich in Erinnerung zu rufen, dass jeder Tag neue Möglichkeiten, neue Chancen bereithielt. Dass jeder neue Tag die Gelegenheit für eine andere Entscheidung bot. Die Stille verschaffte ihr einen Moment des Nachdenkens. Wenn sie ihn verlassen wollte, ihn wirklich verlassen und diesmal für immer gehen würde, warum dann nicht jetzt sofort? Sein durchdringendes Schnarchen war von oben zu vernehmen, worauf wartete sie also? Einmal hatte sie einen Satz gehört, dass nur die Angst einen vor der Verwirklichung der eigenen Wünsche abhielt. Doch auf sie traf das nicht zu. Angst gab es in ihrem Fall nur, wenn sie blieb. Sie musste keine Angst überwinden, um zu bekommen, was sie wollte, sie musste sich nur entscheiden, die Angst hinter sich zu lassen. Das Unbekannte, das vor ihr lag, konnte nicht so erschreckend sein wie das Leben, das sie hier führte.

Entschlossen stellte sie ihre Tasse weg, zog ihren Ring vom Finger und legte ihn auf den Tisch. Oben fand sie Daniel tief und fest schlafend vor, sein Mund weit geöffnet und schlaff, Sabber auf seinem Kopfkissen. Ihre Jeans und das weiße T-Shirt lagen auf der Polsterbank am Bettende, sodass sie die Kleidung vorsichtig zusammensammelte, bevor sie ins Bad schlich und sich anzog. Sie öffnete die Tür zum Trockenschrank neben dem Treppenabsatz und holte die Tasche heraus, die sie vor vielen Tagen bereits gepackt hatte. Als sie einen Moment innehielt, kam ihr ein Gedanke, und Sorgen stiegen in ihr auf über das, was sie tun und wohin sie gehen könnte. Doch auf einmal erkannte sie, dass dies Fragen waren, die sie später beantworten könnte, und es keine Rolle spielte, was sie täte oder wohin sie ging, nur dass sie endlich etwas unternehmen musste. Auf leisen Sohlen stieg sie die Treppe nach unten, erreichte den Flur und öffnete die Haustür. Doch zu ihrer Überraschung sah sie anstatt einer leeren Straße zu einem unbekannten Ziel Harry vor sich stehen.

Unter seinen Augen hatten sich dunkle Ringe gebildet, und sein Haar war zerzaust, als hätte er schlecht geschlafen. Sein Finger schwebte in der Luft, bereit, die Türklingel zu drücken.

»Tabitha, ich musste kommen. Ich musste …«, setzte er an, bevor er den Blick hob und ihr Auge bemerkte. Seine Stimme senkte sich zu einem Flüstern. »Was ist passiert?«, fragte er und trat einen Schritt vor. Sie schob die Tür einen Spalt zu, um den Eingang zu versperren, als wäre es möglich, das, was er gerade gesehen hatte, ungeschehen zu machen, indem sie ihn nicht hereinließ. Sie stellte die Tasche neben sich auf den Boden. »Dein Auge«, sagte er dann, als gäbe es auch nur den geringsten Zweifel, was er beim ersten Mal gemeint hatte.

»Was tust du hier?«, wollte sie wissen und überging einfach seine Frage. Waren das etwa Schritte, die sie da hörte, Daniel, der oben hin und her ging? Unter keinen Umständen wollte sie, dass er Harry auf der Türschwelle vorfand. Harry würde verletzt werden, genau wie sie. Ihr Instinkt riet ihr, die Tür gewaltsam zu schließen, aber Harry stand im Weg. »Woher wusstest du, wo ich wohne?«

Harry schien lang über ihre Frage nachzudenken, bevor er eine Antwort gab, sein Blick immer noch fest auf ihr Auge gerichtet, sein Gesichtsausdruck vor Verwirrung gefurcht. »Von dem Brief, den meine Mutter geschrieben hat. Du hast ihn bei mir vergessen. Ich bin hergekommen, um dir zu sagen, dass es mir leidtut. Wegen neulich, vor der Pfandleihe … Ich habe überreagiert und dir nicht einmal die Chance gegeben, alles zu erklären. Ich habe vorschnell Vermutungen angestellt, und ich schätze, ich habe einiges missverstanden.«

Sie blickte die Treppe hinauf, überzeugt davon, Daniels Schnarchen nicht mehr hören zu können, und schob die Tür so weit wie möglich zu. »Ich hätte von Anfang an ehrlich zu dir sein müssen«, sagte sie. »Ich hätte dir von meiner Situation erzählen müssen.«

Harry wirkte auf eine Art nervös, die sie seit Langem nicht mehr erlebt hatte. »Wir alle möchten beim ersten Mal die Sache richtig machen, aber manchmal ist das nicht möglich.« Und dann, nachdem er sämtlichen Mut zusammengenommen und gegen seine innere Stimme angekämpft hatte, die ihm zuschrie, dass er einen Riesenfehler beging, sagte er: »Sieh dir nur dich und mich an.«

Auf dem Weg zu Tabitha hatte er versucht, sich einen Schlachtplan zurechtzulegen, was er ihr sagen wollte. Er hatte mit dem Gedanken gespielt, ihr zu erklären, dass er ihr vergab, er es nicht verstand, aber es verstehen wollte, und dass sogar die Halsketten keine Rolle spielten. Er wusste, dass dies nicht die Wahrheit war, aber er fragte sich, ob der Schmuck ihm auch nur halb so viel bedeutete, wie er geglaubt hatte. Definitiv wusste er jedoch, dass er weniger wichtig als Tabitha war. Harry konnte sich nicht erklären, warum die Halsketten, die er ihr zum Schätzen mitgegeben hatte, am Ende in einer Pfandleihe gelandet waren, aber da war etwas Unwiderlegbares, von dem er jetzt ohne jeden Zweifel überzeugt war: Tabitha hatte sie nicht dorthin gebracht. Es waren die Sticker, die ihm das in Erinnerung gerufen hatten. Tabitha war die Sorte Mensch, die ihm an Freitagabenden ein Bad eingelassen und ihm vor dem Zubettgehen die Füße massiert hatte, ihm jeden Morgen eine Tasse Tee brachte und Notizzettel am Kühlschrank hinterließ. Sie war der Mensch, der ihm zum Geburtstag Kuchen gebacken hatte, der, wenn Harry krank war, für ihn einkaufen gegangen war, und der Sticker bestellte, um ein Sammelalbum zu vervollständigen, das er vor über dreißig Jahren als Kind angefangen hatte.

»Und obendrein wollte ich dir sagen, dass ich bescheuert war«, fuhr er schließlich fort und hatte das Gefühl, als brächte das alles ziemlich gut auf den Punkt. Er hielt das Album hoch. »Ich hätte es besser wissen müssen und dich nicht beschuldigen dürfen. Ich hätte *dich* besser kennen müssen, und ich habe dir keine Chance gegeben, es mir zu erklären.«

Sie schüttelte den Kopf. »Das war dein gutes Recht.«

»Nein«, widersprach er. »War es nicht. Ich hätte erkennen müssen, dass du so etwas niemals tun würdest.« Er warf einen weiteren Blick auf ihr blaues Auge. »Tabitha, bitte, erzähl mir, was los ist. Woher hast du diese Prellung?«

»Das kann ich dir nicht sagen.«

»Warum nicht?«

»Tabitha«, hörten sie beide Daniel brüllen. Bevor sie die Möglichkeit hatte, ihm zu antworten, waren Schritte auf dem oberen Treppenabsatz zu vernehmen, diesmal definitiv Schritte, angelockt vom Klang ihrer Stimmen im Erdgeschoss. »Wer ist da?«, rief Daniel. Und genau in diesem Moment sah sie, wie sich etwas in Harry auf eine Weise veränderte, die sie nie zuvor erlebt hatte.

»Ist das dein Ehemann?« Als er denselben Ausdruck wie vor wenigen Tagen im Nook Cottage in ihrem Gesicht wiedererkannte, nachdem es an der Tür geklingelt hatte, trat er einen weiteren Schritt vor. »Hat *er* dir das angetan? Tabitha, bitte, wenn er das war, musst du es mir sagen!«

Sie zuckte mit den Schultern, fast, als fühlte sie sich schuldig, als wäre sie eines Verbrechens bezichtigt worden. »Das ist sein Haus. Ich wusste nicht, wo ich sonst hingehen sollte.« Kurz darauf war Daniel an ihrer Seite und riss die Tür auf.

»Wer zum Teufel ist das?«, fragte er und wich zurück, um Harry genauer in Augenschein zu nehmen. »Wissen Sie eigentlich, wie früh es ist?«

»Haben Sie ihr das blaue Auge verpasst?«, fauchte Harry und überging Daniels Frage.

»Sind Sie von der Polizei, oder was?« Er wandte sich an Tabitha. »Hast du die gerufen?«

»Nein, nein«, sagte sie, und Harry hörte etwas aus ihrer Stimme heraus, das er wiedererkannte. Er hatte die Angst nicht nachvollziehen können, als Mr. Bradbury vor der Tür gestanden hatte, doch jetzt verstand er. Bei ihm zu Hause war sie so lebhaft, so fröhlich gewesen. Er hatte angenommen, sie wäre immer so, genau wie früher. Jetzt erkannte er, dass sie an diesem Ort ebenso gefangen wie einer seiner Vögel war. Dass die vergangenen zehn Jahre sie ebenso wie ihn verändert hatten.

»Wer sind Sie dann?«, fragte Daniel, der einen Schritt näher kam und sich an Tabitha vorbeischob. »Und was tun Sie in meinem Flur?«

»Ich bin Harry«, erwiderte er, legte eine Hand auf die Klinke und stellte den Fuß in die Tür.

Daniel grübelte einen Moment nach, dann lachte er schallend. »Das soll Harry sein?«, fragte er, zeigte auf den Besuch und sah dabei Tabitha an. »Und die ganze Zeit über dachte ich, ich hätte einen Rivalen. Das ist die große Liebe, die dich verlassen hat? Ein schlaksiger Trottel in Cargohose und Fleecejacke. Was nun«, fragte er mit Blick auf Harry, »sind Sie gekommen, um sie zu retten? Bisschen zu spät, Kumpel.« Er hielt die linke Hand hoch und ließ den Ring an seinem Finger aufblitzen.

Harry musste sich eingestehen, dass Daniels Anblick einschüchternd war. Allein aus Ecken und Kanten bestehend war er einer dieser Männer, die von Kopf bis Fuß wie gemeißelt aussahen, nichts als Kraft und gestählte Muskeln. Körperlich war Harry ihm natürlich unterlegen. Doch dann erinnerte er sich an das blaue Auge, das der Kerl Tabitha verpasst hatte, und wie wenig Schneid es einen Mann dieser Größe kosten musste, eine Frau zu schlagen. Und aus diesem Gedanken schöpfte Harry Mut und spürte, dass er sich mächtig fühlte. Als wüsste er auf einmal ohne jeden Zweifel, dass er besser als Daniel war. Außerdem stärkte der Umstand sein Selbstvertrauen, dass Daniel wusste, wer er war.

»Du musst hier nicht bleiben«, sagte Harry und wandte sich an Tabitha. Dann schob er sich so vor, dass er den Blick auf Daniel so gut es ging abschirmte, und fügte hinzu: »Du kannst stattdessen bei mir wohnen.«

»Tabitha, könntest du mir das vielleicht erklären?«, unterbrach ihn Daniel. »Ich hatte nicht erwartet aufzuwachen und einen deiner Ex-Freunde in meinem Flur vorzufinden, der meiner Frau ein Dach über dem Kopf anbietet.«

Harry trat einen Schritt vor. Nicht direkt zwischen die beiden, aber so gut wie, und er war überrascht, dass es ihn weniger Mut als angenommen kostete. »Und Tabitha hat wahrscheinlich nicht erwartet, im Lauf der vergangenen vierundzwanzig Stunden ein blaues Auge zu bekommen, aber so ist es trotzdem gekommen.« Die Unverfrorenheit verblüffte Daniel, und einen Moment lang sagte er nichts, was Harry die nötige Zeit verschaffte, um Tabitha zu bitten, ihm noch einmal zu vertrauen. Seine Stimme senkte sich zu einem Flüstern, seine Worte allein für ihre Ohren bestimmt, als wären sie die Einzigen in diesem Flur. »Komm mit mir. Du kannst hier nicht bleiben. Du gehörst nicht hierher.«

»Harry, was tust du da?«, fragte sie.

»Ja«, sagte Daniel und drängte sich näher. »Was tun Sie da? Glauben Sie etwa, sie gehört Ihnen?«

»Ich glaube, sie gehört niemandem«, erwiderte Harry, der nie zuvor überzeugter von irgendetwas in seinem Leben gewesen war. Dann, an Tabitha gerichtet: »Ich lasse dir eine Wahl. Biete dir einen Ausweg.« Er kam einen Schritt näher und griff nach ihrer Hand. Er konnte die schiere Größe von Daniel hinter sich spüren, aber er tat es trotzdem, wusste er doch, dass es das Richtige war. »Ich habe dich im Stich gelassen, als ich dir keine Chance gegeben habe, mir alles zu erklären. Genau wie ich dich zuvor schon einmal im Stich gelassen habe. Ich weiß, dass du die Halsketten meiner Mutter niemals verkauft hättest.« Bei seinen Worten blickte er zu Daniel, und für einen kurzen Moment sah er ein Aufblitzen von Schuldgefühlen oder Verwirrung über sein Gesicht huschen.

Mittlerweile zitterte Tabitha. »Ich kümmere mich darum, dass du sie zurückbekommst. Versprochen. Ich habe mit dem Ladenbesitzer gesprochen, und er hat gesagt, er würde sie für mich …«

Da trat Daniel einen Schritt vor. »Tabitha, hast du diesen Loser etwa hinter meinem …«

»Das spielt keine Rolle«, sagte Harry und zog sie sanft zu sich, um den Raum zwischen ihr und Daniel noch weiter abzuschirmen. »Das sind nur Gegenstände. Sie können nichts verändern. Nichts davon kann etwas verändern, weder Zeitschriften noch alte Babykleidung und ganz gewiss kein Schmuck, bei dem ich mich vage erinnere, dass meine Mutter ihn getragen hat.« Unvermittelt sagte Daniel etwas, aber keiner von ihnen hörte, was es war. »Aber weißt du, was Dinge verändern kann?« Sie schüttelte den Kopf. »Ein kleiner Briefumschlag voller Sticker. Ich hätte es besser wissen müssen, Tabitha. Es tut mir leid. Bitte, bleib nicht hier. Komm mit mir mit.«

»Na schön. Ich habe genug von diesem Bullshit gehört. Hauen Sie ab!« Auf einmal spürte Harry Daniels Hände auf seinen Schultern. Er kämpfte dagegen an, aber Daniel hatte Erfahrung mit Schlägereien und kurz darauf schob er ihn im Polizeigriff vor die Tür und in Richtung Gartentor, wo Harry mit schmerzender Schulter stehen blieb. Doch als Daniel sich zum Haus zurückdrehte, sah er, dass Tabitha hinter ihm stand, eine Reisetasche in der Hand.

»Ich bin diejenige, die jetzt abhaut, Daniel«, sagte sie, ohne auch nur die Zeit zu haben, die Sache zu durchdenken. »Sieben Jahre später, als ich es hätte tun müssen.« Sie wollte an Daniel vorbei, doch er versperrte ihr den Weg. »Es ist egal, was du tust. Ich werde gehen.«

»Nein, das wirst du nicht. Du bist meine Frau.«

Eine Woge der Ruhe durchflutete Tabitha, während sie einen weiteren Schritt vortrat, und als Daniel nach ihrem Arm griff, zuckte sie nicht zusammen, wie sie es sonst immer tat. Nach Jahren der Zurückhaltung hatte sie eine Entscheidung gefällt. Etwas hier hatte sich verändert.

»Du kannst mich nicht aufhalten.«

»Verdammt, und ob ich das kann!«

Doch genau in dem Moment, als Daniel sie packen wollte, tauchte Harry hinter ihm auf. Harry wusste, dass er den Schrank von einem Mann nicht überwältigen konnte, aber zumindest hatte er das Überraschungsmoment auf seiner Seite. Mit aller Kraft trat er Daniel in die Kniekehle, woraufhin dieser zu Boden stürzte. Dies verschaffte Tabitha gerade einmal genug Zeit, um an ihm vorbeizuschlüpfen, und im nächsten Augenblick, mit ihrer Hand in Harrys, waren sie zusammen und hasteten aus dem Tor.

»Das macht sie immer«, rief Daniel ihnen hinterher, während er sich taumelnd aufrappelte. »Haut ab und dann kommt sie wieder.« Die beiden blieben kurz stehen. Der Anblick von Daniels breiten Schultern und verschränkten Armen, die kaum die aufgepumpte Brust verbargen, war einschüchternd. Harry spähte zu Tabitha, doch kurzzeitig konnte er in ihrem Gesicht nicht ihre Gedanken lesen. »Irgendwann findet sie den Weg zu mir zurück. Und wenn nicht, dann finde ich sie. Sie gehört mir. Sie gehört hierher, zu mir.«

Harry beobachtete Tabitha, wartete gebannt auf ihre Antwort. Ihre Lippen bebten, als sie allen Mut zusammennahm und die Worte laut aussprach: »Es gibt nur einen Ort, an den ich gehöre«, sagte sie, und dann spürte Harry, wie sich ihr Griff verstärkte. »Und der war nie bei dir.« Wenige Sekunden später brausten sie in Harrys Wagen davon.

Das Vibrieren des Motors war das einzige Geräusch, das die Stille im Auto abmilderte. Keiner von ihnen wusste, was er sagen sollte, beide versuchten, das zu verarbeiten, was eben passiert war. Doch nach mehreren Meilen ohne den blassesten Schimmer, wohin sie fuhren, wandte Tabitha sich an Harry.

»Es tut mir so leid«, sagte sie, und ihre Stimme zitterte vor angestauter Angst. »Wegen allem, meine ich. Den Halsketten, dem Verschwinden und natürlich wegen heute. Weil er dich so grob behandelt hat.«

»Mir geht's gut«, erwiderte Harry mit einem Achselzucken, als wäre es nichts gewesen. In Wahrheit hatte sich seine Herzfrequenz während der ersten zehn Meilen auf der Straße noch nicht normalisiert. »Ich bin einfach nur froh, dass du von dort weg bist. Die Vorstellung, dass er dir derart wehgetan hat, ist kaum zu ertragen. Du darfst niemals dorthin zurück, das weißt du, oder?«

»Ich weiß«, sagte sie, auch wenn sie nicht ganz sicher war, wohin sie sonst sollte. Ein neues Leben musste auf irgendeinem Fundament fußen, und sie wusste nicht, ob sie eines besaß.

»Das sollte kein Befehl sein«, fügte Harry rasch hinzu. »Ich will dir nicht vorschreiben, was du zu tun hast.«

»Ich weiß.«

»Ich will nur, dass du in Sicherheit bist.« In dem Wunsch, sie könnten einfach wieder genau dort anknüpfen, wo sie einige Tage zuvor aufgehört hatten, versuchte er sich durchzuringen, ihr seine Liebe zu gestehen. Doch das konnte er nicht. Noch nicht. Nicht nach allem, was ihr in den vergangenen zweiundsiebzig Stunden und wer weiß, wie vielen Jahren zuvor, widerfahren war. Wie lange lebte sie schon in

Angst? Jetzt war nicht der Zeitpunkt, Ansprüche zu stellen. Er wollte nur für sie da sein, ihr helfen und sie beschützen. Was er sich in diesem Moment wünschte, musste zurückstehen vor dem, was sie brauchte. »Ich werde alles in meiner Macht Stehende tun, um dir zu helfen. Ich verspreche, dich nie wieder im Stich zu lassen.«

»Das weiß ich.«

Aufgrund einer roten Ampel, die vor ihnen aufleuchtete, hielt Harry vorschriftsmäßig an und beobachtete, wie eine junge Mutter mit Kinderwagen die Straße überquerte. Bei dem Anblick, wie sie hineingriff und die Decke richtete, bevor sie weiterging und den Bürgersteig erreichte, schnürte es ihm die Kehle zu. Ein kurzes Stück die Straße hinauf bog er in eine Tankstelle und schaltete neben der Zapfsäule den Motor aus.

»Tabitha, wegen dem, was wir im Haus meiner Mutter gemacht haben. Es ist so, während wir ihre Sachen durchgegangen sind, wollte ich mehr als jemals zuvor meine Vergangenheit verstehen. Herausfinden, wer ich bin und woher ich stamme. Deshalb habe ich gestern Abend die Akte gelesen, die Steven Bradbury mir mitgebracht hatte.«

»Die ganze?«

»Von der ersten bis zur letzten Seite. Und wie es scheint, besitze ich doch eine Familie. Mittendrin waren Briefe von meiner Großtante, allesamt in der Hoffnung geschrieben, mir damals, als ich in Pflege kam, ein dauerhaftes Zuhause zu bieten.« Er nickte, als Tabithas Augen groß wurden. »Ich habe sie angerufen, und sie haben sich schrecklich gefreut, von mir zu hören.« Er war überzeugt, dass sie mit den Tränen rang, und fühlte sich getröstet, als sie den Arm ausstreckte und sein Bein streichelte. Diese Berührung war so unterstützend, vielleicht sogar mehr, als er verdiente. Weiche Hände glitten zu seinen. »Sie wollen mich treffen und haben mich zu sich eingeladen. Sie besitzen ein riesiges Haus, ein Künstlerretreat. Es ist wunderschön.« Er griff in seine Tasche und zog eine Fotografie der Scheune heraus, die er aus der Akte gefischt hatte. Lächelnd reichte er sie ihr.

»Wow«, flüsterte Tabitha.

»Und es ist nicht nur das. Alles scheint nach Frankreich zu führen, nicht wahr? Und jetzt habe ich Familie dort. Wie du schon gesagt hast, das kann kein Zufall sein.« Sie nickte. »Gestern wollte ich mir noch einreden, dass meine Vergangenheit mich nicht interessiert, sie keine Rolle spielt. Aber das tut sie. Hat sie schon immer. Das ist auch der Grund, weshalb ich vor all den Jahren zu meiner Mutter gezogen bin, als ich mein Leben eigentlich mit dir hätte verbringen sollen. Ich will wissen, wo ich herkomme. Ich muss es einfach herausfinden. Wenn meine Mutter sich in jemanden aus Frankreich verliebt hat, dann beginnt meine Geschichte vielleicht genau dort.«

»Dein Vater?«

Er nickte.

»Dann solltest du hinfahren.«

Er lächelte. »Ja, das sollte ich. Das muss ich. Und ich hatte mir überlegt, sofort aufzubrechen.«

»Okay«, sagte sie und spürte, wie ihr Puls Fahrt aufnahm. »Wenn du mich beim Museum rauslassen würdest, kann ich …«, sagte sie und hielt inne, als sie bemerkte, dass er den Kopf schüttelte.

»Ich meinte, wir sollten zusammen hinfahren.«

»Ist das dein Ernst?«

»Mir war in meinem Leben nie etwas ernster. Ich will alles Menschenmögliche tun, um meine Vergangenheit zu verstehen und dann weitermachen. Mir eine Zukunft aufbauen.«

»Was ist mit der Klinkosch-Schatulle? Und der Rettung des Cottages?«

»Die Reise nach Frankreich bedeutet nicht, die Suche einzustellen. Wenn wir herausfinden, wer diese Briefe geschrieben, vielleicht sogar, wer ihr die Schatulle gegeben hat, würde uns das wirklich helfen, sie besser zu verstehen. Aber auch wenn nicht, gibt es vielleicht andere Dinge, die ich aufdecken muss.« Er ließ den Rest ungesagt, aber aufgrund des Lächelns in ihrem Gesicht war er sicher, dass sie denselben Gedanken hatte. »Nun, wirst du mich begleiten?«

»Ja«, erwiderte sie, ohne zu zögern.

Harry war sprachlos, dass sein Plan funktionierte, und Tabitha konnte nicht glauben, dass sie ihren Ehemann verlassen hatte. Während sie auf dem Weg zur Fähre an Bäumen vorbeischossen, blickte Tabitha zu ihrem Spiegelbild im Außenspiegel. Obwohl ihr Auge blau und leicht geschwollen war, kam es ihr vor, als wäre ihr die Last wegen dieses Hauses von den Schultern genommen worden. Die Luft war so viel klarer seit dem gestrigen Sturm, und sie streckte das Gesicht aus dem offenen Fenster und atmete tief ein.

Mit dem rechten Arm griff sie nach Harrys Hand, die auf dem Schaltknüppel ruhte. »Du hast mich gerettet, weißt du das?«, sagte sie, während sie mit ihren Fingern über seine strich. Seine Haut war warm und weich, sein Griff unverkrampft und kein bisschen bedrohlich, als er die Hand hob, um seine Finger mit ihren zu verschränken.

Doch er schüttelte den Kopf. »Nein, habe ich nicht«, sagte er, ohne ein einziges Mal den Blick von der Straße abzuwenden. »Du hast dich selbst gerettet. Du hattest die Wahl und du hast aufgehört, das Leben für dich entscheiden zu lassen.« Sie spürte, wie seine Finger sich fester um ihre legten. »Mir ist jetzt klar geworden, dass dies der einzige Weg ist, damit sich Dinge jemals ändern.«

Fünfzehntes Kapitel

Mirepoix, Frankreich, Sommer 1981

Sich in das Bauernhaus zu schleichen wurde zu einem festen Bestandteil ihres Tages. Anstatt in der Zufahrt auf Benoit zu warten, ging sie in den Garten, pflückte Lavendel von den wild wuchernden Sträuchern und beobachtete, wie das Wasser in dem nahegelegenen Bach über das steinige Flussbett plätscherte. Es erinnerte sie an ihr Zuhause oder zumindest an den Ort, den sie früher als solches bezeichnet hatte. Aber war er jemals ihr Zuhause gewesen? Sollte man für einen solchen Ort kein Zugehörigkeitsgefühl verspüren, das Verlangen, dorthin zurückzukehren, egal, wie weit weg man war? Wenn sich ein Zuhause so anfühlte, war es gewiss nicht der Ort, den sie zurückgelassen hatte. Bei der Vorstellung, nächsten Monat aus Frankreich abreisen zu müssen, wurde ihr flau im Magen.

Benoit hatte sich angewöhnt, das Haus unverschlossen zu lassen, aber an den meisten Tagen, wenn er dort ankam, wartete sie im Freien auf ihn. Das Tuckern seines Autos erregte sie, die Vorfreude auf seine Ankunft war viel zu köstlich, um sich diesen Moment entgehen zu lassen. Manchmal blieben sie im Garten, insbesondere wenn er es eilig und gerade einmal genug Zeit hatte, um aus den Schuhen zu schlüpfen und sich mit ihr im hohen Gras zu vergnügen.

Doch manchmal gingen sie auch hinein. Das erste Mal, als sie mit Benoit geschlafen hatte, war sie verlegen und verunsichert, fast schon verängstigt gewesen, zur falschen Zeit eine falsche Bewegung zu machen. Doch mit jedem Mal, das sie zusammen waren – was seitdem zahllos passiert war, manchmal mehrmals hintereinander, und was, wie Benoit sagte, für ihn ebenso überraschend wie für sie war –, fiel es ihr leichter. Zuweilen war ihr Liebesspiel ruhig und langsam, und er fragte sie dann, ob es ihr gut ginge und nannte sie *mon amour*. Dann hingegen schien alles im Nu vorbei zu sein, ein Rausch der Körper, die sich in einem Rhythmus bewegten, den er vorgab. Nur ein paar Tage waren verstrichen, in denen sie zu einer Pause gezwungen gewesen waren, da die Leidenschaft des Vortags Frances jedes Mal heimsuchte, wenn sie auf die Toilette musste. Benoit geriet darüber in helle Aufregung, entschuldigte sich überschwänglich und erklärte, es sei alles seine Schuld, bevor er in eine Apotheke eilte, um Cranberrysaft und Antibiotika zu kaufen. An jenem Nachmittag bediente er sie wie ein Kellner, sagte alle Termine ab und wich keine Sekunde von ihrer Seite. Bei dieser Art ungeteilter Aufmerksamkeit fiel es ihr nicht schwer, die unangenehmen Schmerzen zu vergessen.

»Was hältst du von einem kleinen Ausflug?«, fragte er sie an jenem Nachmittag. Sonnenschein strömte durch die Fenster, der Hauch einer warmen Brise half wenig, die Schwüle zu vertreiben. Es war zu heiß, um sich aneinander zu kuscheln, weshalb er mit ausgestreckten Beinen auf dem Laken lag, seine Brust, abgesehen von seiner Kette und dem Schlüssel, unbekleidet. Jede anfängliche Scham, die sie wegen ihrer Nacktheit verspürt hatte, war längst verflogen, sodass sie auf dem Bauch lag, den Hintern in die Luft gereckt. Ab und an streckte er sich und streichelte sie, und es kam ihr vor, als hätten sie eine nicht gekennzeichnete Linie überschritten und wären nicht mehr nur zwei Menschen, die einander sehr mochten, sondern zwei Menschen, die allein nach ihren eigenen Regeln spielten. Niemand sonst konnte sie so berühren.

»Wohin?«, fragte sie und knabberte an einem Nagel.

»Ich hatte an Toulouse gedacht. Es ist weit genug weg, dass niemand uns kennt, und nah genug, dass ich meine Beziehungen spielen lassen kann. Ich will nicht, dass wir unsere gesamte Zeit nur hier in diesem Haus verbringen, und dort findet etwas statt, das ich dir gern zeigen würde.«

»Okay.«

Ein Funkeln glitzerte in seinen Augen. »Kannst du einen Tag für mich erübrigen?«

Sie liebte es, wenn er sie fragte, ob sie sich Zeit für ihn nehmen konnte. Als führte sie ein pralles, abwechslungsreiches Leben mit so vielen Dingen, die passierten, dass sie ihn dazwischenschieben musste. »Ich denke schon«, sagte sie mit einem Zwinkern. »Für dich. Und warum sollte ich das tun?«

»Weil du mich liebst.« Er lächelte.

»Weil ich dich liebe«, wiederholte sie.

Er rollte sich zur Seite und zog sich mit den Ellbogen zu Frances. Genau wie erwartet glitten seine Hand zu ihrem Hintern und seine Lippen zu ihrer Schulter. Doch dann schob er seine Finger unter ihre Hüfte und drehte Frances schwungvoll um, sodass sie nun auf dem Rücken lag, fest an seinen Körper gepresst, die Haare wie ein Vorhang vor ihrem Gesicht.

»Jetzt will ich etwas für dich tun«, sagte er und strich ihr die Strähnen aus den Augen, bevor er seine Hand wandern ließ. »Etwas, von dem ich weiß, dass es dir gefallen wird.« Seine Finger legten sich zart wie Schneeflocken auf ihre Brust, streichelten, kreisten, beschrieben eine Acht.

»Woher weißt du, dass es mir gefallen wird?«, fragte sie, doch er schwieg und lächelte nur. Bei seiner zärtlichen Berührung dehnten sich Sekunden zu Minuten, Minuten zu Stunden, während seine Finger und Augen über ihre Haut glitten. Ein Flüstern auf Französisch blieb ungehört, bis seine Hand zwischen ihre Beine sank und sie zusammenzuckte.

»Soll ich aufhören?«

Sie schüttelte den Kopf.

»Bist du sicher? Vielleicht bin ich zu schnell. Ich werde es langsamer angehen. Ist das besser?«

»Was tust du mit mir?«, fragte sie, aber es war keine echte Frage. Mit geschlossenen Augen ließ sie den Kopf gegen das Kissen sinken. Woher hatte er gewusst, dass ihr das hier gefallen würde? Denn er hatte recht, sie genoss es wirklich. Sein Atem war heiß, als er ihr ins Ohr flüsterte.

»Bisher bist du noch nicht gekommen. Aber das wirst du jetzt, auf diese Weise.«

Es war neu für sie, die Art, wie er ihren Körper berührte, doch sie wusste, was er sehen wollte. Aus irgendeinem

Grund dachte sie in diesem Moment an Amélie und was sie ihr erzählt hätte, wäre es ihr erlaubt. Hatte Gaspard dasselbe mit Amélie gemacht? Die Augen fest zusammengekniffen, spürte sie, wie sein Körper sich bewegte, ohne dass seine Finger ihren Rhythmus auch nur ein einziges Mal verändert hätten. Als sie schließlich einen verstohlenen Blick wagte, sah sie, dass sein Kopf zwischen ihren Knien war, und einen winzigen Augenblick später übernahm sein Mund. »Für eine Frau ist es anders«, sagte er, und da war wieder dieses Wort. Eine Frau. Eine Frau, die selbst Entscheidungen treffen konnte. Und mit diesem Gedanken ließ sie los, fiel ins Unbekannte, an einen Ort, so tief wie der dunkelste Ozean, von dem sie nach einer Weile nicht mehr zurückkehren wollte.

Alles war danach anders, die Art, wie sie zusammen waren, das, was sie für ihn empfand. Es hatte auch nichts mit dem Orgasmus zu tun, weder dem ersten, fünften oder … egal, wie viele es bis dahin gewesen sein mochten. Stattdessen hatte es allein damit zu tun, wie sie sich selbst sah. Sogar nachdem sie Benoit Briefe geschrieben, ihn geküsst und vielleicht sogar mit ihm geschlafen hatte, hatte sie sich dennoch als kleines, den Regeln ihres Vaters unterworfenes Mädchen gesehen. Doch jetzt fühlte sie sich imstande, Entscheidungen zu treffen, die ihr noch vor Kurzem unmöglich erschienen waren. Benoits Liebe hatte einen Weg geebnet, den sie zuvor kaum bemerkt hatte, weil er, mehr als jeder andere, ihr wahres Ich sah. Während der Fahrt nach Toulouse in der darauffolgenden Woche riss sie die Arme durch das geöffnete Dach von Benoits Citroën und ließ ihre Haare im Wind flattern.

»Was tust du da?«, fragte Benoit, der sich nur mühsam auf die Straße konzentrieren konnte. Es war das erste Mal, dass er sie voller Verwirrung anstarrte.

Was konnte sie ihm sagen? Nicht, was sie in Wirklichkeit sagen wollte, dass die Begegnung mit ihm die Ketten gesprengt hatte, die sie zurückhielten. Dass sie verändert heimkehren würde, wenn sie denn überhaupt nach England zurückkehren sollte. Unter keinen Umständen könnte sie ihm sagen, dass sie bleiben wollte, hier bei ihm, in seinem Bauernhaus, das zu ihrem Zuhause geworden war. Oder doch? Vielleicht könnte sie es tun. Immerhin war es der Ort, wo sie sich am meisten wie sie selbst fühlte, wo es keinen noch so kleinen Teil an ihr gab, den sie verstecken musste. Doch ob sie es nun konnte oder nicht, so war jetzt nicht der rechte Zeitpunkt, sich in einem Gespräch zu verzetteln.

»*Je vie*«, schrie sie in den Wind, und es war nie wahrer gewesen.

Die Felder mit gelbem Korn hinter sich lassend fuhren sie in die Stadt Toulouse hinein und parkten in einer kleinen Seitengasse. Nachdem Frances aus dem Wagen gestiegen war, raste ihr Puls, und als könnte Benoit ihre Gedanken lesen, griff er nach ihrer Hand und schlenderte völlig sorgenfrei mit ihr die Straße hinab. Schon bald fanden sie sich in einer Allee aus Eichen wieder, deren hohe Äste ihnen Schatten spendeten. Sie waren am Rand eines Parks und je tiefer sie vordrangen, desto ruhiger wurde es.

»Wohin bringst du mich?«, fragte sie.

»Lass dich überraschen.«

Ein provisorischer Zaun bildete eine Grenze, und dahinter sah sie Arbeiter, die Büsche pflanzten. Gemeinsam spazierten sie über einen jadegrünen Rasen zu einem kleinen Hügel, auf den er ihr helfen musste, weil ihre Sandalen auf der lockeren, trockenen Erde abrutschten.

»Was ist das für ein Ort?«, fragte sie, als sie auf der Kuppe standen. Auf der anderen Seite arbeiteten Männer und Frauen, ordneten Pflanzen an und verlegten Steinplatten. Wasser rieselte leise, und in der Mitte von allem lag ein See, dessen Wasser im sanften Sonnenlicht funkelte. Eine rote Brücke schnitt einen Pfad darüber.

»Dieser Garten befindet sich noch im Bau. Ist aber fast fertig. Er wird der schönste von Japan inspirierte Garten in ganz Europa sein, da bin ich sicher.«

Er schritt voran, öffnete ein Tor im Bauzaun.

»Ich glaube nicht, dass er schon geöffnet ist«, merkte sie an.

»Ich weiß. Aber genau das ist der Grund, weshalb wir hier sind. Um ihn vor allen anderen zu genießen.«

Später erfuhr sie, dass Benoit den Bürgermeister kannte, unter dessen Federführung die Gärten geplant worden waren. Doch in jenem Augenblick wurden ihre Gedanken von dem gefesselt, was sie vor sich sah, der Schönheit der Wildblumen, der Büsche, die am Ufer scheinbar bis ins Wasser eintauchten. Monolithen erhoben sich aus der Landschaft und ließen die jungen, zu perfekten Kugeln gestutzten Sträucher neben sich verblassen. Ihrer Ansicht nach war es der schönste Ort, an dem sie jemals gewesen war.

»Gefällt es dir hier?«, fragte er.

»Es ist atemberaubend«, erwiderte sie.

»Hier, *mon amour*, komm und sieh dir das an.« Mit einer Handbewegung bedeutete er ihr, dass sie sich setzen sollte, und breitete vor ihr eine Papierrolle aus, die er die ganze Zeit über bei sich getragen hatte. Ein Künstler hatte die fehlenden Details in dem Plan eingezeichnet, an dem sich die Gärtner orientierten. »So wird es einmal aussehen, sobald die Arbeiten vorbei sind. Durchaus anders als jetzt. Aber selbst wenn sie mit Pflanzen fertig sind und der Garten seine ersten offiziellen Besucher empfängt, wird es immer noch lange dauern, bis sich alles gesetzt und entwickelt hat. Bis die Blumen gewachsen und die Bäume Wurzeln geschlagen haben.«

»Ich finde es schon jetzt wunderschön. Selbst bevor die Arbeiten abgeschlossen sind.«

»Genau wie ich. Aber stell dir vor, wie es in ein, zwei Jahren aussehen wird. Vielleicht in zehn.« Seine Augen senkten sich auf den Boden, seine Hand strich über das weiche Gras. »Wie er sich verändern und wachsen, mehr Wasser brauchen wird, um sich selbst zu versorgen, aber gleichzeitig weniger Unterstützung, um zu blühen und zu gedeihen. Das hier wird ein echtes Schmuckstück werden, *non*?«

»Ja.«

Aus einer kleinen Umhängetasche zauberte er zwei Flaschen Saft und braune Papiertüten mit Brot und Käse hervor. Gemeinsam ließen sie sich nieder und aßen, Benoit auf einen Ellbogen gestützt, Frances mit dem Kopf an seiner Brust. Den Blick hoch ins strahlende Blau gerichtet, beobachteten sie die vorbeiziehenden Wolken, die wilde Gebilde am Himmel formten.

»Ich könnte für immer hierbleiben«, sagte sie schließlich.

»Würdest du England denn nicht vermissen?«, fragte er und rollte sich auf die Seite. Er zupfte ihr Blätter aus den Haaren, wischte Krümel von ihren Lippen.

»Ich glaube nicht. Mir gefällt es hier besser.« Könnte sie ihm jetzt anvertrauen, dass sie am liebsten bleiben würde? Hatte er nicht selbst etwas Ähnliches gesagt, dass der Hof ihr kleines Zuhause wäre? Sie konnte sich nicht vorstellen, Abschied zu nehmen. »Hier kann ich mein wahres Ich zeigen.«

Während er den letzten Bissen Brot hinunterschluckte, nahm er ihre Hand in seine. »Bist du denn nicht immer du selbst? Mit wem war ich dann bis jetzt zusammen?«, fragte er lachend.

»Vielleicht ist dem so.« In diesem Moment wollte sie ihm sagen, dass England nicht mehr ihr Zuhause war, nicht seit dem Tag ihres Kennenlernens. Dass sie sich bei ihm mehr als jemals zuvor wie sie selbst fühlte. Dass sie zu ihm gehören wollte. Doch das kam ihr zu bedeutungsschwanger vor, zu kompliziert, um es in Worte zu fassen. Deshalb sagte sie das Nächstbeste. »Trotzdem glaube ich, dass ich nach Frankreich gehöre. Dieser Ort fühlt sich wie Heimat an.«

Da erhob er sich und streckte die Hand aus. Sie nahm sie, und er zog sie auf die Beine. Ihr Ausflug war beendet, und sie spürte Enttäuschung in sich aufsteigen wie einen Schmerz, der entweder medizinisch versorgt oder operativ entfernt werden musste. »Heimat ist kein Ort, Frances. Nicht in dieser wunderschönen Stadt Toulouse oder auf einer Hügelkuppe in Japan. Heimat ist nicht der Ort, an dem wir Zuflucht suchen. Sondern der Ort, an dem wir frei sind.« Er legte ihr die Hand auf die Brust, und sie spürte ihr eigenes Herz, das gegen seine Finger schlug. »Heimat, *mon amour,* kann nur hier drinnen existieren. Erst wenn du weißt, wer du in deinem Herzen bist, und als der Mensch lebst, der du sein sollst, wirst du den Ort finden, an den du wirklich gehörst. Er wird nichts mit deinem Wohnort in dieser Welt oder der Person zu tun haben, die zu lieben du dich entschieden hast oder die dich im Gegenzug liebt. Sondern allein mit dem Umstand, ob du dich entschieden hast, dich selbst zu lieben.«

Sechzehntes Kapitel

»Sind wir schon da?« Harry erwachte zum Geräusch einer sich öffnenden Tür, zur Hitze der Morgensonne, die sein Gesicht in einen goldenen Schimmer hüllte. Der Geruch von Erde erfüllte den Wagen, warme Sonne auf taubenetztem Gras. Tabitha spähte ins Innere des Autos und lächelte.

»Tut mir leid, noch nicht. Ich habe einen kleinen Umweg gemacht. Gestern Abend konnte ich nicht länger weiterfahren, und du hast bereits tief und fest geschlafen.« Lächelnd winkte sie ihn aus dem Wagen. »Ich muss dir etwas zeigen. Komm schon«, sagte sie und wandte sich bereits ab.

Seine Augen gewöhnten sich allmählich an das helle Licht, während Tabitha ihn in Richtung einer ruhigen Wasseroberfläche führte, in der sich ein wolkenbedeckter Himmel spiegelte. Die umliegenden Felder standen in voller Pracht, die Hecken üppig bewachsen und grün. Genau vor ihnen führte ein schmaler, ausgetretener Pfad zur grasbewachsenen, sanft abfallenden Böschung, bis sie am Fluss standen, wo das Wasser matt gegen das Ufer schwappte.

»Ist es nicht wunderschön?«, rief sie. Auf der anderen Seite des breiten Stroms schmiegte sich ein kleines Städtchen an einen Berghang, genau wie man sich ein typisches französisches Dorf vorstellte. Hoch über der letzten Reihe an terracottafarbenen Dächern erhob sich eine beeindruckende Felswand, schartig und kalkweiß, von der Farbe hell leuchtenden Sands. Umgeben von buschigem Grün kam es Harry vor, als hätte das Land sein Maul aufgerissen und sie blickten tief in die Erde.

»So etwas habe ich noch nie gesehen«, sagte er. Er betrachtete das gemächlich fließende Wasser über den Rand eines Stauwehrs, während sein Spiegelbild zu ihm zurückstarrte. Da dachte Harry an seine junge Mutter, die alten Briefe und dass es den Anschein machte, als habe sie sich in eine Version des Lebens in Frankreich verliebt. Vielleicht in einen Menschen, der dann sein Vater wurde und den er nie kennengelernt hatte. »Was für ein wunderschöner Ort. Woher kanntest du ihn?«

»Ich kannte ihn nicht. Ich war einfach nur zu müde zum Weiterfahren. Bei der nächsten Ausfahrt bin ich von der Autobahn runter und habe das hier zufällig gefunden. Ich schätze, man weiß nie genau, was einen auf der anderen Seite einer hastig gefällten Entscheidung erwartet.«

»Am liebsten würde ich jetzt schwimmen gehen.« Die Sonne ließ die spiegelglatte Oberfläche wie Diamanten glitzern.

»Warum tust du es nicht?«

»Keine Ahnung.« Harry schüttelte den Kopf, und Tabitha nahm seine Hand. Die Wärme ihrer Berührung überraschte ihn, und er freute sich über ihr Lächeln.

»Vielen Dank noch mal für gestern. Für das, was du getan hast.«

»Du musst mir doch nicht danken.« Jedes Mal, wenn er

sie anblickte und ihr blaues Auge sah, stiegen Schuldgefühle in ihm hoch. Denn er war fest überzeugt, hätte er ihr zugehört, als sie ihm alles hatte erklären wollen, wäre sie niemals zu Daniel zurückgekehrt und dieses blaue Auge niemals passiert. All die Wut wegen ein paar Halsketten, an die er sich kaum erinnern konnte. Am liebsten hätte er Daniel so lang in die Mangel genommen, bis sein Gesicht wie das Innere eines Marmeladenglases aussah, und er fühlte sich dann schrecklich töricht, weil er überhaupt nicht wusste, wie man sich prügelte. Trotzdem kam dieser Gedanke immer wieder zu ihm zurück, erschreckte und beschwichtigte ihn gleichermaßen. »Das warst du, die sich entschieden hat, ihn zu verlassen«, sagte er schließlich. »Du solltest dir selbst danken.«

»Aber weil du bei mir warst, habe ich die Kraft gefunden, es tatsächlich zu tun. Ich wollte heimlich verschwinden, ohne ein Wort. Als müsste ich mich wegen etwas schämen. Deinetwegen konnte ich ihm die Stirn bieten.« Harry verstärkte den Griff um ihre Hand. »Daniels Gesicht war Gold wert, nicht wahr? Ich glaube nicht, dass er wirklich denkt, ich werde nie mehr zurückkehren. Und es tut mir leid«, fuhr sie fort, »dass ich deine Familie mit dem da kennenlernen muss.« Bei ihrem Spiegelbild im ruhigen Wasser sah sie, dass obgleich ihr Auge heute weniger geschwollen war, die Farbe sogar noch intensiver leuchtete. »Und …«, sie zögerte, »… dass er deine Ketten gestohlen hat. Ich dachte, er wäre nicht da, als ich an dem Abend nach Hause gefahren bin. Ich dachte, es wäre sicher. Ich wusste nicht einmal, dass er sie verpfändet hatte.«

»Tabitha, ich bezweifle, dass es *jemals* sicher war, einen Fuß in dieses Haus zu setzen.« Allerdings wusste er aus eigener Erfahrung, dass man an einem Ort leben konnte, der nicht sicher war, und dennoch jeden Tag dorthin zurückkehrte, weil einem keine andere Wahl blieb. »Bitte versprich mir, dass du niemals dorthin zurückkehren wirst.«

»Versprochen«, sagte sie, auch wenn sie, während sie es sagte, sich gleichzeitig fragte, wo um alles in der Welt sie *dann* hingehen sollte. Monate des Planens, um Daniel zu verlassen, hatten die Dinge ins Rollen gebracht, aber nichts war entschieden. In der Woche, bevor sie Frances' Brief erhalten hatte, hatte sie sich für mehrere Jobs beworben, einige in London, ein anderer in einem New Yorker Auktionshaus. Alles, nur um wegzukommen. Als sie Harry ansah, wünschte sie, sie könnte seine Gedanken lesen. Bevor sie die Halsketten im Schaufenster der Pfandleihe gesehen hatte, war es ihr vorgekommen, als hätten sie sich ihre wahren Gefühle eingestanden. Doch jetzt wirkten diese Bekenntnisse unendlich weit weg. Seitdem hatte Harry erfahren, dass sie verheiratet war und mit ihrem gewalttätigen Ehemann zusammenlebte. Wie sollte sie ihm erklären, dass diese Dinge nichts daran änderten, was sie für ihn empfand? Dass die Liebe, die sie für ihn verspürte, alles veränderte, und nicht andersherum.

»Gut. Das ist alles, was im Moment zählt, nämlich dass du dich von ihm fernhältst. Er hat dich nicht verdient.«

»Nein, da hast du recht. Das hat er nicht.«

»Nun, wenn wir nach Hause zurückkehren, kann ich dir bei der Wohnungssuche helfen, wenn du möchtest. Ich meine, ich muss mir ja auch selbst etwas suchen.« Ein Teil von ihr hatte gehofft, er würde immer noch an eine gemeinsame Zukunft glauben. Vielleicht waren auch seine Gefühle jetzt anders. Vielleicht spielte der Umstand, dass seine Ketten verschwunden waren, doch eine Rolle. Vielleicht war es das blaue Auge oder die Tatsache, dass es nicht das erste Mal war. »Ich würde alles tun, damit du nicht dorthin zurückkehrst. Du könntest sogar weiterhin bei mir wohnen, wenn du möchtest. Wofür hat man denn Freunde, oder?«, sagte er.

Freunde. Das war nicht, was sie sich erhofft hatte, aber vielleicht war seine Freundschaft alles, was im Moment im Angebot war. »Nun, darüber können wir uns später noch Gedanken machen«, sagte sie. »Immerhin sind wir jetzt in Frankreich. Zumindest hoffe ich, dass wir in Frankreich sind. Ich habe nicht den blassesten Schimmer, wo genau wir uns befinden. Das Navi hat irgendwie gesponnen, und wir haben das Signal verloren.« Sie reichte ihm eine braune Papiertüte und einen Kaffee in einem Pappbecher, die sie in dem nahegelegenen Dorf gekauft hatte. »Lass uns kurz essen und dann losfahren. Okay?«

»Okay«, sagte er. »Hört sich nach einem guten Plan an.«

Nach einer Weile im Auto, während sie an grünen Landschaften vorbeisausten, wuchsen die Pyrenäen in der Ferne immer weiter an und Tabitha bemerkte, dass Harry an seiner Nagelhaut knabberte. Sein Schweigen war kaum zu ertragen. »Bei dir alles in Ordnung, Harry?« Laut ihrem Routenplaner waren sie nur noch wenige Kilometer vom

Gehöft seiner Großtante entfernt, und während die Distanz immer weiter schrumpfte, steigerte sich sein Gezappel.

Luft trudelte abgehackt durch seine Lippen, als er beklommen Atem holte. Eine warme Brise strömte ins Innere des Wagens, nachdem Harry das Fenster nach unten gekurbelt hatte, und er tupfte sich mit einem Taschentuch, das anschließend feucht war, die Stirn. »Da bin ich mir nicht ganz sicher«, sagte er und zog sich den Fleecepullover aus. Die Temperatur war stetig gestiegen und jetzt, nur wenige Minuten vom Gehöft entfernt, waren es unangenehme dreißig Grad. An einer Straßenbiegung verkündete ein kleines weißes Schild, dass ihr Ziel, Mirepoix, ganz in der Nähe lag. Harry stieß ein Seufzen aus. »Wir sind jetzt gleich da. Ich weiß nicht, was ich mir dabei gedacht habe, einfach hierherzufahren.« Er drehte sich zu Tabitha und sagte: »Ich bin nicht sicher, ob ich das kann.«

»Doch, du kannst es«, erwiderte Tabitha. »Wenn nicht, wirst du niemals die Wahrheit herausfinden.«

»Vielleicht wäre es das Beste.«

»Du weißt, dass das Unsinn ist.«

Nach der letzten Kurve ging es geradeaus und dann über eine Brücke, die Landschaft um sie herum grün und üppig. Ein mittelalterliches Städtchen tauchte vor ihnen auf und sobald sie den Marktplatz mit den hübschen alten Steinhäusern erreichten, fühlte es sich allmählich unverwechselbar wie Frankreich an. Gedeckte pastellfarbene Gebäude erhoben sich um ihn, und der Geruch nach frischem Brot und warmen Zitronen wehte durch das Fenster herein. Harry hielt am Straßenrand an. Sein Atem kam in heftigen Stößen, seine Fingerknöchel, die sich um das Lenkrad krallten, waren weiß.

»Harry, was ist los?«

»Was, wenn sie mich nicht mögen?«, keuchte er. »Oder mich seltsam finden?« Auf der Suche nach seinem Asthmaspray klopfte er sich die Taschen ab. Schließlich fand er es und nahm einen Stoß. »Ich bin nicht gerade normal, nicht wahr?«

»Sag das nicht«, entgegnete sie, obwohl sie, sobald die Worte ihre Lippen verließen, wusste, dass er nicht ganz unrecht hatte. Er war kein typischer Mann, war es im Grunde nie gewesen, auch wenn genau das der Grund war, warum sie ihn überhaupt gemocht hatte und bei ihrem Wiedersehen nun erleichtert feststellte, dass die vergangenen zehn Jahre seinen schrulligen Charakterzügen nichts hatten anhaben können. »Aber wenn du ein ungutes Gefühl hast, können wir natürlich umdrehen und den ganzen Weg, den wir hergekommen sind, einfach wieder zurückfahren.«

»Den ganzen Weg?«

Behutsam beugte sie sich zu ihm, legte die Hand auf seine und bei ihrer Berührung spürte sie, wie sich sein verkrampfter Griff lockerte. Dies war einer der größten Momente in seinem Leben. Seine Familie zu treffen, die Menschen, zu denen er gehörte. Obwohl Tabitha unbedingt wissen wollte, was sie ihm bedeutete und ob sich seine Gefühle für sie verändert hatten, müsste dies nun warten. »Es gibt keine Entscheidung, die man nicht rückgängig machen kann, Harry, egal, wie unumstößlich sie erscheint.«

Hohe Bäume säumten den staubigen Schotterweg, der sich von der Hauptstraße bis zu dem Tor wand, das den Eingang zum Künstlerretreat markierte. Die breiten Äste warfen einen angenehmen Schatten, die kühlere Luft hier fühlte sich beruhigend an. Es dauerte nur einen kurzen Moment, während Harry mit hämmernder Brust einen Schritt vom Wagen wegtrat, um zu erkennen, dass ihm ein königlicher Empfang bereitet wurde.

Sie mussten bereits auf ihn gewartet haben, denn als sie durch das Tor fuhren, sah er eine Frau, die von einer Bank aufsprang und auf das Auto zugelaufen kam. Nachdem sie eingeparkt hatten, stellte Tabitha den Motor ab, und Harry öffnete die Tür.

»Du meine Güte, du siehst aus wie sie«, sagte seine Großtante Henrietta, als sie ihn umarmte. Heiße Haut presste sich an seine, und sein Körper entspannte an ihren Kurven. Mit Tränen in den Augen nahm sie sein Gesicht in ihre schwieligen Hände und durchbohrte ihn derart mit ihren Blicken, dass sich Harry verwundert fragte, ob er jemals einer solchen Prüfung unterzogen worden war. Ihre feinen blonden Haare hatten keinerlei Ähnlichkeit mit seinen, und sie musste sich strecken, um ihn zu umarmen, entweder weil sie so klein oder er zu groß war. Doch ihr Verhalten gab ihm das Gefühl hierherzugehören. »Du bist so wunderschön. Sieh ihn dir nur an, Alistair«, sagte sie, und Harry bemerkte einen hochgewachsenen Mann mit zottigen Haaren und einem gütigen Gesicht, der neben ihr lächelte. »Er hat ihre Haare, ihre blauen Augen. Es ist so …«, setzte Henrietta an, bevor sie innehielt, um nach den richtigen Worten zu suchen. »Du bist so …«, versuchte sie es erneut, doch dann brachen sich ihre Tränen Bahn und strömten ihre Wangen hinab. »Du bist endlich hier«, sagte sie und zog ihn wieder fest an sich. In der Umarmung seiner Großtante, den Kopf in ihren Haaren, streckte er die Hand aus und seine Finger fanden Tabitha, und nach zwölf Stunden anschwellender Panik begann er schließlich, sich zu entspannen.

Das Retreat war sogar noch größer, als die Fotos vermuten ließen. Die Auffahrt schlängelte sich durch grüne Weiden, gesäumt von hohen Bäumen. Das Gehöft schien geradezu aus dem Boden zu erwachsen, genau wie die fernen Berge im Westen. Eine offene Scheune auf der anderen Seite machte den Anschein, als würde sie gleich in sich zusammenbrechen, und dennoch war sie voller Menschen, die eifrig an ihren Leinwänden arbeiteten. Lavendel wuchs zwischen Rosen, Kies knirschte unter ihren Füßen. Zikaden zirpten in den Bäumen. Als Harry das Gebäude betrat, überkam ihn ein eigenartiges Gefühl, etwas, das er nie zuvor erlebt hatte. Da war ein Geruch, den er nicht einordnen konnte, aber augenblicklich wiedererkannte. Es kam ihm fast so vor, als wäre er zu Hause.

Abgesehen von der ersten Begrüßung wurde seine Ankunft mit einem großen Abendessen gefeiert, und es war die Art Familienzusammenkunft, von der er immer geträumt hatte, einmal ein Teil zu sein. Harry erzählte ihnen von der Klinkosch-Schatulle, aber für sie war sie ein ebenso großes Rätsel wie für Harry und Tabitha. Doch es fiel ihm leichter als erwartet, an diesem Abend die Gedanken an die Schmuckkassette beiseitezuschieben. Denn das Abendessen erinnerte ihn an eine dieser alter Kochshows von Rick Stein und Keith Floyd, bei denen sie fremde Länder besuchten, sich mit Einheimischen trafen und an einem Festessen mit unbekannten Delikatessen teilnahmen, als wären sie ein gern gesehener Familienzuwachs. Die Menge an Essen deutete darauf hin, dass seine Großtante und sein Großonkel in dem Moment mit Kochen angefangen hatten, als er vor über vierundzwanzig Stunden nach ihrem Telefongespräch aufgelegt hatte. Seine Emotionen waren voll kindlicher Freude, ein Anflug von fröhlichem Egoismus, der ihm das Gefühl gab, als drehte sich alles allein um ihn. Er war nie im Zentrum des Geschehens gestanden, doch an diesem Abend war er der Reisende aus der Ferne, mit Neuigkeiten und Geschichten im Gepäck. Zurückgekehrt an einen Ort, an dem er nie zuvor gewesen war. Die Malerinnen und Maler, die in dem Retreat Urlaub machten, hatten sich der Feier angeschlossen und erlagen nun einer nach dem anderen der Verlockung ihrer Betten, bis nur noch Harry, seine Großtante, sein Großonkel und Tabitha übrig blieben. Den ganzen Abend hindurch beobachtete er Tabitha, wie sie immer wieder gedankenverloren dasaß, als wäre sie nicht völlig bei ihnen. Am liebsten hätte er ihr beteuert, dass sich nichts verändert hatte, doch er hielt es für vermessen und aufdringlich angesichts dessen, was sie erlebt hatte. Vielleicht war sie noch nicht bereit, dass er ihr seine Gefühle gestand. Zumindest waren sie zusammen hier, und in diesem Moment war das alles, was zählte. Alles Weitere könnte warten.

»Es wird allmählich spät«, verkündete sein Onkel Alistair, als der letzte Maler sich schlafen gelegt hatte. »Oder früh, je nach Perspektive«, sagte er mit Blick auf seine Armbanduhr. »Ihr beide müsst euch etwas ausruhen. Tabitha«, sagte er und erhob sich. »Soll ich dir dein Zimmer zeigen?«

»Gerne«, erwiderte Tabitha und folgte ihm zur Tür. »Kommst du, Harry?«

»Lass ihn mir bitte noch einen kurzen Moment, Tabitha«, sagte Henrietta. »Jetzt, wo er hier ist, will ich ihn gar nicht mehr loslassen. Komm«, sagte sie zu Harry, sobald Tabithas und Alistairs Schritte auf der Treppe zu hören waren. »Lass uns kurz rausgehen.«

Als sie auf die Terrasse traten, zeichnete silberner Mondschein die Silhouette der fernen Pyrenäen nach und ließ vorbeiziehende Wolken an den Gipfeln erkennen, die so in der einen Minute sichtbar und in der nächsten verschwunden waren. Durch die unerbittliche Art, wie seine Großtante ihn ansah, beschlich Harry das Gefühl, dass sie womöglich ganz genauso lang auf ihn gewartet hatte, wie er unbewusst auf sie.

Als das Schweigen unerträglich wurde, suchte er nach irgendetwas, das er sagen konnte. Es war das Erstbeste, was ihm in den Sinn kam. »Ich glaube, ich liebe diese Terrasse mehr als jeden anderen Ort, an dem ich je in meinem Leben gewesen bin. Der Duft und der Ausblick …« Er hielt inne, um beides zu würdigen. »In England gibt es so etwas nicht.«

»Es ist der Lavendel und die frische Luft«, sagte Henrietta. »Deine Mutter hat das auch geliebt, musst du wissen. Oh ja«, sagte sie, als sie seinen Schock bemerkte, und fuhr fort, als hätte er ihr widersprechen wollen. »Sie hat häufig hier draußen gesessen, grübelnd und in Gedanken versunken.

Genau auf der Bank dort.« Lächelnd zeigte sie in Richtung einer fernen Baumreihe. »Und morgen willst du vielleicht einen Spaziergang auf dem Pfad durch die Bäume dort drüben machen. Er führt zum Fluss. Wenn sie nicht hier gesessen ist, war sie normalerweise dort unten.«

Allein die Vorstellung, den Schritten seiner Mutter folgen zu können, wenn auch Jahre später, kam Harry wie ein Geschenk vor. »Irgendwie fühle ich mich ihr hier nahe. Vielleicht näher, als wir jemals im echten Leben waren.« Seine Großtante nickte, als verstünde sie nur zu gut. »Hat sie es wirklich geliebt, hier zu sein?«

»Dies war zweifellos ihr Lieblingsort. Mein Bruder und seine Frau, deine Großeltern, meine ich, nun ja, sie waren gute Menschen, aber sie waren beide so völlig anders als deine Mutter. Ich glaube, sie wussten einfach nicht, wie sie mit ihr umgehen sollten. Sie waren Akademiker, Menschen, denen Erfolg wichtig war. Du meine Güte, sie waren Sturköpfe, was ihre Karrieren betraf, und ich glaube, sie haben nicht verstanden, dass ihre Tochter etwas anderes wollte. Versteh mich nicht falsch, sie haben sie geliebt. Sie hatten sich nur gewünscht, sie wäre anders, und das hat für große Spannungen gesorgt.«

»Ich kann das nachvollziehen.«

»Das dachte ich mir, mein Lieber. Deine Mutter hat hier Frieden gefunden, konnte auf eine Weise entspannen, die ihr zu Hause verwehrt war. Deine Mutter, nun ja, du musst wissen, dass nicht nur ihre Zukunftspläne das Problem waren. Da gab es auch andere Dinge. Sie war, nun ja, sie war anders.«

»Inwiefern?«

Seine Großtante lehnte sich einen Moment zurück und verschränkte die Arme vor der Brust. »Sie war eine alte Seele im Körper eines jungen Menschen. Einerseits war sie reif für ihr Alter und dann wieder ein kleines Kind. Dein Großvater war Arzt, deine Großmutter Anwältin, was in ihrer Generation etwas Besonderes war.« Es kam ihm unglaublich vor, ihren Worten zu lauschen, unbekannte Informationen, die sich ihm auf einmal offenbarten. Vorfahren und Geschichten, die zu ihm gehörten. Ärzte, Anwältinnen und Malerinnen, alle waren Teil seines Lebens. »Sie haben Dinge von ihr erwartet, gute Dinge, aber nicht notwendigerweise das, was deine Mutter wollte. Sie hat die Vergangenheit geliebt, alles Historische und wollte …«, sagte sie, bevor sie es sich anders überlegte. »Nein, das stimmt nicht, sie *war* Archivarin. Wollte alles bewahren, was vor ihr auf der Welt war. Sie sammelte und dokumentierte alles Mögliche. Die Dinge, die wir in ihrem Zimmer gefunden haben!« Bei diesen Worten konnte er sich ein Lächeln nicht verkneifen. »Es stimmt mich so traurig, wenn ich mir überlege, was du mir am Telefon erzählt hast, wie sie ihr Leben geführt hat. All das Chaos. Meine arme, kleine Frances!«

»Du hast sie wirklich geliebt, nicht wahr?«

»Sie war wie eine Tochter für mich, Harry.« Bei dem Gedanken, dass sie hierhergehört hatte, war er so froh, gekommen zu sein und diese Person zu treffen, die seine Mutter von Herzen geliebt hatte. »Ihre Eltern haben sie geliebt, aber sie wollten sie zwingen, in ihre Fußstapfen zu treten, als würde eine Wahl zwischen zwei Berufen genügen, um jemanden zufriedenzustellen. Das war der Grund, weshalb sie so gern hier war. Sie genoss die Freiheit, die ich ihr bot. Die Freiheit, sie selbst zu sein.« Eis klackerte in dem Glas, als seine Großtante einen Schluck von ihrem durchsichtigen Getränk nahm. »Aber ich schätze, es war diese Freiheit, die sie schlussendlich von uns ferngehalten hat.«

»Was meinst du?«

Lächelnd schüttelte sie den Gedanken ab. »Oh, vergiss es. Ich bin nur eine alte Frau, die sich in der Vergangenheit verloren hat. Das Leben hatte sich für deine Mutter verändert. Du bist auf die Welt gekommen, und sie konnte ihre Sommer nicht mehr in Frankreich verbringen. Sie hatte andere Verpflichtungen.«

»Ich schätze, ich habe ihr Leben wirklich verändert.«

»Zweifellos zum Besseren. Jedes Kind bringt großes Glück, egal, wie die Umstände und Schwierigkeiten sein mögen. Und deine Mutter hatte zweifelsohne ihre Probleme. Das haben wir alle gesehen und unser Bestes gegeben, um ihr zu helfen. Keiner von uns hat allerdings genug getan.«

Zu seiner Überraschung war diese Vorstellung ein Trost. Er war nicht der Einzige, der an dieser Aufgabe gescheitert war. »Hat sie dir jemals von meinem Vater erzählt?« Die Armbanduhr, die wegen der Hitze enger an seiner Haut klebte, fühlte sich kühl an, als er die andere Hand darauflegte. »Ich meine, wer er war.«

»Sie hat es dir auch nie erzählt? Leider nein, Harry. Ihre Schwangerschaft kam für uns alle völlig unerwartet.«

»Dir fällt auch niemand ein, dessen Name mit einem *B* anfängt?«

»*B*?« Den Blick gen Himmel gerichtet, dachte sie eine Weile nach. »Nein, nicht dass ich wüsste. Warum fragst du?«

»Ist egal.«

»Was ist mit dir und Tabitha? Habt ihr Kinder?«

»Oh, nein!« Er lachte, aber es war von hörbarer Traurigkeit gefärbt. »Wir sind kein Paar. Wir waren es mal, vor langer Zeit, aber … äh …« Auf einmal fehlten ihm die Worte. »Nein, wir sind jetzt nicht zusammen.«

»Oh, ich verstehe.« Sie trank einen weiteren Schluck. »Und ihr Auge? Das sieht ganz schön übel aus.«

»Das war ihr Ehemann.« Verwirrt runzelte Henrietta die Stirn. »Sie hat ihn verlassen, erst neulich. Wir waren vor zehn Jahren zusammen, deshalb versuche ich sie jetzt etwas zu unterstützen. Sie braucht jemanden, der für sie da ist. Der sich um sie kümmert.«

»Das brauchen wir doch alle, mein Lieber«, sagte sie. »Aber ich hätte schwören können, dass ihr ein Paar seid.« Harry zuckte mit den Schultern und fragte sich, was er erwidern sollte, und ob er etwas falsch gemacht hatte, um diesen Eindruck zu vermitteln. »Nun, es ist lieb, dass du ihr hilfst. Wir alle brauchen Freunde wie dich. Aber ich fürchte, das bringt mich ein wenig in die Bredouille. Du musst verstehen, ich habe da wohl leider falsche Schlüsse gezogen.«

»Wie meinst du das?«

Sie seufzte schwer. »Nun, es ist August, mein Lieber. Wir sind ausgebucht. Wir hatten nur ein Zimmer frei, das wir normalerweise nicht vermieten, weshalb wir euch dort untergebracht haben. Zusammen.«

Er dachte an all die Nächte, die sie eine Bettdecke geteilt

hatten, wie kurz davor sie gestanden hatten, einander das wahre Ausmaß ihrer Gefühle zu gestehen, und fragte sich nun, ob ein paar wenige weitere Nächte schlimm wären. Dort mit einer Person zu sitzen, die zauberhaft, aber im Grunde eine Fremde war, erinnerte ihn an all die Male, wenn er als Kind zu einer neuen Pflegefamilie gekommen war und versucht hatte, seine Begeisterung und Dankbarkeit zu zeigen, egal, wie schäbig sein neues Zimmer war oder mit wie vielen Kindern er es sich teilen musste. Jetzt war es kaum anders. Er wollte, dass sie ihn nicht fortschickten. »Das ist kein Problem«, sagte er und hoffte, dass Tabitha die Sache ähnlich sah. »Solange es euch nicht stört.«

Henrietta lächelte in sich hinein. »Das ist ein Künstlerretreat, mein Lieber. Ich will hier niemanden verunglimpfen, aber wer wo und mit wem schläft, geht mich nichts an.« Kichernd und offenkundig erleichtert, der Ursache für das blaue Auge auf den Grund gegangen zu sein, tätschelte sie ihm liebevoll die Schulter. »Vielleicht hatte das Jugendamt von Anfang an recht, und dies hier ist nicht der geeignete Ort, um ein Kind großzuziehen.«

Dunkelheit erfüllte das Haus, als er die Stufen nach oben schlich, nur das unaufhörliche Zirpen der Zikaden in den Bäumen draußen war zu hören. Auf dem oberen Treppenabsatz musste er sich an einer großen Kommode vorbeiquetschen, doch er blieb stehen, um sich mehrere gerahmte Fotografien anzusehen, die darauf verteilt waren, und machte rasch seine Großtante und seinen Großonkel in verschiedenen Phasen ihres Lebens aus. Obwohl er auf keinem Bild war, kam es ihm nun irgendwie vor, als wären sie Teil seiner Geschichte, auch wenn er sie bisher nicht gekannt hatte. Kurz bevor er sich umdrehen wollte, erspähte er seine Mutter. Als junges Mädchen, lächelnd, neben seiner Großtante.

»Tabitha?«, flüsterte er, als er vor der Eichentür mit der Nummer neun ankam. Leise klopfte er gegen das Holz.

»Komm rein«, sagte Tabitha, ohne zu zögern.

Als er die Tür aufschob, kam es ihm vor, als werfe er einen Blick in die Vergangenheit. Auf dem Bett, gekleidet in etwas, das wohl ihr Versuch eines Nachthemds war, nämlich ein Rolling-Stones-T-Shirt, das kaum ihre Oberschenkel bedeckte, lächelte sie ihn an, während er im Türrahmen stand. Ihre gebräunten Beine waren zum Schneidersitz angewinkelt, und ihre rotblonden Haare fielen ihr über die Schultern, mit einem Knick in der Mitte, wo Tabitha sie früher am Tag, als die Hitze ihr den Nacken hochgekrochen war, zu einem Knoten hochgesteckt hatte. Das T-Shirt war alt, das wusste er. Sie hatte es auch getragen, als sie vor zwölf Jahren das erste Mal ein Bett geteilt hatten.

»Ich fürchte, meine Tante und mein Onkel haben falsche Schlüsse gezogen. Das ist auch mein Zimmer.« Da erkannte er, dass die Umstände hier völlig anders waren als bei ihm zu Hause, als sie ein Nachtlager geteilt hatten. Es war ein Notbehelf gewesen, ein Akt der Zweckmäßigkeit. Das hier waren ein richtiges Bett und ein richtiges Leben. »Ich kann im Wohnzimmer schlafen oder auf dem Boden, wenn du willst.«

Einen Moment lang wirkte sie verwirrt und blickte dann zur Tür, die immer noch offen stand.

»Mach einfach die Tür zu, ja? Ich schätze, wir kriegen das auf die Reihe.«

Er schüttelte den Kopf. »Nein, jetzt liegt die Sache anders. Außerdem ist meine Reisetasche immer noch im Auto. Ich brauche sie.«

»Harry, könntest du dich einfach mal entspannen!« Mit einem Klopfen auf die leere Bettseite gab sie ihm zu verstehen, dass er sich setzen sollte. Es war ein Bett, genau wie er sich ein französisches Bett vorstellte, Kopf- und Fußteil in klassischem Chateau-Stil, das Graublau eines winterlichen Ozeans. Die Dielen waren unbehandelt, die Vorhänge luftig-leicht. Er schloss die Tür, dann knarzte alles bei jeder seiner Bewegungen und die Matratze stöhnte leise, als er sich, die Hände auf die Knie gestützt, darauf niederließ. »Bitte erklär mir, warum die Vorstellung, dass wir hier zusammen sind, ein solches Problem darstellt.«

»Ich dachte nur, du bräuchtest vielleicht etwas Privatsphäre, das ist alles. Die vergangenen paar Tage waren ein bisschen voll, oder?«

»Ja, das kannst du laut sagen«, erwiderte sie und winkelte ein Bein unter ihrem Körper an, damit sie ihm direkt gegenübersaß. »Aber ich würde viel lieber zusammen in diesem Zimmer sein als allein. Ich wäre lieber bei dir. Verstehst du das denn immer noch nicht?«

Er nickte und ließ sich ihre Worte leise durch den Kopf gehen. Schließlich sagte er: »Darf ich dich etwas fragen?« Da von ihr nichts kam, senkte er die Stimme, als würde es helfen, um die Frage leichter über die Lippen zu bekommen. »Warum bist du bei ihm geblieben?«

Bei dem Seufzen, das ihr entwich, bereute er augenblicklich, so dreist gewesen zu sein. Natürlich hatte er kein Recht, eine solche Frage zu stellen. Er wollte ihr schon sagen, dass es keine Rolle spielte, auch wenn es das tat, und sie ihm keine Antwort schuldig war, obwohl er es unbedingt wissen wollte, als sie zu reden begann.

»Hast du nie mehr aus deinem Leben machen wollen, Harry? Hast du nie in die Vergangenheit geblickt und dich gefragt, was hätte werden können, wenn nur ein paar winzige Momente anders verlaufen wären?« Ihre Augen waren weit aufgerissen, ihr Blick nicht fokussiert auf irgendeinen Punkt im Zimmer. Nach ein paar Sekunden sah sie zu ihm, wartete auf eine Antwort.

»Du weißt, dass dem so ist.«

»Als ich jünger war, Harry, wollte ich Künstlerin werden. Nicht mit Farben und Leinwänden, sondern mit Make-up und Spezialeffekten. Wie die Sachen im Fernsehen. Habe ich dir jemals davon erzählt?« Harry schüttelte den Kopf. »Ich hatte all diese Pläne, Listen über Listen an Dingen, die ich kaufen wollte, und Adressen von Maskenbildnern, bei denen ich mich für ein Praktikum bewerben konnte. Ich wollte nach Amerika ziehen, in Hollywood arbeiten. Vor meinem geistigen Auge hatte ich es mir bereits vorgestellt, bis hin zu dem Apartment, das ich in Little Armenia mieten würde, weil es dort billiger war, aber immer noch nah genug an den Studios. Ich hatte alles genau ausgearbeitet. Weißt du, warum ich es nie getan habe?«

»Nein.«

»Ich auch nicht. Wir waren zwei Jahre zusammen, und ich habe dir nicht einmal von meinem großen Traum erzählt, obwohl es alles war, woran ich jahrelang gedacht habe. Manchmal, Harry, verschluckt einen das Leben und dann spuckt es dich auf einem völlig anderen Pfad wieder aus als dem, den man eigentlich gewählt hat, und irgendwann hat man sich verirrt und findet den Weg nicht zurück. Das ist, was mit uns passiert ist. Mit mir. Die meisten Menschen haben Glück und enden schlussendlich auf vernünftigen Pfaden. Viele glauben vielleicht sogar, dass sie dort gelandet sind, wo sie von Anfang an hinwollten. Andere Menschen, so wie wir, stranden an Orten, die sie niemals gewählt hätten, und von denen sie nicht den blassesten Schimmer haben, wie sie jemals wieder wegkommen sollen.«

Einen Moment lang fragte er sich, wie sie ihre Leben so mühelos miteinander vergleichen konnte. Was wusste er schon von häuslicher Gewalt? Doch dann begann er sich zu wundern, ob die Gewalt in ihrer Situation überhaupt das Schlimmste gewesen war. Vielleicht war das, was wirklich schmerzte, das Wissen, dass man etwas wollte, ohne die geringste Ahnung zu haben, wie man es bekam. Sein ganzes Leben hatte er sich so gefühlt. Als Kind hatte er seine Mutter gewollt und dann, als er sie gefunden hatte, verbrachte er zehn Jahr an ihrer Seite und wollte mehr als das, was er gefunden hatte. Er hatte sie gefragt, warum sie ihn verlassen hatte und wer sein Vater war, nur um mit denselben leeren Antworten abgespeist zu werden. Vielleicht verstand er doch, warum Tabitha trotz allem bei Daniel geblieben war.

Während er immer noch am Bettrand saß, schlüpfte sie unter die Decke. Obwohl der Tag warm gewesen war, hatte sich die Luft abgekühlt, und eine frische Brise von den Gipfeln der Pyrenäen wehte in die Täler und hinein in ihr geöffnetes Fenster. In jener Nacht schlief er über der Bettdecke, vollständig bekleidet. Doch er blieb. Er redete sich ein, er wäre geblieben, weil sie nicht wollte, dass er ging. Doch als die Nacht verblasste und sich der schwarze Himmel allmählich in das Pastellblau des Morgens verfärbte, erkannte er, dass auch er nicht hatte gehen wollen. Es gab nur einen Ort, an dem er sein wollte, und der war bei ihr.

Siebzehntes Kapitel

Harry erwachte zum Geräusch von Pantoffeln, die über Dielenbretter schlurften. Die Augen immer noch halb geschlossen, vermutete er, es wäre Tabitha, weshalb er sich wunderte, dass er gegen ihren Körper stieß, als er sich im Bett umdrehte.

»Das hatte ich mir schon fast gedacht«, sagte seine Großtante. Gekleidet in ein bretonisches Streifen-T-Shirt und etwas, das wie eine weit geschnittene Leinenhose aussah, war Henrietta der Inbegriff dessen, was er sich unter einer Französin vorstellte. Ein Pinsel hielt ihre Haare im Zaum, die locker auf ihrem Kopf hochgesteckt waren. »Ihr wart gestern völlig erschöpft, und wir haben euch direkt zu einer Party mit einem ganzen Haus voller Gäste gedrängt.« Die Stimme gedämpft balancierte sie ein Tablett mit Essen gefährlich auf ihrem Schoß, während sie sich auf den Bettrand setzte. Der Anblick von Gebäck, Saft und Kaffeebechern ließ Harry regelrecht sabbern. Aufgrund des breiten Lächelns auf ihrem Gesicht und der Sanftmütigkeit, mit der sie ihn ansah, vermutete er, dass es ihr nichts ausmachte, sie geweckt zu haben, zwei Fremde, eine von ihnen in halb nacktem Zustand, bei der ein Bein unter der Decke hervorlugte. Schätzungsweise gewöhnte man sich zwangsläufig daran, wenn man das ganze Jahr über einen regen Durchlauf an Gästen hatte. Oder vielleicht, hörte er eine leise Stimme in seinem Kopf flüstern, weil er zur Familie gehörte. »Hast es wohl gestern nicht mal mehr aus deiner Kleidung geschafft«, fuhr sie fort und kicherte still in sich hinein. »Ich kann immer noch nicht ganz glauben, dass du wirklich hier bist. Es kommt mir vor, als würde ich in die Vergangenheit blicken, wo ich endlich wieder jemanden in diesem Bett liegen sehe.«

Gestern Nacht, unfähig, in den Schlaf zu finden, war er stundenlang wach gelegen und hatte den Geräuschen von Insekten und dem fernen Läuten der Kuhglocken gelauscht, während die Tiere allmählich erwachten. Licht verscheuchte das Dunkel der Nacht und erst, als die Vögel einen neuen Tag ankündigten, fielen ihm die Augen zu. Über die Schulter seiner Großtante, durch das offene Fenster, konnte er das Massiv der Berge ausmachen, die ihm in Erinnerung riefen, dass er es wirklich nach Südfrankreich geschafft hatte. Als sein Blick zurück zu seiner Großtante glitt, konnte er immer noch nicht glauben, dass auch sie Wirklichkeit war.

»Haben wir verschlafen?«, fragte er und überlegte hastig, wie er die Sache geraderücken könnte, wenn ihm ein Schnitzer unterlaufen sein sollte. »Es tut mir schrecklich leid, sollte dem so sein.«

Mit den Händen, seine Glieder zitternd vor Erschöpfung, stemmte er sich im Bett in eine Sitzposition, besorgt, sich etwas erlaubt zu haben, das ihm nicht wirklich zustand. Er erinnerte sich an all die ersten Morgen in neuen Häusern und wie verunsichert er wegen der jeweiligen Gepflogenheiten gewesen war. Bei einigen hatte er wach und fertig, unten und startklar sein sollen. Bei anderen durfte er sich nicht blicken lassen. Es war egal, wie warmherzig die Begrüßung gewesen war, die jeweiligen Regeln galten ausnahmslos, und gestern Abend, vor Aufregung und Verwirrung wie benommen, hatte er vergessen, sich nach ihnen zu erkundigen. An dieses Gefühl, an einem fremden Ort aufzuwachen, konnte er sich nie gewöhnen, egal, wie oft er es in seinem Leben schon getan hatte. Das Unbehagen war physischer Natur, wie eine chronische Krankheit, etwas Greifbares in seinem Körper.

»Natürlich nicht«, sagte sie, als Harry spürte, wie Tabitha sich an seiner Seite rührte. Henrietta ließ ihre Hand auf seine gleiten und spähte lächelnd zu Tabitha. »Hier gibt es kein Verschlafen, Harry. Man schläft so viel, wie der Körper es braucht. Wie oft, glaubst du, habe ich ein solches Tablett deiner Mum gebracht, als sie ausgeschlafen hat? Anscheinend ist das hier ein sehr bequemes Bett.« Hatte er etwa gerade richtig gehört, dass er im Zimmer seiner Mutter schlief? »Oh ja«, fügte Henrietta hinzu, als könnte sie Gedanken lesen. »Das habe ich dir gestern Abend gar nicht gesagt, nicht wahr? Ihre Bücher stehen immer noch in den Regalen, und ein Teil ihrer Kleidung hängt im Schrank dort. Dieses Zimmer vermiete ich nie. Es ist für die Familie reserviert.« Seufzend schien sie von einer unerwarteten Erinnerung heimgesucht zu werden. »Ich schätze, ich hatte immer gehofft, sie würde es eines Tages wieder brauchen. Ich kann immer noch nicht glauben, dass sie von uns gegangen ist.

Als du mir die Nachricht überbracht hast, war es ein echter Schock für mich.«

»Ich kann es selbst noch nicht glauben.«

»Aber«, sagte sie, strich sich im Aufstehen die Kleidung glatt und wischte sich eine Träne aus den Augenwinkeln. »Manchmal hat das Leben etwas völlig Unvorhergesehenes für einen in petto. Ich mag meine Frances nicht mehr haben, doch voilà, da bist du! Und welch eine wundervolle Überraschung du bist.« Nachdem Henrietta seine Tasche mit dem Fuß beiseitegeschoben hatte, stellte sie das Tablett auf den Polsterhocker am Bettende ab. »Ihr lasst es heute Vormittag ruhig angehen und kommt runter, wenn ihr bereit seid. Wir warten auf euch, wie lange es auch dauert.«

Während Harry beobachtete, wie seine Großtante auf Zehenspitzen aus dem Zimmer schlich, um Tabitha nicht zu stören, kam ihm in den Sinn, dass ihre Worte ihm jede Menge Trost spendeten. Bei der Leichtigkeit, mit der sie über ihre Beziehung sprach, und der Freude, die seine Ankunft ihr bereitet hatte, fühlte er sich auf eine Weise willkommen, die er nie zuvor verspürt hatte. Springfedern knarzten unter seinem Gewicht, als er sich im Bett rührte und sich noch weiter aufsetzte, um einen Blick auf das Essenstablett zu werfen. Darauf stand sogar eine kleine, bauchige Vase, in der ein Lavendelzweig steckte. Heute Morgen im Garten gepflückt? Wie viel Mühe sie sich gemacht hatte! Es war, als streckte sich die Zuneigung seiner Großtante durch die Vergangenheit bis hin zu seinen einsamen Jahren, wo sie die Hand des Jungen hielt, der er einmal gewesen war. Würde er das alles wieder auf sich nehmen, die Einsamkeit und den Schmerz, wenn es bedeutete, hier aufzuwachen, neben Tabitha, in einem Haus, das seiner Familie gehörte? Vielleicht schon.

»Wer war das?« Tabitha stieß ein leises Grunzen schläfriger Zufriedenheit aus, während sie sich, die Arme über dem Kopf, leicht räkelte.

»Tante Henrietta«, sagte er. Der Klang ihres Namens, der ihm rollend über die Lippen kam, war immer noch ein bisschen surreal, aber zweifellos auf eine gute Art. Tabitha bemerkte seine Reaktion, und sie lächelte ebenfalls, die Augen immer noch auf Halbmast vom Schlaf. »Sie hat uns Frühstück ans Bett gebracht.«

Harry wandte den Blick ab, als Tabitha sich streckte, um das Tablett zu ihnen zu ziehen und ihre Oberschenkel und ein Teil ihres Hinterns zu sehen waren, da ihr T-Shirt nach oben rutschte. Dann glitten seine Augen zu ihr zurück. Ihr Körper hatte sich verändert, und er wusste, würde er sie auf die Art berühren, wie er es damals getan hatte, würde sie sich auch anders anfühlen. Anstelle der weichen Kurven der Jugend waren es nun gemeißelte, kantige Formen. Doch egal, was es war, das eine Frau brauchte, um seine Aufmerksamkeit zu bannen, besaß Tabitha es im Übermaß, genau wie früher.

»Ich schätze, dann gehört es mir«, sagte sie, während sie sich wieder zurücklehnte und das Tablett samt den kleinen Beinchen über sich schob. »Immerhin bin ich die Einzige, die sich tatsächlich *im Bett* befindet.« Sie richtete die Kissen neu und verlagerte mehrmals das Gewicht, bis sie eine bequeme Sitzhaltung gefunden hatte, dann biss sie herzhaft in ein Croissant. Nach einem kurzen Blick in Harrys Richtung reichte sie ihm den Rest. »Ich nehme an, es war gestern etwas überwältigend, deine Familie und gleichzeitig alle anderen Gäste kennenzulernen. Es sind ganz schön viele, nicht wahr?«

»Ja. Eine Menge.«

»Stell dir vor, du wärst hier aufgewachsen, wie sie es gewollt hatten. Dann wärst du jetzt Franzose.«

Der Gedanke krallte sich in seinem Gehirn fest, die Möglichkeit, dass es in seiner Vergangenheit unzählige Versionen seines potenziellen Ichs gab, die nie das Licht der Welt erblickt hatten. Während er Tabitha musterte, fragte er sich, ob der Mann, der er damals bei ihr gewesen war, einfach nur ein weiterer möglicher Ausgang war, dazu bestimmt, ins Nichts zu führen.

»Dann wäre ich dir nie begegnet, oder?«

»Nun, das kann man nie wissen. Vielleicht war es das Schicksal, das uns zusammengebracht hat. Vielleicht war es immer unsere Bestimmung gewesen, uns zu treffen.«

»Glaubst du das wirklich?«

»Keine Ahnung.« Sie zuckte mit den Schultern. »Vielleicht.« Nach einem weiteren Bissen von einem zweiten Croissant sprach sie mit vollem Mund. »Ich weiß, dass gestern ein bisschen zu viel war, aber jeder hier scheint sehr nett zu sein.« Sie deutete auf das Tablett. »Und sehr darauf bedacht, alles richtig zu machen.«

»Ja, nicht wahr?« Innerhalb von vierundzwanzig Stunden war er von dem Zustand, überhaupt keine Familie zu besitzen, in den übergegangen, eine völlig neue zu haben, die er rechtmäßig »sein Eigen« nennen durfte. Beim Abendessen hatte seine Großtante darauf bestanden, ihm alte Fotos seiner Mutter zu zeigen: eines, auf dem sie vor einer Leinwand saß und in einem Feld malte; ein anderes, auf dem sie mit einer alten Freundin im Fluss schwamm; Bücher auf dem Marktplatz kaufte; in einem kleinen Café las. Henrietta reichte ihm eine Inventarliste, die Frances damals in einem alten Notizbuch geführt hatte, genau wie jene, die sie im Cottage gefunden hatten. Mit Titeln von Büchern, die sie gelesen, gekauft oder sich ausgeliehen hatte. Ein Teil von ihm war froh, diese Dinge zu sehen. Doch er spürte, wie ein anderer Teil sich abschottete, als er den Beweis für das Leben sah, das sie hier geführt hatte. Dieses Mädchen schien überhaupt nicht zu dem traurigen Charakter zu passen, an den er sich in letzter Zeit gewöhnt hatte. Wann war dieses lebensbejahende, junge Mädchen verschwunden? War er der Grund für diese Veränderung?

»Rate mal, was mir Tante Henrietta erzählt hat«, sagte Harry, als sie eine Scheibe Toast aßen.

»Was?«

»Dass das hier eigentlich das Zimmer meiner Mutter war.« Als er aus dem Fenster starrte, ließ er den Ausblick auf sich wirken und bezweifelte stark, dass er sich jemals an ihm sattsehen könnte, wusste er doch, dass er etwas genoss, das auch seine Mutter gesehen hatte. »Sieh dir das an!« Er beugte sich übers Bett und zog das alte Notizbuch heraus, in das seine Mutter geschrieben hatte. Auf den Deckel hatte sie ihren Namen geritzt und die senkrechten Linien der Buchstaben mit hübschen Zeichnungen von Lavendelblüten verziert. Er beobachtete, wie Tabitha den Filter einer French Press nach unten drückte und ihnen beiden eine Tasse Kaffee eingoss und dann einen Spritzer Sahne und ein Stück Würfelzucker hinzugab, genau wie er es mochte. Er wunderte sich bei kleinen Dingen wie diesen, wie aufmerksam ein Mensch sein konnte und an wie viel sich manche Leute erinnerten. Es waren nie die großen Gesten, die Nähe schufen, sondern die einfachen Dinge, die Feinheiten des alltäglichen Lebens, die zwei Menschen miteinander verbanden.

»Bücher?«, fragte sie und blätterte im Notizbuch herum.

»Ja. Titel von Büchern, die meine Mutter gelesen hat. Wie es scheint, hat sie das Sammeln schon früh begonnen.« Er zeigte auf die Regale entlang des Betts. »Meine Tante meinte, sie wollte Archivarin werden, und ich würde die Vermutung wagen, dass das, was hier drinnen steht, mit dem in den Regalen dort übereinstimmt.«

»Genau wie im Cottage. Sie muss alles aufgelistet haben. Selbst das Datum, an dem sie die Bücher gelesen hat und wann sie veröffentlicht wurden«, sagte sie, während sie mit dem Finger an den Spalten hinabglitt. Dann hielt sie keuchend innen. »Mist«, rief sie und klopfte auf die Seite. »Schau nur!«

»Was?«, fragte Harry und griff nach dem Notizbuch. Doch bevor sie ihm eine Erklärung liefern konnte, schlüpfte sie aus dem Bett und ging vor dem Bücherregal in die Hocke. Sie ließ den Finger von einem Buchrücken über den nächsten fahren, bis sie anhielt, um eines herauszuziehen.

»Harry, sieh dir mal das hier an! Eine Erstausgabe«, sagte sie, schlug das Buch auf und ihr Mund zog sich in die Breite, bevor er sich zu einem Lächeln wölbte. »Und es gibt eine Widmung für deine Mutter«, sagte sie und glitt zurück ins Bett an seine Seite. »Unterzeichnet mit einem *B*, genau wie bei den Briefen. Weißt du, wie viel ein Buch wie dieses bei einer Auktion wert wäre? Zumindest, wenn niemand dort etwas hineingeschrieben hätte.«

»Es ist trotzdem unbezahlbar«, erwiderte er, und Tabitha legte das Buch weg, peinlich berührt, dass sie allein den möglichen finanziellen Wert ins Auge gefasst hatte. Sie entschied, das Geld nicht noch einmal zu erwähnen, obwohl das Buch gewiss mehrere tausend Pfund wert war.

»Ich würde sagen, unsere beste Chance wäre, deine Tante zu fragen, ob sie weiß, wer das war.« Tabitha zog die Knie an die Brust und die Decke über sich, um es sich gemütlich zu machen. Harry seufzte. »Was ist los?«

»Ich habe sie bereits gestern Abend gefragt. Sie hat nicht den blassesten Schimmer. Auch nicht, wer hinter diesem *B*. stecken könnte.«

»Okay. Das ist schade, aber es bedeutet nicht, dass wir nicht trotzdem die Wahrheit herausfinden können. Jemand an diesem Ort muss etwas wissen.«

Was suchte er hier in diesem abseits gelegenen französischen Dorf? Die Wahrheit über seine Abstammung? Seinen Vater? Eine Erklärung für die Entscheidung, die seine Mutter getroffen hatte, als sie ihn auf der Bank im Einkaufszentrum zurückließ? Die Klinkosch-Schatulle? Er wollte das alles, aber er wollte auch etwas ganz für sich selbst. Einen Moment, um diesen Ort zu genießen, so wie seine Mutter damals.

»Ich will der Wahrheit auf die Spur kommen, das will ich wirklich, aber ich will auch mehr von dem hier«, sagte er und zeigte auf das Notizbuch. »Ich will etwas über ihr Leben erfahren und die Dinge, die sie früher getan hat. Mich an den Orten erfreuen, die sie glücklich gemacht haben.«

»Vielleicht könnten wir damit anfangen, in das Dorf zu spazieren, durch das wir gestern auf dem Weg hierher gefahren sind. Es sah sehr malerisch aus.«

»Ja, nicht wahr?« Wärme durchflutete ihn, als er an seinem Kaffee nippte und sich gegen das Kopfende des Betts lehnte. Das Gewicht von Tabithas Körper neben ihm schien ihn regelrecht anzuziehen, und er sank in den Spalt zwischen ihnen, bis ihre Beine sich berührten. »Nun, ich muss dir wohl wegen etwas reinen Wein einschenken.« Er nahm einen weiteren Schluck Kaffee. »Während du weg warst, habe ich irgendwie ein wenig aufgegeben. Ich habe einen Termin vereinbart, um die Dokumente beim Anwalt zu unterschreiben und das Haus verkaufen zu lassen. Ich habe aufgehört, darum zu kämpfen. Und ich habe einen Riesenberg Zeug weggeworfen, ohne richtig nach der Schatulle zu suchen.«

»Du hast die Suche aufgegeben?«

»Es hat sich alles ein bisschen hoffnungslos angefühlt. Ich denke, ich habe es mit der Angst zu tun bekommen und war etwas überfordert.« Sein ganzer Körper schmerzte vor Erschöpfung, aber es kam ihm vor, als würde jedes Mal, wenn er seine Gedanken in Worte fasste, Tabitha ihm einen Teil der Last nehmen, die er sein gesamtes Leben mit sich herumgetragen hatte. »Ich glaube nicht, dass die Schatulle mir durchgerutscht ist. Aber auch wenn ich sie gefunden hätte und egal, welche Antworten ich bekäme, sie würden nichts an der Vergangenheit ändern, oder?«

»Nein, das würden sie nicht«, sagte Tabitha. »Aber vielleicht an der Zukunft.«

Danach waren die ersten paar Tage auf dem Gehöft etwas völlig Unerwartetes, auch wenn sie genau das waren, was die beiden brauchten. Sie verbrachten ihre Zeit damit, ins Dorf zu spazieren und die ungestörte Ruhe zu genießen, mit nichts auf ihrer Agenda als zu lernen, gar nichts zu tun. Obwohl er in den vergangenen zehn Jahren häufig still dagesessen war, erkannte er in jenen ersten paar Tagen, dass er nie im Reinen mit sich gewesen war. Die ganze Zeit über hatten sich seine Gedanken überschlagen, und er hatte versucht, sich einen Plan zurechtzulegen, wie er es anstellen könnte, die Dinge wieder in Ordnung zu bringen und einen Weg zurück zu seiner Mutter zu finden. Zum ersten Mal seit Jahren erfuhr er, wie man ohne ein Gedankenkarussell oder die kleinste Absicht auf einem Stuhl saß, den Ausblick genoss und im Hier und Jetzt lebte. Auf Drängen seiner Großtante nahm er eine Staffelei mit hinaus aufs Feld und versuchte sich an einem Bild der Berge und als er mit einer schwachen Leistung und ohne das Bestreben zurückkehrte, es noch einmal zu versuchen, stimmte er in Henriettas Gelächter ein.

»Wie die Mutter, so der Sohn«, sagte sie.

Bewaffnet mit der Information aus dem *Le Monde*-Artikel hörten sie sich wegen der Familie Ellison um, auch wenn es ihnen nicht weiterhalf. Sie durchforsteten sogar das Telefonbuch, aber es gab nur einen einzigen Ellison, der in der Nähe wohnte, und einen Telefonanruf später strichen sie ihn von ihrer Liste, da es sich bei ihm um ein im Ausland arbeitendes Ehepaar handelte, das erst vor zwei Jahren aus den USA nach Frankreich gezogen war. Sie versuchten es sogar in Paris, doch niemand, mit dem sie sprachen, schien ihnen Auskunft über die Klinkosch-Schatulle geben zu können.

Manchmal, wenn sie auf dem Marktplatz waren, erklärte Tabitha, sie wollte einen kleinen Spaziergang machen, und er hatte immer Verständnis, dass sie in diesen Momenten nicht auf Gesellschaft aus war. Es war das erste Mal in seinem Leben, dass er voll Mitgefühl erkannte, dass Menschen manchmal mit ihren eigenen Problemen zu kämpfen hatten, und obwohl ihr blaues Auge allmählich verblasste, verriet ihm ihre Sonnenbrille, die sie die ganze Zeit über trug, dass sie das, was in ihrer Ehe passiert war, immer noch verarbeiten musste. Er wusste, dass die schlimmsten Situationen gelegentlich noch schmerzen konnten, selbst wenn sie der Vergangenheit angehörten. Er wäre ihr sicher die größte Hilfe, wenn er ihr die Freiheit gab, sich selbst zu heilen.

Dennoch fühlte er sich unwohl, als er auf einmal allein war, und war anfangs beunruhigt, sie könnte womöglich nicht zurückkommen. Beklommen hielt er in der Menschenmenge nach ihr Ausschau und fragte sich, ob die anderen schlecht über ihn dachten, weil er ohne Begleitung in einem Café saß. Manchmal kam es ihm vor, als wäre er immer noch in diesem Einkaufszentrum, verlassen und ausgesetzt, ohne einen Menschen, der zu ihm gehörte. Dieses Gefühl ließ die Welt gleichzeitig zu klein und viel zu groß erscheinen. Dann wiederum beobachtete er die Männer Ende fünfzig und fragte sich, ob einer von ihnen sein Vater sein könnte. Häufig gab er sich dem Gedanken hin, dass die Zeit für seinen Vater ebenfalls stehen geblieben war, erstarrt durch eine Leere, die mit nichts gefüllt werden konnte. Dass er ebenfalls auf der Suche nach ihm war. Doch jetzt wusste er, dass nichts jemals so einfach war. Nicht einmal ein Wiedersehen war ein Garant dafür, die Ungerechtigkeiten der Vergangenheit auszumerzen. Die Geschichte konnte ebenso wenig mit einem Satz erklärt, wie die Zukunft mit einem einzigen Gedanken entworfen werden.

Es dauerte immer nur ein paar Sekunden, bis er erkannte, dass kein Risiko bestand, Tabitha könnte nicht zurückkehren. Manchmal kam sie mit kleinen Geschenken wieder, etwa einer Tüte warmer Nüsse oder einer kleinen Vogelstatue aus der *Galerie Bonnet*, einem Antiquitätengeschäft mit Kuriositäten und Nippes in dem mittelalterlichen Kloster, nur einen Steinwurf von ihrem Lieblingscafé entfernt. Ja, sie hatten jetzt ein Lieblingscafé. Etwas, das sie verband, nur sie zwei. Es war dasselbe Café, in dem seine Mutter einmal fotografiert worden war, und etwas daran gab ihm das Gefühl, genau dort zu sein, wo er hingehörte. Es war für ihn gleichzeitig eine Überraschung und eine Erleichterung, als er lernte, dass es möglich war, neben einer anderen Person zu sitzen, sich nicht zu unterhalten und sich dennoch nicht unwohl in seiner Haut zu fühlen. An das Schweigen seiner Mutter hatte er sich nie gewöhnen können. Doch Tabithas wusste er allmählich zu schätzen.

Während dieser stillen Momente dachte er viel darüber nach, was er tun würde, wenn dieses Abenteuer in Frankreich sein Ende fand. Keiner von ihnen hatte ein Rückreisedatum angesprochen, doch er wusste, dass er sich nicht viel länger vom *River View*-Pflegeheim freinehmen könnte, und da war noch die Kleinigkeit mit der Orchesteraufführung, bei der er zugesagt hatte. Er hatte John, dem Orchesterleiter, Bescheid gegeben, warum er die Probe ausfallen lassen musste, wusste aber, dass wenn er nicht bald zurückkehrte, er unmöglich mit den anderen zusammen auftreten könnte. Nicht bei der Aufführung zu erscheinen kam ihm vor, als würde er Tabitha erneut enttäuschen, und er war froh, die Trompete mitgenommen zu haben. Am frühen Abend schlich er nun jeden Tag in die Scheune und übte die Stücke, die Notenblätter auf eine der Staffeleien geklemmt. Tags zuvor, nachdem er die Lieder beendet hatte, hörte er Applaus hinter sich aufbranden. Henrietta war da, zusammen mit seinem Großonkel, die ihm beide heimlich gelauscht hatten.

»Einfach herrlich«, schwärmte sie. »Wundervoll!« An diesem Abend hatte sich ein Lächeln in sein Gesicht gegraben, und als Tabitha ihn fragte, warum er grinste, hatte er mit den Schultern gezuckt und nichts geantwortet.

Doch was sich komplizierter anfühlte, war die Sache zwischen ihm und Tabitha. Er wollte die Dinge, die er vermasselt hatte, um jeden Preis wieder ins Lot bringen, indem er ihr seine Gefühle offenbarte, aber dann erwischte er sie in einem Moment stiller Einkehr und fragte sich, wie er einem Menschen, der so viel Schmerz durchlebt hatte, sagen sollte, dass er so viel von ihm wollte. Drüben in England hatten sie herumgedruckst und sich fast ihre Liebe gestanden, doch das schien ewig her zu sein, und seitdem war viel passiert. Und je mehr Zeit verstrich, desto zerstreuter wirkte Tabitha, ging immer öfter allein spazieren, tätigte beruflich bedingte Telefonate zu sonderbaren Zeiten am Abend und hatte sich von ihm distanziert. In den ersten Nächten waren sie händchenhaltend eingeschlafen, aber jetzt drehte sie ihm, wenn sie zu Bett gingen, den Rücken zu und flüsterte eine gute Nacht, ohne ihm in die Augen zu sehen. Bereute sie es? Hatten sie diese zweite Chance vertan? Als sie sich einmal nach einem späten Abendessen und zu viel Wein schlafen legten, entschied er sich, sie zur Rede zu stellen.

»Stimmt etwas nicht, Tabitha?« Längst herrschte zwischen ihnen keinerlei Nervosität mehr, und sie schlüpften beide ohne jegliches Unbehagen unter die Decke. Sie wollte sich bereits wegdrehen, weshalb er ihr sanft die Hand auf die Schulter legte, direkt auf das Vogeltattoo, und ihr mit seiner Berührung zu verstehen gab, dass sie ihn ansehen sollte. Was sie auch tat, und dann lagen sie auf den Kissen, die Hände unter ihren Köpfen. Das Licht des Vollmonds warf einen silbernen Schimmer auf ihre Haut. Tagsüber hatte eine Gluthitze geherrscht, und am Nachmittag waren sie auf dem Fluss gepaddelt und ihre Wangen waren von der Sonne leicht gerötet. Trotzdem war sie in seinen Augen wunderschön, vielleicht sogar mehr als jemals zuvor.

»Nein, alles gut. Warum fragst du?«

»Keine Ahnung, es ist nur, du wirkst ein bisschen still, als läge dir etwas auf dem Herzen.«

Als sie sich auf den Rücken rollte, umspielte das Mondlicht ihre Wangenknochen, und Harry konnte nicht mit Bestimmtheit sagen, ob das Schimmern ihrer Haut von der Wärme herrührte oder ob ihr eine Träne aus den Augen gekullert war.

»Ich habe nur über die Vergangenheit nachgedacht. Ob in dem Moment, in dem jemand weggeht, alles auch wirklich vorbei ist.«

Dachte sie an Daniel? Fürchtete sie die Rückkehr ins normale Leben ebenso wie er, obgleich aus unterschiedlichen Gründen? Harry hatte gehofft, ihre Gedanken hätten sich ebenso sehr um sie beide gedreht wie bei ihm, aber natürlich hatte sie andere, viel dringlichere Probleme zu lösen. Er wusste, sie bräuchte seine Unterstützung.

»Ja, ich denke, sobald etwas vorbei ist, ist es vorbei, Tabitha. Wenn jemand geht, ist es das eindeutigste Zeichen, dass diese Person nicht mehr zurückwill.« Er sagte es rasch, wollte ihre Ängste zerstreuen. »Du musst nie wieder zu Daniel zurück.«

»Wirklich?«, fragte sie mit leiser Stimme. »Er schickt mir ständig SMS. Und schreibt schreckliche Dinge. Bedroht mich und sagt, er würde nicht zulassen, dass ich ihn verlasse. Er droht, dir wehzutun.«

»Ich werde nicht zulassen, dass er dir wehtut, Tabitha.

Ihm bleibt keine andere Wahl. Wenn du sagst, es ist aus, dann ist es aus.«

Seufzend berührte sie ihren Augenwinkel. »Ich hoffe, du hast recht, Harry, aber so einfach war es bisher nie.«

Die Prellung war fast verschwunden, aber er konnte sehen, dass es der Schmerz, den sie durchlitten hatte, noch nicht war. Er kostete ihn Mut, um in diesem Moment mit den Fingern über ihre Wange zu fahren, sie dann nach unten gleiten zu lassen und mit ihren Haaren zu spielen. Lächelnd gab sie sich seiner Berührung hin, aber dann drehte sie sich doch weg. Es gab so vieles, was er sagen, Versprechen, die er geben wollte, doch ihm fehlten die richtigen Worte, und statt das Falsche zu sagen, war es vielleicht besser, einfach nichts zu sagen.

Als er am nächsten Morgen erwachte, lag er in einem leeren Bett, doch nach einem kurzen Moment der Orientierungslosigkeit erkannte er, dass er Tabithas Stimme in der Küche hörte, wo sie mit seiner Großtante plauderte. Den Großteil der Woche hatten sie im Grunde mit Nichtstun verbracht, aber ihm war bewusst, dass sich im Lauf der vergangenen vierundzwanzig Stunden etwas verändert hatte. Etwas in der Dynamik ihres Gesprächs hatte eine Gezeitenwende herbeigeführt, und jetzt trieb er in die gefühlt entgegengesetzte Richtung von Tabitha. Jeden Tag waren sie aufgewacht, und Tabitha war dort gewesen, die Augen bereits geöffnet, auf ihn wartend. Einmal hatte sie ihm einen Kuss auf die Nasenspitze gegeben, und er hatte gedacht, wie wundervoll es war, in einer Welt zu erwachen, in der sie seinem Leben Beachtung schenkte. Mehrmals hatte er Notizen gefunden, eine auf seinem Kopfkissen, die andere in seinem Schuh. Doch heute war Tabitha fort, und dieser schlichte Unterschied fühlte sich für ihn wie ein Erdbeben an. Zum ersten Mal seit ihrer Ankunft war ihm schmerzlich bewusst, dass das Leben, das er in Frankreich führte, nicht wirklich seines war. Dies hier war nichts weiter als eine Pause von der Realität, beide im Urlaub von der Person, die sie in Wirklichkeit waren.

Kurz darauf sah er seine Großtante und seinen Großonkel über die Auffahrt spazieren. Er warf einen Blick auf seine Uhr – es war später, als er erwartet hatte. Am Abend zuvor hatten sie erwähnt, dass ihre Vorräte – Nahrung und Farbe gleichermaßen – aufgefüllt werden müssten und sie am nächsten Tag nach Toulouse fahren würden. Ein Großteil der Malerinnen und Maler war in der Scheune mit einem weiteren Aktmodell beschäftigt, diesmal einem Mann mittleren Alters mit langen blonden Haaren. Der Rest hatte sich wie Katzen im Gras verteilt und starrte zu den Bergen. Harry erkannte den blonden Mann wieder, der ausgestreckt auf einem Läufer lag. Er war schon mehrmals hier gewesen und schien Harry auf eine Weise zu beobachten, von der er nicht ganz sicher war, ob sie ihm behagte. Doch als der Wagen seiner Großtante davonfuhr, galt Harrys Aufmerksamkeit Tabitha, die aus dem Haus trat und auf der Veranda Platz nahm. Nachdem sie einen Frühstücksteller neben einem Kaffeebecher auf dem Tisch abgestellt hatte, wählte sie eine Nummer auf ihrem Handy und hielt es sich dann ans Ohr.

»Ja, hallo, spreche ich mit Lucian?« Einen Moment innehaltend lauschte Harry. Eigentlich hätte er sofort zurückweichen müssen, doch als er schließlich zögerlich wegging, blieb er gleich darauf wieder stehen und kehrte ans offene Fenster zurück. »Ja, ja, das ist es, guten Morgen.« Sie wartete, während die Person am anderen Ende der Leitung redete. »Ich weiß, es tut mir schrecklich leid. Es ist nur so, dass etwas Unvorhergesehenes passiert ist und ich mich leider nicht melden konnte.« Wiederum wartete sie. »Nun, eine Zeit lang war es auch so, aber ich habe eine Entscheidung getroffen. Ich möchte Ihnen sagen, dass ich Ihr Angebot akzeptiere und nächster Monat wunderbar wäre.« Harry war einen Moment verwirrt. Welches Angebot? Wer war Lucian? »Soll ich das Ticket buchen, oder kümmern Sie sich darum?« Er lauschte, während sie wartete. »Okay, das ist toll.« Eine Pause. »Ja, ich freue mich schon sehr. Ich weiß, ich kann es auch kaum erwarten, bei Ihnen anzufangen. In New York zu arbeiten war schon immer ein großer Traum von mir. Ich bin sehr aufgeregt, zu ihnen zu kommen und einen Neuanfang zu wagen.«

Nachdem das Telefongespräch beendet war, setzte Harry sich auf den Bettrand, unfähig, das zu verarbeiten, was er gerade gehört hatte. Wenn er sich nicht gänzlich täuschte, hatte sie gerade einen Job auf der anderen Seite der Welt angenommen. Während ihrer gemeinsamen Tage hatte sie diese Möglichkeit mit keiner Silbe erwähnt und selbst jetzt, als sie diese Unterhaltung führte, wollte sie es geheim halten. Die ganze Zeit über hatte er sich zurückgenommen, hatte den rechten Augenblick abwarten wollen. Nun war er verstrichen oder es hatte ihn vielleicht von Anfang an nie gegeben, denn sie hatte zugestimmt, nach New York umzuziehen, einen Ozean weit weg, Himmelherrgott noch mal! Sobald sie zurück nach England fuhren, wäre sie fort. Zumindest wusste er jetzt, warum sie so zerstreut gewirkt hatte. Er kam sich wie ein Narr vor, ihr bei der Suche nach einer neuen Bleibe seine Hilfe angeboten zu haben, bei seinen Bemühungen, die Sache zwischen ihnen wieder ins Lot zu bringen. Wie dumm konnte man nur sein!

»Guten Morgen«, sagte Tabitha, als er sich kurz darauf am Frühstückstisch zu ihr setzte. An diesem Vormittag war es draußen auf der Veranda ruhig, niemand außer ihnen beiden war da. Die einzigen Geräusche stammten von ein paar Bienen, die sich um den Lavendel scharten, und den Malern, die ein paar Meter entfernt in der Scheune arbeiteten. »Du hast so tief und fest geschlafen, dass ich dich nicht wecken wollte.«

Er nickte, auch wenn es völlig dem widersprach, was er gerade dachte, nämlich dass sie ihm in Wahrheit aus dem Weg hatte gehen wollen. Wut brodelte in ihm, auch Schmerz. »Ich muss wohl müde gewesen sein«, sagte er und nahm sich ein kleines Gebäckstück vom Teller in der Tischmitte. Diese süßen Leckereien würde er vermissen, wenn er zurück in England war. Er biss hinein, erkannte, dass er nichts essen konnte, und schob den Rest weg. »Eigentlich bin ich schon eine Weile wach und habe mich bloß um ein paar Dinge gekümmert.«

»Oh«, erwiderte sie. »Was für Dinge?«

»Die Rückreise.«

»Was?« Keiner von ihnen rührte sich, als seine Worte ihre Wirkung entfalteten. »Du willst zurück nach England? Wir sind noch nicht einmal eine volle Woche hier. Ich dachte, du genießt den Aufenthalt? Außerdem müssen wir immer noch deine Tante wegen der Briefe befragen.«

»Das spielt jetzt keine Rolle.«

»Natürlich spielt es eine Rolle.«

»Ich sagte, dass es das nicht tut«, fauchte er, schärfer als beabsichtigt. Die Versuchung, ihr zu sagen, dass sie recht hatte, dass es tatsächlich nicht nötig war, so übereilt abzureisen, nagte an ihm. Himmel, es wäre so leicht, sich an etwas zu klammern, das nicht richtig war. Denn in Wahrheit wollte er bleiben, wollte bis zum allerletzten Moment diese Erfahrung mit ihr in die Länge ziehen, bevor sie umzog. Doch er wusste auch, je länger er wartete, desto schwerer würde es werden, wenn es endete. Und enden würde es, das war eine Gewissheit, unumkehrbar, seitdem sie den Job in New York angenommen hatte. Irgendwann in seinem Leben müsste er lernen, sich von all den Dingen zu verabschieden, die von Anfang an nie wirklich für ihn bestimmt gewesen waren.

»Okay«, sagte sie zurückhaltend, obwohl sie spürte, dass etwas nicht in Ordnung war. »Und wann willst du abreisen?«

»Ich schätze, so bald wie möglich.«

»Was?«, fragte sie fassungslos. »Warum so plötzlich?«

»Irgendwann müssen wir zurückfahren, oder? Und ich

habe eine Menge zu erledigen, so wie du schätzungsweise auch.« Ihr Blick schwirrte wie der Flug der Hummeln um die Lavendelsträucher hin und her. »Außerdem«, fuhr er fort und musste schwer schlucken, bevor er die Worte herausbrachte, »muss ich mir eine neue Bleibe suchen. Und apropos, ich weiß, auf dem Herweg habe ich die Idee ins Spiel gebracht, dass du bei mir wohnen könntest, aber ich habe mir die Sache noch einmal durch den Kopf gehen lassen und bin mir nicht sicher, ob das wirklich klappen würde.«

»Oh?«

»Nein. Du brauchst deinen Freiraum. Ich meine, deine Ehe ist gerade in die Brüche gegangen.«

»Ähm … ja, wahrscheinlich.« Es war nur der Bruchteil einer Sekunde, bevor sie antwortete, doch in diesem Moment der Stille hörte er seine eigenen Worte nachhallen und dachte sich, wie verletzend und gefühllos sie klangen.

»Es tut mir leid«, sagte er schließlich. »Das hört sich jetzt nicht richtig an. Ich meinte, dass wir beide viel zu klären haben. Neue Leben aufbauen müssen. Wir können hier nicht unnütz Zeit vertrödeln.«

Milder gestimmt, gab sie mit einem Achselzucken ihre Zustimmung. »Ich schätze, du hast recht. Es warten ein paar große Veränderungen auf uns. Im Grunde gibt es etwas, das ich dir sagen muss.«

»Oh?«, fragte er und versuchte, wegen ihrer Antwort nicht in Verzweiflung zu geraten.

Auf der Unterlippe kauend zögerte sie einen Augenblick, und Harry flehte sie ihm Stillen an, es sich bereits anders überlegt zu haben. Und dass sie ihm nun sagte, dass sie ihn liebte und New York bloß eine dumme Idee gewesen war. »Ich habe in der Arbeit auch viel zu tun. Ich schätze, ich bin länger geblieben, als ich das hätte tun sollen, also ja, wann immer du abreisen willst, sollten wir uns auf den Weg machen.«

»Ich dachte, du wolltest mir etwas sagen?«, hakte er nach.

Sie schüttelte den Kopf. »Nur dass ich zustimme. Wir sollten so schnell wie möglich abreisen.«

Einen Moment lang wusste er nicht, was er erwidern sollte. Warum konnte sie sich nicht überwinden, ihm die Wahrheit zu sagen, und warum konnte er sich nicht durchringen, ihr zu sagen, dass er es bereits wusste?

»Wir können noch heute losfahren, wenn du möchtest«, erklärte er stattdessen. »Hier in Frankreich vergeuden wir nur unsere Zeit.«

»Ja«, entgegnete sie, ohne aufzublicken. »Ich schätze, du hast vollkommen recht. Es ist eine riesige Zeitverschwendung.« Ein paar Sekunden folgte Schweigen, da keiner wusste, was er sagen sollte. Dann, als könnte Tabitha keinen Moment länger dort sitzen, erhob sie sich und drehte sich weg. »Ich gehe ins Dorf.«

»Darauf habe ich gerade keine große Lust«, sagte er.

»Ich habe dich auch nicht gebeten, mich zu begleiten.«

Kopfschüttelnd stand er ebenfalls auf, ohne sein Frühstück auch nur angerührt zu haben. »Nein, das stimmt. Das hast du nicht. Ich werde mit Packen anfangen. Wir können abreisen, sobald du zurück bist.«

Achtzehntes Kapitel

Mirepoix, Frankreich, Sommer 1981

Nach Toulouse gab es für Frances nichts anderes mehr als Benoit. Dieser Ausflug hatte jeden noch verbliebenen Zweifel an ihren Gefühlen und jede nachhallende Sorge ausgemerzt, ob das, was sie hier taten, das Richtige war. Wenn sie nicht bei ihm war, dachte sie an ihr nächstes Treffen. Versonnen malte sie sich in Gedanken eine Zukunft aus, die ebenso aufregend wie unklar war, weshalb sie Alex' Bemerkungen über Paris und Benoit, der nach irgendeiner Schatulle suchte, längst vergessen hatte. Seine Abwesenheit und die jeweiligen Gründe wirkten banal im Vergleich zu dem, wie sie sich in seiner Gegenwart fühlte.

»Von was träumst du mit offenen Augen?«, fragte ihre Tante, als sie an diesem Morgen durch den Flur eilte. »Seit Tagen kommt es mir schon so vor, als wärst du in Gedanken weit weg.«

Frances, die auf der untersten Treppenstufe saß und einen Faden aus dem Rand eines Läufers zupfte, zuckte nur mit den Schultern. »Nichts.«

Mit dem Handrücken wischte Henrietta sich über die feuchte Stirn und ließ sich neben ihre Nichte plumpsen. Staub wirbelte auf, als sie sich bewegte und einen Arm um

Frances' Schultern schlang. »Liebling, du weißt, dass du mir jederzeit dein Herz ausschütten kannst, nicht wahr?«

»Ja, das weiß ich.«

»Nun, dann wünschte ich, du würdest es tun, denn wenn ich dich so sehe, wie du ins Leere starrst, bereitet mir das Sorgen. Hast du wieder eine deiner Episoden, Frances? Bitte sag mir die Wahrheit.«

»Was?«

»Wenn du anfangen solltest, dich so wie in England zu fühlen, dann kann ich einen Arzt rufen. Doktor Dupont ist sehr freundlich und er …«

»Nein«, erwiderte Frances lachend. »Mir geht's gut. Ich habe keine Episode, und alles ist fein.« Trotz ihres Lachens gefiel Frances die Anspielung auf ihr englisches Ich nicht. Nach Frankreich zu fahren war ein Weg, diesem Mädchen zu entfliehen, das Zeiten erlebte, in denen sich sein Leben unmöglich anfühlte, in denen manchmal, wenn es nur einen Fuß vor den anderen setzen musste, alles einen Schritt zu weit war. In diesen Momenten flüchtete sich ihr Vater aus Sorge in den Alkohol, und ihre Mutter weinte viel, aber diese Episoden passierten nie in Frankreich. Der Gedanke, die Leute könnten glauben, dass das Mädchen, das sie hier war, dasselbe wie zu Hause war, erfüllte sie mit Unbehagen. Für Frances waren es zwei Leben, zwei unterschiedliche Menschen. Diese Probleme existierten nicht, solange sie hier wohnte. Nicht während sie mit Benoit zusammen war.

»Bist du sicher? Ich könnte ihn anrufen und herbitten …«

»Ich habe Nein gesagt, Tante Henrietta. Mir geht's gut. Ich denke nur nach, das ist alles. Mit fehlt nichts.«

»Okay«, erwiderte Henrietta und holte gleichzeitig tief Atem, während sie mit der offenen Hand auf ihre Knie klopfte. »Dann werde ich in dieser Sache nichts weiter sagen.« Ihr Wort für bare Münze zu nehmen war etwas, das ihre Tante bei solchen Angelegenheiten tat, und es war eines der Dinge, die Frances zu schätzen wusste, Henriettas angeborenes Vertrauen in alles, was sie sagte und machte. Ihre Eltern hingegen hörten ihr weder zu noch glaubten sie ihr auf eine Weise, wie es ihre Tante tat. Wenn Menschen merkten, dass man ein Problem hatte, sahen sie häufig nichts anderes als das. »Aber das wirft die Frage auf, aus welchem unerfindlichen Grund du meine nackte Wand anstarrst?«

Die Sonne warf einen hellen Lichtstreifen an die Wand, während Frances die weiße Fläche fixierte und sich fragte, was um alles in der Welt sie ihr sagen könnte. Eines Tages wäre sie vielleicht in der Lage, ihrer Tante von Benoit zu erzählen, aber dieser Tag war noch nicht gekommen. Gewiss, sie hasste das Weiß dieser Wand. Sie mochte keine Leere; ihr Protokollieren und Archivieren waren Beweis genug dafür.

»Ich habe mich gefragt, warum du dort nichts hingehängt hast.«

Ihre Tante blickte zur Wand und dann zu ihrer Nichte. Bevor sie sprach, sah sie auf ihre Hände hinab und der Daumen ihrer rechten Hand fuhr über das Gold an ihrem Ringfinger. »Ich schätze, ich habe nie das richtige Kunstwerk gefunden. Dort draußen gibt es genügend hübsche Bilder, aber man entscheidet sich nicht für das Erstbeste, das einem ins Auge springt. Es muss eine lange Zeit passen, dich durch verschiedene Phasen deines Lebens bringen und du musst es jeden Tag anschauen. Eine solche Entscheidung muss sich selbst nach vielen Jahren noch wie die richtige anfühlen.«

»Du könntest es später austauschen.«

»Sich von einem Kunstwerk trennen? Oh nein, meine Liebe«, sagte Tante Henrietta, und ihre Pausbacken bebten, als sie in Gelächter ausbrach. »Bilder sind wie Männer. Sobald man sich für einen entschieden hat, hat man ihn am Hals. Selbst wenn man sich von ihm trennt, wird man sich immer an den Platz erinnern, den er in deinem Leben einmal eingenommen hat.«

»Vielleicht solltest du etwas von deinen kreativen Gästen aufhängen«, setzte Frances an, aber ihre Tante schüttelte den Kopf.

»Da habe ich meine Prinzipien, Frances. Kein einziges Kunstwerk an den Wänden dieses Hauses darf von einem Gast stammen. Ich kann mir nicht erlauben, jemanden zu bevorzugen. Alle Maler, die hierherkommen, müssen darauf vertrauen, dass ich unparteiisch bin.« Während sie eine Augenbraue hob, senkte sie gleichzeitig die Stimme. »Was ich natürlich nicht bin, aber je weniger Worte darüber verloren werden, umso besser.«

Frances lächelte, und die beiden blieben noch eine Weile auf der untersten Stufe der Eichenholztreppe sitzen, eine massive und unnachgiebige Konstante unter ihrem Gewicht. In Frances' Augen war ihre Tante unglaublich weise, auch wenn ihr Vater sie einen unverbesserlichen Hippie nannte, was, wie sie wusste, nicht als Kompliment gemeint war. In diesem Moment der Stille ertappte sie sich dabei, wie sie an Benoit dachte. Was würde ihre Tante von ihrer Entscheidung halten, bei ihm zu leben? Gab es irgendeine Version der Realität, in der Henrietta sie verstehen würde? Frances bezweifelte es, doch ihr Bedürfnis, offen über ihn zu sprechen, war schier übermächtig.

»Weißt du«, begann Frances mit trockenen Lippen, »vor ein paar Tagen war ich in diesem alten Lagerhaus. In dem mit all den Antiquitäten an der Straße, die aus dem Dorf führt.«

»In dem, das Monsieur Bonnet gehört?« Frances nickte. »Was hast du dort draußen gewollt?«

Frances sah, dass eine Gefühlsregung über das Gesicht ihrer Tante huschte, und die kleinen Fältchen um ihre Augen, die weiß blieben, zogen sich zusammen, als sie blinzelte. Der Blick erinnerte Frances an den vergangenen Sommer, jenen Abend, an dem sie Benoit bei dem Buchfestival zum ersten Mal getroffen und bemerkt hatte, dass ihre Tante sie beobachtete.

»Alex hat mich dorthin mitgenommen«, log sie, was ihrer Tante einen Teil ihrer Besorgnis zu nehmen schien. »Er hatte ein paar zauberhafte Dinge. Große Gemälde, die hier wunderbar aussehen würden.«

»Ja«, sagte Henrietta, klang jedoch wenig überzeugt. »Aber wie lang würden sie an meiner Wand bleiben?« Frances wusste nicht, was sie erwidern sollte, und war sich nicht sicher, was genau ihr Wortwechsel bedeutete. Ihre Tante warf ihr einen verstohlenen Blick zu und dann, als würde sie darüber nachdenken, ob ihre Nichte vertrauenswürdig war, seufzte sie schwer, als sie zu einer Entscheidung kam. »Kein Wort zu niemandem, was ich dir jetzt erzähle, verstanden?« Frances nickte, erpicht darauf, alles zu hören, was auch immer sie zu sagen hatte. »Aber es sieht ganz so aus, als wäre sich niemand sicher, woher Monsieur Bonnets Gemälde stammen.«

Frances wollte schreien, dass sie es wusste: Österreich, Paris und Kopenhagen. Es war die Wahrheit, immerhin hatte Benoit selbst es ihr verraten. Ortsnamen, leise über ihre Schulter gehaucht, während seine Finger den Umriss ihrer Brust nachfuhren. Seit jenem ersten Tag im Bauernhaus gingen sie immer größere Risiken ein, als könnte er nicht ertragen, von ihr getrennt zu sein. Im Bruchteil einer Sekunde waren seine Hände nun bei jedem Treffen auf ihrem Körper, Röcke wurden gehoben, Gürtel gelockert. Ihr Liebesspiel hatte sich vom Bauernhaus auf seinen Wagen ausgeweitet, sein Geschäft, die Toilette eines Restaurants in Toulouse und selbst die Scheune auf dem Grundstück ihrer Tante, und die besaß nicht einmal eine richtige Tür. Es schien, als könnte alles, was sie taten, ihn erregen. Doch auch nur einen Hauch dieses Wissens preiszugeben wäre nichts weiter als ein Eingeständnis dessen, was sie waren, sodass sie sich lieber dumm stellte.

»Was meinst du?«, fragte sie stattdessen. »Er ist Kunsthändler. Er kauft sie.«

Henrietta schien sich über sich selbst zu ärgern, diese Unterhaltung begonnen zu haben, allerdings entschlossen, sie nun, wo sie davon angefangen hatte, auch zu Ende zu bringen. »Vielleicht. Aber vielleicht auch nicht. Alex ist nämlich ein kleines Plappermaul und hat behauptet, ein Gemälde von Van Gogh in der Lagerhalle gesehen zu haben. Wenn das wirklich stimmt, wäre es eine Stange Geld wert. Und damit meine ich nicht genug, um sein Bauernhaus zu renovieren. Ich meine das große Geld, Frances, das du und ich uns nicht mal im Traum vorstellen können. Kunsthandel ist das eine, aber Kunst*diebstahl* etwas ganz anderes.«

»Kunstdiebstahl?«, fragte Frances, die ihrer Tante immer noch nicht ganz folgen konnte und sie fast angeschrien hätte. Allein bei der Anspielung, Benoit könnte ein Dieb sein, war sie aufgesprungen und konnte nicht akzeptieren, dass er in ein solches Verbrechen verwickelt war. Doch als die Sekunden verstrichen und sich die Fakten in ihrem Kopf wie Teile eines Puzzles zusammenfügten, erkannte sie, dass es etwas durchaus Dubioses an sich hatte, wie er sein Geschäft führte. Sie hätte mehr Fragen über Paris und diese Schatulle stellen müssen. »Vielleicht ist er reich und kauft sie? Das ist nicht völlig unvorstellbar, oder?«

»Reich mag er sein, meine Liebe, aber wie reich, denkst du, muss man sein, um ein verschollenes Kunstwerk von Van Gogh erstehen zu können? Da ist es meines Erachtens viel wahrscheinlicher, dass er lange Finger hat«, flüsterte Tante Henrietta, erhob sich und ging in Richtung Küche, ein klares Signal, dass die Unterhaltung beendet war. Doch Frances war noch nicht bereit, die Sache auf sich beruhen zu lassen, und folgte ihr den Korridor hinab.

»Du kannst nicht einfach herumlaufen und den Leuten erzählen, dass er ein Dieb ist«, sagte Frances und holte ihre Tante am Spülbecken ein. Ihre Tante reichte ihr ein Geschirrtuch und eine feuchte Tasse, doch als Frances sie entgegennahm, legte sie beides zur Seite. »Selbst wenn er einen Van Gogh besitzt, muss das Bild nicht zwangsläufig gestohlen sein.«

»Oh, wirklich«, sagte Tante Henrietta und ließ die Hände ins Spülbecken sinken. »Und warum regt es dich so auf?«

Der Blick ihrer Tante war eindringlich und sprach Bände, die Frances noch nicht bereit war, mit ihr zu besprechen. Diese ganze Unterhaltung führte sie in einen Kaninchenbau hinab, in eine Falle, aus der sie nicht entkommen würde.

»Es ist einfach ungerecht, das ist alles«, empörte sich Frances und nahm die Tasse und das Geschirrtuch wieder zur Hand. »Solche Vermutungen anzustellen.«

»Ist es das wirklich, hm?« Tante Henrietta verdrehte die Augen, mehr zu sich selbst als zu jemand anderem. »Nun, dann lass mich dir eines sagen. So wie Alex es beschrieben hat, nämlich ein Selbstporträt von Van Gogh, der mit einer Staffelei in der Hand über ein Feld spaziert, ist es ein Gemälde, das verschollen ist, seit die Nazis es sich während des Zweiten Weltkriegs unter den Nagel gerissen haben. Nun, wenn Alex recht hat und Monsieur Bonnet es wirklich besitzt, dann ist er entweder ein Dieb oder ein Nazi, und eins schreib dir hinter die Ohren, ich weiß, wen von beiden ich lieber als Nachbarn habe.«

Nach einem kurzen Schweigen, während die Worte ihrer Tante in ihr Bewusstsein sickerten, tat Frances etwas, das sie selbst nicht hatte kommen sehen. Sie lachte. »Das ist das

Lächerlichste, was ich jemals gehört habe. Benoit ist kein Nazi. Er ist Jude.«

Eine Sekunde lang tat ihre Tante nichts, stand nur vollkommen reglos da. Doch als Frances' Lachen erstarb, sagte sie: »Benoit? Nicht Monsieur Bonnet?« Nichts schien mehr lustig zu sein, nicht einmal die Vorstellung, dass Benoit irgendwie mit den Nazis in Verbindung gebracht wurde. »Und woher weißt du, dass er Jude ist?«

Das Bild eines Davidsternanhängers, der auf seiner Brust glitzerte, tauchte vor Frances' innerem Auge auf, aber sie bezweifelte, dass ihr intimes Wissen seines Körpers oder seiner Ansichten den Gesprächsfluss beruhigen würde.

»Ich … Ich … Ich dachte nur. Ich bin nicht sicher. Ich glaube nur nicht, dass er, äh …«, stotterte sie. »Ich glaube nicht, dass er ein Nazi ist. Das ist alles.«

Teller, die im Wasser klapperten, gaben Frances Hoffnung, dass es ihr vielleicht gelungen war, die Sache glattzubügeln, und sie beobachtete eindringlich, wie ihre Tante sich wieder ihrer Hausarbeit zuwandte. »Nun, ich glaube gern, dass du recht hast, aber das bedeutet nicht, dass die Dinge, die durch seine Hände gehen, nicht so heiß wie die Bürgersteige draußen sind.« Dann beugte sie sich vor, öffnete ein Fenster und eine Brise, erfüllt vom Duft warmer Sommerblumen, wehte ins Zimmer. Gleichzeitig brachte der Windhauch Staub von der ausgedörrten Erde mit sich, die Frances aus irgendeinem Grund an Benoits Bauernhaus erinnerte. »Man munkelt, dass er abgesehen von der Lagerhalle irgendwo ein Geheimversteck haben soll, gefüllt mit gestohlenen Kunstwerken.« Diesmal verbiss sich

Frances ein Lachen, konnte jedoch ein Lächeln nicht verbergen. »Oh, ich weiß. Wahrscheinlich kommt dir das alles albern vor. Aber Gerüchte kommen nicht von ungefähr, Frances. Normalerweise steckt ein Fünkchen Wahrheit dahinter.«

Das Dröhnen von Alex' Hupe, als er in die Auffahrt bog, durchbrach ihre Konzentration.

»Ich mach mich mal lieber auf den Weg«, sagte sie.

»Viel Spaß«, erwiderte Tante Henrietta und griff mit nasser Hand nach Frances' Arm, als diese sich gerade umdrehte. »Und pass bitte auf dich auf, wenn du noch einmal dorthin gehen solltest. Diebe geben alle möglichen Versprechen, die sie weder halten können noch jemals die Absicht dazu hatten.«

Seit dem Tag in Toulouse verbrachten sie weniger Zeit versteckt im Bauernhaus. Obwohl Benoit immer noch von seinen beruflichen Verpflichtungen stark in Beschlag genommen wurde, hatte er begonnen, mehr und mehr Zeit von seinem Kalender abzuknapsen, um sie zu sehen. Geschäftsessen wurden verkürzt oder verschoben und ganze Nachmittage zusammen verbracht, hinter verriegelten Türen und fest verschlossenen Fensterläden, wo die Luft von ihrem Schweiß dampfte. Manchmal fühlte Frances sich in seiner Gegenwart so ungebunden, dass es ihr vorkam, als würde sie schweben, verloren im Weltall und ohne die Möglichkeit, Luft zu holen. Dennoch sehnte sie sich nach diesen Momenten, in denen sie nichts weiter als seinen Atem an ihrem Ohr und seine geflüsterten Treueschwüre hörte, und in denen das lähmende Gefühl, das sie im normalen Leben verspürte, kurzzeitig von dem überwältigenden Gewicht seines Körpers, schwer auf ihrem, erstickt wurde.

Die meisten Nachmittage verbrachte sie in seiner Lagerhalle, einem zweiten Gebäude, das er außerhalb der Stadt besaß und in dem er den Großteil seiner Waren aufbewahrte. Obwohl Alex häufig bei ihnen war, störte sie seine Anwesenheit nicht. Genauso gut hätte sie dort allein sein können. Versunken in dem schieren Ausmaß und der Anzahl an Gegenständen fühlte sie sich wie zu Hause. Der Ort war Aladdins Höhle und die Büchse der Pandora in einem. Es gab unzählige Gemälde, aufgehängt und gestapelt, alte Pferdesattel, spröde am Rand, das Leder vollgesogen mit Gerüchen und Hitze. Auch Stiefel, allesamt aufgereiht in einem wilden Durcheinander unterschiedlichster Größen. Buntglasscheiben, die aussahen, als gehörten sie eigentlich in Kirchen, und mehr Modeschmuck, als Frances jemals in ihrem gesamten Leben tragen könnte. Eine Wand schien fast vollständig von Christbaumkugeln bedeckt zu sein, und dazwischen waren Fotografien, einige gerahmt, andere in Kisten auf Regalen. Überall verstreut waren Bücher und Möbel und Glaswaren. Ein Globus von der Größe eines kleinen Planeten thronte in der Mitte von allem. Doch was es gewiss nicht gab, war eine Tür, die zu einem Geheimversteck führte. Es war eine riesige Halle mit einem kleinen Büro am anderen Ende. Hier war kein Geheimnis zu lüften.

Abgesehen von dem Geheimnis, das sie hütete.

Alex zog die Handbremse, als sie an jenem Morgen die Lagerhalle erreichten. Es war ein ruhiger Ort, fernab des Dorflebens, an dem sich die Scheune, die sich weit weg von jedem anderen Gebäude befand, aus einem staubigen Fleck trockener Erde erhob. Es war die Sorte Ort, an dem man das Rascheln von Bäumen und das Blöken der Schafe in der Nähe hörte. Wunderschön und pittoresk gelegen war die umgebende, sich bis zu den Pyrenäen erstreckende Landschaft grün und saftig. Zwei Nadelbäume streckten sich stolz wie Tore einer uralten Stadt in die Höhe, die an Bilder von der Toskana und anderen Orten erinnerten, die Frances noch besuchen wollte.

»Fahren wir nicht in die Stadt?«, fragte sie. Morgens kamen sie normalerweise nicht in die Lagerhalle.

Er schüttelte den Kopf. »Benoit hat mich gebeten, dich hierherzubringen.«

»Oh, okay.« Als sie aus dem Auto ausstieg, stellte sie überrascht fest, dass der Motor weiterhin lief. »Bleibst du denn nicht?«

»Ich schätze, er will dich ganz für sich allein.« Missbilligung färbte seinen Tonfall, und Frances fragte sich, wo sie herrührte. Von ihrer Liebe zu Benoit oder Benoits Liebe zu ihr? Vielleicht würde Alex es eher gutheißen, hätte sie ihn anstelle von Benoit gewählt. Seine verstohlenen Blicke in ihre Richtung, die Art, wie er sie beobachtete, zeugten von derselben Begierde, die sie für Benoit empfand. Doch sie sah wenig Nutzen darin, sich deshalb den Kopf zu zerbrechen. Eifersucht war ihrer Meinung nach ein hässlicher Wesenszug. Wenn etwas nicht für dich bestimmt war, was nutzte es dann, sich danach zu verzehren? Wie dem auch sei, sie hatte ihren eigenen Willen und sie hatte Benoit gewählt, genau wie Alex sich für Amélie entschieden hatte. Erst gestern hatte sie die beiden händchenhaltend und bei einem Kuss gesehen. Alex schaltete den Motor aus und drehte sich zu ihr. »Ich soll dir ausrichten, dass du hineingehen und auf ihn warten sollst. Der Seiteneingang ist offen.« Staub wirbelte in kleinen Wolken auf, während sie das Auto in Richtung der Tür umrundete. Als sie die Hand auf die Klinke legte, war Alex' Stimme wieder zu hören. »Außer du willst, dass ich dich woanders hinbringe.«

»Was?«, fragte sie.

»Ich meine, das würde ich tun, wenn du das willst. Ich würde dich überall hinbringen, wenn du mich darum bittest. Weil das, was du dort drinnen mit ihm tust, ein Fehler ist, Frances.«

»Was weißt du schon davon?«

»Du kennst ihn nicht so gut, wie du glaubst. Er ist nicht …«, sagte er und legte eine kurze Pause zum Nachdenken ein. Ob er nach dem richtigen Wort suchte oder der korrekten Übersetzung, wusste sie nicht, doch was auch immer es war, bereitete Alex offensichtlich Unbehagen. »Er ist nicht die Art Mensch, für die du ihn hältst. Ich habe dich mit dieser Brosche gesehen. Es stand ihm nicht zu, sie wegzugeben. Weißt du, woher sie stammt?«

»Sie ist von Benoit«, erwiderte Frances und drehte sich weg, um die Tür zu öffnen. »Sie war ein Geschenk.«

»Das weiß ich, aber eigentlich sollte sie jemand anderem

gehören. Was ihr zusammen habt, Frances, daraus kann nichts werden. Du wirst verletzt werden.«

»Benoit würde mich niemals verletzen. Er liebt mich, und ich liebe ihn.«

»Ja«, sagte Alex. »Das hatte ich befürchtet.«

»Das geht dich überhaupt nichts an, Alex. Du bist bloß eifersüchtig. Du erträgst es nicht, mich mit ihm zusammen zu sehen.«

»Ja, das bin ich. Ich mag dich, Frances, das streite ich gar nicht ab. Aber siehst du denn nicht, dass ich mir Sorgen um dich mache? Ich versuche, dir zu helfen.«

»Ich brauche deine Hilfe nicht.« Sobald sie die Lagerhalle betrat, hörte sie das Schnurren des Motors, und kurz darauf drehten die Reifen auf dem Kies durch, als Alex davonschoss.

Alex' Worte schwirrten ihr immer noch im Kopf herum, als sie in der Scheune stand. Ihr Atem kam schwerfällig, ihre Wangen waren gerötet. Jedes Mal, wenn sie hierherkam, wollte sie alles berühren, beschnuppern, jeden noch so kleinen Gegenstand auf die Art gebrauchen, wofür er vorhergesehen und wie er früher benutzt worden war. Doch heute wollte sie sich ganz klein machen. Bei dem, was Alex gesagt hatte, kam sie sich wie eine dumme Gans vor, wo Benoit ihr nur wenige Tage zuvor das Gefühl gegeben hatte, etwas ganz Besonderes zu sein. Er hatte die Tür an jenem Tag nach ihrem Eintreten abgeschlossen und sie durch die Lagerhalle geführt, wobei er sie mit sämtlichem Schmuck behängt hatte, den er finden konnte. Beladen mit Bergen aus Smaragden, Diamanten und wunderschön geschliffenem Bernstein hatte er sie geschmückt, bis sie wie eine Karnevalskönigin verkleidet gewesen war.

»Ich sehe albern aus«, hatte sie sich beschwert, als sie in ihrer schillernden Aufmachung auf seinem Schreibtisch gesessen hatte.

»Du meinst wunderschön«, hatte er entgegnet und sie dann aus ihrer Kleidung geschält, bis sie nichts weiter als Haut und Juwelen trug. »Du bist das Kostbarste, was ich gerade in Händen halte«, hatte er gesagt und in diesem Moment wusste sie, dass es stimmte. Nie zuvor in ihrem Leben hatte sie sich wertvoller gefühlt als in diesem Augenblick, obwohl sie sich in ihrer Verkleidung mit all diesen Juwelen unglaublich töricht fühlte. Nun, während sie darauf wartete, dass er seine Telefonate beendete, erkannte sie, dass sie sich niemals so dumm vorgekommen war wie jetzt, wo sie auf einen Mann wartete, der nicht einmal ihr echtes Alter kannte.

»Frances«, hörte sie ihn aus dem Büro rufen. »Bist du es?«

»Ja, ich bin's.«

»Komm rein«, rief er. »Ich muss hier noch ein paar Dinge erledigen.«

Je tiefer sie in die Lagerhalle vordrang, desto stickiger wurde es. Die abgestandene Luft, ungewöhnlich schwül für diese Region, leckte an ihrer feuchten Haut. Hinter der Tür, die einen Spalt offen stand, konnte er ihr Näherkommen aus der Ferne beobachten, weshalb sie unwillkürlich lächelte, als sie die pure Freude auf seinem Gesicht bemerkte, die allein ihr Anblick ihm bescherte, und ihre anfängliche Besorgnis schwand ein wenig.

»Hallo«, begrüßte sie ihn.

Er warf ihre eine Kusshand zu und zeigte auf den Tisch in der Ecke. »Gieß uns doch bitte etwas zu trinken ein. Hier drinnen ist es heute lächerlich heiß. Ich muss hier noch ein paar Dinge unterschreiben«, sagte er und verdrehte die Augen. »Aber dann bin ich fertig.«

Von dem kleinen Beistelltischchen neben seinem Schreibtisch goss sie ihnen beiden ein Glas Limonade ein. Ein Ring aus Kondenswasser bildete sich, als sie seines auf seinen Schreibtisch stellte, ihre Finger feucht von dem Glas, während sie sich auf den Lehnsessel in der Ecke setzte. Diese seltenen Momente, in denen sie in der Gesellschaft des anderen schwiegen, waren die, die sie am meisten genoss. Seine Gegenwart war alles, was sie wirklich brauchte, und sie liebte es, ihm beim Arbeiten zuzusehen. Früher, in ihrer Kindheit, hatte ihr Vater sie ins Krankenhaus mitgenommen, in dem er arbeitete, doch das hatte vor langer Zeit aufgehört. Benoit war eine verwandte Seele, und in ihm hatte sie ein Zuhause gefunden. Er würde sich niemals beschweren, dass ihre Gegenwart eine Ablenkung darstellte, oder versuchen, sie auf eine Weise auszuschließen, wie es ihr Vater häufig tat.

»Na schön«, sagte er und schob einen Stapel Papiere zusammen, woraufhin sie wusste, dass er nun fertig war. »Was möchtest du heute tun? Wir haben den ganzen Tag nur für uns, also was denkst du?«

Ein Teil von ihr wollte hier in der Lagerhalle bleiben und in all den Sachen stöbern. Er hatte ihr von vielen Gegenständen erzählt, ihrem Wert und der Geschichte, die hinter ihnen steckte, aber sie war sicher, dass es noch viel mehr zu entdecken gab.

»Wir könnten einen Ausflug machen?« Sie wusste, dass er es hasste, in der Lagerhalle zu bleiben.

»Oder direkt zum Bauernhof fahren?«, fragte er mit einem Augenzwinkern, als er sich zu ihr in den Sessel gesellte, der eigentlich nur für eine Person bestimmt war. Er quetschte sich neben sie und verschob so lang das Gewicht, bis er eine bequeme Position gefunden und Frances auf seinen Schoß gezogen hatte. »Aber warum sollten wir warten, bis wir dort sind?« Seine Oberlippe war größer als seine Unterlippe, ein Umstand, der nur noch davon betont wurde, als er sich vorbeugte und seinen Mund auf ihren Nacken drückte. Eine seiner Hände glitt unter ihr Kleid, und ehe sie sichs versah, hatte er sich bereits erhoben und trug sie zu einem Tisch ganz in der Nähe. Ein Sammelsurium an Nippes wurde unter ihrem Körper weggewischt, bevor er sie absetzte. Er streifte die Träger ihres fliederfarbenen Kleids behutsam nach unten und ihre Haut erwachte zum Leben, als seine Stoppeln über sie fuhren. »Du schmeckst nach Sommer«, sagte er, doch diesmal ließ sie ihn nicht gewähren. Etwas an Alex' Worten hatte bei ihr ins Schwarze getroffen.

»Benoit, jemand könnte hereinkommen.«

»Ich habe die Eingangstür abgesperrt.«

»Da ist immer noch der Seiteneingang.«

Lächelnd gab er ihr einen Kuss auf die Stirn. »Du willst mich doch ganz für dich allein, *non*?« Sie spürte, wie seine Hände sich um ihren Rücken krallten.

»Ja, das will ich.« Schuldgefühle stiegen in ihr hoch, schwollen in ihrer Brust an und verstopften ihr die Kehle. Warum, wenn sie so richtig füreinander waren, hielten sie dann ihre Beziehung geheim? Es kam ihr immer so vor, als wäre er bei ihr schrecklich direkt, und sagte ihr, wann und wo sie sich treffen sollten und dass er nie zuvor eine andere Frau so sehr wie Frances geliebt hatte. Doch sie hatte keinerlei Mitspracherecht. Sie tat nur, was er von ihr verlangte. Benoit war derjenige, der die Wahl hatte, und dennoch sehnte sie sich nach so viel mehr.

»Dann wo?«, fragte er mit einem Glitzern in den Augen. »Willst du in ein Hotel?«

»Nein«, entgegnete sie und schob ihn von sich weg. Als er einen Schritt zurückwich, wirkte er verletzt, hob die Hände wie zum Zeichen seiner Unschuld. »Wir müssen etwas bereden.«

»Okay«, sagte er und strich sich sein Hemd glatt. »Worüber willst du reden?«

»Über das hier, die Sache zwischen uns. Ich will nicht mehr, dass es so ist.« Die Lüge war da, ganz vorne in ihrem Bewusstsein. Wenn sie wollte, dass mehr aus ihnen wurde, musste sie ihm die Wahrheit sagen. »Wir sind ein einziges großes Geheimnis. Nichts weiter als ein Geheimnis.«

»Frances, woher kommt das alles? Habe ich dich verärgert? Habe ich etwas falsch gemacht?«

»Nein, Benoit«, sagte sie, was im Grunde nicht wirklich gelogen war.

»Gut, denn ich würde es mir nie verzeihen, wäre das der Fall. Was hat dich heute so aufgewühlt?«

Seufzend rang sie sich zur Wahrheit durch. »Wir sind nicht ehrlich zueinander.«

»Was?«

»Das ist alles eine Lüge. Du und ich, wir sind nicht real. Selbst wenn wir ausgehen, fahren wir in eine Stadt, in der uns niemand kennt. Zu einem Garten, der für die Öffentlichkeit noch nicht einmal geöffnet ist. Es ist, als wären wir nichts.«

»Wie kannst du das sagen?«

»Weil es so ist. Und es ist meine Schuld. Ich muss dir etwas beichten. Etwas, das ich dir schon längst hätte sagen müssen.«

»Okay, dann raus mit der Sprache!«

»Ich will nicht zurück nach England. Ich will hierbleiben, bei dir.«

»Und ich will das auch, aber …«

»Nein, warte. Lass mich ausreden. Ich will bleiben, und ich weiß, du willst ebenfalls, dass ich bleibe, aber ich kann nicht bei dir sein, solange ich dich anlüge.« Diese Situation war nicht ideal für ihr Geständnis, doch sie musste es jetzt über die Bühne bringen. Wenn sie zu dem werden sollten, was sie sich wünschte, musste sie ehrlich sein. Während sie am Rand des Abgrunds stand, kam es ihr vor, als würde sie gleich springen, ohne auch nur den blassesten Schimmer, was sich am Ende ihres Sturzes befand.

»Lügen?«, fragte er. »Wer lügt?«

»Das habe ich doch gerade gesagt. Ich habe gelogen, Benoit. Wegen etwas, das du wissen solltest.« Ihre Worte reichten aus, damit er eine Weile seine Bemühungen einstellte, sie zu küssen. »Etwas, das du wissen musst, bevor wir zusammen sein können. Bevor wir gemeinsam auf dem Bauernhof leben können.«

Um sich zu sammeln, strich er den Saum seines Jacketts glatt, während sein ganzer Körper sich anzuspannen schien. »Bevor wir was tun?«

»Zusammenziehen. Auf deinen Bauernhof. Ohne dich kann ich nicht nach Hause zurück, aber ich kann auch nicht hierbleiben, bis ich dir die Wahrheit gesagt habe.«

Einen Moment lang war es, als würde sie zusehen, wie ein Gemälde im Sonnenlicht verblasste. Sein Gesicht wurde aschgrau, seine Lippen verschrumpelten, verloren ihre feuchte rosafarbene Fülle, die noch wenige Augenblicke zuvor an ihrem Hals entlanggefahren war. Die weiche Narbe in seiner Wange zuckte. Seine fahrigen Hände glitten in seine Hosentaschen, dann war eine an seinem Gesicht und fuhr sich über die Bartstoppeln. »Du meinst, du und ich zusammen, Frances?« Sie nickte. »Auf dem Bauernhof?«

»Ja«, sagte sie. Das Telefon läutete im Hintergrund, und sie warteten, bis es erstarb. »Ist es nicht das, was du wolltest?«

»Es spielt keine Rolle, was ich will, Frances. Was ist mit deinem Studium? Hm? Du kannst nicht einfach in Frankreich bleiben und deinen Abschluss aufs Spiel setzen. Wer hat dir diesen Floh ins Ohr gesetzt, dass wir zusammen auf dem Bauernhof wohnen würden?« Das Klingeln setzte wieder ein.

»Du hast gesagt, dass du das willst«, erwiderte sie schließlich und erkannte, dass die Sache nicht so lief, wie sie es sich vorgestellt hatte. »Du hast gesagt, du willst alles teilen. Und zwar mit mir. Dass ich tief in meinem Herzen wüsste, was richtig ist. Und das tue ich«, fuhr sie fort und trat einen Schritt vor. »Du und ich, das ist genau das Richtige. Du meintest, der Bauernhof wäre unser Zuhause. Das waren deine Worte.«

»Ja«, sagte er durch schwere Atemzüge. »Vielleicht habe ich das gesagt, aber ich meinte es metaphorisch.« Er seufzte, wischte sich mit der Hand über den Mund. »Ich meinte vorerst, solange du hier bist. Solange wir zusammen sind.«

»*Solange* wir zusammen sind?«, rief sie, und Benoit schloss die Augen. »Du hast gesagt, du könntest ohne mich nicht leben.«

»Ich habe viele Dinge gesagt, Frances, wenn wir zusammen im Bett waren«, erklärte er und setzte sich auf den Rand seines Schreibtischs. »Aber Frances«, begann er, und sein Tonfall veränderte sich, nahm an Verzweiflung zu. »*Mon amour*, das war etwas, das ich in dem Moment auch so meinte. Da sprach die Leidenschaft aus mir. Ich habe mich dir so nah gefühlt, dass es mir vorkam, als existierte das echte Leben nicht. Es war etwas, das ich wollte, aber …« Er hielt inne, schüttelte den Kopf. »Aber Frances, ich … ich … das, äh, *sacre dieu*«, fauchte er unvermittelt. »Ich kann nicht klar denken, wenn das Telefon in einem fort klingelt.« Er riss den Hörer von der Gabel. »*Oui, qu'est-ce que c'est?*«, fragte er.

Es dauerte nur einen kurzen Moment, bevor sie erkannte, dass egal, wer sich am anderen Ende der Leitung befand, außer sich vor Verzweiflung war. Die Person schrie ein paar Worte, dann legte Benoit auf und schleuderte das

Telefon auf den Schreibtisch. Schweiß glitzerte auf seiner Stirn. Etwas lief falsch und von der Art, wie er sie ansah, wusste sie, dass es auch sie betraf.

»Was ist los?«, fragte sie, auf einmal verängstigt.

»Schnell, schnell«, rief er und packte sie an der Hand.

»Benoit, was ist los?«, fragte sie, während er sie hinter den Schreibtisch zerrte. »Benoit, was ist passiert?«

Auf die Knie gesunken tastete er hastig nach dem Schlüssel, den er um den Hals trug. Ein Knopf sprang von seinem Kragen, als er sich die Kette über den Kopf riss. »Jetzt ist weder die Zeit für Fragen noch für Erklärungen«, flüsterte er. »Später werde ich dir alles erzählen, versprochen. Aber jetzt tust du bitte einfach, was ich dir sage.«

Sie nickte, und im nächsten Moment sperrte er die Schranktür neben dem Schreibtisch mit dem Schlüssel von der Halskette auf. Dann griff er hinein, stemmte ein kleines Regalbrett heraus und dahinter sah Frances eine schmale Treppe, die zu etwas führte, das wie eine unterirdische Kammer aussah.

»Was zum …«, murmelte sie leise vor sich hin.

»Ich sagte, keine Fragen, Frances. Und jetzt rein da.« Sie zögerte, und mit einem Mal brach alles, was ihre Tante ihr erzählt hatte, wie eine Flut über ihr zusammen. Er wiederholte seine Worte, diesmal leise. Seine Stimme hatte sich verändert, erinnerte sie nun an die ihres Vaters. »Komm schon, beeil dich!« Und dann sanfter, als er ihre Wangen berührte: »Ich bin direkt hinter dir.« Auch sein Gesicht hatte sich verändert, war weißer als die Sommerwolken am Himmel. Es war möglich, das wusste Frances nun, Angst zu erkennen, selbst wenn man die Bedrohung nicht verstand. Allein aus diesem Grund kam sie seiner Aufforderung nach und kletterte die klapprige Treppe hinab, wobei sie nur mühsam das Gleichgewicht hielt, während das Holz unter ihr knarzte. Nach höchstens vier oder fünf Stufen gelangte sie in einen kleinen, dunklen, höchstens ein paar Quadratmeter großen Raum, der aus der schroffen Erde ausgehoben und allein von etwas, das wie ein unstabiler Holzrahmen aussah, getragen wurde. Dunkelheit umhüllte sie, als Benoit ebenfalls ins Loch hinabstieg und sämtliche Lichtstrahlen verdeckte, die zuvor die düstere Kammer erhellt hatten. Für den Bruchteil einer Sekunde, als er die Öffnung wieder freigab, kehrte das Licht zurück, aber Frances hatte noch nie etwas so Finsteres erlebt wie den Moment, an dem er die Tür von der anderen Seite zuzog und hinter ihnen verriegelte. Dann legte er das Regalbrett an seinen Platz zurück, und Frances spürte, wie sein Körper sich an ihren drängte.

»Benoit, was ist …«, begann sie.

»Pst«, machte er, und obwohl sie protestieren wollte, stellte sie keine weiteren Fragen mehr, denn auf einmal vernahm sie das unverwechselbare Geräusch von zersplitterndem Glas aus dem Zimmer über ihnen.

Neunzehntes Kapitel

Zum Leidwesen seiner Großtante verkündete Harry die Entscheidung, schnellstmöglich abzureisen, während Tabitha ins Dorf spaziert war. Ihr Bedauern war beruhigend, denn obwohl er Frankreich verließ, war er überzeugt, nicht auch noch sie verloren zu haben. Doch knapp eine Stunde später, mit seiner Reisetasche auf dem Bett und noch ohne vollständig gepackt zu haben, hörte er das Klatschen von Tabithas Sandalen auf den Dielenbrettern. Als sie ins Zimmer stürzte, fand sie ihn am Bettrand mit einem der Inventarbücher seiner Mutter sitzen. Wild gestikulierend, um ihn zum Aufstehen zu bewegen, waren ihre Wangen vor Anstrengung gerötet. »Warum gehst du nicht an dein verdammtes Handy?«, keuchte sie atemlos. »Ich habe dich mehrmals angerufen.« Als er sich nicht rührte, winkte sie ihn zu sich. »Komm schon«, sagte sie und zog ihn auf die Beine. »Das musst du dir ansehen. Ich kann nicht glauben, dass es uns bisher entgangen ist.«

»Was ist uns entgangen?«, fragte er, doch sie hatte bereits seine Hand gepackt und zerrte ihn die Treppe nach unten. Kurz darauf saßen sie im Auto und düsten in Richtung Dorf. Wenige Augenblicke später hielten sie am Straßenrand und parkten halb auf dem Gehsteig vor der Kirche.

»Warum willst du mir nicht verraten, worum es geht?«, fragte er, als sie aus dem Wagen stiegen. Tabithas Gesicht glänzte vor Schweiß. Harry hinter sich herziehend schlängelte sie sich durch eine Touristentraube, bevor sie die Holztür aufstieß, um die Kathedrale zu betreten. An entzündeten Kerzen vorbei und durch Lichtstrahlen, die durch hohe Fenster fielen und die Wände aufleuchten ließen, bewegten sie sich zum hinteren Teil der Kirche. In einer kleinen Kapelle hinter dem Hauptschiff blieben sie stehen, und vor ihm sah er nichts weiter als einen Tisch mit ein paar brennenden Kerzen, deren dünne Rauchfäden sich eine bereits geschwärzte Wand hinaufkringelten. »Was willst du mir hier zeigen?«, fragte er, doch noch bevor er den Satz beendet hatte, sah er, weshalb sie ihn hergebracht hatte. Es war ein Foto einer wunderschönen Schmuckkassette auf einem Ständer, genau wie diejenige, nach der er im Haus seiner Mutter suchte.

»Das ist die Klinkosch-Schatulle, Harry«, sagte sie, zu aufgeregt, um sich zu beherrschen. »Hier heißt es, dass sie der Familie Bonnet gehört hat. Darüber weiß ich nichts, aber das eine weiß ich. Komm mit«, fuhr sie fort, nahm seine Hand und marschierte aus der Düsternis der Kirche. Draußen brannte die Sonne herab, was Harry blinzeln ließ, während Tabitha ihn weiter zum Marktplatz zerrte. »Sieh dir das an!« Sie zeigte stolz mit dem Finger in eine Richtung, als hätte sie gerade das Rätsel um den Heiligen Gral gelöst, da hob Harry eine Hand, um sich die Augen zu beschatten.

»Was soll ich mir ansehen?«

Noch nachdrücklicher deutete sie erneut zur anderen

Straßenseite. »Mach ausnahmsweise mal die Augen auf, Harry! Wo habe ich diese kleine Vogelstatue gekauft?« Gegenüber dem Marktplatz, am Place des Couverts, wo die Läden sich hinter den Kreuzgängen verbargen und die Luft immer kühler war, sah er, was sie ihm so unbedingt zeigen wollte. Direkt neben dem Buchladen befand sich ein kleines Geschäft mit Raritäten und antikem Trödel namens *Galerie Bonnet*. »Komm schon, Harry. Denk nach! Die Klinkosch-Schatulle, der Name Bonnet, der mit einem *B* beginnt. Die französischen Briefe von vor dem Jahr, in dem du geboren wurdest. Das ist alles miteinander verknüpft, Harry. Ich weiß, du hast Angst, aber das ist deine Chance, die Wahrheit zu ergründen.«

Und da spürte er es, während sämtliche anderen Sorgen von ihm abfielen. Eine Möglichkeit brodelte in seiner Brust, ließ sein Herz hämmern. »Ja, du hast recht«, sagte er mit zitternder Stimme. Selbst der Unmut, den er wegen ihrer Lüge über New York verspürt hatte, schien wie weggeblasen. »Wenn es einen Weg gibt, sie endlich ans Licht zu bringen, werde ich es tun.«

»Dann mal los«, sagte sie und hielt seine Hand fest in ihrer. Ihre Berührung gab ihm Halt, und er war ihr dankbar. »Lass uns das Geheimnis ein für alle Mal lüften.«

Harry schob die Tür auf, und ein kleines Glöckchen bimmelte, das ihre Ankunft verkündete. Es läutete noch einmal, als Tabitha ihm folgte. Vollgestopfte Wände umgaben sie, der Geruch von Staub und Schimmel hing stark und schwer in ihren Nasen. Der Raum hatte etwas Vertrautes an sich, der Duft weckte Erinnerungen an seine Mutter, die Enge ein Déjà-vu. Hinter der Ladentheke erhob sich eine Gestalt. Sie war älter als sie, männlich, vielleicht Ende fünfzig, mit strähnigen blonden Haaren und einem leicht wettergegerbten Gesicht. Da erkannte Harry, dass es sich bei dem Mann um das Aktmodell handelte, das sich im Lauf der Woche, die sie im Retreat seiner Großtante verbracht hatten, immer mal wieder dort hatte blicken lassen. Er lächelte und runzelte dann die Stirn, als ginge ihm etwas durch den Kopf. Neben ihm stand eine Frau von einem knarzenden Stuhl auf und trat vor.

»*Bonjour*«, sagte sie. »*Puis-je vous aider?*«

Harry blickte nach Unterstützung suchend zu Tabitha, und sie versetzte ihm einen kleinen Schubs.

»*Bonjour*, hallo«, sagte Harry und brachte die Wörter durcheinander. Er wusste nicht, wo er anfangen sollte. »Äh, *je ne pas parler* …«, begann er, und eine Pause durchkreuzte seine Bemühungen. An Tabitha gewandt, flüsterte er: »Ich habe vergessen, wie man das sagt.«

Die Frau legte ein antiquarisches Buch auf die Ladentheke und trat einen Schritt vor. Älter als Harry war ihr Gesicht von der Sonne gefurcht, ihre Augen von einem Spinnennetz an Falten umrahmt. Doch ihr Gesicht war weich, und ein offenes Lächeln der Jugend nahm ihm jede Befangenheit. »Sie sprechen kein Französisch, hm? Kein Problem. Sagen Sie mir, wie wir Ihnen helfen können?«

»Ah«, rief der Mann und schaltete sich in das Gespräch ein. »Ich kenne Sie. Sie sind die Engländerin, die den kleinen Vogel gekauft hat. Ich erinnere mich an Sie. Und Sie?«, sagte er mit einem Nicken in Harrys Richtung. »Sie müssen der Mann sein, der ihn bekommen hat.«

»Die Vogelstatue«, soufflierte Tabitha, als wüsste Harry nicht, wovon sie sprachen. »Aber wir sind nicht deswegen hier.«

»Sie sind das Pärchen vom Retreat, *non*? Madame Henriettas Großneffe.«

Harry nickte.

»Wahrscheinlich erkennen Sie mich in Kleidung nicht wieder.«

Harry ertappte sich dabei, wie er im Antlitz des Mannes nach vertrauten Gesichtszügen Ausschau hielt, aber keine fand. »Nein, ich weiß, wer Sie sind«, entgegnete Harry. »Sie arbeiten dort als Modell, richtig?«

»Ja, das stimmt.«

Die Frau setzte sich auf den Rand des kleinen Holztischs, verschränkte die Arme und sah zu Harry, dann zurück zu dem anderen Mann im Laden. »Du hattest recht, Alex. Die Ähnlichkeit ist verblüffend.«

»Ähnlichkeit mit wem?«, fragte Tabitha.

»Seiner Mutter«, sagte sie. »Wir kannten uns damals. Ich bin Amélie, das hier ist Alex. Wir waren befreundet.«

»Wirklich?«, rief Harry und schob sich näher heran. »Sie kannten meine Mutter?«

Die Frau nickte. »Wir sind zusammen aufgewachsen. Zumindest während der Sommerferien. Sie war ein süßes Mädchen, deren Gesellschaft mir viel bedeutet hat. Alex ebenfalls, wenn ich mich nicht recht täusche.« Zwinkernd drehte sie sich zu Alex, und er verdrehte die Augen.

Der Mann namens Alex trat hinter der Ladentheke hervor und reichte ihm die Hand. Harry schüttelte sie. »Amélie hier schweift gern vom Thema ab. Womit kann ich Ihnen behilflich sein?«

»Wir wollten Sie wegen etwas befragen«, ergriff Tabitha das Wort. »Wegen einer Schatulle. Sie sind Mr. Bonnet, nicht wahr?«

Alex und Amélie lachten, und er schüttelte den Kopf. »Nein, nein, nein. Ich arbeite für Monsieur Bonnet. Über welche Schatulle haben Sie eine Frage?«

»Die in der Kirche«, sagte sie. »Diejenige, die verschollen ist.«

Einen Moment lang schien es Alex die Sprache verschlagen zu haben. Dann flüsterte er Amélie etwas Unverständliches auf Französisch zu, bevor sein Blick von Tabitha zu Harry glitt. Schließlich lächelte er.

»Die Klinkosch?«

»Ja«, sagte Tabitha aufgeregt. »Sie kennen sie?«

»Natürlich.« Seine Aufmerksamkeit ruhte weiterhin auf Harry. »Aber was genau wollen Sie darüber wissen? Sie ist …« Alex hielt mitten im Satz inne, sein Blick huschte hin und her, sein Mund zog sich in die Breite. *»Tu te fiches de moi?«*

»Wie bitte?«, fragte Harry. »Ich verstehe Sie nicht. Tabitha, was hat er gesagt?«

»Er glaubt, du würdest ihn wegen irgendetwas auf den Arm nehmen.«

Amélie stellte sich neben Alex. *»Qu'est-ce qui ne va pas?«*

Kopfschüttelnd überging er Amélies Worte und sagte: *»Pas possible. Non, non. Pas possible.«*

»Was ist los?«, fragte Tabitha. »Wir wissen nicht, wovon Sie reden.«

Alex trat einen Schritt auf Harry zu. Mit ausgestreckter Hand berührte er ihn am Kinn, drehte sein Gesicht nach links und rechts, betrachtete sein Profil. »Jetzt sehe ich es. Jetzt ergibt alles Sinn.«

»Was ergibt Sinn?«, fragte Harry.

Zurück hinter der Ladentheke nahm Alex ein kleines Stück Papier und einen Bleistift zur Hand. Er zeichnete eine grobe Skizze, bei der sie rasch erkannten, dass es das Dorf mit einer langen Straße war, die mitten hindurchführte, während Amélie die ganze Zeit über Fragen stellte, die weder Tabitha noch Harry verstanden. »Monsieur Bonnet arbeitet heutzutage von der Lagerhalle aus. Zu Fuß brauchen sie ungefähr zwanzig Minuten, aber ich denke, Sie sollten sich die Mühe machen.« Er tätschelte Harry die Schulter und schritt zur Tür. »Normalerweise isst er um eins zu Mittag, also sollten Sie sich lieber beeilen. Na los, verlieren Sie keine Zeit. Alles, was Sie wissen wollen, wird er Ihnen beantworten können.«

Es kostete sie eine halbe Stunde und erheblichen Protest auf Seiten Harrys, bevor Tabitha akzeptierte, dass sie sich verfahren hatten. Wie es der Zufall wollte, war es leicht, *à droite* mit *à gauche* zu verwechseln, aber sobald sie zur Kreuzung zurückfuhren, wo sie anstatt links nach rechts abgebogen waren, war es nur ein kurzer Weg bis zum nächstgelegenen Bauernhof. Draußen in der verkrusteten Erde steckte ein kleines Schild, dessen Farbe von unzähligen Jahren des Regens und der Stürme, die von den Gipfeln der Pyrenäen ins Tal peitschten, verwittert war. Auf dem Schild stand *Antiquités Rares.* Sie hielten am Ende einer Schotterstraße, Zikaden zirpten laut in den Bäumen und riefen Harry in Erinnerung, dass er sich so weit weg von zu Hause befand.

»Glaubst du, wir sind hier richtig?«, fragte Tabitha. Sie blickte auf das Schild und betrachtete die fremde Sprache. »Es heißt, sie haben geöffnet.«

»Ich kann mir nicht vorstellten, dass es hier in der Gegend zwei Lagerhallen mit Antiquitäten gibt. Allerdings kann ich immer noch nicht glauben, dass wir allein wegen der Worte dieses Mannes hergekommen sind.«

»Warum nicht?«

»Weil wir nicht den leisesten Schimmer haben, wer er ist.«

»Er heißt Alex«, sagte sie und zuckte mit den Schultern, als würde das all seine Befürchtungen zerstreuen. »Und er meinte, Monsieur Bonnet könnte uns unsere Fragen beantworten. Wie dem auch sei, jetzt sind wir sowieso schon hier. Da können wir auch genauso gut hineingehen und schauen, ob er recht hat.« Harry blickte die Schotterstraße hinab bis zu einer Tür in der Scheune am anderen Ende. Welche Wahrheit verbarg sich dahinter?

»Ich bin nervös«, gestand Harry zögerlich ein. »Was, wenn das hier nur eine weitere Sackgasse ist?«

»Nun, das ist durchaus möglich«, erwiderte sie, streckte den Arm aus und nahm seine Hand. »Aber ich bin hier. Ich gehe nirgendwo hin.« Bei ihren Worten dachte er an das zufällig belauschte Telefonat und das Wissen, dass er sie längst verloren hatte. Es stimmte ihn unsäglich traurig, dass das, was sie hatten, diese tiefe Verbindung, schon bald für immer vorüber wäre. »Komm schon, tun wir es gemeinsam«, sagte sie, und im nächsten Moment spazierten sie den Schotterpfad hinab. Genau vor ihnen lag die Tür. Bevor die beiden sie erreichten, drehte Tabitha sich zu ihm und lächelte, und unvermittelt zerstreute sich ein Teil der Anspannung, die sich an diesem Tag in ihm aufgestaut hatte. »Was würdest du nur ohne mich tun?«

»Keine Ahnung«, erwiderte er, ohne sie in diesem Moment ansehen zu können. »Das weiß ich wirklich nicht.«

Zwanzigstes Kapitel

In der Sekunde, in der Harry die alte Lagerhalle betrat, überkam ihn etwas Tröstliches. Es war die Vertrautheit dessen, was vor ihm lag, die Sammlung an alten Dingen; Gegenstände, die Menschen weggeworfen oder vergessen hatten, alles zur sicheren Aufbewahrung zusammengetragen. Selbst der Geruch war etwas, an dem er anknüpfen konnte. Es war der Geruch von antiquarischen Büchern, süß und muffig, und mit einem Gefühl der Traurigkeit stellte er fest, dass es eine Erinnerung an das Zuhause in ihm wachrief, das er die vergangenen zehn Jahre gekannt hatte. Länger hatte er nie an einem Ort gelebt.

Tabitha durchstöberte bereits die Waren und wirbelte dabei Staubwolken in die Luft. Wie es schien, suchte sie nach etwas, auch wenn ihre hektischen Bewegungen keinen Anhaltspunkt dafür gaben, was es war. Hastige Finger glitten über Glaswaren, Geschirr, alte Puppen. Dann hielt sie abrupt inne, als sie ein Geräusch im Büro hörten, das Kratzen eines Stuhls und näher kommende Schritte auf dem Holzboden.

Ein älterer Mann stand vor ihnen, dünn und hochgewachsen, mit leicht schütterem Haar, das am Scheitel jedoch immer noch lang war. Der Mann redete auf Französisch und wechselte dann ins Englische, als seine zwei Gäste ihn nicht verstanden. »Sie sind hier falsch«, sagte er. »Das ist das Lager. Mein Laden ist in der Stadt.«

Harry blickte zu Tabitha, die sich den Staub von den Händen klopfte. Doch Harry war von dem Mann wie hypnotisiert und versuchte herauszufinden, ob er ihn früher schon einmal gesehen hatte und wie alt er sein mochte. Mitte sechzig, dachte er. Vielleicht Anfang siebzig. Obwohl er ihm vage vertraut vorkam, war es offensichtlich, dass der Mann weder Harry noch Tabitha wiedererkannte und nicht im Geringsten erfreut war, sie zu sehen.

»Es tut mir leid«, sagte Tabitha, »aber Alex von der Galerie hat uns hergeschickt. Ich bin nur eine Kunstliebhaberin, müssen Sie wissen«, sagte sie und nickte zu den Tischen. »Die Sammlung, die Sie hier haben, ist wundervoll.« Der Mann hielt inne und drehte sich zu ihnen, und Harry kam nicht umhin, von Tabithas Beharrlichkeit beeindruckt zu sein. »Ist das eine Pairpoint?«, erkundigte sie sich und zeigte auf einen Lampenschirm, der auf einem, wie es den Anschein machte, massiven Messingfuß ruhte. Sanfte, gedämpfte Farben verzierten den Schirm, ein Motiv aus Blumen und Blättern.

Der Mann schwieg einen Moment, bevor sein gesamter Körper eine entspanntere Haltung einnahm. In der Stille knarzte das Gebäude um sie herum. »Ja«, sagte er, näherte sich noch einen Schritt und lächelte zum allerersten Mal. »Sie kennen sich mit Glaswaren aus?«

Sie schüttelte den Kopf. »Nicht wirklich. Das ist nicht mein Spezialgebiet, aber mein Vater war ein großer Fan von

Pairpoint-Gläsern. Wir hatten ein paar bei uns zu Hause. Haben sie wahrscheinlich immer noch.«

Der Mann nickte und kam dann noch näher. »Nun, Sie haben ein gutes Auge, soviel steht fest. Es ist ein seltenes Exemplar. Einen stolzen Preis wert, das hoffe ich zumindest. Nächsten Monat wird sie auf einer Auktion verkauft.« Nachdem er ein paar Unterlagen auf den nächsten Tisch gelegt hatte, streckte er die Hand aus. »Benoit Bonnet. Erfreut, die Bekanntschaft einer, wie Sie es ausdrücken, anderen *Kunstliebhaberin* zu machen.« Er wandte sich an Harry. »Und Sie sind ebenfalls im Antiquitätengeschäft tätig?«

»Nein, nein. Überhaupt nicht«, sagte er und hob die Hand. »Ich bin nur Harry. Tabitha hier ist die Expertin.«

»Eine Expertin?«, sagte er lächelnd. »Was genau arbeiten Sie?«

»Ich bin Museumskuratorin«, erwiderte sie, nahm einen kleinen Porzellanteller in die Hand und inspizierte den Stempel auf der Unterseite. »Ich bin auf Kunst des zwanzigsten Jahrhunderts und ihre Restitution spezialisiert.«

»Restitution?« Der Mann lehnte sich gegen den Tisch und verschränkte die Arme vor der Brust. »Dieses Thema interessiert mich ebenfalls brennend. Sind Ihnen schon bekannte Werke untergekommen?«

Es war das erste Mal, dass Harry etwas davon hörte, und er fragte sich, ob es vielleicht ein ausgeklügeltes Märchen war, um das Gespräch behutsam auf die Klinkosch-Schatulle zu lenken. Seines Wissens kuratierte sie eine Ausstellung über chinesische Keramiken. Doch Tabitha nickte völlig überzeugend. »Ein paar. Ein Picasso und ein Degas. Dann noch ein paar kleinere, weniger bekannte Gemälde.«

»Das ist äußerst beeindruckend.«

Sie stellte den kleinen Porzellanteller zurück zu dem Durcheinander aus Objekten, und Harry beobachtete Benoits Augen, die ihr folgten. »Ich bin der festen Überzeugung, dass jedes Kunstwerk seinem rechtmäßigen Besitzer zurückgegeben werden sollte, Sie nicht?«

»Natürlich«, sagte Benoit. Harry spürte, wie sein Herz raste. »Wenn mir die Frage erlaubt ist, mit welchem Picasso hatten Sie es zu tun?«

»*Buste de Femme.*« Ihr Blick folgte seinem, als Benoit sich am Tisch festkrallte. »Vor ein paar Jahren, wenn ich mich recht erinnere.«

»Ja«, sagte er und sprang auf. »Haben Sie wirklich daran mitgearbeitet?«

»Nur im Hintergrund. Diejenigen, die für seine Entdeckung verantwortlich sind, sind Freunde von mir. Ich selbst habe kaum etwas beigesteuert.«

»Alles, was Sie getan haben, lässt Sie in meiner Hochachtung steigen.« Als die zwei lächelten, erkannten beide, dass ein Band des Vertrauens zwischen ihnen geknüpft war. »Nun«, fuhr Benoit fort, »so wie ich es verstehe, sind Sie nicht aus der Gegend. Sie machen hier Urlaub, oder?«

»Wir wohnen ganz in der Nähe. Im Künstlerretreat.«

»Ah«, seufzte er. »Madame Henrietta. Wie ich gehört habe, wird dort ein wundervolles Frühstück serviert.« Harry bemerkte, dass Benoit ihn anlächelte, vielleicht um ihn in ihr Gespräch einzubeziehen. Er nickte, um guten Willen zu beweisen, obwohl die Gedanken in seinem Kopf verknotet waren, wie ein Durcheinander aus Drähten auf der Rückseite eines Fernsehers. »Früher, vor langer Zeit, waren wir einmal gute Freunde. Das war vor vielen Jahren.« Sein Blick glitt in die Ferne, als würde er etwas oder jemanden aus einer fernen Vergangenheit besuchen. Seine Augen senkten sich wieder auf Harry und dann, als hätte jemand auf einen Knopf gedrückt, schüttelte Benoit die Erinnerung ab und fand in die Gegenwart zurück. »Nun, ich schätze, es schadet niemandem, wenn Sie ein wenig in den Sachen, die wir hier haben, stöbern. Bitte, schauen Sie sich ruhig so lange um, wie Sie wollen. Kann ich Ihnen einen Espresso oder eine Tasse Tee anbieten, während Sie hier sind?« Er zuckte mit den Schultern, als wäre es nicht der Rede wert. »Ich wollte mir sowieso gerade einen machen.«

Während Benoit Tee für Harry und Kaffee für Tabitha zubereitete, durchforstete sie weiter die Antiquitäten und jauchzte leise, wenn sie Dinge fand, die ihr gefielen. Bei der Vorstellung, wie seine Mutter von einer ähnlichen Freude erfüllt gewesen sein mochte, als sie mit ihrer Sammlung begonnen hatte, das Auflisten von jedem Gegenstand in ein sorgsam geführtes Inventarverzeichnis, erwuchs Mitgefühl in seinem Innersten für sie. Freude, erkannte er, konnte auf beide Arten empfunden werden. Gefühle mussten ausgedrückt, aber auch mit anderen geteilt werden. In der Einsamkeit gab es kein Glück, andernfalls führte sie dich einen Pfad hinab, von dem sich eine Rückkehr als schwierig erwies. Es war eine Lektion, die er jetzt gelernt hatte. Er stand auf und schlenderte zu Tabitha, die auf einer Teekiste saß und in einer Schachtel mit alten Postkarten wühlte.

»Kannst du dir vorstellen«, sagte sie, »dass ungefähr der Gegenwert von tausend Pfund in dieser Kiste steckt? Ein paar von denen hier könnten locker für fünfzehn, zwanzig Pfund verkauft werden und sieh nur, wie viele es sind. Das ist ein echter Schatz«, fuhr sie fort, ihr Blick fest auf die Schachtel geheftet, während ihr Arm ganz allgemein hinter ihr auf den Laden zeigte.

»Das ist gut möglich«, flüsterte Harry, »aber wir sind nicht wegen all dem hier gekommen, oder? Wir wollen herausfinden, was er über meine Mutter weiß.«

»Und das werden wir«, zischte sie als Antwort. »Aber wir können schlecht mit der Tür ins Haus fallen.«

Genau in diesem Augenblick tauchte Benoit mit einem kleinen Tablett samt drei Tassen neben ihnen auf.

»Sie hat recht«, sagte er zu Harry. »Wir haben im Moment viele hübsche Dinge. Wie das hier.« Benoit reichte Harry eine Kette, und als er die Hand ausstreckte, fiel sie wie ein Seidenfaden in seine geöffnete Hand. »Achtzehn Karat, mit Diamanten besetzte Glieder. Eine Van Cleef & Arpels.«

Tabitha ließ das Buch sinken, das sie gerade durchgeblättert hatte, und eilte zu ihnen. Beim Anblick des Schmuckstücks wurden ihre Augen groß. »Oh mein Gott, wirklich?«

»Jawohl«, sagte Benoit. »Sie kennen die Marke?«

»Ja. Ich kenne die Kollektionen sehr gut. Die Kette ist wunderschön.«

»Und sehr selten«, fügte Benoit hinzu und nahm Harry die Kette wieder aus der Hand. Benoit legte sie beiseite, wandte sich dem kleinen Tablett zu und reichte ihnen beiden jeweils eine Tasse. »Wenn Sie wollen, kann ich Sie herumführen. Es ist nur so …«, er zögerte, eine jähe und dringliche Angst packte ihn. »Sie müssen bitte achtgeben. Ich bewahre die Dinge nicht mehr so sicher auf wie früher einmal. Heutzutage bekomme ich nur selten Besuch.«

Benoit lotste sie durch das Lager und zeigte ihnen einige seiner Lieblingsobjekte. In den Regalen waren Gemälde und Bücher, Erstausgaben und seltene Exemplare zur Schau gestellt, Schmuck, schöner als alles, was sie jemals zu Gesicht bekommen hatten. Harry lauschte, während Benoit und Tabitha Jahreszahlen und Maler diskutierten, und war gleichzeitig von Tabithas Wissen beeindruckt und über seine eigene Unkenntnis bestürzt. Es geschah in einem Moment der Zerstreuung, tief in Gedanken versunken, als Harry hörte, dass Tabitha die Schatulle zur Sprache brachte.

»Wir haben es in der Kirche gesehen«, sagte sie. »Das Foto in der Kapelle.« Benoit nickte. »Auf dem Schild stand, die Schatulle wäre immer noch verschollen.«

»Seit dem Krieg, meine Liebe.« Er schüttelte den Kopf und stieß einen schweren Seufzer aus. »Ein Jammer!«

»Und sie gehörte Ihrer Familie? Ihr Name ist Bonnet, aber ich dachte, sie wäre im Besitz der Ellisons gewesen?«

»Sie sind eine beeindruckende Historikerin«, erwiderte er mit einem Lächeln, »und haben außerdem recht. Mein Großvater war Jacob Ellison. Er schenkte sie meiner Mutter zur Hochzeit. Doch wo sie sich jetzt befindet, werden wir wohl nie erfahren.«

Harry sah eine winzige Veränderung in Tabithas Gesicht, ein nervöses Kauen auf ihrer Lippe, das nicht verriet, was als Nächstes folgen könnte. »Was, wenn wir wüssten, wo sie ist?«

Benoit setzte sich auf eine Tischplatte und verschränkte die Arme langsam vor der Brust. Dann legte er das kleine Schmuckstück weg, das er in Fingern gehalten hatte, und blickte von Harry zu Tabitha und wieder zurück. »Nun, zuallererst würde ich sagen, dass Sie lügen, und dann, wenn Sie hartnäckig darauf bestünden, würde ich Sie fragen, was Sie wollen und was genau Sie hier tun.«

Die Stimmung war umgeschlagen, jeder beäugte den anderen mit Argwohn. Tabitha schüttelte den Kopf. »Wir lügen nicht. Nicht wirklich.«

»Nicht wirklich oder gar nicht?«

Tabitha lehnte sich gegen einen Holzpfosten. »Die Klinkosch-Schatulle befindet sich irgendwo im Haus seiner Mutter.«

Benoit fuhr hoch. Harry sah, dass sich die kleinen Härchen auf Benoits Unterarmen aufstellten und eine Schweißperle eine Falte in seinem Gesicht herabrann. Sein Blick huschte matt umher, bevor er auf Harry landete. »Im Haus Ihrer Mutter?«

Harrys Körper zitterte, und ein sonderbarer Geschmack erfüllte seinen Mund. Er konnte sich nicht erinnern, jemals in seinem Leben so nervös gewesen zu sein. Es war, als stünde er kurz davor, ein Geständnis abzulegen, auch wenn er keine Ahnung hatte, was genau es war. Harry nickte bedächtig. »Höchstwahrscheinlich.«

Einen Moment lang verschlug es Benoit die Sprache. Er setzte sich mehrmals hin und stand sofort wieder auf. Seine Atmung hatte sich verändert. Es war fast so, als wäre er gerade eine Runde gejoggt und jetzt mit hochrotem Kopf und atemlos zurückgekommen. »Und wer ist Ihre Mutter?«

Harry redete leise. Der Klang des Namens ließ ein Heer von Erinnerungen in ihm aufsteigen, von denen er bei vielen wünschte, sie wären anders. Doch einige, das wusste er jetzt, als er an das Foto von ihm vor dem kleinen Iglu dachte, waren gut. »Frances Langley.«

Beide, Harry und Tabitha, konnten beobachten, wie Benoits Stimmung sich augenblicklich veränderte. Er setzte sich ein allerletztes Mal, doch es war ein vollkommen passiver Moment, und sein Körper sackte unter der Last dessen, was eben gesagt worden war, in sich zusammen. Es war, als hätte ihm jemand erklärt, dass er der Präsident dieses Landes war und sie sich am Vorabend eines Kriegs befanden. Diese Information hatte ihm geradezu sämtlichen Atem aus den Lungen gepresst, und er schien direkt vor ihren Augen wie ein Luftballon in sich zusammenzufallen. Seine Hand fand die Tischplatte und ein paar Nippesfiguren kullerten durcheinander.

»Frances«, sagte er, doch er redete zu keinem von ihnen. »Meine Frances.«

»Geht es Ihnen gut, Monsieur Bonnet?«, fragte Tabitha.

»Alles gut, alles gut.« Er schlug ihre Hand weg, obwohl er durchaus mitgenommen aussah. »Ich habe manchmal diese Schwächeanfälle«, sagte er und wedelte sich Luft zu. »Hier drinnen ist es heiß.« Sein Blick huschte hastig über Gegenstände, bis er auf Harry landete. »Ihre Mutter? Frances war Ihre Mutter?«

»Ja.«

Daraufhin schwieg Benoit, und seine Augen waren starr auf Harry gerichtet, als suchte er nach einer Antwort, die er keinesfalls verpassen wollte, egal, wie flüchtig sie auch sein mochte. »Und sie hat Ihnen von der Schatulle erzählt? Wo sie ist?«

»Sie hat mich gebeten, sie zu finden, und meinte nur, sie wäre in ihrem Haus. Das war nach ihrem Tod.«

»Was?« In diesem Moment steigerte sich Benoits Verzweiflung sogar noch. »Frances ist … ist gestorben?«

»Vor ein paar Wochen.« Und das war der Moment, als sie bemerkten, dass Benoit weinte. »Es tut mir leid, ich habe Sie aufgeregt«, sagte Harry und gab sein Bestes, um sich wieder zu fangen.

»Sie kannten sie, nicht wahr?«, hakte Tabitha nach.

Benoit wischte sich mit dem Taschentuch aus seiner Brusttasche die Augen und nickte. »Sie hat ihre Sommer hier verbracht, als sie jünger war. Ich habe sehr viel für sie empfunden. Ein sehr süßes Mädchen.« Die Verwirrung trübte seinen Verstand. »Aber sie ist zu jung, um gestorben zu sein«, sagte er, und der Gedanke schien ihn an einen unbekannten Ort zu führen, den sich keiner von ihnen vorstellen konnte. »Zu jung, um … zu jung, um … Bitte«, sagte er und blickte schließlich auf. »Sagen Sie mir, wie es passiert ist?«

»Ein Blutgerinnsel hat sich in ihrem Bein gebildet und ist in ihre Lungen gewandert.«

Tabitha war sich immer noch nicht sicher, was sie hier aufgedeckt hatten, doch sie war überzeugt, dass es schmerzhaft und zugleich bedeutsam war. Sie sah zu Benoit, der ebenso verloren wie ein kleiner Junge an seinem ersten Schultag aussah. Was war es, das Benoit so mitgenommen hatte? Warum war er so aufgewühlt wegen des Todes einer Frau, die er früher vor so vielen Jahren gekannt hatte? Und genau in diesem Moment fiel es ihr wie Schuppen von den Augen, und die Fakten ergaben endlich Sinn. Sie erkannte den Ausdruck auf seinem Gesicht und begriff, dass er sie an etwas aus ihrer eigenen Vergangenheit erinnerte. Es war die Miene eines Menschen, der gerade die Liebe seines Lebens verloren hatte. Es war ein Spiegel ihrer selbst, als sie damals Harry verloren hatte.

Tabitha erhob sich und trat zu den beiden Männern, die immer noch nichts sagten oder taten.

»Benoit«, flüsterte sie. »Das waren Sie, nicht wahr?«

»Was war ich?«

»Sie waren nicht geschockt, dass seine Mutter im Besitz der Schatulle ist, sondern nur, dass wir davon wussten. Sie haben sie ihr gegeben, oder?«

Da schien Benoit die Fassung wiederzuerlangen. Er stand auf und bei diesem Gedanken runzelte sich seine feuchte Stirn, sein Gesicht war faltig, sein Mund gekräuselt.

Tabitha lächelte. Sie setzte sich nun neben Harry und hielt seine Hand. »Zuerst dachte ich, er wäre zu alt, aber es ergibt durchaus Sinn. Die Briefe. Das Buch. *B.*« Harry verstand, worauf sie hinauswollte. Tabitha spähte zu Benoit. »Das waren Sie. Sie haben sie geliebt.«

»Ich sagte doch schon, ich weiß nicht, wovon Sie reden«, beteuerte Benoit, doch Tabitha wusste aufgrund der Art, wie er ihr nicht mehr in die Augen schauen konnte, dass er log.

Tabitha wandte sich an Harry. »Verstehst du es nicht?« Es dauerte einen Moment, bis er die Tragweite von allem, was sie sagte, verarbeitet hatte, all die losen Fäden, die ihr Gegenstück fanden, bis sich das Bild vervollständigte. Er versuchte, eine Geschichte zu rekonstruieren, von der er nichts wusste, und das Sonderbare war, dass sie ihm trotz all der Lücken durchaus plausibel erschien.

»Aber er ist …«

»Alt«, beendete Tabitha den Satz für ihn. »Ja.« Da stand sie wieder auf und ging einen Schritt auf Benoit zu, der trotz des Anscheins, fliehen zu wollen, wie festgefroren an Ort und Stelle verharrte. »Das war der Grund, weshalb Sie die Briefe nie mit Ihrem vollen Namen unterschrieben haben, nicht wahr? Warum niemand jemals wusste, wer sein Vater ist.« Sie griff hinter sich und schob Harry zu Benoit. »Siehst du es denn nicht?«, fragte sie Harry und blickte von ihm zu Benoit. »Siehst du denn nicht, was Alex gesehen hat? Dieser Mann ist dein Vater.«

Konnte er es sehen? Dieser Mann war älter, als er sich seinen Vater jemals vorgestellt hatte. Doch er konnte nicht leugnen, dass es Sinn ergab, dass die Glieder in der Kette logisch erschienen. Doch bevor er antworten konnte, durchbrach Benoit die Stille. »Du siehst nicht aus wie ich. Du siehst wie sie aus«, stammelte er, und eine weitere Träne bildete sich in seinem Auge. Eine Entschuldigung murmelnd rannte er aus der Halle und riss auf seiner Flucht einen Tisch mit einer Schachtel voller Grußkarten um. Der Anblick war so traurig, dass keiner von ihnen versuchte, ihn aufzuhalten, oder etwas auf seine Worte erwiderte. Sie beobachteten, wie er die Tür hinter sich zuknallte, dann hörten sie das dumpfe Geräusch, als er das Büro von innen verriegelte.

»Alles klar bei dir?«, fragte Tabitha kurz darauf, während sie beide dort standen und hofften, Benoit käme zurück. Als Harry keine Antwort gab, bedrängte sie ihn nicht weiter. Zumindest vorerst. Doch dann hörte sie das Pfeifen seines Atems, als er nach Luft japste. »Harry, musst du dich hinsetzen?«

»Ich bekomme gleich einen Asthmaanfall«, sagte er, bevor er losstolperte und die Tür der Lagerhalle weit aufstieß. Er stürzte die Schotterauffahrt hinab und fiel auf die Knie. Tabitha trat neben ihn und rieb ihm über den Rücken, bis er es geschafft hatte, das Asthmaspray aus seiner Tasche zu fischen. Mit dem Inhalator an seinen Lippen wollte er tief einatmen, doch dann hielt er inne und wich ein Stück zurück, um sich das Gerät genauer anzusehen. Nach einem kurzen Moment des Nachdenkens erinnerte er sich, was der Arzt im Krankenhaus ihm erklärt hatte, und schleuderte es auf den Boden.

»Harry, du solltest es benutzen.« Neben ihm auf den Knien griff Tabitha nach dem Asthmaspray und drückte es ihm mit einem Lächeln sanft an den Mund. »Nur ein Stoß. Dann fühlst du dich gleich besser.«

»Nein«, sagte er und schob sie weg. »Ich habe kein

Asthma.« Verwirrt beugte Tabitha sich vor. »Das haben sie mir im Krankenhaus gesagt. Es ist nur eine Panikattacke. Es ist alles bloß in meinem Kopf.«

Tabitha entschied, nicht nachzufragen, sondern hielt nur entschlossen seine Hände, und nach einer Weile, während sie stumm nebeneinandersaßen, ging sein Atem gleichmäßiger und es gelang ihm weiterzureden. Warmer Sonnenschein liebkoste sein Gesicht.

»Geht es dir jetzt besser?«

Er spürte, wie er errötete. »Es ist mir ein bisschen peinlich, wenn ich ehrlich bin.«

»Nun, dafür gibt es keinen Grund. Für eine Panikattacke muss man sich nicht schämen. Es war ein echter Hammer dort drinnen, den du verarbeiten musst.«

»Ich weiß nicht. Ich kann nicht wirklich glauben, dass dieser Mann mein Vater ist. Er ist so alt. Ich glaube, ich will einfach zum Retreat zurück. Können wir bitte von hier verschwinden?«

»Natürlich«, sagte sie. »Lass uns in aller Ruhe zurückfahren. Es wäre sinnlos, jetzt hier zu bleiben. Offensichtlich braucht er Zeit. Komm schon«, sagte sie und zog ihn auf die Beine. »Lass mich dir hochhelfen.«

Auf der Rückfahrt zum Gehöft, die gemächlicher als ihre Hinfahrt war, erwähnten sie das gerade eben Vorgefallene mit keiner Silbe. Die ganze Zeit über umschloss ihre Hand seine, hielt ihn nah bei sich, und trotz der jüngsten Enthüllung über ihre Abreise nach New York spendete ihre Gegenwart ihm Trost. Es war eine Gewissheit, die er schätzte, und er wusste, er würde diese Verbindung in Ehren halten, selbst wenn Tabitha fort war. Obwohl sie das Rätsel von der Schatulle nicht wirklich gelöst hatten, fühlte es sich an, als wäre die Antwort zum Greifen nah. Sogar die Möglichkeit, seinen Vater gefunden zu haben, schien nicht mehr so weit hergeholt wie früher. War es denkbar, dass Benoit seine Mutter geliebt und ein Kind gezeugt hatte? Es schien nicht nur eine vage Vermutung zu sein, sondern wahrscheinlicher als alles, was er bisher in Erwägung gezogen hatte.

»Harry, ich werde das nur ein einziges Mal sagen, also hör mir gut zu«, erklärte Tabitha, nachdem sie zurück in der Stille ihres Zimmers waren, die Taschen halb gepackt auf dem Bett. »Wir können unter gar keinen Umständen jetzt abreisen.« Ihre Haut war schweißnass. Die Geräusche der Maler, die sich beim Mittagessen unterhielten, surrten durch die Hitze des Tages. Harry saß auf dem Bettrand, immer noch in Schockstarre. Tabitha schritt nervös auf und ab, aufgewühlt und voller Tatendrang. »Das alles ergibt Sinn. Wir müssen noch einmal zurück und mit ihm reden.«

Doch Harry hörte ihr nicht zu. Er lauschte allein dem donnernden Hämmern seiner eigenen Gedanken, die wie ein Tornado durch ihn hindurchpeitschten. »Selbst dann muss er wie alt gewesen sein, dreißig? Fünfunddreißig? Mum war sechzehn, als sie mit mir schwanger war.«

»Das würde alles erklären, Harry, auch warum sie dir nie die Wahrheit gesagt hat. Sie hat ihn geliebt, also wollte sie ihn vielleicht beschützen.« Da stieg eine Erinnerung in ihm hoch, an einen Urlaub, den sie einmal in Griechenland verlebt hatten, wie ihre Nase schneller an Farbe gewann als der Rest ihres Gesichts und sie Sommersprossen an einer kleinen Stelle ihrer linken Wange bekam. Das kleine Moped, das sie gemietet hatten, der Tag am Strand, als sie einen Stein in Herzform fanden. Wo war dieser Stein jetzt? Was war mit diesen hoffnungsvollen Menschen passiert? Was war mit ihm geschehen? »Wir haben deinen Vater gefunden, Harry. Wir müssen bleiben. Du kannst jetzt nicht aufgeben, wo du so nah dran bist.«

Sein Gewicht verlagerte sich, als Tabitha sich neben ihn setzte. Harry beobachtete, wie ihre Hand sich auf seine legte. »Er hat aber nicht gerade glücklich ausgesehen, nicht wahr?«

»Er stand unter Schock. Deine Tante hat erzählt, dass deine Mutter Frankreich überstürzt verlassen hatte, also wusste er vielleicht überhaupt nichts von dir.« Harry spürte, wie ihre Finger seine umklammerten. »Er wusste nicht, was er uns sagen soll, das war alles.«

Harry ertappte sich dabei, wie er über den Mann nachdachte, den sie vor knapp einer Stunde getroffen hatten. Er kannte ihn natürlich nicht, wusste nicht das Geringste über sein Leben oder seine Ansichten oder die Dinge, die er mochte. Doch er hatte ihn ins Herz geschlossen. Er hatte vertraut gewirkt, als hätte er ihn vielleicht schon einmal gesehen. Aber vielleicht war es nicht Benoit, den er wiedererkannte, sondern stattdessen sich selbst in Benoits Gesichtszügen. Könnten sie diese Unterhaltung führen? Könnte Harry endlich die Antworten erhalten, nach denen er sich immer gesehnt hatte?

»Denkst du wirklich, er will, dass ich noch einmal hinfahre?«

»Ja, das glaube ich.« Sie kniete sich auf den Boden vor ihn

hin, legte ihm die Arme auf die Beine. Ihre Stimme senkte sich beim Reden, wie sie es früher getan hatte, als es nur sie beide gewesen waren, ganz nah beieinander, und er ihr in die Augen blickte, die im Dunkeln funkelten. »Wer würde dich nicht in seinem Leben wollen?«

Ihre gemeinsame Zeit an diesem Vormittag hatte ihn vergessen lassen, dass Frankreich sich seinem Ende neigte. Dass sie ihn verlassen würde, so wie er es einst getan hatte. Bei der Erinnerung kam es ihm vor, als würde sich die Geschichte einfach wiederholen.

»Du, Tabitha.« Einen Moment lang war sie verwirrt, doch er musste ihr sagen, was er wusste. »Ich werde dich verlieren, nicht wahr? Ich habe dein Gespräch heute zufällig mitangehört. Ich weiß von dem Job in New York.«

Sie setzte sich auf die Fersen zurück, rieb sich mit den Händen übers Gesicht. »Das also war der Grund, warum du abreisen wolltest? Die Sache kurz und schmerzvoll beenden?« Er zuckte mit den Schultern. Kopfschüttelnd blinzelte sie heftig. »Du glaubst, ich würde umziehen, weil mir ein Job in New York wichtiger ist als du?«

»Etwa nicht?«

Fingerspitzen bedeckten ihre Lider, als wäre alles zu viel. »Warum tust du das immer, Harry? Ausgerechnet jetzt bringst du dieses Thema zur Sprache. Wenn du es wusstest, warum hast du mich dann nicht direkt gefragt? Du triffst immer Entscheidungen allein auf Grundlage deiner eigenen Gedanken, ohne auch nur mit anderen Menschen darüber zu sprechen, wie sie sich fühlen.«

»Tabitha«, sagte er, überrascht, dass ihn an dieser Sache

irgendwie eine Mitschuld treffen könnte. »Du hast einen Job in New York angenommen. Ich habe es mit eigenen Ohren gehört.«

»Und ganz allein hast du dann entschieden, es würde bedeuten, dass ich mir nichts aus dir mache? Nachdem ich mit dir hierhergekommen bin, bei dir in deinem Haus gewohnt habe? Du glaubst wirklich, dass es darauf hinausläuft?«

»Worauf läuft es dann hinaus?« Auf einmal war er nervös, konnte spüren, dass sie den Tränen nahe war.

»Ich habe mich für diesen Job beworben, bevor all das angefangen hat. Ich habe nach einem Ausweg gesucht. Aber du hast immer noch keine Ahnung, was ich für dich empfinde, oder? Ich will dich beschützen. Weil ich Angst habe, dass wenn ich bei dir bleibe, Daniel uns aufspüren und dir wehtun wird.«

»Ich habe keine Angst vor Daniel.«

»Das solltest du aber.« Langsam sank sie aufs Bett, den Kopf in die Hände gestützt. Halb lachte, halb weinte sie. Harry war nicht sicher, was von beidem, wusste jedoch, dass kein Hauch von Komik in dem lag, was gerade stattfand. »Aber abgesehen davon war ich mir nicht einmal sicher, ob du mich auf diese Art überhaupt noch willst.«

»Wie kannst du das nicht wissen? Ich wollte dir nur etwas Freiraum verschaffen. Ich dachte, das wäre, was du jetzt brauchst.«

»Harry, bei dir habe ich nie Freiraum gebraucht. Vor zehn Jahren hast du mich verlassen, und damals habe ich wirklich mit allen Mitteln versucht, dich zu vergessen. Ich wollte nicht, dass ich dich zehn Jahre später immer noch liebe.«

»Also was, liebst du mich noch?«

Kopfschüttelnd sagte sie: »Ich kann nicht glauben, dass du das fragen musst.«

Er wusste, es ging jetzt um alles. Nie wieder würde sich ihm eine weitere Gelegenheit bieten, die Sache geradezubiegen. »Tabitha, ich liebe dich auch noch. Ich habe nur versucht, das Richtige zu tun. Ich wollte dir genügend Freiraum geben, damit du über Daniel und das, was er getan hat, hinwegkommst. Und dir die Chance bieten, schätze ich, zu verschwinden, wenn es das ist, was du wirklich willst.«

Mit dem Saum ihres Kleids wischte sie sich die Augen. »Du hast mir den Freiraum geschenkt, damit ich gehen kann, während ich die ganze Zeit über einen Weg gesucht habe, wie ich bei dir bleiben kann. Aber das kann ich nicht, Harry. Ich kann nicht bleiben. Es wäre für keinen von uns beiden fair.«

Worte lagen ihm schwer auf der Zunge. Nur eine schlichte Frage, ein Wunsch, und es wäre vorbei. *Bleib bei mir.* Doch er wusste ebenfalls, dass es selbstsüchtig wäre. Wie könnte er sie jetzt bitten, nicht zu gehen? Daniel hatte sie jahrelang kontrolliert, hatte Entscheidungen in ihrem Namen getroffen und er wollte nun nicht in seine Fußstapfen treten, obwohl er wusste, dass er ohne sie verloren wäre. Er wollte sich an nichts festklammern, nur weil er es konnte. Jahrelang hatte er versucht, sich an Menschen festzuklammern, die er liebte, und was hatte ihm das gebracht? Seit dem Augenblick, als seine Mutter ihn auf dieser Bank zurückgelassen hatte, hatte er Menschen angefleht, ihn zu behalten, immer auf der Suche nach der Liebe eines anderen, durch die er sich definieren konnte. Doch dieser kleine Junge auf der Bank wollte er nicht mehr sein. Er wollte sein Selbstwertgefühl nicht mehr daraus ziehen, wen er an sich binden konnte. Und ganz gewiss wollte er Tabitha nicht zurückhalten. Er hatte seine Chance gehabt und es vor über zehn Jahren vermasselt. Sie wollten beide dasselbe, aber es gab keinen Weg, das zu erreichen.

»Ich liebe dich wirklich, Tabitha, aber ich weiß, wie es ist, in einer Situation zu stecken, die wehtut, und das kann ich dir nicht zumuten. Du brauchst jetzt etwas anderes.«

Als er spürte, wie ihm Tränen in die Augen schossen, beugte er sich vor und hielt Tabitha fest, ihre Stirn an seiner. »Was, wenn ich dir sage, dass ich vor zehn Jahren nichts anderes als dich gebraucht hätte?«, flüsterte sie.

Er schüttelte den Kopf. »Dann würde ich entgegnen, dass ich dir nicht glaube. Niemand könnte jemals nur das brauchen.«

An jenem Abend veranstaltete Henrietta ein weiteres Fest. Eine Familienfeier, wie sie es nannte, nur seine Großtante, sein Großonkel, er und Tabitha. Es war nicht leicht, neben Tabitha zu sitzen und zu wissen, dass das, was sie hatten, bald ein Ende fände, aber ihr Liebesgeständnis hatte sie noch enger zusammengeschweißt und sie hielten den ganzen Abend Händchen. Harry hatte noch nicht entschieden, ob er wie geplant am nächsten Tag abreisen würde oder noch ein letztes Mal versuchen sollte, mit Benoit zu reden. Doch mittlerweile hatte seine Großtante ihm ihre eigenen Vermutungen über das anvertraut, was zwischen seiner

Mutter und Benoit vorgefallen war, obwohl sie auf seine Fragen hin beteuerte, Frances hätte es immer verneint.

»Es tut mir leid, dass ich dir nichts von Benoit erzählt habe«, sagte sie nach dem Essen. »Du musst wissen, er hat den Ärger magisch angezogen, mit zwielichtigen Gestalten, die auf der Suche nach gestohlener Kunst waren, und das wollte ich dir ersparen. Ich war mir nie sicher, ob er dein Vater war, aber ich muss zugeben, dass ich einen leisen Verdacht hatte.«

»Ich wünschte, du hättest es mir trotzdem erzählt.«

»Das hätte ich tun müssen«, sagte sie und starrte zum Tisch. »Aber ich wollte nicht, dass du verletzt wirst. Ich war überzeugt, dass er der Grund war, weshalb deine Mutter nie wieder hierher zurückgekommen ist. Ich wollte auch nicht, dass er der Grund ist, dass dies dein einziger und letzter Besuch hier ist. Da gibt es nicht viel mehr zu sagen, außer dass ich dich unter keinen Umständen verlieren will.«

Bei ihren Worten legte sich ein Lächeln auf seine Lippen. »Das wirst du nicht, Tante Henrietta. Das verspreche ich.«

Schweigend stiegen sie die Treppe nach oben, nachdem sie sich von Harrys Familie mit einem Gutenachtkuss verabschiedet hatten. Harry wollte schon vorschlagen, er könnte woanders schlafen, als Tabitha ihre Zimmertür kurz vor Mitternacht öffnete und ihn mit einer Handbewegung hineinbat. Sie schloss die Tür hinter ihnen und kam auf ihn zu. Genau wie immer, wenn sie so nah war, dass er ihren Atem spüren konnte, wurde sein Mund ganz trocken, seine Muskeln verkrampften und er fragte sich, was sie als Nächstes tun würde. Der Moment war so lebendig, dass er dessen Herzschlag spüren konnte. Oder vielleicht war es sein eigener. Dann hakte sie die Daumen unter die Träger ihres Sommerkleids und schob einen nach unten, über ihre Schulter. Dasselbe tat sie auf der anderen Seite, und das Kleid fiel zu Boden, sodass sie nur noch in ihrer Unterwäsche dastand. Ihr Körper war schlank, ihr Bauch gerundet, gefüllt von dem Essen, das Henrietta gerade aufgetischt hatte. Sein Blick folgte dem Schwung ihrer Hüfte, glitt dann erneut nach oben zu ihren Brüsten und schließlich zu ihrem Gesicht. Sie endlich wieder so zu sehen erschwerte ihm vor angespannter Erregung das Atmen. Mit einer leichten Schamesröte im Gesicht, als sie sich auch aus dem Rest ihrer Kleidung schälte, nahm sie seine Hände in ihre und legte sie sich auf die Taille.

»Sieh mich an, Harry.« Dann, nach einem Moment des Zögerns, blickte er auf. »Warum hast du nicht versucht, mich während einer der Nächte zu küssen, in denen wir unter derselben Decke geschlafen haben?«

Angst, lautete die schlichte Antwort, aber wie könnte er ihr das sagen? Wie könnte er ihr erklären, dass seine Furcht, nicht gewollt zu werden, immer noch stärker als seine Angst war, allein zu sein?

»Das wollte ich«, sagte er. »Das wollte ich so sehr.«

»Aber du hast es nie getan«, flüsterte sie.

Da es keine Worte mehr zwischen ihnen gab, keine einvernehmliche Lösung, auf die sie sich hätten einigen können, drängte sie sich an ihn und drückte ihre Lippen auf seine. Einen Moment lang war es wie beim ersten Mal, als er nicht hatte glauben können, wie perfekt sie zusammenpassten und woher sie wusste, wie sie ihn küssen musste, um sein Feuer zu entfachen. In ihren Armen fand er die Geborgenheit eines Zuhauses, den Ort, an den er wirklich gehörte. Bei ihr, bei dem Menschen, dessen Körper sich anfühlte, als wäre er ein Teil von ihm, wusste er, dass sie seine Bestimmung war. Behutsam schob sie ihn zurück zum Bett, wo sie ihn auf die Matratze schubste und auf ihn kletterte. Ihre Körper bewegten sich im Gleichklang, wiegten sich gemeinsam vor und zurück, manchmal schnell, dann wieder langsamer. Als es vorbei war, legte er sich neben sie, ihre Haare rau an seinem Gesicht, ihre Beine aneinandergepresst wie Ton in einer Gießform. Ihre Finger streichelten seinen zitternden Oberschenkel.

»Tabitha«, flüsterte er, seine Lippen an ihrem Hals.

»Ja?«, fragte sie.

Ein Teil von ihm wagte zu glauben, dass das, was er mit Tabitha gefunden hatte, ewig halten könnte. Er müsste nichts weiter tun, als die Worte zu sagen. *Bleib bei mir. Verlass mich bitte nicht.*

»Ich habe nie aufgehört, dich zu lieben«, sagte er stattdessen. »Keine Sekunde seit dem Tag, als ich dich verlassen habe.«

Seine Hand tätschelnd zog sie ihn an sich. »Ich liebe dich auch, Harry«, sagte sie. Doch selbst da, in diesem perfekten Moment, wusste er, dass Liebe nicht genug wäre. Doch was er nicht wusste, war, dass am nächsten Morgen, wenn er erwachte, alles bereits vorüber wäre.

Einundzwanzigstes Kapitel

Mirepoix, Frankreich, Sommer 1981

Gedämpfte Worte sickerten in ihr Loch im Boden, während ihre Augen sich allmählich an die Dunkelheit gewöhnten. In ihren Ohren klang es weder nach Französisch noch Englisch. Wenn sie raten müsste, hätte sie auf Deutsch getippt. Vielleicht Polnisch. Benoit war ruhig, hielt sie fest an sich gepresst und flüsterte ihr immer wieder ins Ohr, dass alles gut werden würde. Mit einer Hand hielt er ihr den Mund zu, mit der anderen streichelte er ihr über die Haare. Von Zeit zu Zeit fanden seine Lippen die kalte Haut ihrer Schulter, feucht vor Angstschweiß. Ihr Körper zitterte im Rhythmus zu den Gegenständen, die über ihnen auf den Boden geschleudert wurden.

Wie lang sie dort ausharrten, konnte Frances nicht sagen, doch es war definitiv lang genug, damit sich ihr Augenlicht an die Düsternis unter der Erde gewöhnte. Ganz langsam wurden Dinge in dem Raum sichtbar, zerflossen wie Wasserfarben, die ineinanderliefen: ein Stapel Gemälde zu ihrer Linken, teilweise gerahmt, teilweise waren die Leinwände am Boden zusammengerollt. Sobald die Schritte über ihnen verhallten, befreite sie sich aus Benoits Griff.

Mit dem Gesichtsausdruck eines kleinen Jungen, der mit der Hand in der Keksdose ertappt worden war, beobachtete er Frances, wie sie jedes Gemälde in Augenschein nahm. Ein paar kamen ihr vage bekannt vor, und dann sah sie beim sechsten Rahmen etwas, das sie für ein Werk von Van Gogh hielt. Das Bild zeigte einen spazierenden Menschen, sein Schatten lang und träge unter einer gesprenkelten Sonne. Der Mann, der von Bäumen und Weideland umgeben war, trug eine Staffelei. War dies das gestohlene Gemälde, vor dem ihre Tante sie gewarnt hatte?

Auf Augenhöhe befanden sich Regale, vollgestopft mit Juwelen und Silber, Uhren, deren Marken sie zwar nicht erkennen konnte, deren Wert sie jedoch nicht anzweifelte. Die Steine in den Schmuckstücken waren so groß, dass sie selbst in dieser Dunkelheit funkelten. Und dann fiel Frances' Blick auf sie, die wunderschöne silberne Schatulle, die Alex ihr gezeigt hatte und wegen der Benoit sie vor ein paar wenigen Wochen allein gelassen hatte, das Kleinod, das angeblich in seinem neuen Zuhause Einzug fände, dem Haus, das sie, wie sie jetzt erkannte, niemals mit ihm zusammen bewohnen würde.

Über ihnen war längst Ruhe eingekehrt. Da wagte Frances ein Flüstern.

»Du bist ein Dieb, nicht wahr?«, fragte sie. Benoit schwieg, war vollkommen still. »Meine Tante hat recht. Das hier ist alles gestohlen.«

Er schüttelte den Kopf. »Man kann nichts stehlen, das einem bereits gehört, Frances.«

»Du willst mir weismachen, dass all das dir gehört? Ich bin nicht dumm.« Das Gewicht der Brosche hing an ihrem Kleid und zog den Stoff leicht nach unten. Mit rascher Hand öffnete sie den Verschluss und legte das Schmuckstück beiseite. Sie wollte kein Diebesgut besitzen. Dann inspizierte sie die Rahmen und zeigte auf das Gemälde, von dem sie glaubte, dass ihre Tante es erwähnt hatte. »Das muss Tausende wert sein«, sagte sie. »Es ist ein Van Gogh.«

Da seufzte er kopfschüttelnd. »Millionen, Frances. Und nein, du bist gewiss nicht dumm. Im Grunde bist du sogar wundervoll klug. Welche andere Person deines Alters wüsste so viel?« Als er mit der Hand ihren Hinterkopf umfasste, erinnerte es sie daran, wie stark er war, und gleichzeitig wie sanft er sein konnte, während er ihr einen Kuss auf die Stirn drückte. Sie ließ ihn gewähren, trotz der Erwähnung ihres Alters, bei dem sie gelogen hatte. »Diese Dinge können nicht so schnell weggebracht werden. Sie sind hier in Sicherheit, während wir warten.«

»Worauf warten?«

»Restitution. Das ist alles Raubkunst, ja, aber nicht von mir gestohlen. Ich habe sie wiedergefunden. Und ich gebe sie zurück.« Selbst die größten Zweifel, die sie gehegt hatte, schienen bei seinen Worten dahin zu schmelzen. Seine Liebe für seine Arbeit war riesig, seine Bemühungen nicht von selbstsüchtigen Motiven geleitet, sondern von altruistischer Hingabe, die Kunst für zukünftige Generationen zu beschützen. »Ich gebe das, was gestohlen wurde, an seinen rechtmäßigen Platz in der Welt zurück.« In diesem Moment liebte sie ihn vielleicht sogar noch mehr als jemals zuvor.

»Und die Männer dort oben?«, fragte sie und dachte an Alex' Erklärung, dass Benoits Arbeit Menschen manchmal unglücklich machte. Die Stille, die nach dem Verschwinden der Eindringlinge eingekehrt war, hatte Frances ermutigt.

»Sie wollen etwas, von dem sie glauben, es gehöre ihnen. Aber ich schwöre, das tut es nicht.«

»Das hier?«, fragte sie und zeigte auf den Van Gogh.

Er schüttelte den Kopf. »Sie würden es wollen, wüssten sie, dass es hier ist.« Er schob ihre Hand von den Rahmen und stellte die Bilder beiseite. »Dieses Gemälde ist seit dem Krieg aus einem wunderschönen deutschen Museum verschollen und wird zu gegebener Zeit zurückgebracht werden. Nein …«, sagte er und griff über ihren Kopf. »Sie sind wegen dem hier gekommen.« Er holte die silberne Schatulle hervor, das Schmuckkästchen, welches sie von der Fotografie wiedererkannte, die Alex ihr gezeigt hatte. »Ist es nicht herrlich?« Noch vor wenigen Augenblicken hatte sie ihn als gemeinen Dieb bezeichnet. Doch jetzt, als er voller Liebe über den Gegenstand in seiner Hand sprach, erkannte sie, dass er so viel mehr war. Da wagte Benoit, eine kleine Lampe einzuschalten, und als die Kammer von Licht erhellt wurde, sah Frances, dass diese nicht, wie anfangs angenommen, grob aus der Erde gehauen war. Stattdessen war sie sorgfältig errichtet, mit Messgeräten an den Wänden zur Temperatur- und Feuchtigkeitsbestimmung, weichen Stoffen auf dem Boden zum Schutz der uralten Leinwände. Er mochte die Gemälde unredlich erworben haben, doch es kümmerte ihn, was mit ihnen geschah. Er arbeitete für die Kunstwerke, nicht für seinen eigenen Profit. Während sie mit den Fingern entlang des kühlen Silbers der Schatulle glitt, die sanften Ausbuchtungen der Putten und die Glätte der eleganten Standsockel würdigte, kam sie sich so töricht vor, ihn verkannt zu haben. Die Schatulle war schwer, größer, als sie erwartet hatte. Da fragte sie sich, wer die Männer in der Lagerhalle wirklich gewesen waren und was sie wohl täten, wenn sie etwas so Besonderes wie dieses Sammlerstück in die Finger bekämen.

»Wer waren sie?«

Seine Worte bekamen einen wütenden Unterton. »Gewöhnliche Diebe. Es wäre ihnen lieber, dass ein solches Kunstwerk zerstört wird, als dass es sorgsam erhalten bleibt.« Er blickte zu den Gemälden. »Jedes Bild hier wurde geholt, weil es nicht an den Ort gehört, an dem es war. Aber diese Schatulle, diese wunderschöne silberne Klinkosch-Schatulle gehörte meiner Mutter. Ich war noch nicht einmal geboren, als sie aus unserem Haus in Paris gestohlen wurde. Meine Mutter war frisch verheiratet, es war Mai neunzehnvierzig. Selbst Jahre später hat sie diese Nacht beweint. Sie haben sich einfach genommen, was sie wollten, sämtliche Gemälde, die mein Vater gesammelt, die hübschen Geschenke, die er meiner Mutter gekauft hatte. Kannst du dir vorstellen, wie verängstigt meine Mutter gewesen sein muss?« Da lag so viel Wut in seiner Stimme, jedoch nicht an sie gerichtet, nur an die Ungerechtigkeit dessen, was vorgefallen war. »Doch dies war wohl das außergewöhnlichste Schmuckstück von allen, die gestohlen wurden, ein Geschenk von ihrem eigenen Vater, Jacob Ellison, der Jahre zuvor gestorben war. Frances, diese Schatulle, die du in Händen hältst, gehört meiner Familie, nicht in die Sammlung irgendeines Nachkommens von einem Dieb aus dem Krieg.« Da setzte er sich in den Schneidersitz, die Ellbogen auf die Knie gestützt. »All diese Kunstwerke haben ein Zuhause, das auf sie wartet. Jedes zurückgeholt im Namen der Restitution. Aber ich fürchte, ich werde nicht genug Zeit haben, sie an ihren angestammten Platz zu bringen, sollten diese Männer zurückkommen.« Erneut blickte er zur Schatulle. »Ich fürchte, sie wird meiner Familie wieder nicht vergönnt sein.«

»Was meinst du?« Die Angst, die sie vor wenigen Momenten noch um ihr eigenes Leben bangen ließ, war von einer Besorgnis um den Gegenstand ersetzt worden, den sie gerade hielt. Was würde aus ihm werden, wenn er in die falschen Hände geriet?

»Sie wissen jetzt, wo ich bin. Und sie werden zurückkommen, das steht außer Frage. Vielleicht bleibt mir genug Zeit, um den Rest der Sachen hier zu verschiffen, aber wo könnte ich ein solches Kleinod verstecken? Wem könnte ich es anvertrauen, wo ich keine Familie mehr habe, die mir helfen könnte, es in Sicherheit zu bringen?«

»Und alles dort oben«, flüsterte sie düster. »Es klang, als hätten sie es zerstört.«

Doch er schüttelte den Kopf. »Alles Müll, Frances. Eine Finte. Sämtliche Sachen auf diesem Stockwerk sind dafür da, um von dem abzulenken, was du hier vor dir siehst.«

Da erkannte sie, was seine Worte implizierten: Alles, was er ihr bis zu diesem Moment erzählt hatte, war eine Lüge gewesen. Doch sie begriff ebenfalls, dass manche Lügen nötig waren, um etwas zu beschützen. Vielleicht nicht sie, aber andere wertvolle Dinge, die gerettet werden mussten.

»Du darfst nicht zulassen, dass sie die Schatulle wieder in die Finger bekommen.«

»Wohin soll ich sie dann schicken? Man kann nicht einfach irgendjemanden beauftragen, Frances, das verstehst du sicherlich. Wem könnte ich ein solches Kunstwerk anvertrauen? Etwas von solchem Wert. Einen Gegenstand, für den Menschen über Leichen gehen.« Dann blickte er zu ihr hoch. »Außer.« Er zögerte, dachte im Stillen nach. »Nein, darum könnte ich dich niemals bitten.«

»Bitte mich«, sagte sie und wusste bereits, was er sie fragen würde, genau wie sie wusste, dass sie es ihm nicht abschlagen würde. Sie hatte keine andere Wahl, denn trotz allem, und selbst angesichts all der Zweifel, die an ihr nagten, wusste sie, dass sie ihm auf jede erdenkliche Weise helfen würde. Denn er liebte sie, und sie liebte ihn. Nichts war wichtiger als das.

Auch nachdem sie ihr unterirdisches Versteck verlassen hatten, warteten sie noch eine weitere Stunde, bevor sie sich aus der Scheune wagten. Während dieser Zeit sprachen sie nicht viel, ihre Blicke allein auf den Schaden gerichtet, der riesig war. Doch selbst die wertvollen Bücher, die zerfetzt waren, konnten Frances' Interesse nicht wecken, denn ihre Gedanken drehten sich allein darum, was sie gerade verstanden hatte. Obwohl sie die Schatulle für Benoit sicher aufbewahren würde, war ihr jetzt bewusst, dass sie nie das gewesen waren, wofür Frances sie gehalten hatte. Für sie beide gab es keine Zukunft. Noch bevor sie hinaus ins Sonnenlicht traten, spürte Frances, wie sich die Wolken, die ihr normalerweise nur in England folgten, über ihr ballten. Der Ort, den sie in der Welt für sich gefunden hatte, schrumpfte in sich zusammen, und sie mit ihm.

Benoit versuchte nicht, sie auf der Fahrt zu trösten, während die silberne Klinkosch-Schatulle schwer auf ihren Knien ruhte. Als sie vor dem Tor des Künstlerretreats ihrer Tante hielten, lächelte er sie an, doch es war ein Lächeln, das sie nicht kannte. Normalerweise stand ihm seine Freude direkt ins Gesicht geschrieben, sein Mund weit geöffnet und selbstsicher, aber diesmal war es zögerlich und zurückhaltend. Vielleicht, dachte sie, war es nicht echt. Oder aber das hier war sein wahres Lächeln und alles andere war gespielt gewesen.

»Benoit«, sagte sie, die Hand bereits an der Tür. Wolken, die einen Sommerschauer versprachen, hatten sich tief am Himmel gebildet, doch sie konnte spüren, wie ihr der Schweiß in Strömen den Rücken hinablief. »Bevor ich gehe, muss ich dich noch etwas fragen.«

Mit einem schweren Seufzen drehte er sich zu ihr. Falten überzogen sein Gesicht, ein schmerzgepeinigter Ausdruck, der Frances so schrecklich fremd vorkam. Etwas Fundamentales hatte sich an ihm verändert, und er war nicht mehr der Mann, der ihr ein gestohlenes Buch aufs Bett gelegt hatte. Dann, zu ihrer Überraschung und trotz des Umstands, dass sie vom Gehöft aus gut zu sehen waren, hob er die Hand und strich ihr übers Haar. Während er ihr ein paar Strähnen hinter die Ohren steckte, fragte sie sich, ob sie jemals wieder etwas so Selbstloses wie diese Berührung spüren würde.

»Alles, Liebling.«

Die Worte waren dieselben wie immer, aber der Klang hatte sich verändert. Zu hören, wie er sie Liebling nannte, tat nicht weniger weh als ein körperlicher Schmerz, doch sie schob ihn beiseite, weil sie wusste, dass noch Schlimmeres folgen würde.

»Ich lag falsch, was uns betrifft, nicht wahr?«

Ein Teil von ihr wollte, dass er ihr widersprach. Er besaß zumindest so viel Anstand, eine kleine Pause einzulegen, aber es reichte nicht aus, um die Wahrheit zu verhindern. »Ich dachte, du wüsstest, was wir sind. Wie hätten wir jemals mehr als das sein können, Frances? Wir befinden uns in verschiedenen Lebensphasen. Du hast noch dein ganzes Leben in England vor dir und ich habe meines hier. Du hättest ohnehin zurückkehren müssen, um dein Studium zu beenden, und ich bin, nun ja …«

»Was bist du?«, fragte sie und warf jedes letzte Fünkchen Hoffnung in diese allerletzte Chance.

»Frances, ich habe es dir nie erzählt, weil ich dachte, es spielte keine Rolle. Nicht angesichts dessen, was ich für dich empfinde. Und was ich dir gleich erzähle, verändert nichts, was ich jemals gesagt habe. Als ich dir sagte, ich würde dich lieben, Frances, war das die Wahrheit. Aber ich bin … Frances, es tut mir leid, aber ich bin verheiratet«, sagte er und stolperte über seine eigenen Worte. Seine Schultern sackten nach unten, seine Hände, normalerweise so frei und wild, zogen sich in seinen Schoß zurück, eine zum Verstummen gebrachte Liebe. Sein Blick huschte im Auto umher, als wäre ihm auf einmal selbst seine Umgebung fremd.

Frances saß mit weit aufgerissenem Mund da. Ein ganzes anderes Leben, von dem sie nichts gewusst hatte.

»Du bist verheiratet?«

»Seit ich ein junger Mann bin. Ich habe eine Frau geheiratet, von der erwartet wurde, dass ich sie heirate. Sie wohnt in Nizza. Uns verbindet keine Liebe, Frances, zumindest nicht so, wie ich dich liebe. Aber ich könnte sie niemals verlassen. Ich wünschte, wir hätten uns zu einem anderen Zeitpunkt kennengelernt. Denn ich liebe dich, Frances. Vielleicht bezweifelst du es jetzt, doch es ist die Wahrheit. Ich wünschte so sehr, die Dinge lägen anders. Alles, was ich dir über meine Gefühle für dich gesagt habe, war wahr und bleibt auch so, aber unsere Leben haben andere Pfade für uns vorherbestimmt. Und ich verspreche dir, sobald du dieses Jahr zurück an der Uni bist, wirst du keinen weiteren Gedanken mehr an mich verschwenden. Vielleicht …«, sagte er dann, und seine Lippe zitterte, »vielleicht macht das die Sache für mich nur noch trauriger. Du wirst weiterziehen und einen Mann treffen, dem du dich auf deiner Reise anschließen kannst, aber ich werde immer in dieser Zeit, in diesem Auto, hier mit dir zurückbleiben.«

Als ihr Blick auf die Schatulle fiel, das kalte Metall auf ihrer Haut und sein Gewicht auf ihren Knien, wusste sie, dass dies nicht stimmte. Jedes Mal, wenn sie die Schmuckkassette betrachten würde, wäre sie ebenfalls wieder hier, in diesem Moment, verstoßen. In eine Freiheit entlassen, die sich für sie wie ein trostloser Kerker anfühlte. Die Wahrheit, die sie ihm hatte sagen wollen, lag ihr immer noch auf der Zungenspitze. Nur wenn sie ihm alles beichtete, würde sie wissen, ob er sie um ihrer selbst willen liebte. Aber wäre es nicht sinnlos, ihm jetzt noch ihr wahres Alter zu verraten? Es würde nur Zweifel an ihrem eigenen Part in dem hier wecken, wofür es keine Notwendigkeit gab. Deshalb gestand sie ihm eine andere Wahrheit, eine, die ihr viel bedeutsamer vorkam.

»Ich hätte alles aufgegeben für dich. Ich wäre hier bei dir geblieben, wenn du mich darum gebeten hättest.«

Eine Träne rann ihm die Wange hinab, als er sich zu ihr drehte und ihren Kopf in der hohlen Hand hielt, genau wie sie es mochte. Die Lippen heiß auf ihrer Haut drückte er ihr zärtlich einen Kuss auf die Stirn. »Das weiß ich«, sagte er mit angespannter Stimme. »Das habe ich gespürt. Und es liegt daran, wie sehr ich dich liebe, dass ich dich nicht gebeten habe, es zu tun. Weil ich dich liebe, muss ich dich aufgeben. Nicht um meinet-, sondern um deinetwegen.«

Ihre Tante zu verlassen würde ihr ebenso schwerfallen. Henrietta hielt sie fest an sich gepresst, während sie weinte und sagte, sie könne nicht verstehen, warum sie sich entschieden hatte, so überstürzt abzureisen. Frances lieferte ihr dieselbe Ausrede, die sie auch Benoit aufgetischt hatte, nämlich dass sie erkannt hatte, wie viel sie noch für ihr Abitur lernen musste – obwohl es bei Benoit ihr Abschlussjahr an der Uni gewesen war. Nachdem sie ihre Reisetasche gepackt hatte, setzte sie sich mit der gestohlenen Ausgabe von *Der Große Gatsby* in der Hand aufs Bett. Bei dem Gedanken, es zurückzulassen, tat ihr der Kopf vor Traurigkeit weh, insbesondere, da sie wusste, dass sie nie wieder hierherkommen würde. Dies war eine weitere Entscheidung, die sie getroffen hatte. Mit allem an diesem Ort war sie fertig. Als sie zur Schatulle auf dem Bett spähte, wusste sie, dass eine neue Aufgabe auf sie wartete. Wenn die Liebe, die Benoit und sie füreinander empfanden, irgendetwas bedeutete, würde sie diese Schmuckkassette beschützen, als wäre sie das Wichtigste auf der Welt. Jeder Tag, den Frances sie sicher bei sich verwahrte, wäre der Beweis, dass das, was sie einander in diesem Sommer bedeutet hatten, mehr als nur eine Lüge gewesen war. Sie stellte das Buch wieder ins Regal und nahm ihre Reisetasche, ohne einen einzigen Blick zurückzuwerfen.

Die Verabschiedung war fast vorüber, der weiche Körper ihrer Tante immer noch fest an ihren eigenen gedrückt, als Frances Benoits Citroën 2CV die Auffahrt heraufschießen sah, wenige Augenblicke, bevor sie abreisen würde. Sie hatten sich bereits Lebewohl gesagt, weshalb sie nicht den blassesten Schimmer hatte, was er hier wollte, noch dazu in einem solchen Tempo, dass es kurzzeitig so aussah, als würde der kleine Wagen gleich zur Seite kippen. Mit einem Kreischen der Bremsen kam er schlitternd zum Stehen, wobei die dünnen Reifen weiter über den Schotter rutschten, eine Spur in den Boden gruben und eine Staubwolke das Auto einhüllte. Frances dachte daran, wie oft er genau das schon getan hatte, nur für sie. Geschah es jetzt auch ihretwegen? Dieses Mal, mit einem heftigen Blinzeln gegen den aufgewühlten Staub, war ihr einziger Gedanke, dass er ihr in den Augen brannte.

»Benoit?«, fragte Henrietta und trat einen Schritt an den

Wagen heran. »Was haben Sie es so eilig?« Benoit sprang vom Fahrersitz, seine Haare waren unordentlich, seine Wangen rot. Waren seine Augen geschwollen? Hatte er ebenfalls geweint?

»Ah, ich bin nicht zu spät«, keuchte er.

»Was ist los?«, fragte Frances, und ihre Nerven peitschten wie statische Elektrizität über ihre Haut. Da sie nicht erwartet hatte, ihn wiederzusehen, ließ sein Anblick, wie er dort vor ihr stand, Schweiß an ihren Handgelenken ausbrechen und jeglichen Speichel auf ihrer Zunge eintrocknen. So zerzaust, wie er war, fürchtete Frances, die Diebe wären zurückgekehrt, und ihr Blick huschte zur Straße, um nachzusehen, ob jemand ihm folgte, während die Tasche mit der Klinkosch-Schatulle schwer in ihrer Hand wog. Als sie sprach, kamen ihre Worte knirschend wie Kiesel heraus. »Ist alles in Ordnung?«

»Ja, ja«, stammelte er. »Alles ist gut, schätze ich.« Ein Lachen entsprang seinen Lippen, doch es kam ihr unnatürlich vor, ohne Hall oder Herz.

»Warum dann diese Hast?«, fragte ihre Tante. »Warum haben Sie es so eilig hierherzukommen?«

»Nun, ich habe gehört, dass meine Assistentin abreist.« Er rang sich ein Lächeln ab, aber Frances sah, dass es ihn große Mühe kostete.

»Ihre Assistentin?«, sagte Henrietta, als sie einen weiteren Schritt auf ihn zukam. »Frances?«

»Ich habe ihm geholfen«, erklärte Frances.

»Ich habe sie darum gebeten, müssen Sie wissen«, fügte Benoit hinzu. »Sie hat mir geholfen, alle möglichen Dinge in meiner Lagerhalle zu katalogisieren. Das ist eine echte kleine Archivarin, die Sie hier haben.«

Henrietta wirkte ebenso stolz, wie sie überrascht war, als sie sich nach Bestätigung suchend zu Frances umdrehte. »Davon hast du gar nichts erzählt.«

»Ich habe ihm nur ein bisschen unter die Arme gegriffen. Das war nicht der Rede wert.«

»Nein, nein. Das war sehr wohl der Rede wert, Frances. Ich hoffe, das weißt du. Du musst mit dieser Arbeit weitermachen. Du bist sehr talentiert«, sagte er, trat vor und umarmte Frances fest. Es war das erste Mal, dass er sie vor den Augen von Menschen berührte, die sie kannten, und ein Kloß bildete sich in ihrer Kehle, als er ihr leise ins Ohr flüsterte. Heiße Lippen hauchten gegen ihre Haut. »Halt an deiner Bestimmung fest! Gib niemals auf!«

»Das werde ich nicht«, sagte sie und löste sich aus seiner Umarmung. Ein unsichtbares Band versuchte, sie wieder zu ihm zurückzuziehen, doch diesem Impuls durfte sie nicht nachgeben. Er war irgendwo dort drinnen, dieser Mensch, der sie liebte, von dem sie einmal geglaubt hatte, er würde alles für sie aufgeben. Der sie bitten würde, dasselbe für ihn zu tun. Doch je länger sie dort blieb, um nach ihm zu suchen, desto schwieriger würde es werden, die Heimreise anzutreten. »Ich muss los, andernfalls verpasse ich meinen Zug. Alex fährt mich zum Bahnhof.«

»Gut. Sehr gut«, erwiderte Benoit und wich einen Schritt zurück. »Dann lass mich dir mit dieser Tasche helfen.« Bevor sie sich weigern konnte, nahm er ihr das Gepäck aus der Hand und führte Frances zum Auto. »Alex, könntest du den Kofferraum öffnen«, rief er, und als sie den Wagen erreichten, zog er Alex zu sich. »Bitte, Alex, halt sie kurz hin. Tu, was immer nötig ist.« Benoit zog Frances' Pass aus dem Fach an ihrer Reisetasche und drückte ihn Alex in die Hand. »Sag, er wäre weg und verschaff mir eine Minute mit ihr.«

Alex drehte sich zu den anderen, und Frances hörte ihn etwas wegen eines verlorenen Passes rufen, woraufhin alle unvermittelt ins Haus rannten, um nach ihm zu suchen. Benoit drehte sich zu ihr, sobald sie allein waren. Frances' Herz raste.

»Du glaubst, dass alles, was ich dir gesagt habe, gelogen war, und ich dich jetzt wegschicke, um meine Spuren zu verwischen. Aber vertrau mir, denn du liegst falsch. Du denkst schlecht über mich, das weiß ich, und vielleicht hast du vollkommen recht. Du denkst, ich hätte dich benutzt, doch ich hoffe, du wirst eines Tages zurückblicken und wissen, dass alles, was ich in diesen Briefen und auch danach gesagt habe, die Wahrheit war.« Das Licht der Sonne spiegelte sich in seinen Augen, die feucht vor unvergossenen Tränen glitzerten. »Ich habe dir nie erzählt, wie die Brosche heißt, nicht wahr? Die, die du in meinen Safe zurückgelegt hast.« Sie schüttelte den Kopf, und ihr Blick folgte dann seiner Hand, die das Schmuckstück aus seiner Tasche holte. »Les Inséparables. Es stellt eine unerschütterliche Liebe dar, etwas, das niemand aufhalten oder kontrollieren kann. Das sind nicht nur Turteltauben«, sagte er und spähte auf das juwelenverzierte Kleinod, »sondern wir. Ich habe sie dir geschenkt, weil das wir sind. Ich will nicht, dass du von hier abreist und Zweifel an meinen Gefühlen für dich hegst. Du hast mir immer mehr bedeutet, als du das heute für möglich halten magst.« Er näherte sich langsam, hoffte auf ihr Einverständnis und als sie ihn nicht aufhielt, spürte sie die Wärme seiner Finger auf ihrer Haut und wusste, dass es das letzte Mal wäre. Nachdem er ihr die Brosche wieder angesteckt hatte, blickte er auf, und einen Moment lang verwoben sich ihre Blicke. »Sobald es mir möglich ist, werde ich kommen und die Schatulle zurückholen. Bis dahin beschütz sie und alles, was du über sie weißt, einschließlich mich. Versteck sie und zeig sie niemandem, pass auf sie auf, als wäre sie dein Kind. Es gibt nichts, was du nicht tun würdest, um diesen Schatz sicher zu verwahren, nicht wahr?«

»Natürlich«, bestätigte sie. »Was auch immer nötig ist.«

Da hörten sie beide Alex im Hintergrund rufen. »Er lag auf der Treppe«, brüllte er, den Pass über dem Kopf schwenkend. Kühle Luft umhüllte Frances, als Benoit einen Schritt von ihr wegging, doch er hielt so lang wie nur irgend möglich an ihren Fingerspitzen fest. Und dann sogar noch eine Sekunde länger, um kurz, bevor alle sie sehen konnten, sie schließlich endgültig loszulassen.

»Nun denn, Frances«, sagte er, immer noch an ihrer Seite, sein Tonfall jetzt verändert, da ihre Tante zurück war. »Ich wünsche dir alles Gute. Das letzte Jahr an der Universität ist ein großer Schritt. Zieh hinaus in die Welt und verändere sie!«

Ihre Tante lachte und redete, bevor Frances es vertuschen konnte. »Universität? Nun, das hoffen wir wohl in ein paar Jahren, Benoit, aber zuerst muss sie ihr Abitur bestehen.«

Benoit sah zu ihr, dann zu Henrietta und wieder zurück zu Frances. »Was haben Sie gesagt?«

»Ich sagte, vielleicht in ein paar Jahren. Sobald sie ihr Abitur in der Tasche hat.«

Genau wie in dem Moment, als er ihr eine Erklärung für den Stapel Gemälde unter der Erde gegeben hatte, wich ihm auch jetzt sämtliche Farbe aus dem Gesicht. »Du gehst noch zur Schule?« Und wie sie dort mit Benoit an ihrer Seite stand, und seinem stillen verzweifelten Flehen lauschte, dass ihre Tante sich aus irgendeinem unerfindlichen Grund getäuscht hatte, erkannte Frances, dass sie ihn auf eine nicht minder schmerzhafte Art getäuscht hatte wie er sie. »Frances«, sagte Benoit fast schreiend. Sie bemerkte, dass ihre Tante und ihr Onkel einen besorgten Blick austauschten, dann glitten ihre Augen zur Brosche. Rasch versteckte sie das Schmuckstück. »Hast du mir nicht gesagt, du gehst zur Uni?«

Sie zögerte, bevor sie schließlich sagte: »Ich weiß nicht mehr genau, was ich gesagt habe.« Doch sie wusste es. Vielleicht hatte sie sich anders ausgedrückt, aber sie hatte es gewiss impliziert und ihn in dem Glauben gelassen. Und warum hatte sie die Wahrheit verschwiegen? Weil sie wusste, hätte sie es nicht getan, dann hätte sie ihn verloren, noch bevor sie jemals die Chance gehabt hätte, ihn zu verlieren.

»Monsieur Benoit«, sagte Henrietta mit mehr Nachdruck als zuvor. »Sie ist erst sechzehn.« Und in diesem Moment spürte Frances, wie der Blick ihrer Tante auf sie fiel und sie nach Antworten auf all die Fragen ersuchte, die ihr im Kopf herumschwirrten. Dann spürte sie die Hand ihrer Tante auf ihrer Schulter. Frances blickte auf und sah Enttäuschung, wenn auch immer noch Güte in ihrem Gesicht. »Frances, Liebling. Ich denke, du solltest jetzt lieber ins Auto steigen. Amélie«, sagte sie. »Du begleitest sie.«

Einen kurzen Moment später fuhren sie bereits los. Das Geräusch der Schotterauffahrt verklang unter dem Rattern der Reifen und das Grün der Bäume verschwand, während sie sich dem Tor näherten. Als Frances sich für einen letzten Blick umdrehte, sah sie ihre Tante, die Hände winkend in der Luft, während Benoit zurück zu seinem Wagen hastete.

»Zumindest ist der Spuk jetzt vorbei«, sagte Amélie vom Beifahrersitz aus. »Nun, wo ihr getrennt seid, wird es leichter werden.«

Frances berührte die Brosche und löste sie von ihrem Kleid. »Wir werden nie getrennt sein«, sagte sie. Dann zog sie ein Notizbuch aus ihrer Tasche und schrieb Archivheft I darauf, bevor sie es aufschlug und im Innern fortfuhr:

Les Inséparables Maison Van Cleef & Arpels, Paris.

Nachdem sie eine Linie unter den ersten Eintrag gezogen hatte, begann sie bei dem Gedanken an die Schatulle im Kofferraum des Autos einen zweiten.

Silbernes Klinkosch-Schmuckkästchen, verziert mit gegossenen Putten und Blättern, Deckel in Form einer Plinthe. Zwei Griffe an der Seite mit Löwen und Olivenzweigen. Die Schatulle ist abschließbar und kommt mit einem Schlüssel. Besitzer: Familie Ellison, Paris, Herstellungsjahr: unbekannt.

»Frances«, sagte Amélie schließlich. »Frances, bitte. Wirst du es schaffen?«

»Ich weiß es nicht«, erwiderte sie und legte das Notizbuch zurück in ihre Tasche. »Das weiß ich wirklich nicht.« Mit geschlossenen Augen gab sie sich das Versprechen, nie wieder irgendjemanden so sehr zu lieben wie Benoit. In jenen Momenten vor ihrer Abreise wusste sie, dass sie sein Vertrauen in sie vollkommen zerstört hatte. Nun, sicher verwahrt in ihrer Reisetasche, lag der wertvollste Gegenstand, den er besaß und ihr anvertraut hatte. Sie würde die Schmuckschatulle verstecken, genau wie er sie gebeten hatte, und hoffen, das Kleinod würde niemals gefunden werden. Das war alles, was sie im Moment tun konnte, nämlich Standhaftigkeit bei dieser Aufgabe zu beweisen, in der Hoffnung, es brächte Benoit eines Tages zu ihr zurück. Denn obwohl er wegen gewisser Dinge gelogen hatte, war es geschehen, um sie, die Schatulle und andere wertvolle Kunstwerke zu beschützen. Sie hatte gelogen, um mit ihm zusammen zu sein, hatte auch ihre Tante und Freunde hintergangen, und es waren diese Lügen, die das zerstört hatten, was sie und Benoit einmal verband. War das die Art, wie sie die Menschen behandelte, die sie liebte, die Menschen und Dinge, die ihr am meisten am Herzen lagen? Diese Erkenntnis öffnete ihr die Augen, dass sie trotz ihres Versprechens, die Sache durchzuziehen, nie wieder in der Lage wäre, sich etwas so Wertvolles wie die Schatulle oder Benoit zuzutrauen.

Zweiundzwanzigstes Kapitel

Ein paar Stunden, nachdem Tabitha in der Nacht aus dem Gehöft geschlüpft war, schreckte Harry, aufgeweckt von einem Hämmern gegen die Haustür, aus seinen Träumen auf. In dem Vakuum zwischen Schlaf und Wachzustand vernahm er ein Murmeln aus gehetztem Französisch, Stimmen, die sich erhoben und dann sofort wieder erstarben. Völlig verwirrt hörte er die Schritte seines Onkels, der die Treppe ins Erdgeschoss hinabtaumelte. Harry schwitzte, die Luft war gesättigt von der feuchten nächtlichen Hitze. Als er sich aus seiner verhedderten Decke befreit hatte, griff er nach seinem Handy auf dem Nachttisch und sah, dass es früher Morgen war, kurz vor vier.

Erst in dem Moment, als sich seine Augen allmählich an das blassgraue Licht der Dämmerung gewöhnt hatten, bemerkte er, dass Tabitha nicht da war. In der festen Überzeugung, sie wäre nur kurz auf der Toilette, dachte er an die vergangene Nacht und die Dinge, die sie getan hatten. Selbst jetzt konnte er sie noch riechen, den erdigen Duft ihrer Haut. Kein einziges Mal hatte er die Vorstellung gewagt, dass sie sich eines Tages wieder so näherkommen würden, wie sie es in Frankreich getan hatten. Er lächelte immer noch still in sich hinein, da hörte er ein Klopfen an seiner Tür und das Klicken des Riegels, bevor jemand sein Zimmer betrat.

»Harry, Liebling.« Etwas musste passiert sein, damit Henrietta ihn mitten in der Nacht weckte. Mit gebotener Dringlichkeit setzte er sich auf und wollte schon aus dem Bett steigen, als er sich in letzter Sekunde in Erinnerung rief, dass er nackt war.

»Was ist los?«, fragte er und griff nach einem T-Shirt.

»Es tut mir leid, dich wecken zu müssen. Aber ich fürchte, du hast Besuch.« Harry muss so durcheinander ausgesehen haben, wie er sich fühlte. »Ich weiß, ich weiß. Ich habe ihn gebeten, heute in aller Früh wiederzukommen, aber er lässt sich nicht abwimmeln. Warum ziehst du dich nicht an und kommst runter in die Küche? Ich werde unten im Wohnzimmer warten, solltest du mich brauchen.«

Fast wie im Delirium taumelte er aus dem Bett und sammelte den Rest der Kleidung auf, die abends zuvor auf dem Boden verteilt worden war. Pochende Kopfschmerzen hämmerten hinter seinen Augen von zu viel Wein beim Abendessen. Die vergangene Woche hatte er vorsichtig die wuchtige Kommode umrundet, doch nun, immer noch schwankend vor Müdigkeit, bahnte er sich zerstreut, völlig gedankenlos einen Weg um ihre Kanten, und die jähe Vertrautheit seiner Bewegungen ließ Traurigkeit in ihm aufsteigen, da er schon so bald wieder abreisen würde. Durch die halb geöffnete Tür zum Wohnzimmer erspähte er seine Großtante und seinen Großonkel. Auf dem Sofa vor dem Kamin lächelten sie ihn an, doch im Vorbeigehen glaubte er einen besorgten Blick in ihren Gesichtern zu lesen. Hatte es etwas mit Tabitha zu tun? Wo steckte sie? Als er in die Küche eilte, seine Augen vom grellen Licht der Lampe geblendet, überwältigte ihn das Bedürfnis, sie zu finden.

Doch auf der anderen Seite des Tischs saß Benoit. Einen Moment lang war es, als träfe er einen Lehrer außerhalb der Schule und jäh erkannte er, dass der Freizeitkleidung trug und ein Leben neben der Arbeit besaß. In schlecht sitzenden Klamotten, einem ausgebeulten weißen T-Shirt, die Haare zerzaust, als wäre er eben aus dem Bett gestiegen, erhob sich der ältere Mann und wirkte unruhig, als Harry das Zimmer betrat. In der Hand hielt er etwas, vielleicht einen Briefumschlag.

»Bitte«, sagte Benoit und zeigte zum Tisch. Schweiß glitzerte auf seiner Augenbraue. »Setz dich, damit wir uns unterhalten können.«

Nach einem Blick zur Tür trat Harry zum Tisch und mit einem Kratzen von Holz gegen den Steinfliesenboden, als er einen Stuhl hervorzog, setzte er sich. Der Geruch von Cassoulet vom Abend zuvor hing noch in der Luft, und vier schmutzige Weingläser standen auf dem Tisch.

»Weißt du, wie spät es ist?«, fragte Harry.

Benoit nickte. Harrys Atem kam gequält, und er dachte an das Asthmaspray, das er angeblich nicht mehr brauchte. »Ja, und das tut mir leid. Aber das hier konnte nicht warten. Nicht nach allem, was gesagt worden ist.« Benoit wirkte einen Moment lang verloren, sein Blick auf das Papier in seinen Händen gerichtet, das er, wie Harry bemerkte, so heftig umklammerte, als hinge sein Leben davon ab. »Und auch nach allem, was nicht gesagt worden ist. Nachdem ich weggelaufen bin. Das hätte ich niemals tun dürfen.«

»Ist schon in Ordnung«, sagte Harry. Da seine Hände schrecklich zitterten, schob er sie unter seine Knie. All die Schlüsse, die Tabitha und er gezogen hatten, zerrten an seinem Nervenkostüm. *Bist du mein Vater?*, hörte er sich denken. Während er die Charakteristika von Benoits Gesicht auf sich wirken ließ – seine Körperhaltung, die nach unten gezogenen Schultern –, suchte er nach Ähnlichkeiten, nach in der DNA verankerten Wurzeln. Sah er ihm auch nur im Entferntesten ähnlich? Vielleicht, dachte er. Gut möglich.

»Ich musste mit dir sprechen. Ich war nicht sicher, wann du abreisen würdest, und ich fürchtete, wenn ich nicht vor deiner Abfahrt mit dir rede, bekäme ich vielleicht nie wieder eine zweite Chance. Entweder das oder der Mut würde mich verlassen. Eines von beidem.« Mit einer fast verzweifelten Geste schob er sich eine Haarsträhne aus den Augen und sog gierig die Luft ein. »Hätte ich schon vorher gewusst, dass du da bist, hätte ich mich mehr bemüht. Da bin ich mir ganz sicher.« Die Klangfarbe seiner Stimme ließ Harry erahnen, dass er kein bisschen überzeugt war. Die zwei oder drei Whiskys, die er sich vor seinem Kommen, wie Harry vermutete, genehmigt hatte, schienen wenig zu helfen, seine Nerven zu beruhigen. Seine Wangen waren gerötet von angetrunkenem Mut, der gemeinhin nicht lang währte. »Das hätte ich«, fuhr er fort, diesmal selbstsicherer. »Ich hätte versucht, etwas zu tun. Mit dir zu reden, zu erklären, zu …« Er schüttelte den Kopf, als wollte er einen Gedanken loswerden oder vielleicht die Angst, dass dies nicht so gut lief, wie er erhofft hatte. Er plapperte einfach darauf los. Mit einer plötzlichen Bewegung, die Harry hochfahren ließ, stand Benoit auf. Schränke öffnend huschte er durch die Küche, bis er eine Flasche mit etwas gefunden hatte, das nach Brandy aussah. Er schnappte sich ein Glas und goss sich einen Fingerbreit ein. Hastig führte er es sich an die Lippen, zögerte und dann, als erinnerte er sich auf einmal, dass Harry anwesend war, streckte er ihm das Glas hin. »Willst du?«

Harry schüttelte den Kopf. »Nein, danke.«

Benoit leerte den Alkohol in einem Zug, bevor er zurück an den Tisch kam. Dann goss er sich noch einmal nach, nippte nun aber nur noch, nahm sich diesmal Zeit. Harry hatte eine gefühlte Ewigkeit keine Luft geholt, während er darauf wartete, dass Benoit weitersprach.

»Hör mal«, begann Benoit, fuhr sich mit der Zunge über die Lippen und trank einen weiteren Schluck Alkohol. »Deine Mutter hat meine alte Lagerhalle geliebt. Alles, was damit zu tun hatte. Dort Zeit zu verbringen, Dinge zu katalogisieren, die nicht katalogisiert werden mussten.« Nachdem er ein Taschentuch aus der Hose geholt hatte, tupfte er sich die Stirn ab. »Deine Freundin, die Kleine, die bei dir war. Sie hat mich sehr an deine Mutter erinnert, in der Hinsicht, dass sie alles berühren wollte, sich auf jeden einzelnen Gegenstand gestürzt hat.« Eine Erinnerung entlockte ihm ein Lächeln. »Sie wollte alles anfassen, an allem riechen. Sie brannte für alles, was sie geliebt hat. Wusstest du, dass sie Archivarin werden wollte?«

»Sie war eine. Zumindest auf ihre Art«, erwiderte Harry. »Sie wollte nichts hergeben.«

»Das überrascht mich nicht.« Benoit nahm einen weiteren Schluck Brandy. »Hat sie dir jemals von mir erzählt? Jemals einen Mann in Frankreich namens Benoit erwähnt?« Harry schüttelte den Kopf. Benoit stieß ein leises Lachen aus, gefärbt von Traurigkeit und Enttäuschung. »Das habe ich mir schon gedacht. Deine Mutter war ein sehr starker und loyaler Mensch.« Harry versuchte, sich von dieser Idee nicht aus der Fassung bringen zu lassen. Schmerz ließ ihn verstummen, als er sich fest auf die Lippe biss. »Ich hatte sie auf einem Buchfestival in der Stadt getroffen. Sie war jünger als ich, aber wir fühlten uns beide zu alten Dingen hingezogen. Ich habe ihr ein Buch geschenkt. *Schenken* ist vielleicht nicht das richtige Wort, aber so haben wir uns kennengelernt. Und dann, glaub mir, das stimmt wirklich, habe ich sie sehr lieb gewonnen. Wir haben uns damals geschrieben, nachdem sie nach England zurückgekehrt war.« Harry erinnerte sich an die Briefe, die Tabitha gelesen hatte. »Als sie im darauffolgenden Sommer zurück war, kamen wir uns sehr nahe. Ich habe sie sehr gern gemocht, Harry. Das war falsch von mir, weil ich viel älter als sie war und zum damaligen Zeitpunkt noch dazu verheiratet. Aber ich habe deine Mutter geliebt. Sehr sogar, sehr. Leider waren die Umstände, unter denen sie abgereist ist, nicht besonders schön.«

»Was meinst du?«

Einen kurzen Moment lang schloss Benoit die Augen. Den Kopf in die Hände gestützt, mühte er sich ab, die richtigen Worte zu finden. »Als ihr zu mir kamt, habt ihr nach einem Schmuckkästchen gesucht. Die Klinkosch-Schatulle, *non*? Die, die ihr in der Kirche gesehen habt?« Harry nickte und war überrascht, als Benoit zu lächeln begann. »Seit fast vierzig Jahren habe ich nicht mehr von dieser Schatulle gesprochen. Du musst wissen, niemand durfte wissen, wo sie ist. Abgesehen von zwei Menschen. Ich und noch jemand.«

»Meine Mutter.«

»Ja. Bei ihrer Abreise hat sie die Schmuckkassette mitgenommen. Die Schatulle war damals erst seit Kurzem in meinem Besitz, aber sie war in Gefahr. Äh, nein«, sagte er, und sein Gesicht legte sich in Falten, als wollte er einen ekligen Geruch loswerden. »Eine Schatulle kann nicht in Gefahr sein. Nicht einmal eine Klinkosch. Ich war derjenige, der in Gefahr war, weil ich sie an mich genommen hatte. Ich habe sie von einem Ort geholt, an dem sie nicht hätte sein dürfen. Ich habe sie zurückgefordert, da dieses Schmuckkästchen meiner Familie gehört hat. Sie wurde uns gestohlen, als Paris im Zweiten Weltkrieg fiel. Meine Eltern waren wohlhabend, und zu ihrem Leidwesen waren sie auch noch zu einer Zeit jüdisch, als die Zugehörigkeit zu diesem Glauben dich zu einem Aussätzigen machte. Zu einer Zielscheibe. Als die deutschen Streitkräfte in die Stadt vordrangen, weigerte sich mein Vater zu glauben, dass die Franzosen sich nicht zur Wehr setzen würden. Widerstand leisten würden, wenn du so willst. Und das haben wir auch getan, in vielerlei Hinsicht, aber die Stadt fiel dennoch, und viele Menschen verloren eine Menge. Meinen Eltern gelang schließlich die Flucht, aber nicht, bevor sie geplündert wurden. Ihnen wurde alles genommen, ihr Reichtum, ihr Hab und Gut. Und auch viele Kunstwerke.«

»Wer hat sie bestohlen?«

Benoit holte eine Zigarette aus einem Päckchen. Harry nahm keine, als Benoit ihm eine anbot, doch der ältere Mann lehnte sich rauchend in seinem Stuhl zurück, offensichtlich entspannter.

»Das weiß ich nicht. Meine Mutter sprach von Soldaten, als wären sie einer, verstehst du? Sie besaßen keine Gesichter, weder ein Lächeln noch ein Stirnrunzeln, völlig gefühls- und emotionslos. Keine Identität abgesehen von der des Feindes. Vielleicht waren es junge Männer wie du, wahrscheinlich sogar noch jünger, die das, was sie getan haben, anschließend bereuten. Manchmal ist es schwierig, seinen eigenen Weg zu finden, deshalb mache ich den Dieben selbst keine Vorwürfe. Doch ich werde mich immer an den Schmerz dieser Ungerechtigkeit im Leben meiner Eltern erinnern. Es war nicht die Tatsache, dass sie all die Wertgegenstände verloren haben, sondern dadurch eher einen Teil von sich selbst. Etwas war ihnen geraubt worden, und als ich heranwuchs, wollte ich es ihnen unbedingt zurückgeben. Kannst du das nachvollziehen, Harry?«

»Ich denke schon, ja.«

»Und je mehr ich über Raubkunst erfuhr, desto mehr wurde mir klar, dass meine Eltern nicht allein waren. Viele Menschen hatten ihr Hab und Gut auf diese Weise verloren, und als Erwachsener gefiel ich mir irgendwie in der Rolle eines Helden.« Bei der Erinnerung schüttelte er den Kopf und lachte. Diesmal erhaschte Harry einen Blick auf die Person, die Benoit in einer anderen Zeit gewesen war. Sein Gesicht war freundlich, leicht kantig, aber dennoch weich. Früher einmal gutaussehend, dachte er, mit einer kleinen Narbe auf der Wange. »Wie sich herausstellte, war ich begabt, Dinge zu finden, die andere Menschen verstecken wollten, und arrogant genug, um das Risiko einzugehen, sie an mich zu nehmen. Da diese Gegenstände bereits gestohlen waren, dachte ich mir nichts bei dem Versuch, sie zu ihren rechtmäßigen Besitzern zurückzubringen. Im Fall der Klinkosch-Schatulle sollte allerdings sie zu mir zurückkommen.«

»Wie ist meine Mutter in die Sache verwickelt worden?«

»Harry, du musst verstehen, dass wenn man gestohlene Kunstwerke retten will, man zuerst mit Menschen verhandeln muss, die in einer anderen Welt leben. Einer gefährlichen Welt. Menschen, von denen man sich nicht mal erträumen würde, unter anderen Umständen mit ihnen zu tun zu haben. Ich glaubte, Menschen würden mich verfolgen, um sich die Schatulle zurückzuholen. Wie sich herausstellte, war es eine ganz andere Geschichte, aber in einem Moment der Verzweiflung gab ich das Schmuckkästchen deiner Mutter und sie hat es mit nach England genommen. Ich war immer überzeugt, ich würde es irgendwann bei ihr abholen, aber das habe ich nicht. Ich habe sogar Leute beauftragt, ihr zu folgen und sicherzustellen, dass es ihr gut ging, habe ein Auto vor ihrem Haus postiert, um sie beschatten zu lassen. Ich wollte zu ihr fahren, konnte aber das Risiko nicht eingehen, sie in Gefahr zu bringen.«

Bei der Erinnerung an Elsies Worte stieg Wut über die Ironie des Ganzen in Harry hoch. Benoit hatte einen Wagen geschickt, damit sie ein Auge auf seine Mutter hatten, und die Anwesenheit genau dieser Menschen, die ihr folgten, war vielleicht der Anstoß gewesen, weshalb sie ihn weggegeben hatte. »Du wusstest, es wäre gefährlich, und dennoch hast du ein sechzehnjähriges Mädchen benutzt, um einen solch wertvollen Kunstgegenstand zu verstecken, wegen dem Leute es vielleicht auf sie abgesehen hätten.«

»Ja, aber ich dachte, sie sei in Sicherheit. Insbesondere wegen der Männer, die sie beschatten sollten.« Und schon wieder. Die Augen fest zusammengekniffen, wusste Harry nicht genau, ob er überhaupt noch mehr erfahren wollte. »Doch als ich hörte, was mit ihren Eltern geschehen ist, ihrem plötzlichen Tod, war ich überzeugt, dass es kein Unfall war. Anschließend hatte ich viel zu große Angst, um ihr auch nur eine Nachricht zu schicken.«

»Du warst ein Feigling.«

»Ja, das stimmt. Aber Menschen wären über Leichen gegangen, um diese Schatulle zurückzubekommen. Sie haben mich gejagt, mich verletzt. Sie haben erst aufgegeben, als ich mir die Geschichte ausgedacht habe, dass sie in München sei. Ich musste etwas tun, und ich war überzeugt, solange niemand wusste, dass sie im Besitz deiner Mutter war, würde ihr auch nichts passieren.«

»Und weshalb bist du jetzt hier? Um dich herauszureden? Oder willst du vielleicht die Schatulle zurück?«

Benoit stieß ein trauriges kleines Lachen aus. »Womöglich habe ich irgendwann vor langer Zeit an diese Schatulle gedacht.« Erinnerungen stiegen in Benoit auf, ein stiller Augenblick der Nachdenklichkeit. »Ich war traurig, dass dieses Kleinod erneut verloren war. Es war, als hätte ich meine

Eltern enttäuscht. Aber nein, ich bin nicht gekommen, weil ich sie zurückhaben will. Sie gehört mir nicht mehr.«

»Was willst du dann?«

Mit seinem Taschentuch tupfte er sich die Stirn ab. »Damals war es ein echter Skandal, dass ich ein so junges Mädchen geliebt habe. Zu jenem Zeitpunkt wusste ich nicht, wie alt sie war, und man hätte es niemals erraten. Sie sah nicht wie sechzehn aus, Harry.«

Harry dachte an seine Mutter, jung, wie sie war, und wie leicht zu beeindrucken sie gewesen sein mochte. Hatte Benoit sie ausgenutzt? »Sah sie wie dreißig aus?«

Für einen Mann seiner Statur, mit derart breiten Schultern und ungewöhnlich langen Armen und Beinen, schien seine Reue ihn unvermittelt schrumpfen zu lassen. »Nein, das muss ich gestehen. Aber ich dachte, sie wäre eine junge Frau, die ihre eigenen Entscheidungen treffen kann. Wenn ich mich nicht recht täusche, hat sie mir sogar erzählt, sie würde studieren. Vielleicht war es falsch, jemanden zu lieben, von dem ich wusste, sie war jung. Gewiss würden es die meisten Menschen so sehen, einschließlich der Handvoll Leute, die einen leisen Verdacht hegten, und den anderen, wie deine Tante, die selbst dahinterkamen. Doch mittlerweile, als ich erkannte, was ich für sie empfand, war ich machtlos und konnte die Sache nicht beenden. Und deshalb, auch wenn ich mich selbst dafür schäme, war ich froh, als sie abgereist ist. Ihre Gegenwart war überwältigend. Ich habe sie geliebt, aber ich wusste gleichzeitig, dass sie viel zu jung war, als dass etwas anderes aus uns hätte werden können als das, was wir waren. Wir hätten keinesfalls eine gemeinsame Zukunft aufbauen können. Ich schätze, ich hatte versucht, es ihr auf meine Art zu sagen, und ich dachte, sie würde es verstehen. Ich war naiv und lag falsch. Doch ich konnte sie nicht vergessen, nachdem sie weg war, und ich gebe dir mein Wort, es hatte nichts mit dieser Schatulle zu tun. Denn sie hat etwas anderes mitgenommen, das mir noch viel mehr am Herzen lag, auch wenn ich es damals nicht wusste.«

»Was denn?«

»Dich.« Er legte eine Pause ein, schluckte schwer. »Sie hat dich mitgenommen, Harry.«

Nun, die Wahrheit war auf dem Tisch. Harry lehnte sich auf seinem Stuhl zurück. Während er diese Wahrscheinlichkeit durchaus in Betracht gezogen hatte, war es eine ganz andere Sache, sie bestätigt zu bekommen. Harry dachte an all die vielen Male, als er über seinen Vater nachgedacht hatte, wo er wohl gerade steckte und was er tat. Warum er nicht bei ihm war. Wut stieg in ihm hoch, vielleicht ungerechtfertigterweise, doch sie ließ sich nicht abschütteln.

»Was ich gesagt habe, muss ein Schock für dich sein«, fuhr Benoit fort. »Vielleicht glaubst du nicht einmal, dass ich dein Vater sein könnte, aber hier, ich habe einen Beweis.« Einen zerschlissenen Briefumschlag in Händen beugte Benoit sich über den Tisch und reichte ihn Harry. Nachdem dieser die Lasche aufgeklappt und den Brief herausgeholt hatte, fuhren seine Finger behutsam über die Seite. Er war von seiner Mutter, in ihrer Schrift, die er wiedererkannte, laut dem Datum oben am Rand in dem Jahr verfasst, in dem er geboren worden war, und in dem Brief teilte sie Benoit mit, dass er Vater werden würde. »Ich habe versucht, für sie da zu sein, das habe ich wirklich. Aber ich habe dir bereits erklärt, dass es gefährliche Menschen auf mich abgesehen hatten und ich das Risiko nicht eingehen konnte, dass sie nach mir suchten, wenn ich bei ihr war. Bei dir. Ich durfte dich nicht in Gefahr bringen. Das ist der Grund, weshalb ich nie den Versuch unternommen habe, die Schatulle zurückzubekommen. Ich habe sie bei euch gelassen, um euch beide zu schützen. Bitte …«, flehte er nach einem Moment des Schweigens. »Sag etwas!«

Es dauerte eine Weile, bis Harry sich durch sämtliche Gedanken durchgekämpft hatte, die ihm im Kopf herumschwirrten. Doch als er schließlich eine Überlegung zu packen bekam, wusste er, dass sie das Einzige war, was er sagen konnte. »Du hättest das Risiko eingehen müssen. Zumindest hätte ich dann gewusst, dass ich dir etwas bedeute. Sie hätte gewusst, dass sie dir etwas bedeutet. Dann wäre sie vielleicht in der Lage gewesen, mich zu behalten.«

»Dich behalten?«

Harry schnaubte verächtlich. »Sag jetzt nicht, du hast nichts davon gewusst.«

»Was gewusst?«

»Dass sie mich ausgesetzt hat.«

Ein gequälter Ausdruck glitt über Benoits Gesicht, ein Mienenspiel, das Harry verriet, dass die Wahrheit meilenweit von dem Bild entfernt war, das Benoit sich ausgemalt hatte.

»Das wusstest du nicht, oder?«, fragte Harry. Und indem er diese Wahrheit erkannte, dass jeder von ihnen sich so gut wie irgend möglich durchgeschlagen hatte, linderte es den Schmerz der Vergangenheit mehr als alles zuvor.

Im Anschluss unterhielten sie sich noch eine Weile. Harry redete nicht viel, aber als Benoit ihn fragte, ob er mehr darüber erfahren wollte, wie er seine Mutter kennengelernt hatte, stellte Benoit fest, dass er in der Lage war, ausführlich über eine Zeit zu sprechen, die er eigentlich hatte vergessen wollen. Es wirkte fast wie ein Befreiungsschlag, dass er einen Menschen gefunden hatte, der ihre Geschichte – wie sehr er Harrys Mutter geliebt hatte – hören wollte. Und für Harry, der nun von einer anderen Seite seiner Mutter erfuhr, die er nie gekannt hatte, war es eine Erleichterung und zugleich eine Last: Denn seine Geburt beendete nicht nur ihre Liebe zu Benoit, sondern diente auch als Wendepunkt in ihrem Leben, ein Umbruch, von dem er nun wusste, dass sie sich nie davon erholt hatte.

Doch während all der Zeit, in der er sich mit Benoit unterhielt, drängte sich Harry zwangsläufig eine Schlussfolgerung auf. Während dieser guten Stunde, die sie beisammensaßen, ließ sich Tabitha kein einziges Mal blicken. Als Benoit schließlich aufbrach und Harry zurück in ihr Zimmer ging, bemerkte er sofort, dass ihre Reisetasche fort war, und nachdem er in die Schublade gespäht hatte, in der sie ihre Sachen aufbewahrt hatte, sah er, dass auch ihr Pass fehlte. Der einzige Beweis, dass sie jemals dort gewesen war, waren ihr Geruch auf seiner Haut und die kleine Vogelfigur, die sie ihm in der *Galerie Bonnet* gekauft hatte. Der Gedanke ließ ihn mit einer Leere zurück, voller Reue, voller Unausweichlichkeit, und ihm dämmerte, dass er nun vielleicht nachvollziehen konnte, wie sehr er sie mit der Trennung damals verletzt hatte.

Bei Tagesanbruch packte er den Rest seiner Sachen zusammen, dankte seiner neuen Familie und versprach, so bald wie möglich zurückzukehren. Doch jetzt wusste er, dass er zu einem neuen Leben aufbrechen musste; seinem eigenen Leben, etwas, das er noch nie wirklich getan hatte. Während er die Auffahrt zu dem wartenden Auto spazierte, die Vögel zu zwitschern begannen und die Berge sich von den Dunstschleiern des Morgens befreiten, drehte er sich für einen letzten Blick um. Sie winkten ihm zu, seine Großtante weinte und lächelte zugleich. Als er den Griff der Autotür packte, starrte ihm sein Spiegelbild durch ein mit Kondenswasser beschlagenes Fenster entgegen. Ein Lächeln stahl sich auf seine Lippen, unverhofft und höchst willkommen. Obwohl er Tabitha verloren hatte, wartete diesmal ein Ort auf ihn, von dem er wusste, dass er eines Tages zu ihm zurückkehren wollte. Nachdem er das Städtchen hinter sich gelassen hatte, kam Benoits Scheune in Sicht. Einen Moment lang spielte er mit dem Gedanken, kurz anzuhalten und ihm ein letztes Mal Lebewohl zu sagen. Aber wäre es ein Abschied? Würde er seinen Vater je wiedersehen? Die Zeit würde es zeigen, erkannte er, doch diesmal war er überzeugt, dass die Abwesenheit eines Vaters ihn nicht mehr so quälen würde wie früher. Die Dinge waren jetzt anders für Harry und vielleicht, so wagte er zu hoffen, würde er im Lauf der Zeit sogar lernen, auch anders zu sein.

Dreiundzwanzigstes Kapitel

Die Cotswolds, England, 1981

Die Wochen nach ihrer Rückkehr waren von leisem Geflüster geprägt. Für Frances war es offensichtlich, dass ihre Mutter etwas von dem wusste, was in Frankreich geschehen war, und sie vermutete, dass Tante Henrietta angerufen und Informationen weitergegeben hatte, von denen sie annahm, sie entsprächen der Wahrheit. Annabella hatte immer Bedenken gehabt, Frances allein reisen zu lassen, was sie vor den Ferien auch unverhohlen geäußert hatte, weshalb es sich, als sie nach Frances' Rückkehr still und freundlich war, unnatürlich und unpassend anfühlte. Als sie ihre Mutter am Bahnhof warten sah und die Ähnlichkeit zwischen ihnen beiden Frances bedeutete, dass sie wieder zu Hause war, steigerte dies nur die Enttäuschung über ihre verfrühte Heimreise.

An jenem Abend, während sie in ihrem alten Zimmer stand, umgeben von ihrer kindischen Sammlung, war sie sich nicht sicher, was sie überhaupt noch wollte. Sie hatte dieses Haus in der Gewissheit verlassen, dass eine Zukunft als Archivarin vor ihr läge, doch dieser Sommer hatte alles verändert. Wie könnte das, was sie mit Benoit erlebt hatte, einfach vorüber sein, dachte sie, und sah zur Klinkosch-Schatulle. Hatte er sie wirklich geliebt, so wie sie ihn? Als sie den Deckel anhob, fand sie die kleine Brosche im Innern, Les Inséparables, und eine winzige Sekunde lang glaubte sie, immer noch bei ihm zu sein. Nichts, was so gut war, konnte eine Lüge sein, oder? Gewiss konnte man sich einem Ort nicht derart zugehörig fühlen, wenn dem nicht der Fall war. Doch egal, was sie miteinander geteilt hatten, wenn es ihr auch nur das Geringste bedeutete, musste sie das in Ehren halten, worum er sie gebeten hatte. Vielleicht würde er, wenn sie alles richtig machte, zu ihr kommen und das zurückfordern, was rechtmäßig ihm gehörte, genau wie er gesagt hatte. Doch die Menschen, die auf der Suche nach der Schatulle waren, hatten eine wahre Spur der Verwüstung und der Gefahr hinterlassen. Benoit hatte ihr erklärt, er müsse eine Weile untertauchen, und sie wusste, dass auch das Schmuckkästchen unauffindbar sein müsste. Und so versteckte sie es so gut sie konnte, genau wie sie es ihm versprochen hatte.

Die letzten Wochen des Sommers verstrichen ohne besondere Vorkommnisse. Ihr Radius beschränkte sich auf ihr Sofa und das Bett, und sie verbrachte ihre Tage in der Welt der Bücher, anstatt für die Schule zu lernen. Es war, als wäre sie erstarrt und könnte weder in die Zukunft voranschreiten noch in ihr altes Leben zurückkehren. Im vergangenen Jahr war ihr das Zurückkehren leichtgefallen. Nun ja, vielleicht nicht wirklich leicht, aber machbar, da sie immer gewusst hatte, dass sie wieder nach Frankreich fahren würde. Jetzt war der Traum vorbei, und sie steckte in England fest. Keine große Hilfe waren die sonderbaren Telefonanrufe, bei denen aufgelegt wurde, bevor ihre Eltern nachfragen konnten, wer am anderen Ende der Leitung war. Dann gab es dieses blaue Auto, das vor ihrem Haus parkte. Wer war das? War sie verfolgt worden? Waren sie wegen der Schatulle gekommen?

Ein Brief von Benoit war drei Tage nach ihrer Rückkehr angekommen, natürlich ohne jede Unterschrift, doch sie wusste, dass er von ihm stammte. Allein das Wissen, dass er an sie dachte, spendete ihr Trost, dass ihre Abwesenheit ein Loch in seinem Leben hinterlassen hatte, eines, das im Lauf der Zeit wachsen und nur durch sie gefüllt werden könnte. Doch der Gedanke an seine Trauer half nicht, die Verzweiflung zu vertreiben, nicht mehr in seiner Nähe zu sein, denn die Leere, die sein Verlust in ihr Leben gebracht hatte, blieb ebenso ungefüllt. All die kleinen Episoden, bei denen ihre Eltern in Panik gerieten, die stillen Momente, die ihre Tante hatte vermeiden wollen, sie waren die kollektiven Vorboten dessen, was nun folgen würde. Der Nebel zog auf, umhüllte sie so schwarz wie die Nacht, die herabsank.

Erst, als ihre Prüfungsergebnisse kamen und sie darüber nachdachte, wie gerne sie Benoit von ihrem guten Abschneiden erzählen wollte, erkannte sie, wie viel Zeit verstrichen war, seit sie sich nicht mehr gesehen hatten. Sechs Wochen waren seit ihrer Rückkehr aus Frankreich vergangen, zwölf Wochen, seit sie im Künstlerretreat angekommen war. All die Tage, die sie in seinem alten Bauernhaus verbracht hatte, nur im Rhythmus ihrer Körper. Wann war das letzte Mal, dass sie von lähmenden Magenkrämpfen ins Bett gezwungen worden war, von der Sorte, die sie immer während ihrer Menstruation bekam? An jenem Nachmittag ging sie zum Arzt, und sie nahmen ihr etwas Blut ab. Drei Tage später bekam sie die Resultate. Als sie sich überlegt hatte, was sie wollte, wenn sie nach England zurückkehrte, war die Antwort nie ein Baby gewesen.

Angetrieben von einem Gefühl der Verzweiflung schickte sie noch am selben Nachmittag einen Brief an Benoit, in dem sie ihm die Wahrheit offenbarte. Hätte sie es ihm nicht auf der Stelle geschrieben, da war sie sich sicher, hätte sie sich wohl überhaupt niemandem anvertraut. Tage verstrichen ohne eine Antwort, weshalb sie versuchte, in der Lagerhalle anzurufen, aber nicht einmal Alex ging ans Telefon. Es war, als wäre Benoit vom Erdboden verschwunden. Mehrere Wochen später und müde von der Bürde der Wahrheit, die sie allein auf ihren Schultern trug, stellte sie sich vor ihre Mutter und flüsterte die Worte.

»Mum«, sagte sie und beobachtete, wie ihre Mutter von ihren juristischen Dokumenten aufblickte, an denen sie an jenem Abend arbeitete. Frances hatte den Zeitpunkt mit Bedacht gewählt, einen Abend, an dem ihr Vater Nachtschicht hatte. Ihren Hausarzt zu überzeugen, ihr Zeit zu geben, damit sie ihren Eltern die Nachricht selbst beibringen konnte, war nicht leicht gewesen, doch sie wusste, wenn sie es ihnen nicht bald sagte, würde es der Arzt an ihrer Stelle tun. Es musste an der Aufregung oder sonst irgendetwas gelegen haben, denn ihre Augen waren bereits glasig. »Ich bin schwanger.«

Wie versteinert durch die Worte ihrer Tochter erwiderte Annabella zuerst nichts. Doch als der Kern der Aussage in ihr Bewusstsein sickerte, erhob sie sich von ihrem Stuhl, kam auf ihre Tochter zu und nahm sie in die Arme.

»Gottlob bist du endlich mit der Wahrheit herausgerückt. Jetzt können wir dir helfen. Versprochen. Wir werden alles in unserer Macht Stehende tun.«

Frances war sich nicht ganz sicher und zögerlich, was die Versprechen ihrer Mutter und ihr Konzept von »wir« betrafen. Ihr Vater würde sie umbringen. Fort war die Aussicht auf die Universität, die Möglichkeit, Ärztin zu werden, so wie er es sich für sie wünschte. Doch an jenem Abend, als er auf Bitte ihrer Mutter hin früher nach Hause kam, setzte er sich neben sie, und nach einem ausgiebigen Moment des Schweigens, in dem er tausend Pläne zu schmieden und wieder zu verwerfen schien, versprach auch er, dass sich alles zum Guten wenden würde.

»Wir schaffen das«, versicherte er. »Wir können dir bei allem helfen, was du brauchst, und werden dich bei jeder Entscheidung unterstützen.«

Nichts von der Wut, die sie erwartet hatte, brach sich Bahn, und an jenem Abend, als sie das leise Murmeln ihrer Stimmen auf der anderen Seite der Wand hörte, erkannte Frances, dass obwohl Benoit weg war, ihre Eltern auf irgendeine Weise zu ihr zurückgekommen waren. Er mochte sie verlassen haben, aber sie war von ihren Eltern wiedergefunden worden, wo sie jahrelang geglaubt hatte, sie verloren zu haben. Und sie blieben ihrem Wort treu und überließen Frances sämtliche wichtigen Entscheidungen. Es gab so gut wie keinen Druck. Alles wäre für sie in Ordnung, erklärten sie, obwohl sie zu Bedenken gaben, sie müsse sich rasch entscheiden, sollte sie eine Abtreibung wünschen. *Wäre das ihrem Vater lieber?*, fragte sie sich. Oder Benoit? Vielleicht könnte ihr Leben wie geplant verlaufen, wäre das Baby nicht mehr da. Doch wenn sie die Wahl traf, das Kind zu behalten, das in ihr heranwuchs, wären sie ebenfalls für sie da, genau wie sie gesagt hatten.

Die Monate der Schwangerschaft vergingen langsam, und ihr Bauch wuchs stetig. Ihre Stimmung hob sich. Sie spürte das Treten ihres Babys, und Weihnachten kam und ging so schnell wie ein Schneesturm im Dezember. Als sie einen Namen ausgesucht hatte, erklärte ihre Mutter, sie müssten noch kein Kinderzimmer einrichten, da Säuglinge am sichersten waren, wenn sie in der Nähe schliefen. Und anstatt nun eines der Gästezimmer umzugestalten, räumten sie Frances' alte Sammlungen aus ihrem Zimmer und stellten die Wiege neben den alten Kamin, wo es am wärmsten war. Sie strichen das Zimmer in einem frischen Weißton, und ihre Mutter bestellte Bettlaken bei ihrer Schwägerin in Frankreich. Obwohl sie ihre Habseligkeiten vermisste, stimmte ihr Vater zu, die Dinge im Esszimmer zwischenzulagern, während sie sich auf die bevorstehende Geburt konzentrierte. Kein einziges Mal fragten sie Frances, wer der Vater war, aber sie hätte sich niemals vorstellen können, dass es daran läge, dass sie es bereits wussten.

Jener April war regnerisch, der Petrichor stark, und während Frances sich nur im Schneckentempo bewegte, erinnerte sie ihr Zustand an die frühen Tage in Frankreich. Sie faltete Babykleidung und Laken, als die Wehen einsetzten, und keine halbe Stunde später waren ihre Beine vom

Fruchtwasser nass. Mittlerweile war der Regen zu einem Guss angeschwollen, ihre Eltern unerreichbar bei einem Arbeitsessen der Station ihres Vaters. Ohne zu wissen, wie sie anders ins Krankenhaus komme sollte, rief Frances einen Krankenwagen. Kurz darauf schlängelten sie sich durch die Straßen, die Schaumstoffliege war hart unter ihr. Als sie im Krankenhaus ankamen, bot eine liebenswürdige Krankenschwester mit kalten Händen an, es noch einmal bei ihren Eltern zu probieren, und diesmal erreichte sie ihre Mutter. Sie wären auf dem Weg, sagte sie, Hektik in ihrer Stimme. Doch drei Stunden später, als ihr kleiner Junge bereits das Licht der Welt erblickt hatte, waren sie immer noch nicht da. Eine weitere Stunde war vergangen, als ein Polizeibeamter auf die Station kam und sich, flankiert von einem Arzt und einer Krankenschwester, an den Rand ihres Betts setzte, um ihr zu erzählen, was geschehen war. Die Wetterbedingungen waren ungünstig, und sie waren in letzter Zeit so beschäftigt gewesen, dass die Autoreparatur immer weiter aufgeschoben worden war. Sie hatten nicht gelitten, versicherte der Polizist, als er ihr die kaputte Uhr ihres Vaters überreichte, doch weder das Versprechen von Hilfe noch der beschädigte Zeitmesser spendeten ihr auch nur einen Hauch von Trost.

Als die Beerdigung vorbei war und obwohl ihre Tante und ihr Onkel sie inständig anflehten, bei ihnen zu leben, wusste sie, dass sie das nicht konnte. Nicht wegen der Schatulle, denn die war im Vergleich zu dem Bedürfnis, sich um ihr Kind zu kümmern, weit in den Hintergrund getreten, sondern weil ihre Tante Henrietta ihr erzählt hatte, dass

Benoit in das Bauernhaus gezogen war. Als Frances fragte, wann er nach Mirepoix zurückgekehrt war, hatte sie unumwunden geantwortet, dass er nie weg gewesen war. Er hatte ihr weisgemacht, untertauchen zu müssen, Mirepoix für eine Weile den Rücken zu kehren, doch die ganze Zeit über war es eine Lüge gewesen, mit der Absicht, sie fernzuhalten. Da verstand es Frances schließlich. Trotz ihrer Briefe und Telefonanrufe hatte er eine Entscheidung getroffen, seine Zukunft geplant. Frances und ein Baby spielten darin zweifellos keine Rolle.

Denn Benoit wollte sie beide nicht. Selbst dieser Gedanke hatte Frances völlig überrascht. Sie war nicht mehr nur sie, nicht mehr allein. Sie waren zu zweit. Mrs. Gillman von nebenan kam jeden Tag vorbei, um ihr zu helfen. Frances war nicht ganz sicher, was sie ohne sie getan hätte, und egal, wie hart es für sie war, wenn es nachts bloß sie und das Baby waren, war der Kleine der einzige Grund, den sie brauchte, um diese Zeit durchzustehen. Doch wenn sie ihn ansah, dieses winzige, perfekte, faltige Gesicht, wenn sie darüber nachdachte, wie kostbar er war, spürte sie nicht nur Liebe. Sie hatte auch Angst. Einmal hatte sie jemanden geliebt, von ganzem Herzen. Sie hatte ihr Bestes gegeben, und es hatte nicht ausgereicht. Was sie und Benoit verbunden hatte, war etwas Besonderes gewesen, und sie hatte es mit Lügen zerstört. Als sie ihren wunderschönen kleinen Jungen ansah, den sie Harry genannt hatte, fragte sie sich selbst damals, ob ihr Bestes jemals gut genug für ihn wäre.

Vierundzwanzigstes Kapitel

Als Harry von der Autobahn abfuhr, bog er in eine Raststätte und parkte seinen Wagen neben einem kleinen Garten, in dem Rosen gepflanzt waren. Er nahm sein Handy heraus und holte tief Atem, bevor er die notwendigen Vorbereitungen traf. Trotz des Umstands, dass er nicht bereit war, musste es jetzt sein. Die Augen mit der Hand vor der Sonne geschützt, die durch das Fenster schien, bestellte er die Entrümpelungsfirma für den folgenden Tag. Ein am Rand hart gewordenes Schinken-und-Käse-Sandwich aus dem Café füllte das Loch in seinem Magen, während er abwartete, bis die nötigen Unterlagen zu Mr. Lewisham gefaxt waren. Bei dem Gespräch mit dem Anwalt, um den Erhalt bestätigt zu bekommen, war Harry überzeugt, nie zuvor in seinem Leben solche Erleichterung gehört zu haben.

Trotz der langen Fahrt über Land durch Frankreich mit so wenig Schlaf fühlte er sich kein bisschen müde, als er auf die Fähre fuhr, um in sein Heimatland überzusetzen. Selbst die Enttäuschung über die Reise, ihr Ende und wie er nun allein zurückkehrte, schafften es nicht, seinem Gefühl der inneren Ruhe einen Dämpfer zu versetzen, während er mit dem Wind im Haar und dem Geschmack von Salz auf den Lippen an Deck stand. Obwohl er Tabitha nicht hatte verlieren wollen, erkannte er zum ersten Mal, dass Liebe die Fähigkeit innewohnte, sich über weite Entfernungen zu erstrecken, ihre Macht größer als die Meilen zwischen zwei Menschen. Benoit hatte Harrys Mutter nicht mehr gesehen, seit sie Frankreich mit der Klinkosch-Schatulle in ihrer Reisetasche verlassen hatte, dennoch war es für Harry unübersehbar gewesen, dass Benoit sie heutzutage nicht weniger liebte als damals. Vielleicht sogar noch mehr, denn Harry erkannte, dass Bedauern die Klinge des Begehrens sogar häufig noch schärfte. Als er beobachtete, wie England bei der Überquerung des Ärmelkanals allmählich Gestalt annahm, fühlte er sich zum ersten Mal fast bereit, dem die Stirn zu bieten, was als Nächstes käme.

Als er schließlich am Nook Cottage vorfuhr, war sein erster Eindruck, dass sich Dinge verändert hatten. Die Vorhänge hingen frei zu beiden Seiten der Fenster, waren nicht mehr von Gegenständen eingezwängt. Der Rasen vor dem Haus war an jenem Morgen gemäht worden, genau wie zuvor arrangiert. Im Innern des Hauses wurde er beim Anblick von so viel freier Bodenfläche von einem sonderbaren Gefühl des Trosts überwältigt. Dann ging er zurück ins Freie, um nach den Tauben zu sehen, und machte ein letztes Mal ihren Stall sauber.

»Nicht mehr lang«, sagte er zu den Vögeln, ein Versprechen, das er nicht nur ihnen, sondern auch sich selbst gab.

In jener Nacht schlief er genau wie früher auf dem Boden in der Ecke des Wohnzimmers, da er sich nicht in der Lage sah, an der Stelle zu schlafen, die er sich mit Tabitha geteilt hatte. Mit einer dünnen Decke über ihm, die Luft kühl und der Himmel klar, dachte er an sie. Wo war sie jetzt? Was tat sie in diesem Moment? Er wusste, es war die richtige Entscheidung, ihr die Freiheit zu schenken, damit sie ihr Leben leben konnte, weshalb er nicht bereute, sie verloren zu haben. Als er schließlich in den Schlaf sank, bildete sie das Fundament seiner Träume, und ihre gemeinsame Zeit in Frankreich spielte sich noch einmal in seinem Kopf ab. Doch jene Träume wurden von Bildfetzen unterbrochen, in denen sie zu Daniel zurückkehrte, und als er am frühen Morgen erwachte, schweißgebadet und um ihre Sicherheit besorgt, fuhr er zu ihrer früheren Adresse und klopfte an die Tür.

»Niemand da, Kumpel«, sagte der Mann von nebenan, der sich anscheinend gerade zur Arbeit aufmachte.

»Haben Sie Tabitha nicht gesehen?«, fragte Harry.

»Schon seit ein paar Wochen nicht mehr.«

»Und Daniel?«

Der Mann schüttelte den Kopf, während er die Treppe hinabstieg und seinen Lieferwagen aufsperrte. »Ich schätze, der kommt nicht mehr zurück. Vor ein paar Nächten haben sonderbare Gestalten an seine Tür gehämmert und Drohungen ausgestoßen, die sie, darauf würd ich wetten, sehr gerne in die Tat umsetzen würden. Schuldet ihnen wohl Geld.«

Wenn Tabitha nicht hier war, wo steckte sie dann? »Sind Sie sicher, dass die letzten zwei Nächte niemand hier war?«

»Nicht, dass ich wüsste.«

Harry beobachtete, wie der Mann in seinen Lieferwagen stieg und davonbrauste. Allein sie zu sehen, zu wissen, dass es ihr gut ging, hätte ihm ausgereicht. Oder zumindest, dass sie aus Frankreich zurückgekehrt war. Doch er müsste sich mit dem Wissen zufriedengeben, dass sie nicht bei Daniel war. Nur das Freizeichen war zu hören, als er sie anrief. Vielleicht musste er akzeptieren, dass sie nun endgültig fort war. Er musste sie freigeben. War das nicht das, was er wollte?

Auf dem Nachhauseweg kaufte er mehrere Coffee to go und Muffins in einem kleinen Café am Stadtrand und als er beim Nook Cottage ankam, wartete der Laster der Entrümpelungsfirma bereits auf ihn. Es war ihm ein Rätsel, wie der Fahrer es geschafft hatte, einen derart großen Wagen die schmale Gasse hinaufzubugsieren. Rauch tuckerte aus dem Auspuff, der Motor lief. Harry ließ die Männer ins Haus und verteilte die Getränke und Snacks, bevor er ihnen das Foto von der Klinkosch-Schatulle zeigte.

»Wenn ich um Ihre Aufmerksamkeit bitten dürfte«, sagte er und versammelte die Umzugsleute um sich, während sie ihre Muffins aßen und am Kaffee nippten, der heiß und bitter war. »Das hier ist, wonach Sie die Augen aufhalten. Alles andere kann weg, aber wenn Sie diese Kassette finden, will ich sie haben.« Die Männer drängten sich näher heran und ihre stämmigen Körper und überarbeiteten Schultern verdeckten ihm die Sicht, als sie die Klinkosch-Schatulle betrachteten, von der er mit solcher Verzweiflung hoffte, sie nicht in einem Moment der Dummheit weggeworfen zu haben. Er dachte an Benoit und seine Körpergröße. Wie er sich in gewisser Hinsicht nicht gänzlich von ihm unterschied. Den Großteil seines Lebens hatte er sich klein und unbedeutend gefühlt, doch er fragte sich verwundert, ob andere Menschen in ihm womöglich etwas anderes gesehen hatten.

»Warum ist sie so wichtig?«, fragte einer der Männer.

Es gab so viele Dinge, die er hätte entgegnen können. Vor seiner Abreise aus Frankreich hatte Benoit ihm ihren ungefähren Wert genannt, aber nicht einmal diese Erklärung erschien ihm ausreichend. Da traf er die Entscheidung, was er sagen wollte. »Weil sie alles ist, was mir von einer Person geblieben ist, die ich verloren habe.«

Dem Entrümplungsteam zuzusehen war dasselbe, als würde er eine Kolonie an Termiten beobachten, die sein Haus auseinandernahmen. Nach nur einer Stunde waren die Zimmer im Erdgeschoss von jeglichem Müll befreit. Während sie ihre Arbeit erledigten, blieb Harry die meiste Zeit über im Garten hinter dem Haus bei seinen Tauben, da er nicht zusehen konnte, wie sie seine restlichen Habseligkeiten durchwühlten und dann in Zweierteams ins Obergeschoss vordrangen. Nur einmal kam einer der Männer zu ihm nach draußen, um ihn auf den neuesten Stand der Dinge zu bringen.

»Erdgeschoss ist sauber. Bisher keine Spur von der Schatulle.«

Kurz darauf ging Harry ins Haus und lauschte den Arbeitern über seinem Kopf, während er durch die leeren Zimmer spazierte. Alles, was noch übrig war, war sein Schlafsack. Die Auktion war für den morgigen Tag angesetzt. Einen Punkt hinter ein hässliches Kapitel zu setzen, wie

Benoit sich ausgedrückt hatte, war nicht immer so leicht, wie man hoffte.

Gut zwei Stunden später übergab er der Entrümpelungsfirma über dreihundert Pfund, und als er zusah, wie der Laster mit den restlichen Habseligkeiten seiner Mutter davonfuhr, stieß er den Atem aus, den er fast sein gesamtes Leben angehalten hatte. Die Schatulle war immer noch nicht gefunden.

»Ich schätze, das war's«, sagte er zu sich selbst, aber zugleich zu seiner Mutter. »Es tut mir leid, dass wir sie nicht finden konnten.« Mit einem Seufzen ging er zur Haustür zurück. »Jetzt gibt es nur noch eines zu tun.«

Seine Tauben gurrten bei seinem Näherkommen am Drahtgitter. Früher hatte er immer geglaubt, die Vögel wären das einzig Wahre in diesem Haus, das wirklich ihm gehörte, doch jetzt erkannte er, dass nur, weil er sie in einen Käfig gesperrt, sich um sie gekümmert und sie sein Ein und Alles genannt hatte, sie nicht zwangsläufig ihm gehörten. Es war nur noch etwas, das Tabitha ihn gelehrt hatte – eine Beziehung hatte nichts mit Besitz zu tun. Sie war nur ein Daseinszustand. Bei einer Beziehung ging es um Wahlfreiheit, den Wunsch, zusammen zu sein. Es war etwas Beidseitiges, und Harry wusste jetzt, dass sie auf eine Weise Raum und Zeit überwand, wie es Besitz niemals schaffte. Etwas loszulassen war der einzig wahre Weg um herauszufinden, ob es überhaupt jemals dir gehört hat.

»Ich hoffe, ihr habt nicht vergessen, was ihr hier draußen tun müsst.« Halb erwartete, halb hoffte er auf ein Zögern der Tiere. Doch sobald er den Stall geöffnet hatte und einen Schritt von der Tür weggetreten war, flog der erste Vogel heraus, kurz darauf gefolgt vom zweiten und dann dem dritten. Es dauerte nur einen Moment, bevor alle sechs Vögel sich in die Luft erhoben hatten. Das war's. Der Tag war vorüber, seine Vögel verschwunden. Es war an der Zeit, sich zu verabschieden.

Da das Haus nun völlig leer war, kroch die Zugluft ungestört herein, und Harry konnte der Verlockung des Kamins nicht widerstehen. Er trat in den Garten und brach einige Äste von einem der abgestorbenen Bäume ab, und mit ein paar zerrissenen Papierstreifen als Anzündholz hatte er im unteren Kamin schon bald ein Feuer entfacht. Er zog seinen Schlafsack zur Feuerstelle und legte sich hin. Es war warm und kuschelig und fühlte sich sonderbarerweise gemütlicher als jemals zuvor an. Innerhalb weniger Minuten war er eingenickt, sein Körper und Verstand entkräftet.

Sirenen weckten ihn, drangen durch die Dunkelheit. Blaues Licht flackerte durchs Fenster, dann hasteten entschlossene Schritte näher. Schließlich ein Geruch, etwas, das er wiedererkannte. Sein Instinkt gewann die Oberhand, und Harry rappelte sich auf die Beine. Es war Rauch. Feuer. Er zog sich das Hemd über den Mund, als ein Hustenanfall ihn schüttelte, und rannte aus dem Zimmer. Sobald er den Flur erreichte, sah er dicken Rauch, der sich die Treppe hinabwälzte und in entsetzlichen Schwaden an der Decke festkrallte. Holz splitterte, als die Haustür aufgetreten wurde, und Sekunden später fluteten Feuerwehrleute das Cottage. Die meisten hasteten in Richtung der Gefahr, doch einer blieb zurück, um Harry in Sicherheit zu bringen. Aus dem Haus taumelnd drehte er sich um und sah schwarzen Rauch, der aus den Fenstern im ersten Stock quoll. Elsie Gillman stand auf der Straße, in wenig mehr als ihrem Morgenmantel.

»Oh, mein Lieber!« Sie stellte sich neben Harry und umklammerte seinen Arm. »Ich habe es nicht geschafft, dich zu wecken. Gott sei Dank haben sie nicht lang gebraucht, um herzukommen.«

Fassungslos wegen dem, was gerade geschah, wich Harry zurück und starrte zum Dach, das knackend Funken sprühte. Mit der Hitze des Feuers im Gesicht sank er auf das kühle Gras und dachte an seine Mutter, als das Fenster im Erdgeschoss barst. Jetzt gab es dort wirklich nichts mehr für ihn.

Es dauerte keine fünfzehn Minuten, bis die Feuerwehr die Situation unter Kontrolle brachte. Inzwischen waren bei weiteren Nachbarn die Lichter angegangen, und viele waren zum Helfen herausgekommen. Mrs. Gillman kochte Tee, stark und süß mit zu viel Milch. Ein Mann, dessen Gesicht Harry als das eines Nachbarn von ein paar Türen weiter wiedererkannte, brachte ihm einen Mantel und Schuhe. Andere hatten sich ohne ersichtliche Aufgabe versammelt, schienen es jedoch nicht über sich zu bringen, in ihre Häuser zurückzugehen. Ein Krankenwagen tauchte auf, untersuchte Harry, dann versorgten sie ihn mit Sauerstoff. Der Sanitäter, ein Skinhead mit tellergroßen Händen und einem Vogeltattoo, ließ sich nicht abbringen, ihn ins Krankenhaus zu fahren.

»Ich kann nicht weg«, sagte Harry. »Das ist mein Haus.«

Es in den Händen der Feuerwehrleute zu lassen fühlte sich kriminell und grausam an. Er trug die Verantwortung für das Feuer, so unbeabsichtigt es auch gelegt worden war, und zumindest könnte er hierbleiben, um die Rettung zu verfolgen. Oder den Untergang. Vielleicht wäre es ganz genauso wichtig, das zu erleben.

Der Sanitäter schien seine Möglichkeiten abzuwägen. Harry spürte die überraschend zärtliche Berührung seiner riesigen Pranken, während er seinen Pupillenreflex überprüfte. »Nun, Sie scheinen unversehrt zu sein. Sie Glückspilz, hm? Wir können noch kurz warten, bis einer der Feuerwehrleute herüberkommt und mit Ihnen redet. Aber dann geht's gleich ab ins Krankenhaus, okay? Man wird Sie über Nacht überwachen wollen.«

Feuerwehrmänner strömten ins Haus und kamen wieder heraus, zogen Wasserschläuche hinter sich her und öffneten sämtliche Fenster, die noch geschlossen gewesen waren. Es dauerte nicht lang, bis Harry bemerkte, wie sich der Sanitäter mit jemandem unterhielt, der hier anscheinend das Sagen hatte. Augenblicke später kamen sie auf ihn zu.

»Wie geht's Ihnen?«, fragte die Feuerwehrfrau. Nachdem sie sich die Maske vom Kopf geschält hatte, kam ein geschwärzter Hals zum Vorschein, ihr Gesicht verschwitzt und rot.

»Mir geht's gut, denke ich.« Harry blickte zum Sanitäter, der nickte.

»Ich kümmere mich um ihn«, fügte Mrs. Gillman hinzu.

»Den Eindruck habe ich auch. Nun, Sir, waren Sie es, der das Feuer entzündet hat?«

»Unten im Kamin. Es war kühl, aber es muss irgendwie außer Kontrolle geraten sein.«

»Das können Sie laut sagen. In Zukunft sollten Sie erst Ihren Schornstein kontrollieren, bevor Sie ein Feuer entfachen. Wir haben jede Menge Zeug dort gefunden.« Harry ließ den Kopf hängen. Natürlich hatten sie das.

»Was haben Sie denn gefunden?«, fragte er hoffnungsvoll.

»Allem Anschein nach die Überreste von lauter Papierkram. Aber wir bekommen noch keinen richtigen Zugang zum Schornstein. Wie es aussieht, konnte der Rauch nirgends entweichen. Der Schaden ist überraschend gering, abgesehen vom Reetdach. Über Nacht können Sie aber nicht hierbleiben.«

»Kein Problem«, sagte Mrs. Gillman. »Er wird bei mir schlafen.«

»Ich fürchte, das kann er nicht«, sagte der Sanitäter und trat einen Schritt vor. »Jetzt, wo er mit Ihnen gesprochen hat, geht's ab in die Notaufnahme.«

»Oh«, sagte Elsie leicht enttäuscht. »Wann wirst du zurück sein?«

Harry tätschelte ihr die Hand. »Keine Ahnung. Aber ich komme zurück, versprochen.«

Nachdem der Sanitäter und sein Kollege den Feuerwehrleuten zum Dank zugewinkt hatten, schlugen sie die hinteren Türen des Krankenwagens zu und waren wenige Augenblicke später mit Martinshorn und Blaulicht auf dem Weg ins Krankenhaus, ließen das Cottage, Harrys Erinnerungen und seine Vergangenheit zurück.

Keine Stunde nach ihrer Ankunft in der Notaufnahme fand Harry sich in einem Zimmer voller Patienten wieder – abgesehen von einem schienen alle zu schlafen. Der Mann, der noch wach war, las unter dem Glühen eines kleinen gelben Lichts, und es folgte ein kurzer Moment der Verbundenheit, ein Willkommensgruß an einen Fremden. Unvermittelt fühlte sich Harry unglaublich glücklich. Erst jetzt konnte er das Gefühl der Gefahr abschütteln. Allein der Rauch hätte ihn umbringen können, wenn Elsie ihn nicht bemerkt und die Feuerwehr gerufen hätte. Jahrelang hatte er geglaubt, sein Leben wäre so gut wie nichts wert, doch nun, wo es auf Messers Schneide gestanden hatte, erkannte er, wie wichtig es ihm war. Doch ihm war nicht nur klar geworden, dass es ihm etwas bedeutete, sondern auch, dass es anderen viel bedeutete. Als er auf seinen geliehenen Mantel und seine Schuhe hinabsah, stellte er fest, dass er immer mehr Unterstützung und Freundschaft erfahren hatte, als er zu schätzen gewusst hatte. All die kleinen Gefälligkeiten, mit denen er seinen Nachbarn geholfen hatte; sie hatten ihn ganz genauso gebraucht wie er sie.

Eine Stunde später und als Einziger auf der Station, der immer noch wach war, vernahm Harry auf einmal Stimmen im Schwesternzimmer. Er setzte sich auf, blickte hinüber und bemerkte einen der Feuerwehrmänner von vorhin, der mit zwei jungen Krankenschwestern plauderte. Gelächter und jede Menge Zwirbeln von Haaren war zu sehen und die Vorstellung, dass die Krankenschwestern mit dem Feuerwehrmann flirteten, malte ein Lächeln in Harrys Gesicht. Gleichzeitig dachte er an Tabitha und ihre gemeinsame Nacht. Verwundert fragte er sich, was wirklich zwischen ihnen vorgefallen war, und ob es nicht ein kleines bisschen dumm gewesen war, sie so gehen zu lassen. Warum nur hatte er sie nicht einfach gebeten, bei ihm zu bleiben? War es wirklich so wichtig, seinen Standpunkt zu beweisen? Kurz darauf stand der Feuerwehrmann vor ihm, mit etwas unter den Arm geklemmt.

»Ich hab' Sie nicht geweckt, oder?«

Harry schüttelte den Kopf. »Überhaupt nicht. Ich glaube nicht, dass ich heute ein Auge zubekomme.«

»Ja, Sie hatten echt Glück, hm?« Seine Uniform raschelte, als er einen Schritt vortrat. »Wie dem auch sei, ich muss mich beeilen, weil ich den Wagen draußen geparkt habe und er einen Eingang versperrt. Aber wir haben etwas gefunden, von dem wir dachten, Sie wollen es vielleicht nicht verlieren.« Und dann, unverhofft, förderte er unter seinem Arm die Klinkosch-Schatulle zutage. Schwielige Hände legten die Schmuckkassette aufs Bett. »Haben die im Kamin in einem der Schlafzimmer oben gefunden. Die Menschen verstecken häufig Dinge, die ihnen am Herzen liegen, an Orten, die sie für sicher halten. Ist wahrscheinlich nichts, was Sie sich noch mal durch die Lappen gehen lassen wollen.«

Harry beobachtete, wie der Feuerwehrmann verschwand, dann nahm er die Schatulle und drehte das geschwärzte Gehäuse in den Händen. Das Metall war immer noch warm, der Schlüssel, der an einer Kette mit einem schlichten Davidstern hing, steckte im Schloss. Das hier war das Einzige, von dem seine Mutter gehofft hatte, er würde es finden, die Suche, die darauf abzielte, ihn mit Tabitha wieder zusammenzubringen. Er drehte den Schlüssel und hob den Deckel an.

Sein Blick fiel auf ein rotes Samtfutter, so perfekt wie am Tag, als es dort eingearbeitet worden war. Als Nächstes auf einen kleinen weißen Strampler und darauf eine kleine weiße Schachtel von der Art, in der früher vielleicht ein Ring aufbewahrt worden war. Er öffnete sie, und im Innern lag eine blonde Haarlocke. Außerdem fand er eine kleine silberne Rassel in Form einer Eule und ein Paar blaue gehäkelte Babyschühchen. Ein silbernes Messer, eine Gabel und eine Weihnachtskugel, in die der Name Harry eingraviert war. Ganz unten befand sich ein verschrumpelt aussehender schwarzer Klumpen, den er sich nicht erklären konnte, ein getrockneter Lavendelzweig, bei dem eine Erklärung ihm durchaus gelang, und ein Krankenhausbändchen aus blauem Plastik mit seinem Geburtsdatum und Namen darauf. Der versteckte Schatz seiner Mutter, ihr wertvollster Besitz waren allesamt Andenken an seine Geburt.

»Bei Ihnen alles in Ordnung?« Er hatte das Näherkommen der Krankenschwester nicht gehört. Ein freundliches Gesicht blickte neben ihm herab, und erst jetzt bemerkte er, dass er weinte.

»Ich schätze schon.«

Sie reichte ihm ein Taschentuch. »Das ist eine wunderschöne Schatulle«, sagte sie und spähte neugierig hinein. »Babysachen. Oh mein Gott«, rief sie und zeigte ins Innere. »Da haben Sie sogar einen Teil der Nabelschnur«, sagte sie mit Blick auf den kleinen schwarzen Klumpen, von dem

Harry nun wusste, dass er ein Teil von ihm selbst war. Und von ihr. »Gott sei Dank hat sie das Feuer unbeschadet überstanden.«

»Ja«, erwiderte er. »Andernfalls hätte ich es wohl nie erfahren.«

»Was nie erfahren?«

Er dachte an die Worte des Feuerwehrmanns, die Vorstellung, dass die Schatulle zur sicheren Aufbewahrung versteckt worden war. Dann an Benoit, der ihm erzählt hatte, dass ihm Leute auf den Fersen gewesen waren und er versucht hatte, seine Mutter nicht in Gefahr zu bringen. Ihre Weigerung, ihn in die Obhut ihrer Tante zu geben. War es möglich, dass sie ihn verlassen hatte, um ihn zu beschützen? Statt der Gegenstände in dieser Schatulle war womöglich er das Kostbarste, das sie versteckt hatte? Allmählich begann er zu glauben, dass dem vielleicht so war.

»Was hätten Sie nie erfahren, Mr. Langley?«, fragte die Krankenschwester erneut.

»Nur wie sehr sie mich beschützen wollte. Und dass …«, sagte er und legte eine Pause ein, bevor er die Gewissheit in sich selbst fand, es laut auszusprechen. »Dass sie mich die ganze Zeit über bei sich haben wollte.«

Fünfundzwanzigstes Kapitel

Cheltenham, England, 1986

Während sie aus der Ferne zusah, so weit weg wie nur irgend möglich, hielt sie den Atem an und ermahnte sich, keinesfalls umzukehren. Sie tat das Richtige, auch wenn jeder Knochen in ihrem Körper am liebsten rückgängig gemacht hätte, was gerade geschah. Aber gleichzeitig konnte sie die leise Stimme hören, genau dieselbe, die ihr diesen Plan überhaupt erst zugeflüstert hatte und sie nun daran erinnerte, dass er bei ihr nicht sicher war. Viele Meter entfernt saß ihr kleiner Junge, ihr Harry, noch genau an der Stelle, an der sie ihn zurückgelassen hatte, und tat, was sie ihm aufgetragen hatte.

So war Harry nun einmal. Er war ein derart braver kleiner Junge, so freundlich und glücklich und zufrieden. Selbst an Tagen, wenn das Haus kalt oder der Kühlschrank leer war, heiterte er sie immer auf. Nie zuvor hatte sie einen Menschen gekannt, der ein solches Gespür für ihre Gemütslage besaß und ihr, sobald die Dinge für sie schwer wurden, mit einer schlichten Berührung oder einem liebevollen Blick seine Zuneigung zeigte. Wie oft hatte Harry sie schon vom Abgrund weggezerrt? Viel zu oft, um sich an jedes einzelne Mal zu erinnern. Doch gleichzeitig wusste sie, dass dies kein Leben für einen kleinen Jungen war.

Obwohl er in eine Welt gekommen war, die sie weder verstand noch erklären konnte, machte seine Gegenwart ihr eigenes neues Dasein irgendwie erträglich. Vielleicht sogar leichter, als es je zuvor gewesen war. Denn anstatt zu etwas aufzuwachen, was eigentlich ein grässlicher nasser Morgen als Waise hätte sein müssen, wachte sie als Mutter auf. Das Bedürfnis, sich um ihn zu kümmern, ließ sie stur weitermachen. Auch wenn es an ihren Kräften zehrte. In der Praxis war es schwieriger, als es sich an jenem Tag angefühlt hatte, an dem er nichts weiter als geschlafen und gegessen hatte. Tante Henrietta kam eine Weile zu Besuch, doch sie konnte nicht ewig bleiben, und Frances wusste, dass sie nicht nach Frankreich konnte. Mrs. Gillman war weit mehr als eine Freundin, aber dennoch kehrte der Nebel zurück und dann fühlte sich alles unmöglich an. Insbesondere mit den Männern, die ihr folgten. Sie waren auch der Grund, weshalb sie an diesem Tag handeln musste. Es ging um seine Sicherheit. Sie tat es für ihn, damit er ein normales Leben führen konnte, selbst wenn es bedeutete, dass in seinem Leben kein Platz mehr für sie wäre.

Es wäre leichter gewesen, wäre Benoit an ihrer Seite. Mit ihm wäre manches vielleicht eher möglich gewesen. Selbst fast vier Jahre, nachdem er nicht auf ihren Brief geantwortet hatte, dachte sie immer noch an ihn, wenn sie sich allein fühlte, und malte sich aus, wie er nachts mit Harry im Arm durchs Zimmer schritt, wenn sie einmal eine Pause brauchte. Stellte sie sich als Familie vor. Manchmal glaubte sie, er wäre bei ihr, dass sie ihn spüren konnte, doch es musste ihr Verstand sein, der ihr einen Streich spielte. Allerdings erlaubte sie sich nicht allzu häufig, an ihn zu denken, durfte sich diesen Luxus nicht gestatten, denn wenn sie es tat, stieg alles in ihr hoch, was ihr und Harry fehlte. Benoits Versprechen hatten sich früher immer so besonders angefühlt, doch in letzter Zeit wirkten sie hohl. Hatte er sie jemals geliebt? Dessen war sie sich nicht mehr sicher, nicht einmal, wenn sie sich die Brosche ansah. Es kam ihr längst nicht mehr vor, als wären sie unzertrennlich. Und jetzt gab es Menschen, die sie beschatteten, ihr auf Schritt und Tritt folgten, und Benoit war von der Bildfläche verschwunden.

Sie wusste, es ging allein um die Schatulle. Benoit hatte ihr in aller Deutlichkeit erklärt, wie heikel die Eigentumsverhältnisse waren. Jemand musste ihren Aufenthaltsort entdeckt haben. Was wäre, wenn sie das Schmuckkästchen einfach aus dem Kamin holte, nach draußen ging und sie den Männern überreichte, die sie beobachteten? Einmal hatte sie die Schatulle sogar aus ihrem Versteck herausgezerrt und war bereits auf dem Weg, sie ihnen zu überlassen, als ihr die Frage in den Sinn kam, ob eine Rückgabe des Schmuckkästchens ihnen überhaupt genügen würde. Was, wenn die Männer Rache üben oder das Risiko nicht eingehen wollten, sie am Leben zu lassen, da sie ihre Gesichter gesehen hatte? Es war nicht möglich, die Schatulle einfach loszuwerden. Sie konnte es nicht tun; sie musste Harry beschützen.

Das war der Moment, in dem ihr bewusst wurde, dass etwas geschehen musste. Sie dachte daran, das Sozialamt einzuschalten, aber was könnten sie schon tun? Sie kämen zu ihr nach Hause, würden versuchen, Dinge zu klären, und ein Klären der Dinge war unmöglich, solange ein blauer Ford Escort Tag und Nacht draußen parkte, an Klinken gerüttelt wurde und Einbruchsversuche stattfanden. Fotos geschossen wurden. Irgendwann würde es ihnen gelingen, ins Haus einzudringen. Sie verstand nicht, warum sie nicht einfach zuschlugen, und aus irgendeinem Grunde machte dieser Gedanke nur alles schlimmer. Worauf warteten sie? Nein, wenn sie um Hilfe rief, würden sie Harry zu ihr zurückverfolgen. Sie musste ihnen ein Schnippchen schlagen. Sie musste Harry verstecken, genau wie zuvor die Schatulle. Doch wie sollte sie einen kleinen Jungen verstecken, den sie liebte und ohne den sie nicht sein konnte?

Die Idee kam ihr wenige Augenblicke, bevor Frances sie in die Tat umsetzte. Es hatte etwas mit dem Sicherheitswachmann zu tun, der an jenem Tag im Einkaufszentrum Dienst hatte. Mit seinem freundlichen Gesicht und den breiten Schultern erinnerte er sie an Benoit. Eine Weile beobachtete sie ihn und fragte sich, ob er in der Lage wäre, sich um einen kleinen Jungen zu kümmern. Ob er das Richtige täte. Dann, als würde sich die Welt gegen sie verschwören, fiel ein kleines Mädchen direkt vor ihnen hin, und sie sah, wie der Wachmann zur Hilfe eilte, die Kleine aufhob und ihr ein Taschentuch für die Tränen gab. Sicherheit lag hinter diesem Lächeln. Es musste unbedingt *er* sein. Sie musste es tun, für Harry, selbst wenn es das Schlimmste war, was sie sich auf der ganzen Welt für ihn vorstellen konnte.

Harry hinterfragte nichts, keinen einzigen Moment lang. Es war ein kühler Tag, Raureif lag draußen auf dem Boden, weshalb sie ihm den Reißverschluss seines Mantels hochzog. Ein Stück Papier aus ihrer Tasche musste ausreichen, um eine Nachricht zu schreiben, und sie drückte ihm den gefalteten Zettel in die pummelige kleine Hand.

»Harry, du musst jetzt für mich ein braver Junge sein, okay? Halt diesen Zettel für mich ganz fest, ja?« Frances gab ihm einen Kuss auf die Stirn, als er ihn nahm, sog seinen Geruch in sich ein. »Mami ist bald zurück. Alles wird gut werden, versprochen. Weißt du, woher ich das weiß?« Kleine Schuhe schwangen vor und zurück, während Harry entschieden nickte.

»Weil du mich liebst«, erwiderte Harry, wie er es schon tausend Mal wiederholt hatte, genau wie sie es ihm beigebracht hatte.

»Ja, das stimmt. Weil ich dich so, so liebe. Und was sind wir, du und ich?« Tränen durften sich nicht bahnbrechen, woraufhin sie sich in ihrer Kehle ballten und ihr das Reden erschwerten. »Was hat Mami gesagt, das wir sind?«

»Unzerdennlich«, versuchte er es, immer noch nicht in der Lage, das Wort richtig auszusprechen.

»Ganz genau. Wir sind unzertrennlich.« Seine Hand war warm, als Frances sie hielt. »Egal, wo wir sind, wir sind immer zusammen. Das darfst du nie vergessen.«

Nach einem weiteren Kuss legte sie seine Hand auf sein Knie und nahm all ihren Mut zusammen, um von ihm wegzugehen. Dreimal musste sie sich mit aller Gewalt verbieten, einfach wieder umzukehren. Doch den schwersten Teil hatte sie geschafft, das zumindest redete sie sich ein, auch wenn etwas in ihrem Innersten ihr widersprach. Einmal stand Harry von der Bank auf, wollte wegspazieren und das hätte fast alles verändert. Doch kurz darauf schlenderte der Wachmann auf ihn zu. Als er einer Frau im nächstgelegenen Bekleidungsgeschäft etwas zurief, brachte er die Dinge ins Rollen, und keine zehn Minuten und ein gekauftes Eis später war die Polizei da. Harry weinte nicht, weshalb sie blieb und die Szene noch eine Weile beobachtete, bis sie jemanden sah, der die Nachricht in seiner Hand las. Schweren Herzens und mit nassen Wangen ging sie nun weg, wusste jedoch, dass ihr Junge endlich in Sicherheit war, weit weg von den Männern, die sie verfolgten, weit weg von der Schatulle, sicher versteckt in der schützenden Umarmung von Fremden.

Sechsundzwanzigstes Kapitel

Mr. Lewisham hatte auf der anderen Seite des riesengroßen Holzschreibtischs den Kopf in die Hände gestützt. Von Papierbergen und verstaubten Lehrbüchern umringt, schien er alles zu verlieren, angefangen vom Füller über seine Brille bis zu der Stelle, wo er bei den Unterlagen angelangt war. Dies war seine dritte Entschuldigung, seit Harry vor zwanzig Minuten sein Büro betreten hatte.

»Es tut mir nur leid, dass wir nicht mehr herausschlagen konnten. Der Schaden war leider einfach zu groß.«

»Das ist wirklich in Ordnung«, erwiderte Harry und verlagerte das Gewicht auf dem unbequemen Chesterfield-Stuhl. »Es gab nichts, was man hätte tun können.«

»Hätten sie das Dach gerettet, dann hätten wir den Preis vielleicht in die Höhe treiben können, aber im Grunde konnten wir nichts weiter als die Mauern und den Fliesenboden verkaufen. Es war besser, es so, wie es ist, zu versteigern, und sobald das Versicherungsgeld bei uns eingeht, können wir den Rest der Schulden begleichen.« Er holte ein Vergrößerungsglas aus dem Schreibtisch und überflog die Seite. »Und jetzt unterschreiben Sie hier, und ich werde den Rest des Geldes, der übrig bleibt, zu gegebener Zeit an Sie überweisen. Zusammen mit der Versicherungspolice, auf die Steven Bradbury jeglichen Anspruch abgetreten hat. Ja, ganz genau, dort bei dem Kreuz.«

Die Auktion hatte vor ein paar Tagen stattgefunden. Seitdem hatte Harry Elsie zweimal besucht und war jedes Mal mit dem Versprechen gefahren, so oft wie möglich wiederzukommen. Er wollte nicht wegfahren und sie im Unklaren lassen, so wie seine Mutter damals bei ihm. Menschen in seinem Leben zu haben, die ihn seit Jahren liebten, war etwas, das er in Ehren hielt. Außerdem hatte er Mr. Wright den Mantel und die Schuhe zurückgebracht und sich mit ihm am folgenden Donnerstag zu Kaffee und Kuchen verabredet.

»Vielen Dank«, sagte Harry, als er den Füller weglegte. »Ich bin einfach nur froh, alles unter Dach und Fach gebracht zu haben. Tut mir leid, dass es so lang gedauert hat.«

»Das ist überhaupt kein Problem. Es kann keine leichte Suche gewesen sein. Haben Sie die Schatulle gefunden, nach der Ihre Mutter gesucht hat?«, fragte Mr. Lewisham, als er die Haustür auf den mit Bäumen gesäumten St. Georges's Place in der Innenstadt von Cheltenham öffnete.

»Wie bitte?«

»Oh, ich weiß alles darüber. Sie meinte, es wäre eine Art Familienerbstück. Ein Schmuckkästchen, nicht wahr?«, sagte er. »Sind Sie zufällig darüber gestolpert?«

»Ich schätze schon, Mr. Lewisham. Ja, das bin ich.«

»Nun, das ist schön. Zumindest ist es jetzt dort, wo es hingehört. Ihre Mutter, Gott hab sie selig, kann in Frieden ruhen.«

Obwohl er wegen Mr. Lewishams letztem Satz nicht

ganz sicher war, fühlte er am nächsten Morgen, mit dem verkauften Haus und der Schatulle sicher in seinem Besitz, einen Anflug von Erleichterung, die er niemals erwartet hätte. Nachdem er früh erwacht war, aß er sein Frühstück und trank einen Kaffee, bevor er die Schatulle ein letztes Mal öffnete. Die Gegenstände in ihr erzählten eine Geschichte, die er zuvor nicht gekannt hatte, eine, in der er vom Tag seiner Geburt an geliebt worden war. Behutsam holte er jedes Teil heraus und ermahnte sich, dass es in Ordnung war, Dinge zu behalten, insbesondere jene, die ihm etwas bedeuteten. Doch diesmal, als er alles aus dem Schmuckkästchen nahm, stellte er fest, dass es im Boden ein Geheimversteck gab.

In diesem verborgenen Hohlraum fand er einen Stapel zerfledderter Briefumschläge, allesamt mit dem Namen seiner Mutter und ihrer Adresse beschriftet. Als er den ersten öffnete, war es ein Brief von einem seiner Pflegeeltern, den Menschen, die ihm Leben und Erfahrungen und, wie er nun erkannte, Liebe geschenkt hatten. Er las jeden einzelnen Brief, einen für jedes Jahr, in denen die unterschiedlichen Stadien seines Lebens detailliert beschrieben waren, die Dinge, die er tat, und die Dinge, die er mochte. Sie erzählten von seiner kindlichen Liebe für Jo-Jos, wandern, Skateboards. Enzyklopädien, *National Geographic*-Magazine und die Trompete. Bowling, Marineschiffe und Heavy-Metal-Musik. Beim Lesen setzte er vor seinem inneren Auge das Bild von seiner Vergangenheit zusammen, seines Lebens, all der neuen Hobbys und Interessen, die seine Pflegeeltern in ihm geweckt und von denen sie dann in vereinbarten jährlichen Briefen an seine Mutter geschrieben hatten. Diese Briefe waren eine Dokumentation des Lebens, das er gelebt hatte, und der Person, die er während jener Jahre gewesen war.

Und als er an sein früheres Zuhause dachte, dasjenige, in dem er mit seiner Mutter gewohnt hatte, erkannte er schließlich, dass die Dinge, die sie im Lauf der Zeit gesammelt hatte, überhaupt nicht für sie gewesen waren. Stattdessen hatte sie für ihn gesammelt, für ein etwaiges Leben, das keiner von ihnen gelebt hatte. Sie hatte Dinge gehortet, von denen ihr erzählt worden war, dass er sie mochte. Das alles hatte ihm die ganze Zeit über längst gehört.

Auf einmal konnte er anders darauf sehen, wie sie gelebt hatte, mit einem freundlicheren, großzügigeren Blick. Irgendwie ergab alles Sinn, auf eine Art, wie es das nie zuvor getan hatte. In Ermangelung dessen, was man wirklich liebt, klammert man sich an das Nächstbeste. Sie hatte sich auf materielle Dinge konzentriert, um sich in Erinnerung zu rufen, dass sie einen Sohn hatte, den sie liebte. Briefe, die sie zu dem Mann zurückversetzen konnte, den sie liebte, und Gegenstände, die einmal ihren Eltern gehört hatten, die sie zu früh verloren hatte, und die sie vielleicht in eine Zeit zurückbrachten, in der sie sicher war und geliebt wurde. Ihre Leidenschaft fürs Sammeln und Archivieren der Vergangenheit wurde pathologisch, heraufbeschworen durch zu viele Verluste und Zeiten des Schmerzes. Wie könnte Harry seiner Mutter ihre Schwächen nicht verzeihen, nachdem er das verstanden hatte? Als er erneut in die Schatulle griff, holte er den allerletzten Gegenstand heraus, der unter dem doppelten Boden vergraben war. Eine kleine Brosche in Form zweier Vögel. Sie war mit Diamanten oder etwas Ähnlichem besetzt und sehr hübsch. Das Schmuckstück erinnerte ihn an den Vogel, der auf Tabithas Schulter tätowiert war, die Schwingen zum Flug gespreizt, bereit, sich in die Lüfte zu erheben. *Breite deine Flügel aus, Harry,* dachte er. Vielleicht war er dazu endlich in der Lage.

Als er Victor, seinen Chef, anrief und seine Rückkehr zur Arbeit ankündigte, hatte er nicht erwartet, ein neues Dach über dem Kopf zu finden. Doch nachdem Victor vom Feuer gehört hatte, sagte er, es wäre beschlossene Sache. Bei seinem Chef einzuziehen war eine echte Erleichterung, genau wie der Umstand, zurück in die Routine zu finden, die er bei der Arbeit kannte. Nach ein paar Wohnungsbesichtigungen entschied er sich für eine kleine Gartenwohnung mit großen Terrassentüren, die er öffnen und dadurch die Welt hereinlassen konnte. Im nächsten Monat wäre sie bezugsfähig. Polly erklärte, wie sehr sie sich freue, ihn wieder bei den Orchesterproben zu sehen, und selbst John schien über sein Auftauchen erleichtert zu sein. In der Arbeit gab es immer viel zu tun, und Harrys Tage waren voller Menschen, die von seiner Reise hören wollten, und anderen, die einfach nur glücklich waren, dass er ihnen die Zeitung vorlas. Doch wenn er abends ins Bett kletterte, ertappte er sich immer dabei, wie er über Tabitha nachdachte und über das, was er nun tun sollte, wo sie fort war.

Während einer schlaflosen Nacht bei Victor loggte er sich ins Internet ein, um sie in ihrer Funktion bei ihrem neuen Job in New York zu suchen. Und dort, auf der Website des Auktionshauses, unter dem Link NEWS folgte ein Artikel, der ihre bevorstehende Ankunft verkündete. Es gab ein Schwarz-Weiß-Foto, auf dem sie stolz und stark aussah. Es fühlte sich an, als hätte sie sich in Siebenmeilenstiefeln von ihm wegbewegt. Doch er missgönnte es ihr nicht. Bei dem Gedanken, wie sie in die Zukunft marschierte, hatte er das Gefühl, dass auch er nicht mehr in der Vergangenheit leben wollte.

Am darauffolgenden Abend saß er im Orchester und blickte ins immer weiter anwachsende Publikum. Es kam ihm wie ein Wunder vor, dass so viele Menschen gekommen waren, um sie spielen zu sehen, und er war so dankbar, hier zu sein. Mit einem Lächeln im Gesicht wegen all dem Lärm und Trubel, während die Menschen nach ihren Plätzen suchten, zitterte er gleichzeitig vor Nervosität und freudiger Erregung. Obwohl er sich gewünscht hatte, es säße jemand im Publikum, für den er hätte spielen können, erkannte er gleichzeitig, dass es ihn diesmal zufriedenstellte, nur für sich selbst zu spielen und ein Versprechen zu halten, das er der Person gegeben hatte, die er sein wollte. Als das Konzert begann, vergaß er die Menschenmenge vor sich und spielte gekonnt sein Repertoire durch. Während die Noten durch seinen Körper vibrierten, seine Lippen brannten und seine Lungen vor Anstrengung pochten, gelobte er sich hier und jetzt, immer danach zu streben, dass sein Leben sich so gut wie in diesem Moment anfühlen würde.

Es war während des letzten Lieds, einer Version von »Unchained Melody«, als er sah, wie sie sich durch die Zuschauer schlängelte. Ihre flammend roten Haare waren selbst in der Dunkelheit des Theaters unverkennbar. Tabitha, genau dort, immer noch in Großbritannien. Bevor er es sich anders überlegen konnte, war er bereits aufgesprungen.

»Tabitha«, rief er, doch sie blieb nicht stehen. Überzeugt, dass er als Teil der Bühnenshow aufgestanden war, erhob sich der Rest des Orchesters für ein mitreißendes Finale. John liebte jede Minute, seine Arme bewegten sich in überschwänglichen Kreisen zum Höhepunkt ihres Auftritts. »Tabitha, warte!«, schrie Harry und versuchte, sich nach vorne zu drängen. Doch er kam an den Blechblasinstrumenten nicht vorbei und war schließlich hinter den Posaunen zu seiner Linken und dem Schlagzeug zu seiner Rechten eingeklemmt. Pauken, zu groß, um an ihnen vorbeizuschlüpfen, und zu schwer, um sie zur Seite zu schieben. Kurz darauf war die Aufführung beendet. Jubel und Applaus fluteten den Zuschauerraum. Gefangen auf der Bühne musste Harry mitansehen, wie Tabitha durch die Flügeltür trat, sein freigelassener Vogel erneut verloren.

Als er am nächsten Morgen erwachte, schien sein ursprünglicher Plan für die Schatulle ins Wanken zu geraten, nun wo er wusste, dass Tabitha immer noch im Land war. Sie hatten gemeinsam nach ihr gesucht, und er kannte den Wert, den sie ihr zuschrieb. Er war nicht monetärer Natur, der wahre Wert lag in ihrer Bewahrung und Entdeckung. Als er zur Schmuckkassette blickte, sicher verpackt mit Benoits Namen darauf, kam es ihm nicht richtig vor, sie zu verschicken, ohne Tabitha Bescheid zu geben, dass sie gefunden worden war. Vielleicht gehörte die Schatulle nicht ihm, so wie Mr. Lewisham und seine Mutter angedeutet hatten, aber vielleicht gehörte sie auch nicht Benoit. Der Wert dieser Schatulle ging über eine einzige Familie oder einen Menschen hinaus. Es ging um ein größeres Unrecht, das Wiedergutmachung forderte. Es ging um die Wahrheit, die in die Welt gesetzt werden musste. Nachdem er die Schatulle wieder ausgepackt hatte, griff er hinein, holte die Brosche heraus und schrieb rasch einen Brief an Tabitha. Dann verschloss er das Schmuckstück in einem Briefumschlag, schnappte sich die Schatulle, stopfte sie in seinen Rucksack und verließ Victors Haus.

Er lief hastig durch die Straßen und wollte das Museum unbedingt so schnell wie möglich erreichen, ein beeindruckendes altes Gebäude mit einer Fassade voller Stuckelementen und Säulen, die den Portikus trugen. Er hatte nie gesehen, wo Tabitha arbeitete, aber er war sich sicher, dass dies der richtige Ort war. Als er in die Eingangshalle trat, einen großen, widerhallenden Raum mit Marmorfußboden, umfing ihn abgesehen vom Takt seiner eigenen Füße vollkommene Stille, und seine Hände begannen auf einmal zu zittern. Was tat er hier? War es ein Fehler? Doch dann winkte ihn eine junge Frau mit glänzenden schwarzen Haaren, die an dem einzigen Tisch saß, zu sich. Sie lächelte ihn an, während er sich ihr näherte.

»Hallo«, sagte sie. »Kann ich Ihnen behilflich sein?«

»Äh, ja. Ich würde gerne etwas für Tabitha Grant abgeben.«

»Natürlich«, erwiderte die Empfangsmitarbeiterin und

nahm die Tasche entgegen, die Harry ihr reichte. »Ich rufe sie kurz an, damit sie herunterkommt.«

»Nein, nein, das ist schon in Ordnung«, sagte Harry, als sie nach dem Telefon griff. »Das ist nicht nötig. Sie erwartet mich nicht. Aber abgesehen von der Tasche, könnten Sie ihr bitte auch das hier geben?«

Sie nickte und legte den Briefumschlag auf ihren Tisch. »Wenn Sie das wünschen. Möchten Sie einen Namen hinterlassen?«

»Nein«, sagte Harry und drehte sich bereits weg. »Alles, was ich sagen muss, steht in dem Brief.«

Tabitha konnte nicht glauben, dass er es war, als sie ihn über die Straße vor dem Museum davonspazieren sah. Was wollte er hier? Entschlossen schob sie ihren Stuhl zurück und hastete aus ihrem Büro, vorbei an mit Fachbüchern gepackten Kisten, die nach New York verschifft werden sollten. Nachdem sie die Treppe nach unten gesprintet war, durchquerte sie das Foyer und brach in Schweiß aus, als sie zu Jenny am Empfang eilte.

»Oh, ich wollte dich gerade anrufen«, sagte Jenny. »Jemand hat für dich ein Päckchen abgegeben.«

»Ich habe ihn gesehen. Das war Harry.«

»Oh Gott!«, rief Jenny, und ihre Hand flog an ihren Mund. »Das war er?« Dann lächelte sie. »Er ist ganz schön sexy, auf diese *Lass-mich-dein-Bücherregal-neu-sortieren*-Art.«

»Ich weiß.« Mit einem Seufzen nahm Tabitha den Briefumschlag entgegen. Sein Konzert tags zuvor war die reinste Folter gewesen, zumal er aufgestanden und ihren Namen gerufen hatte. Es machte den Umstand, dass er kein Teil ihres Lebens war, nur noch unerträglicher. Doch sie hatte gehen müssen. Sie musste für ihrer beider Sicherheit sorgen.

Tabitha riss den Umschlag auf. Die kleine Brosche purzelte in ihre Hand. Augenblicklich erkannte sie ihren Wert und wusste, dass das Schmuckstück aus dem Hause Van Cleef & Arpels stammte, aufgrund der unverwechselbaren Handwerkskunst und der winzigen eingearbeiteten Juwelen. Es war fast identisch mit dem, das Benoit in Frankreich besaß.

»Wow«, sagte Jenny, als sie aufstand, um die Brosche genauer in Augenschein zu nehmen. »Ist das etwa eine Van Cleef?«

»Ich denke schon«, erwiderte Tabitha. Doch der Brief interessierte sie mehr. Er war kurz und süß.

Diese Brosche ist für dich. Sie ist gewiss etwas wert, aber das ist nicht der Grund, weshalb ich sie dir schenke. Sie hat mich an dich erinnert, an das kleine Tattoo auf deiner Schulter, die Liebe, die du meinen Vögeln in ihrem Käfig entgegengebracht hast. Ich habe sie freigelassen, genau wie du wolltest. Endlich habe ich verstanden, dass um zu wissen, ob etwas wirklich dir gehört, du es zuerst loslassen musst. Was sich in der Tasche befindet, ist nicht für dich, aber es liegt in deiner Verantwortung, dich darum zu kümmern. Ich weiß, du wirst das Richtige tun.

»Gib mir die Tasche«, sagte Tabitha dann und ohne die Augen vom Computerbildschirm zu lösen, reichte Jenny sie ihr über den Schreibtisch hinweg. Tabitha öffnete den Schnappverschluss und riss die Überschlagklappe auf. Im nächsten Moment wusste sie, was sich im Innern befand.

»Oh mein Gott!«, rief Tabitha und schloss die Tasche wieder. Er hatte sie gefunden. Er hatte es wirklich geschafft. Und jetzt legte er sie in ihre Hände. »Ich kann es nicht glauben.«

»Ich weiß«, sagte Jenny und drehte den Bildschirm zu Tabitha herum. »Sieh nur, wie sie heißt!«

»Ich weiß, wie sie heißt«, begann Tabitha, als sie aufblickte. Doch Jenny meinte nicht die Klinkosch-Schatulle. Auf dem Bildschirm starrte ihr genau die Brosche entgegen, die Harry ihr geschenkt hatte. Es war ein altes Foto, vor vielen Jahren aufgenommen. »Ist sie das?«

»Definitiv«, erwiderte Jenny. »Les Inséparables, gefertigt neunzehneinundvierzig von Van …«

»Wie sagtest du, heißt sie?«, fragte Tabitha.

»Les Inséparables.«

Kannte er den Namen der Brosche? War das der Grund, weshalb er sie ihr schenkte? Doch auf einmal erkannte sie, dass es keine Rolle spielte. Ihr ganzes Leben hatte sie sich an Menschen festgeklammert und versucht, alles für sie zu sein. Doch diesmal, genau wie bei den Vögeln, hatte Harry sie freigelassen, damit sie alles sein konnte, was sie sein wollte. Erst jetzt, wo sie völlig frei war, wusste sie, dass das, was sie am meisten wollte, genau das war, was sie sich durch die Finger hatte gleiten lassen.

»Zeig niemandem, was in dieser Tasche ist, bis ich zurück bin«, schrie sie, bevor sie aus dem Museum stürzte.

Während sie durch die Straßen rannte, konnte sie ihn zuerst nicht sehen, wusste nicht einmal, welche Richtung er eingeschlagen hatte. Doch auf einmal war er dort in der Menschenmenge vor ihr. Viel zu viele Passanten drängten sich zwischen ihnen, behinderten ihr Vorankommen. Sie lief so schnell sie konnte, ein glänzender Film der Verzweiflung schimmerte feucht auf ihrer Stirn.

»Harry«, schrie sie und sprintete weiter. Nach einem kurzen Moment musste sie stehen bleiben, um Atem zu schöpfen. »Harry«, rief sie wieder. Ihre Umgebung war zu laut, er konnte sie nicht hören. Fremde blickten in ihre Richtung, wunderten sich, was mit ihr los war. Wenn sie ihn nicht bald zum Umdrehen bewegen konnte, wäre er für immer fort. Als sie eine Chance sah, kletterte sie auf den nächsten Mülleimer und erhob sich nun über die gesamte Menschenmenge. Kurz bevor Harry um die Ecke bog, rief sie ein letztes Mal seinen Namen. »Harrrrrrrry!«, schrie sie so laut wie nur irgend möglich und unvermittelt blieb er zusammen mit anderen Passanten stehen.

Mit einem Satz war sie vom Mülleimer und preschte durch den Menschenauflauf auf ihn zu. Harry drängte sich ebenso entschlossen durch die Menge, um sie zu erreichen, und im nächsten Moment waren sie vereint. Sie streckte die Arme nach ihm aus, packte ihn und zog ihn fest an sich. Während sie ihn so eng wie möglich an sich drückte, spürte sie, wie auch seine Arme sich um sie schlangen.

»Du hast sie gesehen?«, fragte er.

»Ja. Ich kann nicht glauben, dass du sie gefunden hast.«

Er nickte. »Das habe ich.« Seine Augen waren glasig, als

er sie anlächelte. »Ich dachte, du wüsstest, was zu tun ist. Du könntest herausfinden, wohin sie wirklich gehört.«

»Das tue ich, und das werde ich.«

»Ich habe dich gesucht«, sagte er und streichelte ihr über die Arme. »Ich bin zu dir nach Hause gefahren, und dein Nachbar meinte, du wärst fort.«

»Ich bin zu meinen Eltern gezogen«, sagte sie, unfähig, ein Lächeln zu verbergen. »Ich konnte nicht wegziehen, ohne die Sache zwischen uns zuerst ins Reine zu bringen.«

Seine Hand hielt ihre und spielte mit ihren Fingern, als müsste er sich vergewissern, dass sie real war. Doch seine Gedanken waren ganz woanders, bei den sehr realen Fakten, die er kannte. »Wann wirst du abreisen?«

»Nächste Woche.« Sie schloss die Augen wie ein kleines Kind, das versuchte, etwas anderes aus der Realität zu erschaffen. »Ich muss fahren. Aber weißt du was? Es spielt keine Rolle.«

»Wirklich?«

»Ja. Denn egal, wo ich bin, gehöre ich zu dir, Harry. Nichts kann das ändern. Du gehörst nicht mir, und ich gehöre nicht dir. Doch wir gehören zusammen. Wir sind unzertrennlich, nicht wahr?«

Sein ganzes Leben hatte er versucht, seine wahren Gefühle zu verbergen, und Angst gehabt, an andere Forderungen zu stellen. Er hatte versucht, so zu sein, wie andere ihn brauchten, während er die ganze Zeit über gefürchtet hatte, sich zu sehr in ihr Leben einzumischen, aus Sorge, nicht gewollt zu sein. Doch er hatte keine Angst mehr, Dinge zu riskieren. Jetzt wusste er, dass er Besseres verdiente, weshalb es keinen Grund mehr gab, sich zu fürchten.

»Das sind wir«, sagte er und holte zitternd Atem. Jetzt oder nie, dachte er. »Was der Grund ist, warum ich mir überlegt habe, dass wir vielleicht zusammen weggehen sollten.«

»Harry, ist das dein Ernst?«

»Nichts spielt mehr eine Rolle, wenn wir weggehen. Weder Daniels Drohungen noch das Haus oder die Vergangenheit. Es wären nur du und ich und ein Neustart. Wenn du willst, komme ich mit.«

Da nahm sie seine Hand und umklammerte sie so fest, dass es fast wehtat. »Es gibt nichts, was mir lieber wäre.«

Während sie nun davonspazierten, mit ihrem Kopf an seine Schulter gelehnt, stellte Harry fest, dass er zum allerersten Mal in seinem Leben alles aufgegeben hatte, woran er sich festgeklammert hatte, alles losgelassen hatte, und trotz seiner schlimmsten Befürchtungen war er immer noch da, um einen weiteren Tag zu erleben. Indem er Dinge losließ, besaß er nun nur noch das, was freiwillig zu ihm zurückkam. Jetzt war er nicht mehr allein. Als er zum Himmel hochblickte, sah er einen Streifen helles Blau, das sich durch zwei schwarze Wolken kämpfte. Manche Dinge, erkannte er – wichtige Dinge, die verloren geglaubt schienen –, waren in Wirklichkeit immer da, sicher versteckt, nur darauf wartend, gefunden zu werden.

Danksagung

So viel Dank hat sich nach dem Schreiben eines Buchs angesammelt.

Er geht an meine Agentin, Madeleine Milburn und ihr wundervolles Team. Vielen Dank, dass du dich derart für meine Arbeit eingesetzt hast und mir das Gefühl gibst, in unglaublich sicheren Händen zu sein.

An Lucia Macro, meine Lektorin bei William Morrow in den USA, und Sam Eades bei Orion in Großbritannien, tausend Dank für eure Hingabe an dieses Buch.

An die anderen Lektorinnen und Lektoren auf der ganzen Welt, die an dieses Buch geglaubt haben, ich bin allen von Herzen dankbar. Es mag keine größere Aufregung geben, als ein Buch zu erhalten, das ich geschrieben, aber dessen Sprache ich nicht lesen kann.

Vielen Dank an die Lektorats-, Marketing- und Verkaufsteams, die dieses Buch in die Hände der Leserinnen und Leser gebracht haben.

Danke an all die vielen Menschen, deren Namen ich niemals kennen werde, die jedoch eine wichtige Rolle dabei gespielt haben, mein Manuskript in ein Buch zu verwandeln.

Mein Dank geht an Stasinos, Theo und Themis, die endlosen »Was wäre, wenn«-Szenarien, ersten Kapitelentwürfen und zusammengeschusterten Zusammenfassungen gelauscht haben. Ich liebe euch alle so sehr.

Und nicht zuletzt möchte ich Lelia danken, gewiss dem größten Geschenk, das mir jemals zuteilwurde. Meine Liebe für dich und der Respekt vor unserer Geschichte und all jenen, die darin vorkommen, haben eine bedeutende Rolle bei der Entstehung dieses Buchs gespielt. Ich hoffe, du weißt, welch ein Schatz du bist. Ich gehöre dir, für immer.